El Edén de las Musas

El Edén de las Musas

Carmela Díaz

tombooktu.com

www.facebook.com/tombooktu
www.tombooktu.blogspot.com
www.twitter.com/tombooktu
#ElEdenDeLasMusas

Colección: Tombooktu Romance
www.romance.tombooktu.com
www.tombooktu.com

Tombooktu es una marca de Ediciones Nowtilus:
www.nowtilus.com
Si eres escritor contacta con Tombooktu:
www.facebook.com/editortombooktu

Título: *El Edén de las Musas*
Autor: © Carmela Díaz

Elaboración de textos: Santos Rodríguez
Revisión y adaptación literaria: Teresa Escarpenter

Diseño de cubierta: Santiago Bringas

ISBN Papel: 978-84-16692-03-3
ISBN Impresión bajo demanda: 978-84-16692-04-0
ISBN Digital: 978-84-16692-05-7
Fecha de publicación: Mayo 2016

Impreso en España
Imprime: Servicecom
Depósito legal: M-10140-2016

A mi familia

Índice

꧁꧂

Esta es la historia de una época que ya no existe. El acontecer de un tiempo que se esfumó para no volver. La rebeldía de una generación que apuró cada segundo como si fuese el último. La crónica de una década fascinante surgida tras el horror y la destrucción. El rugido de la vida después de la Gran Guerra. Las peripecias de una ciudad que fue capital de los excesos. El retrato de un paraíso coloreado en seda, lentejuelas, plumas, charol, camelias, encajes, guipur... El vuelo de almas perdidas huyendo de recuerdos atroces, sin más intención que devorar cada noche y empaparse de un nuevo amanecer. Las experiencias irrepetibles de señores canallas y damas efervescentes.

Esta es la gran aventura de una mujer de ascendencia española que llegó a conquistar el Hollywood naciente, reinó en las veladas de jazz y cabaré, coqueteó con el crimen organizado y se coronó emperatriz del Chicago de los años veinte del siglo pasado.

Esta es la historia de Valentina.

I
La Ciudad del Viento

I

~~~

𝒰n naufragio y una huida. El océano reescribió nuestro destino y la Ciudad del Viento nos unió para siempre: Chicago. El destino de miles de emigrantes en los albores del siglo xx. La urbe en la que una otoñal noche de 1871, tras un verano ardiente y seco, se desató un sobrecogedor incendio que en dos días arrasó la ciudad. En aquella época la mayoría de las edificaciones eran de madera, lo que contribuyó a la rápida propagación del fuego y a la desaparición de la mayor parte de las construcciones de la ciudad. Fatídico acontecimiento que, lejos de provocar el caos y la ruina, activó el resurgir de la que se convirtió en la segunda ciudad más poblada de Estados Unidos, de apenas treinta mil habitantes en 1850, se rozaron los dos millones medio siglo después. Chicago pasó a ser un vínculo clave entre el este y el oeste del país, el núcleo estratégico del transporte fluvial, una fuente de abastecimiento y capital de la agricultura y de la industria.

También era una tierra de inagotables recursos naturales: agua, madera, minas de hierro, carbón, grava, arcilla, piedra... Materias primas que impulsaron la construcción, el ferrocarril, las siderúrgicas, las fábricas de cemento, de muebles y de papel. La invención del elevador modificó la silueta y el urbanismo de la ciudad con la aparición de los rascacielos.

Con semejante actividad industrial y desarrollo económico, faltaban manos para atender tanta demanda. Ni Chicago ni el estado de Illinois contaban con suficiente población. Eso fue lo que propició unas intensas corrientes de inmigración. Procedían de todas partes del mundo. Muchos europeos –alemanes, irlandeses, finlandeses, italianos, griegos, polacos, suecos, rusos–, pero también africanos y oriundos de todos los rincones del continente americano. Y llegados a este punto es donde comienza mi intervención en esta historia épica.

Soy John Juárez y nací en el año 1905 en una diminuta aldea del centro de México. Nunca llegué a conocer a mi madre: murió en el parto al darme a luz, trauma que me ha perseguido durante toda mi vida. Me considero el culpable de la muerte de la mujer gracias a la cual existo. Una congoja difícil de sobrellevar. Una pesada carga durante la infancia. Tampoco tengo hermanos: yo fui el único fruto del matrimonio de mis padres.

Él no volvió a casarse; volcó en mi persona todo el cariño que guardaba dentro, que era mucho. Se dedicaba a las tareas del campo y no contaba con más aspiración que aquella. Hasta que yo empecé a cumplir años. Entonces determinó que su hijo merecía un futuro lleno de oportunidades y que la tierra que nos había visto nacer a todas las generaciones precedentes de Juárez no estaba en condiciones de proporcionármelas.

Sin más preámbulos ni dramas, un día cualquiera de 1916 agarramos el petate con las escasas pertenencias con las que contábamos y marchamos rumbo al norte. A nuestro entorno llegaban continuas noticias acerca de que en el país vecino se necesitaba mano de obra, que pagaban un buen jornal y que las ciudades emergentes ofrecían incontables oportunidades en comparación con nuestras remotas aldeas: pobres y rurales, ancladas en un pasado del que los lugareños no querían –o no sabían– desprenderse. Puestos a utilizar las manos como sustento vital, lo mismo daba mancharlas cultivando y arando nuestros terruños que maltratarlas golpeando metales y acero.

Los estadounidenses parecían unos tipos sabios y organizados. Esa es la primera impresión que albergo en mi memoria sobre los que serían mis compatriotas durante más de una década. Y es que según ibas acercándote a la frontera topabas con puntos de enganche ideados por los contratistas. Los principales estaban en Kansas City, El Paso y San Antonio de Texas. Desde allí distribuían a los trabajadores mexicanos a través de la vasta geografía estadounidense.

Por entonces, existían dos modalidades de enganche: patronos que se hacían con los servicios de trabajadores solitarios, y otros que contrataban familias enteras ofreciéndoles vivienda, carbón, estufa e incluso una pequeña porción de tierra para cultivar. Esa fue la opción elegida por mi padre.

Con respecto al destino final, a mí tanto me daba uno que otro, pero él seleccionó una localización lo más alejada posible de lo que hasta entonces constituyó nuestro hogar.

—Decididos a comenzar de nuevo rompiendo con todo lo anterior, cuanto más lejos, mejor, m'hijo.

Y así fue como nos acomodaron en uno de los trenes rumbo a Chicago, sin duda, uno de los destinos geográficamente más alejado y bien dispar a nuestro México natal. A nuestro origen.

El viaje resultó lento, incómodo y caluroso. El cansancio y las calamidades pudieron más que la expectación infantil de subir a un tren por primera vez y apenas recuerdo gran cosa, salvo la sensación de sed permanente, un polvo pegajoso cosquilleando mi rostro como las patitas de una araña y docenas de latosas moscas y abejorros zumbando alrededor. Sin embargo, sí guardo en la memoria la llegada a la que sería la ciudad de mis desvelos durante largo tiempo. El lugar donde me haría un hombre, donde sufriría —con más penar del que un mortal corriente puede tolerar—, pelearía, me enamoraría y en el que llegaría a convertirme casi en un héroe. Pero para eso todavía faltaban muchos años. Y muchas lágrimas.

Supongo que Chicago me impresionó sobremanera, tanto como lo podían haber hecho Nueva York o Miami. Se trataba de mi primer contacto con el mundo urbano. Cualquier entorno con interminables avenidas, asfalto en vez de piedras, vehículos a motor, altas edificaciones, lustrosos comercios, animados cafés, restaurantes lujosos, terrazas de toldos vistosos y un frenético ir y venir de seres humanos, me hubiese impactado de igual modo. Al fin y al cabo, yo procedía de una aldea con unas pocas viviendas desordenadas con los techos de paja, sin luz eléctrica ni agua corriente, ubicada en el corazón de ninguna parte, cuya organización giraba alrededor de la agricultura y la ganadería más rudimentarias. Me enfrenté a otro mundo en apenas una semana. Pero he de confesar que lejos de incomodarme, me gustaba lo que mis ojos descubrían. ¡Y de qué manera!

Mi padre había sido contratado, como tantos otros mexicanos, para trabajar en la construcción y en la reparación de las vías del ferrocarril: arreglar las máquinas, mantener los equipos, reparar los vagones... La faena era dura, requería de gran esfuerzo físico y él finalizaba exhausto cada día, pero aquello suponía un trabajo estable y nos proporcionaba un jornal semanal. Apenas daba para comer y contar con un techo bajo el que dormir, pero teniendo en cuenta nuestra procedencia y que no conocíamos otra cosa, para ambos era más que suficiente.

Existían otras opciones de contratas, como el cuidado en granjas de cerdos o el trabajo en fábricas a lo largo del extenso corredor industrial relacionado con la minería, la explotación forestal o los bancos de materiales que se estaban desarrollando al sur de la ciudad, pero él estaba satisfecho con permanecer en el centro y allí nos quedamos.

—M'hijo, ya tuvimos suficiente campo y bichos de cuatro patas en nuestra anterior vida —me decía con voz grave y esa media sonrisa con la que siempre lograba convencerme a través de sus argumentos de adulto—. Formemos parte del progreso.

En los inicios del siglo xx, Chicago se convirtió en uno de los centros ferrocarrileros más importantes de Estados Unidos. Por allí pasaban las principales compañías de la época: Baltimore-Chicago, Belt, Burlington, Chicago-Milwaukee, Rock Island, entre otras muchas. Las cuadrillas de trabajadores estaban dirigidas por un capataz y, en muchas ocasiones, se organizaban por nacionalidades. Mi papá se incorporó a una de mexicanos, lo que le resultó muy práctico sobre todo por el idioma.

Aquella fue mi primera gran dificultad en ese incierto porvenir recién estrenado. No el hecho de dejar todo atrás, ni cambiar de país, ni siquiera el adaptarme de un ambiente rural a uno urbano, pero sí aprender inglés. Tardé algunos meses en balbucear algunas frases con sentido y en hacerme entender. Me costó esfuerzo, coraje y lágrimas: el español es tan diferente al idioma inglés... Tras aquella primera etapa de manifiesta incomunicación, todo fue rodado en el ámbito lingüístico, un niño de once años absorbe mejor ese tipo de aprendizaje que un hombre crecido. Al tercer o cuarto año desde mi llegada a Estados Unidos, se podría decir que era bilingüe. Una aptitud que sería crucial en el devenir de mi convulso futuro.

Vivíamos en el vecindario de Hull House, el más cercano a la red ferroviaria. Unas décadas atrás un tal Charles J. Hull proyectó una colonia residencial en la zona oeste de Chicago, donde también construyó su enorme mansión. Sin embargo, a finales del siglo XIX aquel proyecto había degenerado en una sobrepoblada, densa y empobrecida colonia de inmigrantes provenientes tanto de Europa como de México. Y así permaneció en el inicio del nuevo siglo, justo cuando nosotros nos establecimos.

Este enclave fue durante muchas décadas el primer espacio de los inmigrantes en los Estados Unidos. Como es lógico, los recién llegados eran los que menos recursos tenían, por lo que terminaban recluidos en las localizaciones más lúgubres, hacinados en espacios insalubres, en cuartos con escasa o nula ventilación y en sótanos oscuros. Se trataba de los habitáculos que menos parné costaban y, por tanto, los únicos que podían permitirse en el inicio.

Nosotros conseguimos un cuarto que no era de los peores, aunque a un entorno semejante resultaba imposible denominarlo hogar. Se encontraba al final del corredor de una de las edificaciones más alejadas. Con sus seis metros cuadrados apenas daba para extender dos colchones, colocar un hornillo y depositar nuestras escasas pertenencias. Pero contaba con una diminuta ventana; ese insignificante detalle, apenas un retazo de realidad luminosa, en Hull House, podía ser catalogado como un lujo.

El vecindario solía encontrarse atestado de ratas y apenas recogían la basura. Pero éramos conscientes de que los primeros meses de nuestra estancia en los Estados Unidos de América constituirían un ejercicio de pura supervivencia, por lo que no nos supuso un gran trauma. Teníamos la intención de mudarnos en cuanto mi padre hubiese ahorrado algo de dinero. Habíamos calculado que nos tocaría aguantar alojados en aquel tugurio aproximadamente un año.

Pero no todo eran calamidades y pesares por allí. Compartíamos espacio con familias de todas las nacionalidades y nos agrupábamos según nuestro país de origen. La calle Maxwell constituía el centro del barrio judío; los griegos se reunían en la diagonal de Blue Island; los italianos ocupaban la zona entre el río y Halsted; los alemanes vivían en la calle 12 St. y los polacos lo ocupaban todo; siempre brujuleando por allá y por acá. Se trataba de uno de los grupos más numerosos y conflictivos.

Los mexicanos nos hicimos con el triángulo que formaban las calles de West Cermark, Canal y Blue Island. En el área de South Halsted se levantó lo que fue denominado como Mexican Boulevard, el corazón de nuestro barrio. Allí se encontraban tiendas, colmados, bares, billares y cantinas típicas que recreaban un puro homenaje a nuestra cultura. Espacios humildes, pero que conservaban la esencia genuina de nuestras raíces. Resultaba muy agradable pasear por allí al caer la tarde escuchando hablar español de toda boca, mientras algunos se arrancaban a tararear las melodías más populares del folclore mexicano.

Una de aquellas tardes conocimos a la señora Marcela. Era una rotunda mamá de Guanajuato, con enormes pechos y anchas caderas, pero con una perenne y cálida sonrisa. Sus rasgos eran muy raciales, de los que los estadounidenses calificaban como indios. Mi padre y yo, por el contrario, teníamos una tez más clara y nos denominaban latinos.

El marido de Marcela trabajaba en una metalúrgica —desde el año 1870 el área industrial del sur de Chicago fue líder mundial en la producción de acero, hierro y sus derivados— y ella, mientras tanto, quedaba al cuidado de sus cuatro hijos de corta edad. Fueron de los primeros en llegar, llevaban más de tres años en Hull House cuando nosotros hicimos acto de presencia.

La oronda compatriota se encargaba a primera hora del día, un par de veces por semana, de enseñar nociones básicas a los chiquillos de la colonia que lo deseasen. Leer, escribir, sumar y restar en español, y los vocablos y expresiones indispensables para comunicarse en inglés. Ella invitó a mi padre a que me sumase al grupo.

—Deje que el chiquillo venga conmigo por las mañanas; apenas si sé leer y escribir, pero siempre son mejores unas letras y unos números para la cabeza de un niño que holgazanear y perder el tiempo por este suburbio. ¿No le parece?

Mi padre estuvo de acuerdo y aceptó gustoso la invitación. Yo todavía era un crío, en pocas semanas alcanzaría la edad de doce años, pero tenía previsto comenzar a trabajar en el ferrocarril en cuanto mi cuerpo iniciase el desarrollo físico que pone fin a la infancia y da paso a la pubertad. Al tratarse de labores que requerían de resistencia física para ser llevadas a cabo, mis enclenques brazos y cluecas piernas no hubiesen aguantado ni un mísero día faenando sobre las vías.

La señora Marcela, que rebosaba instinto maternal por los cuatro costados, me cogió cariño desde el primer instante. Supongo que el hecho de que yo fuese huérfano de madre desde mi nacimiento provocó en ella una corriente de simpatía y ternura hacia mí más acusada que con los otros chavales que la frecuentaban. Aunque absolutamente rudimentarias, sus «clases» a mí de algo me sirvieron. Conocía las letras, pero apenas había escrito un puñado de frases en mi aldea natal. Sus enseñanzas me ayudaron a desoxidar los intríngulis de la concatenación de palabras. Métodos que ya nunca olvidé. Su paciencia conmigo respecto a las nociones básicas de inglés, culminó con el paso de las semanas en una comprensión precaria –pero útil– de la lengua del país que nos acogía.

—John, además de un niño requeteguapo, cuando crezcas las muchachas suspirarán por ti, eres muy avispado y sensible –solía decirme–. Y cuentas con una cualidad de la que carece la mayoría de la muchachería a tu edad: la disciplina. –Yo no comprendía muy bien en qué consistía aquella cualidad que la señora Marcela me atribuía, pero me gustaba escucharlo.

Conocedora de la ausencia de una figura femenina en nuestra familia y en un exceso de generosidad por su parte, a veces nos acercaba un pequeño cuenco de rancho o de sopa aguada, pero bien caliente. Aquellos mejunjes nos reanimaban hasta las entrañas en el gélido invierno de Illinois. En su hogar no sobraba de nada, más al contrario, carecían de casi todo por contar con seis bocas a las que alimentar. Es por ello que mi padre y yo agradecíamos de corazón aquellas tres o cuatro cucharadas de más que Marcela nos regalaba.

Y así fueron pasando los meses desde nuestra llegada. Monótonos, sin sobresaltos, con gran esfuerzo para mi viejo y algo de aprendizaje básico para mí, mientras se iba aproximando el momento de mi incorporación como jornalero. ¡Pero qué poco faltaba para que mi existencia diese un giro radical!

Transcurrido un año y medio desde nuestra llegada, mi padre había acumulado unos ahorros. Se trataba de una miseria, pero una miseria que nos permitiría alquilar un cuarto en un edificio colindante al centro de la ciudad, pequeño, aunque más apropiado que aquel agujero insalubre de Hull House. Tanto por la ubicación como por las propias características del edificio. Nos encontrábamos muy ilusionados por el cambio, sobre todo él, que no paraba de repetirme:

—Mi John, estoy muy contento porque vas a formar parte de una gran ciudad americana desde el centro, desde el meollo... Y no desde una colonia de inmigrantes en los arrabales.

Ambos teníamos claro que lo único que echaríamos en falta de Hull House serían los mimos y cuidados de doña Marcela y la convivencia con sus hijos, aunque yo seguiría acudiendo regularmente a sus sesiones educativas. Además, también nos dejaríamos caer por allí de vez en cuando, en alguno de los pocos días libres de los que mi padre disponía. Se trataba de una promesa de las que sí deseas cumplir.

Y en estas, un viernes al anochecer, portando cada uno sobre el hombro un hatillo ligero con las pocas pertenencias de las que disponíamos, partimos hacia el centro de Chicago en busca de un acomodo mejor. Maldito el día y maldita la hora.

Ya de noche cerrada, tras un buen rato callejeando —estábamos seguros de encontrarnos en la zona en la que se ubicaba nuestro nuevo cuarto, pero mi padre no daba con el edificio exacto—, nos salieron al paso tres borrachos. En cuanto descubrieron unos hatillos entre las manos de un pobre hombre achaparrado y un niño debilucho, se miraron cómplices como diciendo «blanco fácil».

—Eh, tú, danos lo que llevas sobre el hombro —espetó uno de ellos, el más corpulento, con voz pastosa. Por su acento averigüé que se trataba de polacos.

—No, señor, es lo único que tenemos. ¿Le parece bien quitar sus pertenencias a un adolescente?

—Papá, dáselo y vámonos. —Intenté hacer entrar en razón a mi padre. En la colonia los polacos tenían fama de ser los más pendencieros.

—Haga caso a su hijo, que parece más listo que usted. Vamos, los bultos.

Mi padre agarró con fuerza mi mano e intentó echar a correr, pero el borracho más joven le alcanzó en apenas dos zancadas.

—Mira, Ted, si hemos topado con un gallito. Enseña a este cretino lo que un gallo de verdad hace con los que se pasan de listos.

El joven propinó un golpe a mi padre en el estómago que le hizo doblarse de dolor. Como se aferraba al hatillo y no cedía, otro de los borrachos se acercó y le golpeó la cara sin compasión.

Yo comencé a llorar mientras gritaba:

—Dáselo, papá, vámonos. ¡Eh, oiga, señor! Tome el mío, pero deje a mi padre.

—Ted, vete a por el crío y recoge lo que te ofrece.

Cuando mi malherido padre escuchó lo de «vete a por el crío» cometió el mayor error de su vida, sin duda con el ánimo de protegerme. Metió la mano en el bolsillo y ofreció uno de los billetes destinados al pago del nuevo cuarto a aquellos delincuentes.

—Tome, tome, quédese con este dinero y deje a mi hijo en paz –gemía mi padre desde el suelo.

Aquello fue su perdición. En cuanto vieron el papel, la codicia humana unida a los efectos del alcohol y a unas almas desalmadas, hicieron el resto.

—¡Mira! Si resulta que este sucio mexicano esconde plata. ¡Hoy es nuestro día de suerte!

Dos de los hombres se acercaron a mi padre para hurgar en sus bolsillos mientras él peleaba por evitarlo. Tras unas cuantas patadas y puntapiés que le dejaron ensangrentada la cara, el polaco más corpulento se impacientó por la resistencia de mi padre y sacó una navaja.

Yo no dejaba de gritar e incluso propiné una inofensiva patada al que los otros llamaban Ted. Este se dio la vuelta y me arreó un guantazo que me tiró al suelo. Al caer me golpeé fuertemente contra el suelo y quedé atontado durante varios minutos. No podía moverme y tan sólo escuchaba más golpes, carreras y voces lejanas.

Cuando fui capaz de incorporarme –algo aturullado aún– lo que vi me heló el alma. En medio de un gran charco de sangre yacía mi padre al que habían asestado, al menos, dos puñaladas mortales: una en el bajo vientre y otra cercana al corazón. De nuestro dinero y escasas pertenencias, ni rastro.

Lloré durante horas aferrado al cadáver –cada vez más frío y rígido– de mi difunto padre. Cuando los primeros rayos de un sol enlutado reanimaron mi conciencia, un sólo pensamiento –formulado en voz alta– se adueñó de mi aturdida y confusa cabeza.

—De mayor me dedicaré a perseguir a los malos.

II

Fue un mazazo brutal. Despiadado. Inhumano. Apenas había cumplido los trece años. Ningún niño debería padecer el terrorífico trance de presenciar como su papá es brutalmente apaleado, acuchillado y asesinado por unas hienas carroñeras. Por un puñado de dólares.

A la pérdida irreparable de un padre para cualquier crío, en mi caso se sumaba el quedar fulminada mi trayectoria vital tal y como la conocía. Nunca tuve madre y como él jamás tomó nueva esposa ni engendró más vástagos, durante mi corta existencia ambos fuimos uno. Mi padre vivió por y para mí. Y yo veía en él un comienzo y un final, el origen y la meta, mi refugio y pilar. Eso desde la perspectiva emocional; desde el ámbito terrenal mi situación tornaba a insostenible: me quedaba tirado en la maldita calle sin tan siquiera un mendrugo de pan que llevarme a la boca.

Acabábamos de dejar nuestro cuartucho de Hull House, allí ya no había sitio para mí. El poco dinero ahorrado —destinado íntegramente al pago del alquiler del nuevo espacio en un edifico céntrico— se lo habían llevado los asesinos de mi padre. Eso significaba que tampoco podía ocupar el lugar al que nos dirigíamos cuando aconteció la desgracia.

Acudí a la cuadrilla donde mi difunto padre desempeñaba sus tareas para ofrecerme a faenar en cualquier cosa que me proporcionase unas monedas al final de la semana, una fuente de ingresos por ínfima que fuese. Un sustento.

Las labores en el ferrocarril requerían anatomía de adulto, un mínimo de corpulencia física de la que yo carecía por completo. Me rechazaron sin contemplaciones.

—Zagal, vuelve a visitarnos dentro de un par de años, cuando tengas pelos en las bolas, nuez en la garganta y voz de puro macho. Ahorita mismo tan sólo serías un estorbo.

Sin embargo, el capataz de aquel tinglado —que tenía en alta estima a mi padre por su buen hacer y su ilimitada capacidad de trabajo— se apiadó de un pobre desgraciado como yo —todo lo que un hombre déspota, rudo y carente de sensibilidad alguna puede apiadarse— ofreciéndome agua para saciar mi sed y entregándome las monedas que le correspondían a mi padre por la media semana trabajada antes de su asesinato. Eso me proporcionaría alimentos durante unos pocos días. A partir de entonces mi futuro no existía. El negro más absoluto teñía mi porvenir. A la tristeza le gusta el sabor amargo.

Vagué a través de céntricas calles, absorto por las llamativas luces que brillaban anunciando espectáculos y diversión, impresionado por el aspecto elegante de los portales, de los establecimientos comerciales y de los locales de ocio que abundan en el corazón de Chicago, epatado por los abrigos de *tweed* y terciopelo, por los zapatos de charol, por la plumas y tocados de las damas o por los impecables trajes a medida de cuantos caballeros se iban cruzando en mi camino. ¡Cuán diferentes a las viviendas y vestimentas de los humildes moradores de Hull House!

Me sentía un miserable al lado de aquellas personas que parecían de otro mundo que nada tenía que ver con el que yo conocía. Deambulé de aquí para allá, de allá para acá, hasta que la oscuridad gobernó la ciudad. Entonces, los paseos tranquilos al atardecer y los modos refinados de las parejas se habían convertido en risas y alboroto de los grupos que se dirigían a los cabarés, *music-halls* y clubes nocturnos. El ambiente se impregnaba de jaleo, jarana, bullicio, vida…

Pero yo debía encontrar sin demora alguna un lugar resguardado para intentar dormir. La noche se me había echado encima y el agotamiento se adueñó de mi debilitado cuerpo y mi maltrecho ánimo. Caí en la cuenta de que me había convertido en un pobre huérfano.

Me alejé tres o cuatro calles de la arteria principal; allí el ruido era ensordecedor y el vaivén de almas en busca de bulla, interminable. Andaba arrastrando los pies a la caza de algún portal, recodo o esquina donde acurrucarme para echar una cabezada, cuando un extraño ruidito captó mi atención. Al principio supuse que se trataba de una rata, un gato o algún otro bicho urbano. Pero conforme me acercaba al origen del sonido lastimero, se iba asemejando más al sollozo de un bebé que al grito chillón de algún roedor de cloaca. Entonces bajé la vista y la vi.

Cuando ocurre desconoces que estás viviendo un instante trascendental. De los que cambian el rumbo de una existencia. Ignoras por completo que te estás enfrentando a tu destino. Valentina. El eje sobre el que girarían los próximos años de mi vida. Una ilusión entre las sombras. La cosa más bonita que había observado jamás. ¿Pero qué hacía un ser tan frágil y hermoso allí, solo en la oscuridad, abandonado, expuesto al peligro de los malignos que se adueñan de los indómitos rincones de la noche chicagüense?

Calculé a golpe de vista que aquella chiquilla tendría más o menos mi edad. Me acerqué despacio para no asustarla. Sus sollozos me acongojaban casi tanto como su aspecto. Era preciosa. Tan guapa que parecía que se iba a romper. Una cara redonda, con unos rasgos perfectos y un cutis tan blanco que parecía irreal: casi translucido. Sus labios eran gruesos y sonrosados como una ciruela madura. Una cascada de rizos negros caía en bucles perfectos hasta casi alcanzar su cintura. Caminé sigiloso hasta situarme frente a ella.

—Hola —fue lo único que atiné a decir mientras no podía dejar de recrearme con el porte de una criatura tan extraordinaria.

Ella levantó lentamente la cabeza hacia mí y a pesar de la hinchazón provocada por el llanto, descubrí unos ojos rasgados, con forma de almendra y una mirada tan intensa como negro era su iris. Me sentí acariciado por esa mirada. No habló. No se movía. Tan sólo me observaba con asombro, pero parecía tranquila. Era obvio que la presencia de un niño delgaducho y hambriento no suponía una amenaza para ella. Mantuvimos nuestros ojos enfrentados durante varios minutos, inmóviles, expectantes, hasta que transcurrido un tiempo que consideré prudencial, me agaché para sentarme a su lado. Ella se hizo a un lado para dejarme un hueco.

—Me llamo John.

Pude observar que ella abrió esos ojos portentosos, mucho, muchísimo, para después asentir con la cabeza, sin más. Caí en la cuenta de que en la colonia de mexicanos de la que yo procedía todos hablábamos en español, pero ahora me encontraba en pleno Chicago. Volví a intentarlo.

—My name is John.

Los muchos meses asistiendo a las clases informales de la buena de doña Marcela, la convivencia con personas de diversas nacionalidades en Hull House y grandes dosis de esfuerzo, paciencia y atención por mi parte dieron sus frutos. Consiguieron que a estas alturas fuese capaz de comunicarme en inglés, aunque todavía distaba mucho de dominar el idioma. Pero, al menos, ya podía hacerme entender. Todo un triunfo, debido a mis durísimos inicios con el aprendizaje de una lengua extranjera.

Tras el my name is John ella tampoco se inmutó, aunque parecía estar tranquila a mi lado. Mi compañía no le desagradaba y a mí la suya me fascinaba. Transcurrido un rato en completo silencio recordé que llevaba pan en los bolsillos. Lo saqué, lo partí en dos y le ofrecí un buen pedazo. Lo agarró con fuerza, devorándolo en apenas cinco segundos. Me quedó claro que estaba muerta de hambre. Sin embargo, su aspecto distaba mucho del que se presupone para una mendiga, vagabunda o necesitada. Su calzado, a pesar del polvo, era de calidad. Vestía un abrigo de gruesa lana en tonos azules debajo del cual se intuía un vestido blanco con encajes y lazos, a juego con el color del abrigo. Complementaba su exquisito atuendo una coqueta bufanda y un medallón que colgaba del cuello. Una joya que debía costar una fortuna y que era una temeridad mantener expuesta de aquella manera a los ojos de los malvados. A la atrocidad cometida con mi padre me remitía.

La alhaja era de oro. En el centro de la cadena se suspendía la joya, salpicada con pequeñas gemas fantasía del que pendía un pectoral geométrico, decorado con figuras vegetales en martelé, repujadas, matizadas y cinceladas, todo ello repleto de piedras preciosas en color rojo, verde, turquesa y pequeñas bolitas de cuarzo blanco con acabado mate y brillante emulando la silueta de una flor. Del medallón principal colgaban dos formas geométricas adicionales decoradas con más alhajas que desprendían destellos hacia todas las direcciones. Se trataba del objeto más hermoso que yo jamás había contemplado hasta la fecha.

—Deberías guardar esa medalla bajo tus ropas. Hay personas que matan por poseer cosas así. Nunca la exhibas por las calles de Chicago.

Extendí mi mano muy despacio para evitar el sobresalto de la niña, tomé el pesado medallón entre mis dedos y lo deslicé en un rápido movimiento por debajo del canesú de su vestido con el fin de ocultarlo a la codicia ajena.

El leve y efímero roce de uno de mis dedos con la piel de su cuello me estremeció de un modo desconocido para mí. Ella se limitó a mirarme, sorprendida, pero intuí agradecimiento en la expresión de su mirada.

Y así permaneció ella durante días. Cobijada en un mutismo perpetuo. Cual guardiana de los silencios. Mirándome con simpatía, agradecida por mi presencia constante a su lado, aunque sin articular un insignificante sonido. Llegué a sospechar que era muda por lo que no forcé la situación con las palabras. Hasta que un día, porque sí, sin razón aparente y sin que aconteciese suceso extraordinario alguno, pronunció las palabras mágicas.

—Soy Valentina.

Su voz sonaba dulce, almibarada, melosa, frágil. Acorde al resto de su etérea presencia. Aquella chiquilla como caída del cielo para iluminar mi infierno particular, no sólo era elegante en su físico, sino también en su aspecto, hasta en el timbre de esa voz que acababa de escuchar por primera vez; y en sus modales, en la forma de moverse, de caminar, de actuar... El conjunto de su presencia pasaba por armonioso, sutil, embaucador. Llevaba varios días conviviendo con ella en las calles, observando a Valentina, y nada en su aspecto y proceder encajaba con la penosa situación en la que ambos nos encontrábamos.

Valentina, nunca antes conocí a nadie con idéntico nombre. VA-LEN-TI-NA. Ni siquiera lo había escuchado. Pero resultaba una melodiosa manera de ser nombrada y a mi casual acompañante le venía como anillo al dedo. Una criatura tan extraordinaria merecía un nombre con personalidad.

Me contó su historia. Tras casi una semana de silencio absoluto por su parte, transcurrió un período de tiempo, que yo calculé mentalmente como más de una hora, sin que ella parase de hablar.

Ni siquiera sé si conversaba conmigo o para sí misma, puesto que mantenía la vista fija y circunspecta en algún punto lejano, más allá de mi estampa. Su relato fue desvelado sin pausa alguna. Del tirón. Con decisión. Parecía que se estaba desahogando tras un lapso vagando entre las sombras, tras padecer un terrible shock. Me confesó que tenía trece años –como yo, no había errado en mis cálculos, pues– y que era española.

—¿Española? –pregunté sorprendido; y es que hasta la fecha jamás había escuchado esa palabra, al igual que el nombre de Valentina.

—Sí, española de España, mi país.

—Ah, un país. ¿Y eso dónde está?

—En Europa.

—Europa –repetí mecánicamente, ignorante y desorientado.

—Muy lejos, al otro lado del océano. A muchos días y muchas noches de viaje en barco.

«Yo nunca he visto el mar ni viajé en barco...», cavilé mientras me revelaba su origen. La primera vez que vi el lago Michigan me embargó la emoción. Tan inmenso, tan grandioso, tan misterioso en su profundidad... A pesar de su magnitud todos me decían que se trataba de una concentración de agua diminuta en comparación con los mares y océanos. Y me hablaban de las olas, de su fuerza, su compás, de la simbiosis entre el líquido salino con su espuma blanca y del contraste de sus infinitas tonalidades de azul: turquesa, esmeralda, ciruelo, índigo, cobalto, marino...

Algún día esperaba cruzar alguno de esos mares y océanos o, al menos, sentarme frente a él para contemplar su bendita hermosura mientras me sentía acompañado por su presencia. Y también anhelaba disfrutar frente al agua de una puesta de sol que todo de rosáceos, anaranjados y dorados lo tiñe.

Valentina me reveló que no tenía hermanos y que viajaba con sus padres y su abuela para trasladarse a vivir a Chicago durante una larga temporada. Su progenitor era un reputado hombre de negocios, ávido por conocer de primera mano las nuevas técnicas de la industria metalúrgica que se estaban desarrollando en la zona para luego exportarlas al norte de su país, que contaba con fuentes similares de recursos naturales. Terminó por confesarme que a unas pocas millas del puerto de Nueva York, lugar donde tenían previsto desembarcar, se desencadenó una feroz tormenta que provocó el naufragio de su embarcación.

A ella y a su abuela —niña y anciana— las metieron en uno de los primeros botes salvavidas lanzados al agua y fueron rescatadas en cuanto llegaron los equipos de salvamento desde la costa. Desde entonces no supieron nada de sus padres, las autoridades de Nueva York los dieron por desaparecidos junto con unas decenas de pasajeros más.

Aguardaron durante días con congoja e incertidumbre alguna noticia suya en aquella gran ciudad, pero con el transcurso del tiempo, tras la falta de noticias, habiendo perdido todas sus pertenencias y careciendo de un alojamiento a la altura, su abuela decidió trasladarse a la mansión que habían alquilado en Chicago y esperarlos allí.

—Aparecerán. Tus padres aparecerán tarde o temprano. Habrán sido recogidos por otro barco, o estarán en algún hospital, o puede que se hallen heridos sin recuperar la consciencia... —La vana esperanza a la que siempre se aferran los que son incapaces de asimilar un trágico destino para sus seres queridos—. En esta caótica ciudad desconocida, ellos no sabrán dónde encontrarnos cuando sanen, y nosotras no podemos permanecer más días en estas condiciones, dependiendo de la caridad ajena, pero en paupérrimas circunstancias. Dirijámonos a nuestro destino final: Chicago. En cuanto ellos se recuperen o aparezcan, que lo harán, estoy segura de que se van a dirigir al punto donde teníamos previsto establecernos. Además, dejaré notificaciones de nuestra partida a la policía.

Aquel razonamiento, posiblemente muy válido si los padres de Valentina hubiesen sobrevivido, se convirtió en una amarga condena. Las autoridades perdieron el rastro de las dos mujeres al subir a aquel tren. Al poco tiempo a Valentina se la dio por desaparecida. Además, su abuela no llegó viva a Chicago, algo que supuso una fatalidad adicional para la niña: desaparecida ante los ojos oficiales y huérfana de toda su familia ante los suyos.

Aunque el equipo de salvamento fue rápido, transcurrieron más de cuatro horas durante las cuales los náufragos permanecieron a la intemperie en el meollo de una desapacible noche de tormenta en medio del Atlántico. Empapadas, soportando bajas temperaturas, la frágil salud de una anciana de más de setenta años sobrevivió al hundimiento, sí, pero no a las secuelas de la climatología adversa. Con fiebres y pulmonía desde que desembarcaron en Nueva York, cada día transcurrido en la Gran Manzana su tos se agudizaba y su salud empeoró. Pocas horas antes de la partida del tren que las desplazaría hasta Chicago y en el que se perdió la pista de Valentina para las autoridades neoyorquinas, la abuela murió.

Antes de fallecer aún tuvo tiempo de convencer a Valentina para que viajase a Chicago, de entregarle el billete de tren y de despojarse de un pesado medallón para depositarlo en la mano derecha de su adorada nieta, cerrando su puño después.

—Esto te ayudará cuando llegues a tu destino, la gran Ciudad del Viento. Véndelo. Cuesta mucho dinero. Muchísimo. Te pagará el billete de regreso a España si no das enseguida con mi querido hijo y con su esposa, tu mamá. Pero ellos aparecerán. Tarde o temprano vosotros os encontraréis y la familia se reunirá de nuevo, mi amor.

—Yo cuidaré del medallón, abuela, claro que sí. Pesa mucho para tu cuello y estás débil, yo soportaré la carga, pero tú vendrás conmigo a Chicago. ¿Abuela? ¿Abuelaaa? —Silencio aterrador y llanto desgarrado.

*

Y así es como Valentina se encontró con Chicago. Y Chicago con Valentina. Años después la fusión entre ambos sería hiperbólica, ciclogénica, polimórfica y explosiva. Dinamita pura.

Pero el primer acto no pudo ser más aterrador. Una niña extranjera de apenas trece años, completamente sola, ingenua e ignorante, con porte y modales aristocráticos, pero sin blanca en los bolsillos, sin dirección alguna a la que dirigirse —ella desconocía la ubicación de la que iba a ser la residencia familiar en Illinois—, pisando el andén de la Gran Central Station.

Huérfana —como yo—, con una tragedia familiar a sus espaldas —ambos la habíamos padecido—, con trece años recién cumplidos —mi edad—, una maleta llena de fruslerías de poca utilidad y un valioso medallón de oro y piedras preciosas balanceándose alrededor de su cuello. El que terminaría por convertirse en el talismán de una diva y en el emblema del legendario Edén de las Musas.

Aunque para ello todavía restaban unos cuantos años, calamidades, dolor, frustraciones, aventuras, desventuras, separaciones, jazz, alcohol, protagonistas invitados, reencuentros, tragedias, sorpresas, contrabando, sangre, *glamour*, malvados, fiestas, cine, lágrimas y sonrisas. Muchas sonrisas.

III

⏳

Para Valentina y para mí transcurrieron dos años duros, durísimos. Una temporada que se nos hizo larga por las calamidades que padecimos y por las pésimas condiciones que nos rodeaban. Vivimos en la calle, prácticamente como mendigos, de la caridad de los que se apiadaban de un par de chiquillos andrajosos. Y de la bondad inmensa de la señora Marcela. Una vez por semana yo la visitaba en Hull House. Lloró por mi padre con desconsuelo (debido al afecto sincero que le profesaba) y a mí me apreciaba de veras. Guardaba para nosotros lo que buenamente podía. Una semana se trataba de unos simples pedazos de pan duro. En alguna ocasión un par de patatas, otras veces una zanahoria, algo de queso, un poco de leche... Cualquier alimento, hasta el más prescindible, para nosotros suponía una tabla de salvación y lo devorábamos como si del más exquisito manjar se tratase.

Se encariñó de Valentina, como no podía ser de otra manera. Hasta le cedía la ropa que le iba quedando pequeña a su hija menor, que contaba con una edad muy similar a la de mi amiga. Telas baratas y llenas de remiendos, nada que ver con el atuendo que lucía Valentina la noche que la conocí, del cual únicamente conservaba el abrigo de lana —ya corto de mangas y estrecho de hombros—, la bufanda y los guantes. Descoloridos, raídos, rozados, pero útiles durante los meses de gélido invierno. A pesar de nuestras necesidades vitales, Valentina no se deshizo del tesoro que guardaba cerca de su corazón, colgando del cuello.

—¿Por qué no lo vendes y regresas a tu país? —pregunté intrigado uno de los primeros días que compartimos compañía mientras tiritábamos de frío en un banco de la avenida Michigan.

—Porque es lo único que conservo de todos ellos. ¿Sabes? Mi familia eran mis padres y mi abuela. Ahora todos están muertos. Soy la única superviviente. Y ese medallón es la única posesión de los míos. Cuando me aferró a él es como si estuviese abrazando a mi mamá, o a mi abuela o a mi padre... Si me deshago de esta joya por un saco de monedas es como si fulminase mis raíces, mis orígenes. Como si mi familia volviese a morir, aunque esta vez liquidados por la voluntad de su única descendiente. Además, el dinero que me den por el medallón se esfumará en cuestión de semanas, meses tal vez. ¿Merece la pena el trueque de lo único que conservas de los tuyos por el valor efímero en el tiempo de un metal? Las alhajas son frías. El verdadero valor —y calor— de las piedras preciosas reside en la piel que las luce.

Asentí admirado. Yo jamás habría razonado así. Pero tenían tanto de verdad y de sentimientos auténticos esas palabras...

—Pero tú, bueno o tu familia, tendréis más posesiones en tu país, en España, ¿no?

—¡Claro! Una casa enorme con un jardín rebosante de flores aromáticas, con columpios de colores y un estanque con peces. También tenemos un establo con caballos. Y un salón con luminosas cristaleras desde donde tocaba el piano. Mi papá contrató una profesora de música cuando yo cumplí los ocho años. Siempre me explicaba que la música y los conocimientos se absorben mejor en la niñez. «Cuanto más aprendas en los primeros años de tu vida, más sabiduría atesorarás cuando seas adulta», solía decirme. Y también disponemos de otra residencia, una de recreo en la playa. Volveré allí en cuanto ahorre para el billete. John, tenemos que trabajar en algo para conseguir ese dinero. Y tú vendrás conmigo. ¿Quieres? ¿Te gustaría?

—Sí, yo iré contigo a ese país que está detrás del mar. —Cuando Valentina me contaba acerca de su vida en España yo fantaseaba. Era evidente que nuestros estatus sociales distaban tanto como nuestros orígenes.

Tal y como ella lo contaba, una sola de las habitaciones de su casa tenía las dimensiones de mi hogar al completo. Y además en sus residencias disponían de cocinera, mayordomo, jardinero...

profesiones que yo no sabía ni que existían. Mientras mi educación se sustentaba en la buena voluntad de doña Marcela, Valentina era atendida por tutores particulares en varias disciplinas. De hecho, desde meses antes de su partida, había tomado clases de inglés con un maestro nativo procedente de Inglaterra. Desde el inicio, se desenvolvió bien con el idioma e incluso su nivel superaba al mío, a pesar de llevar una larga temporada residiendo en Chicago cuando ella apareció en mi vida.

Pero durante más de dos largos años ninguna labor, actividad o quehacer era apropiado para unos chiquillos desnutridos. Éramos eso, tan sólo unos chavales huérfanos, hijos de la calle, criaturas molestas para los que se cruzaban en nuestro camino y poco provechosos para los que van buscando qué beneficio o interés personal obtener del prójimo.

A pesar de unas terribles condiciones de vida —noches a la intemperie, días enteros sin probar bocado, ropa andrajosa, madrugadas bajo cero calando de frío huesos, cuerpo y alma, y sobre todo, dependiendo de la generosidad de terceros— de aquella época retengo en la memoria cientos de recuerdos agradables. Valentina y yo, a pesar de esa suerte que nos esquivaba, fuimos felices. Éramos básicamente dos almas puras y libres en busca de un porvenir mejor.

En cuanto la primavera parecía asomarse, volábamos raudos al gran lago y a sus orillas. Corretear entre la hierba, chapotear con los pies en el agua, contar pájaros tumbados bajo los árboles, descubrir qué silueta escondía cada nube… Pasábamos horas disfrutando de la naturaleza, recreándonos en el reflejo de esas aguas que tanto me fascinaban. A mí me encantaba cortar flores silvestres para Valentina y entregárselas en pequeños ramilletes que ella paseaba orgullosa por los alrededores del Michigan. Aquel entorno bucólico era para nosotros algo así como nuestro propio jardín particular.

Ella gustaba de tomar la flor más reventona para colocarla sobre su oreja; con el colorido intenso de los pétalos adornaba su rostro, ya de por sí, bellísimo. Cualquier matiz dotaba a su tez pálida y a sus ojos negros de una hermosura impresionante. Ya no era tan niña y podía observar cómo muchos hombres, e incluso mujeres, volvían la cabeza a su paso.

A veces robaba chocolatinas para ella. En realidad, el hurto permanente de alimentos formaba parte de nuestra supervivencia. Un par de manzanas por aquí, dos naranjas por allá, calientes hogazas de pan, en alguna ocasión un frasco de miel, un puñado de fresas... No me sentía cómodo llevando a cabo estos menesteres, pero teníamos que comer. Además, no se me daba nada mal ejecutar el pillaje. Tenía la mano larga, las piernas ágiles y rapidez de reflejos. Era perspicaz y astuto frente a los despistes ajenos, aptitudes que se iban acentuando con la práctica habitual de este arte.

Otra cosa bien diferente —e incómoda— eran los dichosos remordimientos, que luego me asaltaban sin cesar durante un par de días. Pero era bien conocedor de la pasión de Valentina por el cacao, los bombones, las chocolatinas... Pasar un mal rato a cambio de contemplar su carita de felicidad cuando sacaba del bolsillo de mis remendados pantalones el envoltorio de las chucherías, merecía la pena. Con creces.

Ella se recreaba durante largos minutos chupando y saboreando cada chocolatina; luego partía en dos la última porción y alargaba su mano hacía mí para compartir el dulce.

—Valentina, algún día te voy a regalar un castillo gigante de chocolate —gritaba yo correteando alrededor del árbol bajo el que ella se cobijaba del sol, mientras degustaba alguna de aquellas golosinas robadas.

—¡Y yo seré capaz de zamparme el castillo entero hasta con las almenas y el foso!

—¿Nunca te cansas de comer chocolate? ¡Es pegajoso! ¡Se derrite y te deja perdido!

—John, no tienes ni idea. ¡¡¡Es lo mejor del mundo!!! Por cierto, además de construir castillos comestibles ¿tú qué quieres ser cuando crezcas? ¿A qué te vas a dedicar? Nunca me lo has contado...

—A cazar a los malos, sin tregua. No pararé hasta que no quede ni un malhechor libre en todo el planeta.

Otras veces pasábamos las horas mirando lujosos escaparates en los bulevares, fantaseando sobre cómo disfrutaríamos de todo aquello que se mostraba tras los cristales cuando fuésemos adultos. Ella siempre se detenía con ojitos muy brillantes frente a los expositores de pasteles. Sin duda, el dulce suponía uno de sus más anhelados caprichos.

Valentina también acompañaba en muchas ocasiones a doña Marcela y a sus hijas a San Francisco de Asís. Las mujeres, los jóvenes y los niños de Hull House acudían a menudo a rezar a aquella iglesia católica. Situada a unas cuadras de la colonia, fue erigida en los inicios para cobijar a los inmigrantes italianos; pero más adelante atendió también las necesidades religiosas y espirituales de los mexicanos. Yo evitaba las monsergas divinas, los curas y rezos, pero a mi amiga recogerse entre cantos, santos, vírgenes e incienso parecía otorgarle fuerzas renovadas. No hablaba mucho de ello, pero yo intuía que elevaba continuas oraciones por los suyos.

—¿Sabes? —me confesaba en noches de insomnio— no ver los cadáveres de tus padres conlleva padecer una inquietud permanente. La incertidumbre del no saber duele más que una certeza demoledora. ¿Pudieron haberse salvado? ¿Los recogió otro barco? Si sobrevivieron ¿viajaron a Chicago como era su intención? ¿Regresaron a España? ¿Me están buscando? Y si siguen vivos, John, ¿cómo dar yo con ellos? ¿O cómo darán ellos conmigo?

—Créeme si te digo que sujetar entre tus brazos el cadáver ensangrentado de tu padre cosido a navajazos es más terrible que no llegar a contemplarlo.

Yo advertía que cuando caminábamos sin rumbo fijo a lo largo de las avenidas más señoriales de Chicago, se le iban los ojos detrás de cualquier matrimonio de edad similar a la de sus padres. Cada vez que se acercaba alguna pareja que cumplía los parámetros, ella fijaba la vista con la esperanza de toparse alguna vez de frente con el milagro. Algo que obviamente nunca llegó a ocurrir.

Pero de entre todos los pasatiempos de aquel par de años pateando calles, el favorito de Valentina consistía en sentarse frente a los más reputados clubes nocturnos. Disfrutaba de veras observando el ir y venir de los flamantes coches que aparcaban cerca de las concurridas puertas, iluminadas por potentes focos y llamativos toldos, mientras de ellos se apeaban señores luciendo trajes impecables que cedían su brazo a mujeres divinas.

A Valentina sus ojazos azabache le hacían chiribitas siguiendo el vaivén de las boas de plumas que adornaban sus cuellos, de los tocados de fantasía que coloreaban sus cabezas, de las vaporosas faldas que dejaban al descubierto rodillas adornadas por medias de seda, del movimiento travieso de flecos y tejidos argénteos, y de las lentejuelas deslumbrantes bajo los destellos de luz. También se asombraba con las larguísimas boquillas de marfil con las cuales las distinguidas damas aspiraban el humo de los cigarrillos, con el taconeo de zapatos de charol hechos a medida o con la suavidad del raso de guantes interminables cubriendo delgadas muñecas...

—¿Sabes, John? En cuanto crezca yo me acicalaré con unos vestidos tan bonitos como esos —me decía, señalando con la cabeza a las emperifolladas señoras que se adentraban en los locales nocturnos–. ¡¡¡Tendré miles!!! De todos los colores, modelos, hechuras y tejidos... –gritaba dando vueltas sobre sí misma como si estuviese danzando en la pista de baile. Hasta con su ropa, vieja y prestada, Valentina desprendía clase y gracia. Había crecido y su silueta iba adquiriendo formas femeninas, pero sin desprenderse de una esbeltez innata.

—Claro que sí, Valentina. E incluso tus vestidos, tus complementos o tu calzado serán más elegantes. Y cualquier cosa que te pongas la lucirás mejor, porque tú eres mucho más guapa que todas esas mujeres.

Ella no respondía nada cuando yo afirmaba tales cosas, pero una tímida sonrisa y una caída de ojos con las mejillas sonrosadas suponía para mí la mejor de las respuestas.

¡Y vaya si llegó a convertirse en la dama más espléndida, deseada y admirada del Chicago de la agitada década de los veinte! Y hasta del Hollywood naciente. Pero aquello todavía quedaba lejano. Aunque no tanto...

IV

ᕦᕤ

Algunos meses después de cumplir yo los quince, adquirí ¡por fin! una cierta corpulencia física —que iba en aumento—, pudiendo incluso presumir de unas extremidades muy desarrolladas y de una pronunciada nuez —tal y como me indicó el capataz al que visité recién asesinado mi padre—. Así es como un día cualquiera volví a presentarme por allí para solicitar el empleo prometido.

—Claro que te recuerdo John Juárez, al igual que me acuerdo de tu difunto padre que en paz descanse. Has dejado de ser un chiquillo desgarbado. Estás en pleno desarrollo y todo apunta a que te convertirás en un buen mozo. El trabajo es tuyo. Y si no tienes techo puedes quedarte en uno de los vagones desalojados. No es gran cosa, pero es un techo. Y no te mojas cuando llueve. —El que hablaba era el mismo capataz que treinta meses antes me había entregado unas pocas monedas y una cantimplora con agua.

¡Al fin ganaría un jornal! ¡Y Valentina y yo contaríamos con un sustento semanal! Apenas unas pocas monedas, sí, pero cualquier cantidad irrisoria era mejor que la caridad. ¡Y podríamos dormir entre cuatro paredes! Tras más de quince años de penurias y una suerte esquiva, parecía que el camino, nuestro camino, se iba encauzando.

En aquella época en Chicago había campamentos de vagones de ferrocarril. Las empresas ferrocarrileras los cedían a los empleados con menos recursos: les convenía tener cerca peones disponibles y los viejos vagones ya no suponían negocio alguno para ellos. Además, este tipo de campamentos permitían que los hombres caminasen hasta sus puestos de trabajo.

Los ganapanes no pagaban renta y por lo general cada familia ocupaba un vagón. Los allí alojados podían hacer arreglos y adaptar sus vagones. Había campamentos donde sólo se alojaban familias, otros donde se alternaban braceros solitarios con familias —en uno de éstos recaímos Valentina y yo— y algunos otros donde residían hombres solos de diversas nacionalidades.

También constituían una ventaja para los inmigrantes recién llegados que no hablaban inglés, asunto que les dificultaba moverse por la ciudad. Aunque aquello para mí ya no era un problema: tras casi cuatro años residiendo en Chicago, al fin dominaba el idioma. Al igual que Valentina, que aprendió la lengua en mucho menos tiempo que yo, debido a los conocimientos que adquirió en España durante sus clases particulares con el tutor nativo. Y porque era una chica muy avispada e instruida.

Los campamentos en los vagones de ferrocarril eran la forma de vida más precaria; en realidad, la peor forma de vivienda que había en la ciudad después de los habitáculos insalubres de Hull House. Los carros eran imposibles de calentar en los crudos inviernos de Chicago; por el contrario, en verano se convertían en hornos. Hasta las escaleras de acceso eran incómodas y peligrosas, menudos trompazos se pegaban los mozos del campamento en los dichosos escalones.

Pero… ¡qué chingada! Aunque fuese una mierda de vivienda era *nuestra* vivienda. La única que yo había tenido desde el cuarto de la colonia compartido con mi padre y la primera para Valentina desde que pisó Chicago. Con espacio suficiente para colocar un par de camastros al fondo, una mesa con sillas, un rincón para habilitar un hornillo con el que calentar la comida, y quizá, con el paso de los meses alguna estantería o armario para guardar nuestras pertenencias, si es que llegábamos a atesorar alguna.

Con el transcurrir de las semanas Valentina fue capaz de dotar a ese frío espacio —metálico, viejo, sucio, desgastado— de ciertos detalles que lo convirtieron en un hogar. Algunos recipientes de hojalata siempre rebosantes de flores silvestres recién cortadas y distribuidas por rincones acertados, un par de trapos viejos colocados con arte en las ventanas a modo de cortina que además mitigaban el sol en las horas clave, un colorido tapete tejido por ella con la ayuda de doña Marcela cubriendo la mesa...

Aquella chiquilla castigada por un pasado cruel se convirtió en la luz del campamento de los vagones. El mejor momento del día era cuando de vuelta a casa la visualizaba desde lejos, mientras ella aguardaba mi regreso en los escalones de nuestro vagón, sentada de modo despreocupado pero grácil. Con sus larguísimas y esbeltas piernas estiradas sobre la arena, tras las cuales se me iban los ojos...

Para estar ocupada a lo largo de mis interminables jornadas de faena, tomó por costumbre acercarse a Hull House y acompañar a doña Marcela durante sus enseñanzas. Pronto ambas se dieron cuenta de que Valentina contaba con más conocimientos y cultura que la propia maestra. De manera que también echaba una mano con la lectura y la escritura de los alumnos. Incluso se atrevió a enseñar nociones básicas de español a otros europeos de la colonia: italianos, polacos, griegos, rusos... Su belleza, simpatía, educación y su buena predisposición para colaborar en cualquier tarea en la que pudiera resultar útil, conquistaron a casi todos.

Especialmente a ese cura al cargo de San Francisco de Asís. El padre Mario era un religioso típico y tópico. Mexicano como yo, aunque a diferencia de mi anatomía –piel clara y cuerpo musculado– él contaba con los rasgos que los americanos denominaban como indios. Rechoncho, bajito, con una barriga prominente, tez oscura, pelo negro, manos regordetas, cejas tupidas y picudas, y sonrisa perenne. Servicial, buena gente, tranquilo y pachorro. Valentina me decía que le recordaba a un tal Sancho Panza, protagonista de no sé qué cuento español que su papá le leía cuando era una bebita.

Tras comprobar el padre Mario la buena voluntad de doña Marcela y de su joven pupila en el empeño de educar –sin apenas más recursos que su ilusión y perseverancia– a los inmigrantes más jóvenes de la colonia, cedió gustoso las instalaciones de la iglesia para tal fin. E incluso colaboró con ellas. Mientras las damas se esforzaban en que los niños se desenvolviesen con las letras y los números, el cura daba catequesis y explicaba los evangelios y la doctrina cristiana a los chavales.

Tras holgazanear en la calle durante dos largos años, yo pasé a trabajar muchas horas al día, mientras Valentina regalaba su tiempo y conocimientos a los niños de Hull House. Por las noches yo caía rendido —el trabajo en el ferrocarril era demoledor, requería un esfuerzo físico considerable— mientras ella me relataba entusiasmada los avances de cada uno de sus alumnos. El pillaje de alimentos pasó a mejor vida, aunque como para golosinas y dulces el jornal no llegaba, de vez en cuando, seguía sustrayendo alguna chocolatina para ella. Me reñía por el acto en sí, aunque bien que saboreaba los frutos de mis trastadas...

—John, ya sabes que robar, aunque sea una simple onza de chocolate, no está bien —me censuraba con el ceño fruncido a la par que disfrutaba ¡y de qué manera! con el resultado de mi travesura. Suficiente. Una sonrisa franca de Valentina era la mejor recompensa posible.

Nada cambió entre nosotros con respecto a nuestra etapa de mera supervivencia por las calles de Chicago, pero aquella mínima mejora en las condiciones de vida consiguió algo casi imposible: que Valentina y yo fuésemos aún más dichosos. Si es que eso era posible... Porque ahora contábamos con un espacio propio que nos resguardaba de la climatología adversa, cada día teníamos una comida caliente que llevarnos a la boca además de algún que otro tentempié adicional, y aquel vagón se había convertido en un hogar repleto de esperanzas...

La perspectiva del paso del tiempo te hace saborear detalles, sensaciones, sentimientos y muchas cosas que no eres capaz de apreciar con toda la plenitud que merecen mientras están aconteciendo. Momentos a los que te aferrarías si supieses el futuro incierto que te espera. O la imposibilidad de repetirlos a causa de una vorágine de avatares que te va arrastrando a otras etapas vitales sin remedio ni solución ni vuelta atrás. La vida misma.

Ella lo desconocía, pero de cada jornal semanal yo guardaba una o dos monedas. ¿El motivo? Quería darle una sorpresa. Y en cuanto hube reunido la suficiente plata se la di. Se trataba de unas prendas nuevas.

Una falda azul marino —larga y ceñida para que marcase las formas de su espléndida silueta— y un jersey de lana, azul celeste, con el cuello de pico adornado por un ribete de idéntico tono al marino de la falda. Seleccioné esos colores en homenaje al océano inmenso que había acercado hasta mi orilla el regalo más preciado de mi corta existencia: ella.

Nada que ver con las sofisticadas prendas que lucían las damas que acudían cada noche a los clubes más selectos de Chicago —ni siquiera con el impecable abrigo y el vestido que ella llevaba puestos cuando la conocí— pero sin duda, se trataba de una ropa mucho más bonita que la cedida —con todo el cariño— por nuestra entrañable doña Marcela.

—¡John, esto… esto es… es maravilloso! ¡Ay! —tartamudeaba Valentina de la emoción primero, para proseguir con su agradecimiento transcurridos unos segundos—. Pero este modelo debe haber costado una fortuna. ¡Nuestra comida de unas cuantas semanas! ¿Nos lo podemos permitir?

—Claro que sí, Valentina.

—¿Pero de dónde sacaste el dinero?

—Eso da igual…

—¿No lo habrás robado? —preguntó alarmada y con una súbita expresión de sobresalto asomando en su perfecto rostro.

—Simplemente guardé una o dos monedas durante un par de meses para verte así, radiante, como mereces. ¿No hemos padecido ya suficientes desgracias y sinsabores? Apenas si todavía somos unos adolescentes y atesoramos más lágrimas que buenaventuras. ¿No es hora de alguna alegría en nuestra vida?

—Por supuesto, John, pero tú también te lo mereces. De hecho, lo mereces más que yo. Faenas de sol a sol hasta terminar reventado cada día, y la recompensa o el capricho, cualquiera que sea, debería ser para ti. Yo lo disfrutaría igual o más.

—Mi mejor recompensa eres tú.

—¡Qué bueno eres conmigo! De no haber sido mi compañero de camino desde que llegué a Chicago, posiblemente estaría muerta. O algo peor. ¡Ay! Mi querido John…

Y tras estas palabras, de repente, de modo espontaneo y con un entusiasmo manifiesto, Valentina tomó dulcemente mis mejillas entre sus manos y me dio un sonoro beso en el moflete izquierdo, seguido de un sentido e interminable abrazo.

Entonces mi cuerpo se revolucionó de una manera completamente novedosa para mí. Algo se revolvió en el interior y un cosquilleo —casi un latigazo— sacudió mis entrañas, colmando de un calor desconocido cada poro de mi piel. Me hallé, entonces, sonrojado por fuera y ardiendo de fuego por dentro. Flotando en turbulentas nubes coloreadas de rojo pasión.

Transcurriría todo un año al completo para volver a besarnos. Y se iba a tratar —ni más ni menos— que del primer beso de amor —y el último— entre ambos.

V

ᏇᏇ

Disfrutamos de un año capitaneado por la calma. El más sosegado que recuerdo de mi, hasta entonces, azarosa existencia. Bendita rutina y seguridad, tras tanto tumulto e incertidumbre. Quehaceres diarios, paseos al atardecer, actividades al aire libre cuando la meteorología lo permitía, picnics en la orilla del lago y una permanente —y muy agradable— mutua compañía.

Valentina continuaba añadiendo toques femeninos al vagón —que si una pequeña alfombra en el suelo, una coqueta lamparita para alumbrar nuestras noches, más flores que proporcionaban un aspecto multicolor al aburrido compartimiento metálico…— y colaboraba varias veces por semana con la educación de los niños de Hull House, junto a la buena de Marcela y al padre Mario, con el que había hecho muy buenas migas.

—Cuida a esta pequeña dama, es una joya —me repetía convencido el cura siempre que coincidía con él.

Nuestra relación era perfecta. Puro equilibrio, plena compenetración, armoniosa complicidad, apoyo, comprensión, animadas caminatas, largas conversaciones sobre todo lo habido y por haber… Bueno, sobre casi todo. Acerca de su desgracia familiar apenas articulaba palabra alguna y yo determiné no forzar el tema. Tampoco a mí me gustaba rememorar el brutal asesinato de mi querido padre, por lo que comprendía sus silencios y sus ataques de melancolía. Un día cualquiera le propuse un trato.

—Valentina, ahora que estamos relativamente asentados, que se perfila ante nosotros un porvenir austero pero al menos estable, que vivimos bajo un techo ¿qué te parece si ahorramos una cuarta parte del jornal semanal para los billetes de regreso a tu país? He calculado que, salvo imprevistos, en un año y medio, quizá algo más, podríamos disponer del montante suficiente para comprar dos billetes de barco para España.

—¿Estás seguro de querer reservar para mi disfrute lo que tú ganas con tu esfuerzo, de dejar atrás este porvenir estable del que me hablas, de abandonarlo todo para comenzar desde cero de nuevo, embarcándote en un viaje hacia otro mundo ajeno a ti? —A pesar de ser tan sólo una adolescente, Valentina razonaba como una mujer adulta. Desprendía una serenidad contagiosa.

—Mi pequeño mundo estará siempre al lado del tuyo.

—¿Pero estás seguro, John?

—Completamente.

—¿Nunca te arrepentirás de embarcarte hacia lo desconocido, sin vuelta atrás?

—Ya lo hice una vez siendo un niño ignorante e indefenso y sobreviví. Además, siempre he querido cruzar el mar. En las vías del ferrocarril, e incluso en Hull House, escucho a menudo a los braceros griegos, irlandeses, italianos, suecos, alemanes, platicar maravillas sobre Europa. ¿Por qué no habría de gustarme a mí?

—Así sea, pues. Si realmente estás convencido de ello, me hará muy feliz regresar a España, y seré más dichosa aún si cuento con tu compañía. Ahora tú eres mi familia y ya no sabría vivir sin ti.

A pesar de nuestros míseros ingresos, muy de vez en cuando nos dábamos el capricho de sentarnos en alguna de las terrazas de las avenidas más céntricas y concurridas de Chicago a compartir un único café. Ya entonces, resultaba evidente que la hermosura de Valentina no pasaba desapercibida. Cuando llegaba a cualquier sitio se convertía en el centro de atención y todas las miradas reparaban en su presencia. Aunque ella no parecía darse cuenta.

Era una joven modesta, generosa, tranquila y callada. Pese a la trágica pérdida de su familia y de los dos años que vagamos por las calles —tras haber disfrutado de una infancia de lujo y oropeles—, parecía haberse resignado a un destino calamitoso sin apenas resentimiento. Yo era bien conocedor de que la nostalgia invadía sus noches de insomnio, pero jamás se quejaba, evitando cualquier resquemor o poso de pesimismo. Se centraba en vivir un presente digno y en disfrutar con los insignificantes placeres que un día a día humilde puede proporcionar.

Admiraba esa férrea determinación suya por no ceder ante la amargura, su voluntad por inclinar la balanza hacia la jovialidad. ¡Y qué decir del prodigioso físico de Valentina! Me hipnotizaba cada recoveco de su silueta, aunque yo sentía predilección por algunos aspectos muy particulares de su agraciada anatomía: su cutis inmaculado, níveo, su característica forma de moverse, elegante, etérea, ingrávida, como deslizándose sobre el suelo sin apenas rozarlo, sus esbeltísimas piernas y su larga melena, compuesta de docenas de perfectos rizos azabache. También me perdía en la enigmática expresión de su profunda mirada. Sus ojos eran tan negros como la noche cerrada, pero en ellos se intuía el sol. Al enfrentarme a las pupilas de Valentina yo siempre encontraba la luz.

Se acercaba el verano y tras largas semanas sin un solo día de descanso, el capataz me había premiado con dos días libres. Valentina y yo íbamos a tomar un tren al día siguiente para visitar la cercana ciudad de San Luis.

Aquello suponía un hito: era la primera vez que salíamos de Chicago, la primera vez que íbamos a montar en un medio de locomoción desde que ambos llegamos a la Ciudad del Viento, la primera vez que hacíamos una excursión juntos, la primera vez que nos decidimos a llevar a cabo un gasto extra en nuestra exigua economía, excepto cuando regalé a Valentina el conjunto de lana que siempre lucía cuando paseábamos juntos. Como aquella noche que habíamos decidido acercarnos hasta el gran lago para disfrutar de una mágica velada de luna llena.

Aunque el día fue caluroso y seco, al atardecer refrescó. Una brisa limpia acariciaba nuestros rostros mientras caminábamos hacia la orilla. Nos sentamos en uno de nuestros escondrijos preferidos para contemplar los infinitos destellos que sobre las aguas del lago Michigan provocaba la inmensa bola de plata.

—¿Tú crees que la luna se ve igual en todas partes? —me preguntaba Valentina con la mirada perdida mientras jugueteaba con uno de sus rizos entre los dedos.

—No lo sé, pero recuerdo que en México la veía muy parecida, si no igual.

—Yo apenas me acuerdo de la luna española…

—No te preocupes, algún día no muy lejano la contemplaremos desde tu país y comprobaremos si es idéntica a nuestra luna de Chicago.

—John, tengo un obsequio para ti. No es gran cosa, pero quiero regalarte algo a cambio de todo: por esta falda tan bonita, por el vagón del campamento, por el billete del tren de mañana, por el ahorro semanal para que algún día podamos cruzar el Atlántico…

—Pero si tú ya me lo regalas todo con tu compañía… —Valentina me interrumpió poniendo su índice sobre mis labios al siseo susurrante de «¡Chsssss!».

—Se lo he pedido al padre Mario para ti, y él, que es un cielo, me lo ha concedido sin rechistar. «Como voy a negar algo al ángel que se preocupa por los chiquillos sin civilizar de esta colonia de una manera tan desinteresada. Toma, tuyo es», me respondió jovial. Se trata de uno de los paños de hilo fino que utiliza en la eucaristía para tapar el cáliz. Lo he bordado para ti como pañuelo con tu inicial «J», la mía «V» y debajo también bordé la silueta de mi medallón, que es nuestro talismán.

Valentina sacó el pañuelo de hilo del bolsillo, perfectamente bordado y planchado, de un tejido tan blanco, pulcro y puro como su piel. Creí llorar de satisfacción. Nunca nadie me había hecho un regalo. Jamás antes habían tejido pensando en mí.

—¡Oh, Valentina! ¡Mi Valentina! Esto es magnífico, esto es… ¿Sabes? Después de todo, la vida es hermosa… —no pude decir más. Las palabras no me salían y la emoción me embargaba de un modo pleno, intenso, profundo.

Y entonces, sin saber cómo, ni por qué, sin premeditación, por dictado del corazón, o del alma, o de qué se yo (porque ni siquiera sabía lo que estaba haciendo ni cómo se hacía), sujetando fuertemente el pañuelo entre mis manos, acerqué mis labios a los suyos y la besé. Nos besamos. A la orilla del Michigan, con la brillante esfera plateada sobre nuestras cabezas y las miles de luces y candelas que alumbraban la ciudad iluminando nuestras espaldas.

Puedo afirmar con rotundidad que fue uno de los momentos más felices de mi vida. Mi primer beso de amor a la edad de dieciséis años. Todas las personas deberían dar ese primer beso a alguien que les remueva las entrañas. No al primero que se cruza en el camino. Compartir la experiencia de un primer beso con el verdadero amor no tiene parangón. Ni siquiera las palabras más elaboradas son capaces de abordar la extensión de una sensación semejante en todo su esplendor. En algún momento hasta perdí la conciencia al sentir la suavidad de los carnosos labios de Valentina sobre los míos.

Sí recuerdo que nos seguimos besando bajo las estrellas durante un buen rato y que regresamos al vagón, cogidos de la mano, con Valentina recostando su cabeza sobre mi hombro. A veces tenía la sensación de que proteger a tan extraordinaria criatura era mi verdadero destino.

Pero apenas recuerdo nada más, porque la intensidad de mis sentimientos fue mucho mayor que la grandiosidad de la escenografía o que cualquier otro detalle adicional. Guardo a fuego en mi memoria la textura aterciopelada de la piel de Valentina.

*

Madrugamos para llegar holgados de tiempo a la Grand Central Station y no perder el tren. En realidad nos adelantamos en casi sesenta minutos al horario previsto para la partida, pero aprovechamos para entretenernos con el espectáculo que supone el vaivén matutino de la estación central de Chicago.

—¡John, John, despierta, vamos, perezoso, hoy es un día especial y quiero llegar temprano a la guarida de los trenes! ¡Tenemos que disfrutar de cada detalle! Es la primera vez que vamos a salir de Chicago, aunque sea por unas horas. Ya apenas recuerdo lo fugaces que se alejan las campiñas y los montes a través de las ventanillas. ¡Y estoy deseando escuchar el sonido de la locomotora en marcha! —Con este entusiasmo contagioso me había despertado Valentina casi al alba.

Yo, aún embriagado por el sabor de sus besos, nada podía negarla. Me hallaba ensimismado por la divina señorita que acompañaba mis días y mis noches, una preciosidad inconmensurable que yo redescubrí desde otra perspectiva tras la velada de luna llena junto al Michigan: desde la óptica del amor carnal y la pasión.

Damas de alta alcurnia luciendo vestimentas que impresionaban las pupilas y porteadores que las seguían cargando con sus baúles y maletas; jóvenes esbeltas sujetando en cada mano las finas correas de cuero de sus canes de pedigrí.

—John, cuando vivamos en España me gustaría tener un perrito. Pero uno que sea robusto y bien rollizo. Para cuidarlo, achucharlo y juguetear con él.

—¡Claro! Podrás tener todos los bichos que quepan en nuestra casa. Aunque eso dependerá del tamaño de la vivienda. ¡Espero que sea algo mayor que el vagón del campamento!

—Eso no será muy difícil —bromeaba Valentina, cuyos ojos se perdían detrás de cada detalle del grandioso decorado.

Elegantes matrimonios que se dirigían agarrados del brazo a los vagones de primera clase; personal de las compañías ferroviarias impecablemente uniformados atendiendo solícitos cualquier necesidad de los viajeros; repartidores de periódicos, limpiabotas o vendedores de chucherías que ofrecían sin descanso sus servicios a los potenciales clientes; limpiadores que pasaban incansablemente sus escobas y tupidos paños por las baldosas; el movimiento acompasado de las agujas del gran reloj que presidía la estación... Una exhibición animada e incesante que en modo alguno hacía presagiar el tormento que en breves segundos se abatiría sobre nuestras cabezas.

—Sucedió en décimas de segundo. Valentina, de pie, recolocaba uno de los pliegues de su falda azul marino; yo, sentado en un banco situado a apenas metro y medio de distancia, seguía con atención el movimiento de sus delgados dedos que se deslizaban hacia arriba y hacia abajo, alisando la tela a la perfección. Abstraído estaba recreándome en su hermosura —una vez más—, cuando un ruido estridente, agudo, ensordecedor, lo invadió todo, mientras yo sentía vibrar el suelo, las paredes y el techo de la estación. Jamás había escuchado un sonido tan cruel y espantoso, pero aún peores resultaron las consecuencias de semejante estruendo y de todo lo que sucedió a continuación, en apenas instantes.

Una enorme bola de fuego —que mis ojos percibieron de refilón—, trozos de metal y cristales disparados hacia todas las direcciones, sensación de ahogo, gritos, llantos, aullidos espeluznantes —casi inhumanos—, un olor peculiar, desagradable pero familiar, ¿quizá carne quemada?, humo negro, mucho humo, demasiado, que impedía la visión y obligaba a respirar con dificultad...

Un zumbido lejano.

Un pensamiento recurrente golpeando mis sienes, ¡Valentina!, ¡Valentina!, ¡Val...!

Y de repente la oscuridad.

La nada.

II
Chicago era una fiesta

VI

❦

Apenas podía respirar. Tenía una sensación de ahogo creciente y asfixia en el pecho. Era incapaz de distinguir nada a mi alrededor a causa del humo oscuro que cubría el andén de oscuridad cenicienta. Tras un turbador instante gobernado por el silencio, comenzaron los gemidos lastimeros, las toses, los llantos, los gritos desgarrados…

Me hallaba tumbada cerca de las vías y sentía un dolor insoportable en el brazo. Una joven de negros y largos cabellos estaba tendida sobre mi torso. Después de un estruendo ensordecedor sólo fui capaz de vislumbrar de reojo a una señorita vestida de azul que extendía su brazo para apartarme rauda y un bloque metálico que se precipitaba sobre nosotras. El rápido movimiento de ese brazo amigo evitó que la mole me golpease de lleno: la peor parte se la llevaron mi brazo, mi costado derecho y la espalda de aquella desconocida, mi salvadora, un ángel de la guarda.

Sin la intervención providencial de esa extremidad ajena, muy posiblemente, el pesado bloque me hubiese golpeado de manera frontal, con nefastas consecuencias para mi modo de ganarme la vida. Un hierro golpeando mi cara me retiraría del circuito de las estrellas del music-hall y del cabaré de Chicago, justo cuando estaba disfrutando del momento más dulce de mi carrera; acercándome al ocaso, sí, pero con muchas noches de gloria por delante. Mary Kelly, servidora, la primera bailarina del Red Club, una de las salas más elitistas de la ciudad, todavía tenía mucha guerra que dar.

Tras pasar varios minutos aturdida, aún en shock, intenté incorporarme y aunque el dolor en la parte superior del brazo, incluso en mi hombro, era insufrible, lo conseguí sin más contratiempos.

El humo comenzaba a desvanecerse y el espectáculo que observé fue dantesco. Docenas de cuerpos tendidos a lo largo del andén; los mejor parados, tan sólo estaban malheridos, los menos afortunados, amputados o muertos; no resultaba difícil observar cómo a muchos de ellos les faltaba algún brazo o alguna pierna: mutilaciones a la altura del codo, del hombro, de la ingle, de la rodilla...

Miré hacia las vías y comprendí enseguida la causa. En la entrada de la estación un tren había descarrilado, llevándose por delante a otro que aguardaba en la vía listo para su partida, provocando una catástrofe de espanto. Una carnicería humana.

Vagones del revés, máquinas volcadas, trozos de hierro retorcido, equipajes desparramados, asientos arrancados y esparcidos por las vías y el andén, cristales y fragmentos de metal por todas partes, llamaradas de fuego localizadas, cadáveres desmembrados, cuerpos despedazados, charcos de sangre regando las baldosas...

Me incorporé con dificultad y tras cerciorarme de que todas las extremidades de mi cuerpo permanecían en su sitio, me interesé por el estado de la chica de azul que yacía a mi lado. Tenía toda la cara sucia, tiznada de negro, un costrón de sangre cubriendo su mejilla izquierda y estaba inconsciente. La barra de metal reposaba sobre su costado, pero por lo demás, ella respiraba y se encontraba entera. Me alivió comprobarlo.

Peor suerte corrió un caballero de mediana edad que distaba de nosotras en apenas unos metros. Perdió sus dos piernas de rodilla para abajo pero aún mantenía el bombín sobre la cabeza Me quité la chaqueta y en un gesto de decoro —«Dios mío», razoné en décimas de segundo, «no me gustaría que nadie me contemplase en semejante estado»—, cubrí la parte mutilada de su anatomía. La imagen me produjo tal impresión que no pude evitar una arcada, pero me recompuse para regresar al lugar donde reposaba mi ángel de la guarda. Me sentí culpable por no poder hacer nada más por el caballero amputado. En realidad, tenía remordimientos por ser incapaz de atender los sollozos lastimeros que retumbaban mis oídos provenientes de todas las direcciones.

Las siguientes dos horas fueron caóticas. Tras la llegada de la policía de Chicago, de bomberos, médicos, enfermeras y sanitarios, comenzó la frenética evacuación de heridos. Un joven doctor se acercó hacia mí.

—¿Cómo se encuentra, necesita algo?

—Doctor, yo sólo tengo un dolor terrible en el brazo, pero esta chica está inconsciente desde el accidente. —Él se agachó para palpar alrededor de su torso.

—Tiene contusiones graves en la parte derecha del cuerpo, parece que algunas costillas rotas. A falta de evaluar la gravedad de posibles lesiones internas, parece que su vida no corre peligro. La trasladaremos al Hospital Central.

—¿Puedo ir con ella?

—Debe hacerlo. Además de las lesiones de su amiga, no está de más que echen un vistazo a su brazo.

—Gracias, doctor.

—Es mi trabajo. ¡Helen! —prosiguió él, dirigiéndose a una enfermera que corría frenética y despeinada de un lado hacia otro—. Consiga una camilla para esta herida y trasládela al Hospital Central. Será acompañada por esta señora que también padece lesiones leves.

En la ambulancia nos acompañaron cuatro heridos más, ninguno de gravedad, lo cual agradecí, ya que la imagen del caballero del bombín con las piernas amputadas me asaltaba a cada momento. De hecho, la única que permanecía completamente inconsciente camino del hospital era mi ángel particular.

Si espeluznante resultaba el escenario de la Grand Central Station, el *lobby* y pasillos del Hospital Central no se quedaron cortos. Montones de heridos se fueron acumulando en cualquier rincón y esquina disponible. Desde los que contaban con simples golpes como era mi caso, o con heridas superficiales, hasta los que iban llegando con algún miembro de menos o con boquetes profundos. Aún sin reponerme de la impresión que me causaron las amputaciones, todavía me di de bruces con un anciano tendido sobre una camilla con las tripas reventadas y los intestinos colgando.

Tras horas de espera, un cabestrillo en el brazo y un par de pequeños vendajes nada aparatosos —tenía también un corte en la pierna y otro en la frente en los que no había reparado— me mandaron a casa sin posibilidad de negociación alguna.

—Señora, ¿pero es que no ve lo que ocurre a su alrededor? Aquí no sólo estorba, también molesta a los profesionales sanitarios que intentamos desarrollar nuestro trabajo en una situación tan extraordinaria.

—Pero me gustaría conocer cómo se encuentra y la gravedad del estado de la chica que me acompañaba en la ambulancia.

—La están reconociendo, sus heridas son más graves que las suyas, aunque no parece que su vida corra peligro. Pero no se haga ilusiones, nunca se sabe. Vuelva mañana, es lo único que puedo decirle.

Y cumplí sus instrucciones al pie de la letra. Al mediodía siguiente, después de una noche sin pegar ojo a causa del dolor del brazo y del hombro, y sobre todo, debido a las imágenes del horror que golpeaban mi mente —sólo podía rememorar una y otra vez los gritos, el humo, el fuego, los cristales rotos, los heridos, las amputaciones, los muertos—, me presenté en el hospital en busca de la chica de azul.

—Busque por habitaciones y pasillos, nosotros tenemos que atender heridos, no damos abasto. Cada familiar que aparece se encarga de dar con los suyos. Los trabajadores del hospital no podemos perder tiempo en estos momentos ni en papeleos, ni en asuntos sociales o similares. Sólo atender heridos y salvar vidas. O al menos intentarlo.

Tardé un buen rato en encontrarla, pero al fin lo conseguí en medio de un pasillo cualquiera sobre la misma camilla en la que reposaba el día anterior. Seguía inconsciente y me costó reconocerla. De hecho, ello fue posible por el jersey de lana azul celeste con ribete marino en el pico del cuello y por una cadena de oro que pendía de su cuello, ocultando el resto del colgante bajo la ropa.

La diferencia era que tras el accidente su rostro se mantenía invisible por los tiznones y el costrón de sangre; pero cuando volví a verla, con la cara ya lavada, lo que descubrí me dejó maravillada. Tenía delante a una niña lindísima, de unos quince o dieciséis años, con unas facciones extremadamente hermosas y un cutis de porcelana, como recién extraído del lienzo de un pintor renacentista de culto. Sólo una cicatriz profunda en su mejilla indicaba la tragedia acontecida. Si Dios hubiese tenido a bien darme una hija, la habría imaginado como ella.

Pregunté si alguien se había interesado por aquella criatura en las últimas horas.

—No, señora —me informó una de las enfermeras de más edad que atendía ese pasillo—. Pero eso no es significativo. Sus familiares pueden haber comenzado la búsqueda por los otros hospitales de Chicago. O lo que es más probable, que sean también víctimas del accidente y estén tan malheridos como ella. O lo que es peor, muertos.

—Yo soy su tía —mentí sin haberlo previsto. Pero es que no podía consentir que mi peculiar ángel salvador, aquella niña bella, permaneciese completamente sola, desamparada, tirada en el pasillo de un hospital atestado de heridos—. ¿Cómo está? —pregunté con cierta preocupación. El aspecto de su rostro transmitía serenidad y hasta una hermosura arrebatadora, pero podía ser que por dentro la cosa no fuese tan bien. Su inconsciencia durante más de veinticuatro horas no me permitía bajar la guardia.

—Sobrevivirá. No tiene ninguna lesión interna de gravedad. Eso sí, se ha llevado un golpe considerable en la espalda y el costado que la obligarán a permanecer en reposo durante varias semanas; hemos tenido que practicar varios puntos de sutura desde el costado hasta el inicio de la espalda, y también tiene cuatro costillas rotas, una de ellas prácticamente aplastada. ¡Ah! y un traumatismo en la cabeza que la mantiene inconsciente. Será una recuperación lenta y muy dolorosa que no dejará secuelas, más allá de la cicatriz provocada por los puntos de sutura que hemos tenido que coser en la herida del costado.

—¿Y por qué está en medio del pasillo y no en una habitación? Tengo dinero para pagar la mejor habitación de este hospital, si se trata de eso.

—No, señora, no se trata de dólares —la enfermera me lanzó una mirada despectiva y prosiguió con su explicación—. El accidente de la estación nos ha dejado cerca de medio millar de muertos y heridos, quienes junto a los pacientes habituales, mantienen colapsados los hospitales de la ciudad. En las habitaciones se encuentran las víctimas que se debaten entre la vida y la muerte; también los heridos de gravedad que requieren curas y tratamientos especiales. Los que solamente necesitan reposo son atendidos en pasillos y espacios comunes.

—¿Y ella qué requiere?

—Tan sólo reposo absoluto y la medicación indicada.

—¿Puedo trasladarla a mi casa? Cuento con numerosas habitaciones, una de las cuales puede ser habilitada especialmente para su recuperación, además de estar en disposición de contratar los servicios privados de los mejores médicos de la ciudad.

—Si es usted familiar de la herida y ese es su deseo, hable con la dirección del hospital. Hasta nos viene bien liberar espacio. Le harán firmar unos papeles y podrá llevarse a su sobrina.

Me permití la licencia de aquella mentira piadosa, la de un vínculo sanguíneo inexistente. Se trataba de una obra de caridad. Si surgía algún problema con la firma de los papeles, resultaba que al Red Club acudían los señores más poderosos de Chicago. Algunos de ellos, además, eran muy buenos amigos míos. De los que me debían favores y a los que yo «hacía favores». Dejé la dirección de mi domicilio por si se presentaban los verdaderos parientes de la bella durmiente.

—No doy con ellos –mentí–, algunos estaban con nosotros en la estación y puede que se encuentren malheridos o inconscientes en otros hospitales. Pero esta es la dirección de mi domicilio para cualquier cosa que ustedes puedan necesitar –afirmé, extendiendo un papel en el cual especifiqué por escrito todos los datos de mi residencia.

—¿Cómo se llama la paciente?

—Jasmine Kelly –di el primer nombre que se me pasó por la cabeza utilizando mi propio apellido para garantizar el parentesco. Se suponía que yo era su querida tía…

De este modo tan poco ortodoxo, pero cargado de buenas intenciones y un agradecimiento infinito hacia su persona, Valentina entró en mi vida para quedarse, conquistando mi corazón hasta el fin de mis días.

VII

❧

Valentina permaneció inconsciente cerca de un mes. Demasiado tiempo para la escasa gravedad de sus heridas. Era como si se negase a abandonar el limbo en el que se encontraba flotando.

Yo vivía en una de las zonas más señoriales de Chicago. Mi salario como estrella del Red Club era boyante y las propinas más que abundantes. Pero lo mejor, sin duda, eran los generosos y costosísimos regalos de mis amantes, tipos influyentes de la ciudad. Unos respetables, otros canallas, todos potentados.

Además del principal ocupado por mí y de otros dos habilitados para el personal de servicio, la vivienda contaba con tres dormitorios de invitados. En el más amplio y luminoso acogí a Valentina. También contraté a un par de enfermeras para que se ocupasen de la recuperación de la chica día y noche. Era lo menos que podía hacer por la responsable de que yo saliese prácticamente ilesa del brutal choque de trenes.

Acudí al hospital al día siguiente para comprobar si habían ido buscando a alguien como ella, de su edad, con sus características físicas, describiendo las ropas que llevaba puestas el día de la tragedia. Nadie lo hizo. Comencé a pensar que un destino fatal había golpeado a sus familiares sobre las vías de la Grand Central. Hubo más de cien muertos, algunos de los cuales ni siquiera pudieron ser reconocidos: sus restos quedaron esparcidos por el suelo de la estación o en el interior de los vagones en forma de diminutos trozos de carne.

Temía el día que tuviese que comunicar aquellas trágicas noticias a mi bella durmiente, alguien que aportaba sosiego a mi desenfrenada trayectoria.

La vida me había negado el regalo de ser madre. El gran anhelo que siempre albergué desde cría. Hasta tres abortos naturales padecí durante mi matrimonio con el único hombre al que he amado: Tom, mi adorado esposo. Murió hace casi cinco años en Europa, pilotando en combate durante la Gran Guerra.

Él era oficial de la armada y yo bailarina cuando nos conocimos. Nuestro amor fue fulminante, un auténtico flechazo, y tras cinco años de largo y casto noviazgo nos casamos una tarde de primavera. Dudo que haya existido una relación más feliz que la nuestra: sólo nos fue negado el don de la paternidad a pesar de haberlo intentado hasta la extenuación. Dejando de lado el doliente asunto de nuestros hijos no nacidos, el resto de nuestra relación fue un lecho de rosas hasta que la guerra me lo arrebató.

La demoledora noticia de su fallecimiento trajo consigo la muerte de la Mary Kelly que fui. Pensé en quitarme la vida, pero no tuve valor y opté por la solución fácil. Volví al baile y a los clubes nocturnos, con una actitud mucho más frívola y granuja, comportándome sin pensar en el mañana —para mí no lo había sin Tom—, aprovechando al máximo los explosivos atributos que la naturaleza me había otorgado: unos colmados pechos, unas caderas rotundas, unas piernas torneadas, una cara resultona y un buen sentido del ritmo y de la coordinación corporal. Mi pelo oxigenado completaba un aspecto sexi: siempre he pensado que los caballeros las prefieren rubias...

Aunque esta vez lo tenía claro: la vida sería una sucesión de noches de fiesta hasta el amanecer, evitando caer de nuevo en las apetecibles garras del amor. Mucho alcohol para olvidar —y para soportar mi desgracia—, coqueteo con el opio y la cocaína para dejarme llevar por la euforia artificial y un puñado de amantes acaudalados que se gastasen dinerales en mi bienestar, mis caprichos y mis lujos. Esa era mi vacía y triste (aunque cómoda y distinguida) existencia.

Y ahí estaba yo. Velando a un ángel anónimo —ni siquiera conocía su nombre aún— que por edad —yo tenía treinta y cinco y ella parecía contar con quince o dieciséis años— podría haber sido incluso mi hija. La descendiente que un destino cruento y desalmado había tenido a bien no concederme.

Hasta que un día de caluroso verano, al atardecer, en ese momento preciso en el que el sol juega al escondite ocultándose tras el horizonte, después de cuatro semanas de inconsciencia plena, la bella durmiente abrió sus expresivos y profundos ojos negros. Antes incluso de incorporarse o de observar dónde se encontraba, pronunció un nombre.

—John, John... ¿dónde estás?

Recuerdo que en aquel momento pasó por mi cabeza algo así como «no, por favor, otro dramón sentimental no, que ya bastante tenemos con el mío».

Se incorporó mientras repetía.

—John, ¿dónde está John?

No parecía dirigirse a nadie en particular, simplemente mostraba su angustia por conocer el paradero del tal John. Ni siquiera reparaba en dónde se encontraba, ni en la enfermera o en mi presencia, que estábamos junto a ella, al lado de su cama. Decidí tomar la palabra.

—Bienvenida de nuevo a la realidad. Me alegro mucho de que hayas recuperado la consciencia. Has estado cuatro semanas sin dar señales de vida. Hubo un fatal accidente entre dos trenes en la Grand Central. Soy Mary Kelly. Te estoy eternamente agradecida porque un ágil movimiento tuyo evitó que un bloque de metal impactase frontalmente contra mí. Tú te llevaste la peor parte de ese golpe que se dirigía hacia mi cuerpo. Desde entonces has guardado cama, aquí en esta habitación. Estás en mi casa, que es la tuya.

Sólo entonces pareció prestar algo de atención al entorno. Miró hacia los amplios ventanales, a las pesadas cortinas de terciopelo, se fijó en la araña de cristal que adornaba el techo, reparó en las rosas blancas que adornaban la estancia, se aferró a las suaves sábanas de raso... Y se llevó la mano al costado mientras una mueca de dolor asomaba a su rostro.

—¿Cómo te llamas? –pregunté. Al fin iba a conocer el nombre de mi ángel.

—Me llamo Valentina.

—Qué nombre tan precioso, querida niña. Es ciertamente musical.

—¿Dónde está John? –Era lo único que parecía preocuparle. Acababa de despertar tras un mes vagando en el paraíso de los sueños, se encontraba en un lugar extraño rodeada de dos completas desconocidas (la enfermera y yo) y sólo preguntaba por John.

—John es la única familia que tengo. Íbamos a tomar un tren para disfrutar de una pequeña excursión fuera de Chicago. ¿Por qué no está aquí conmigo? ¿Dónde está John?

Yo me había obcecado tanto con el instante en el que la chiquilla despertase que había pasado por alto lo más crucial: el momento de las preguntas y las consiguientes explicaciones. Y no se trataba de algo fácil ni agradable.

—Verás, Valentina, el choque fue tremendo porque un tren descarriló llevándose a otro por delante. Hubo muchos heridos graves, muy graves. También muertos. A ti y a mí nos trasladaron al Hospital Central, pero otros heridos se repartieron entre el resto de centros de Chicago. Tu traumatismo te dejó inconsciente y con algunas costillas rotas, pero no necesitabas curas ni tratamientos especiales, por lo que había que dejar espacio libre en el hospital para los menos afortunados. Por eso te trajimos aquí. Pero no había nadie a tu lado tras el accidente; de hecho, tú terminaste tendida encima de mí tras la explosión.

—Necesito encontrar a John Juárez. –Valentina intentó salir de la cama, pero el dolor no se lo permitió. Su costado y las costillas le recordaron que aún estaba convaleciente, a pesar de la consciencia recuperada. Permaneció sentada en el borde del colchón con las piernas colgando.

—Parece que aún no estás lista para incorporarte. Has pasado un mes a base de suero y las costillas no se han soldado todavía, sobre todo una, que casi resultó aplastada.

—Tengo que ir a buscar a John. –Parecía no escuchar nada de lo que yo le decía. Su deseo de saber acerca del tal John anulaba todo lo demás. Quiso ponerse en pie de nuevo, pero la enfermera tuvo que sujetarla para que no cayese redonda al suelo.

—Valentina, dime cómo es John y saldré a buscarle por ti mientras te recuperas.

Pero John no apareció. Era como si se hubiese esfumado o se lo hubiese tragado la tierra. También podría ser uno de los desafortunados seres humanos hechos papilla cuyos restos no pudieron ser reconocidos debido al choque y la posterior explosión.

Pero de aquel chico, su única familia —como ella repetía continuamente—, ni rastro. Ante la desazón, las súplicas y el desánimo de Valentina —que sólo se desperezaba por la ilusión de encontrar a su John—, visité personalmente los hospitales de Chicago que habían recogido heridos aquel aciago día. Todas las pesquisas fueron negativas. También moví algunos hilos «más personales» para comprobar si mis amigos de las altas esferas chicagüenses podían echarme una mano con el paradero del chaval. Pero no se trataba del único volatilizado. En total, hubo cerca de dos docenas de desaparecidos, la mayoría desintegrados tras la explosión provocada por el choque de los trenes o masacrados entre los hierros retorcidos. Carne triturada. Las perspectivas de encontrar al joven mexicano con vida quedaron minimizadas.

Traté de hacer comprender a Valentina que la muerte no era el único final posible: quizá su amigo había salido de Chicago, había regresado a su país natal o padecía amnesia, algo nada extraordinario en un accidente de esa envergadura si se había golpeado en la cabeza o se mantenía en shock por la tremenda impresión que supone presenciar semejante desgracia. Cualquier cosa menos plantearle a bocajarro que había veinte víctimas cuyos cuerpos no habían podido ser reconocidas debido al estado en el que habían quedado.

Aunque permanecía en cama, ella mejoraba físicamente día a día. Iba ganando algún kilo, de la cicatriz de la cara apenas quedaba rastro alguno, e incluso sus mejillas se mostraban sonrosadas a la luz del día. Pero, anímicamente, no levantaba cabeza. Por un lado, no entendía qué hacía postrada en una cama ajena, rodeada de lujo y de atenciones procedentes de una perfecta desconocida.

—Yo no puedo continuar en esta casa, abusando de su hospitalidad, señora Kelly —me razonaba compungida, con expresión tristona—. No puedo pagarle de ninguna manera todo lo que usted me está ofreciendo.

—Soy Mary, tutéame, no me cansaré de repetírtelo. Al igual que seguiré insistiendo sobre esto otro que no quieres comprender: salvaste mi pellejo. Trabajo con mi cara y la intervención providencial de tu brazo me libró de una retirada anticipada. Eso no tiene precio. No hay nada material que tú puedas ofrecerme a cambio, ya has hecho más de lo que los billetes pueden pagar. Además, dispongo de una casa enorme en la que podría vivir una familia entera –o dos–, me sobran habitaciones, mobiliario, personal de servicio y dinero. Soy la gran estrella del Red Club, eso da muchos dólares. Más de los que puedo gastar por mí misma. Créeme. Así que deja de preocuparte: tu único desvelo de aquí en adelante consistirá en alcanzar una pronta recuperación.

—Pero esa mano fue algo involuntario, casi instintivo. No deseo que se me considere una heroína por un acto reflejo.

—Me resulta indiferente el origen o la causa. El resultado es que sigo siendo Mary Kelly tal y como Chicago me conoce.

Ella nunca quedaba convencida al cien por cien de mis razonamientos, pero callaba. Tampoco contaba con las fuerzas suficientes para salir corriendo ni para entablar debates intensos. Y para mí Valentina suponía un nuevo cariño al que aferrarme. Era mi salvadora en la mayor tragedia que había acontecido en Chicago desde el incendio de 1871, por lo que estaba en deuda con ella y contaba con mi gratitud eterna.

Además, tras la desaparición de su amigo estaba tan sola en el mundo como yo. ¿Por qué no hacernos mutua compañía? ¿Dios me compensaba con una hermosa criatura, ya crecidita, tras arrebatarme de mis propias entrañas y por tres veces los sagrados frutos de mi amor por Tom?

Apenas hablaba, parecía un alma en pena, siempre con la mirada ausente, hasta que un día que me acerqué a darle las buenas noches antes de marchar hacia mi función en el Red Club, me reveló su triste historia.

—Estoy maldita –confesó.

—Pero ¿qué estás diciendo, criatura? Los ángeles y las maldiciones son incompatibles. Y es obvio que tú te asemejas más a un ser celestial que a una bestia engendrada en el mismo seno del averno.

—Todas las personas a las que quiero, mueren. Las peores desgracias acontecen en mi presencia. Pero ellos perecen y yo sobrevivo. Llevo a mis espaldas un naufragio y una catástrofe ferroviaria. Soy un ángel, sí, pero un ángel exterminador para mi familia, para mis seres queridos. Hace unos años viajé desde España con mis padres y mi abuela para pasar una temporada en Chicago. Mi papá, un próspero hombre de negocios allá, quería conocer las nuevas técnicas de tratamiento del metal para implantarlas posteriormente en nuestro país.

»Cerca de Nueva York una terrible tormenta llevó a pique la embarcación en la que habíamos cruzado el Atlántico. A mi abuela y a mí nos metieron en uno de los primeros botes salvavidas y pocas horas después fuimos rescatadas. Ellos nunca aparecieron, como ahora John. Mi abuela sobrevivió al naufragio, pero no a sus secuelas. Su anciano cuerpo no pudo resistir las durísimas condiciones climatológicas de la tormenta ni las bajas temperaturas. Murió pocos días después, cuando íbamos a subir al tren con destino a esta ciudad, lugar donde pensaba reunirse con mis padres cuando ellos apareciesen.

»Llegué a Chicago sola, sin familia, equipaje ni dinero. De no haber sido por la intervención de John, ahora estaría muerta. Desde entonces él lo ha sido todo para mí. Pasamos dos años en la calle en los que me protegió y hasta me alimentó, puesto que robaba para que pudiésemos comer. Después comenzó a trabajar en el ferrocarril y, además de un jornal semanal, me regaló un techo bajo el que dormir. Y paseábamos, charlábamos, reíamos, bailábamos, soñábamos... Éramos más que cómplices: almas que se necesitan.

»El día del accidente nuestro tren partía una hora más tarde, pero yo lo desperté al alba porque quería disfrutar de la Grand Central, de los viajeros, del ambiente... Por mi culpa estábamos en el lugar a una hora que no nos correspondía. Era demasiado temprano para nuestra partida. Ahora él ya no está y yo sí. Mary, yo mato a los míos. ¿Ángel, dices? Sí, sin duda soy un ángel tenebroso.

Pobre niña. El relato me sobrecogió. Ciertamente su pasado era durísimo. Soportaba demasiadas ausencias y un hondo pesar para su temprana edad, dieciséis años recién cumplidos según me confesó. Cuando el resto de féminas a sus años sólo tienen cabeza para elegir abalorios y complementos, para la *dolce vita* y la búsqueda de un marido, ella había sufrido lo indecible.

Podía haberla compadecido, sí, pero entendí que esa mujer que se hallaba tendida sobre la cama, al borde de una depresión, necesitaba un revulsivo, una terapia persuasiva para salir adelante y no más caricias ni lisonjas.

Tiré de mi propia fatalidad para que se enfrentase a la vida real. Para intentar una reacción positiva por su parte. Para resucitar su coraje –si había llegado hasta aquí con semejante historial, contaba con agallas y con mucho más–. Quizá pequé de cruel, pero a la larga mis palabras fueron un bálsamo para su pesimismo.

—¿Sabes que no eres la única mujer a la que le ocurren desdichas y calamidades? ¿Eres conocedora de que en este mundo, cada día, miles de almas pierden seres queridos de manera trágica y salen adelante? La infeliz que te está hablando, sin ir más lejos. El único hombre al que amé –y amaré– me fue arrebatado por un arsenal de metralla a miles de metros sobre el suelo en la Gran Guerra. Una guerra que, por cierto, dejó millones de huérfanos y viudas, no sólo a mí. Y que fue más devastadora en tu continente que en el mío. ¿Que eres un demonio para los tuyos porque tú has sobrevivido a dos accidentes y ellos no, dices? Te voy a confesar lo que significa ser un verdadero exterminador para la sangre de tu sangre: tres hijos míos, TRES, han perecido en mi vientre. Los frutos del amor con el hombre objeto de mi devoción jamás vieron la luz. Mis entrañas, el útero de una mujer cuyo fin natural es dar la vida, se convirtieron en la tumba de mis propios hijos. Así que no vuelvas a repetir, no en mi presencia, semejante memez.

A partir de ese momento, Valentina, aunque incapaz de arrinconar su nostalgia y melancolía, jamás volvió a quejarse sobre remordimientos infundados ni sobre maldiciones extravagantes. Al menos frente a mí.

En cuanto contó con las fuerzas suficientes para ponerse en pie, tuvo claro hacia dónde dirigirse. Mantenía intacta la esperanza de reencontrarse con John en cualquier rincón de su reciente vida en común, o de obtener información acerca de él, por si alguien le hubiese visto camino de algún sitio, o tal vez sus compañeros de campamento o de la compañía ferroviaria tuviesen alguna noticia sobre su paradero actual, sobre qué suerte había corrido... O simplemente visualizaba que cuando ella entrase en el vagón, él estaría allí, en su hogar, esperando, sin más.

Nada de aquello ocurrió. El habitáculo permanecía tal y como ellos lo dejaron la mañana del accidente. Preguntó a todo aquel que pasaba por allí, a los vecinos, a los caminantes, a diestro y siniestro. Ninguna noticia.

Acompañé a Valentina hasta el campamento. Quería estar a su lado durante ese trance. Me impresionaron las precarias condiciones de vida de aquella gente. Cuatro paredes de metal y una temperatura insufrible en medio de un descampado sin las mínimas condiciones urbanísticas o higiénicas. En su vagón sólo vivían ellos dos, pero los de alrededor eran compartidos hasta por diez y por doce personas. Y yo disponiendo de una mansión señorial con quince habitaciones, entre dormitorios, salones, salitas de estar, cuartos de baño... Una edificación colonial con dos plantas y un enorme jardín con porche y cenador sólo para mi disfrute particular.

Mientras que aquellos desgraciados se alimentaban de sobras, un puñado de privilegiados y yo, cada noche, en el Red Club, reventábamos de alcohol —la prohibición era flexible según bajo el techo que se consumiese: en los clubes de élite hacían la vista gorda previo pago—, caviar, ostras, langosta y de todo aquello que se suponía representaba el lujo y la ostentación más infame. Mientras tantos y tantos ayunaban de buena mañana para ir a ganar el jornal con el estómago vacío, otros muchos nos regodeábamos en nuestros pomposos desayunos con diamantes.

Supongo que esa tarde admiré de veras a Valentina. Su entereza y dignidad. Haber sabido adaptarse a la adversidad más flagrante proviniendo de la Europa pudiente y de un estatus social incluso superior al mío. De cómo una señorita de la más alta burguesía española se había resignado a un nuevo destino carente de toda comodidad junto a un huérfano mexicano que lo más que podía ofrecerle era ternura, cariño incondicional, protección permanente y admiración eterna.

De allí marchamos hacia la compañía ferroviaria. Ella no se quedaría tranquila hasta haber rastreado minuciosamente todas las parcelas de la vida de John. La negativa volvió a ser la protagonista en el ámbito laboral del desaparecido. Nada sabían de John desde la tarde anterior al accidente, momento en el que se despidió muy animado porque al día siguiente iba a salir de Chicago por primera vez desde su llegada.

La última parada del día nos llevó hasta Hull House. Del zagal ni rastro, pero al menos coincidir con doña Marcela, con sus hijos y con el padre Mario supuso un impulso muy positivo para la baja moral de Valentina. El reencuentro con sus amigos en la iglesia de San Francisco de Asís, aprovechando la hora de las lecciones de la tarde de la oronda profesora, resultó realmente emotivo.

—Ay, m'hija, ay, m'hiiija, ¡pero qué ven mis ojos! Te creímos muerta en el tren, sin saber de vosotros *na de na* durante semanas tras el accidente. ¡Un milagro, un milagro! ¡Señor, Señor, gracias! ¡Valentina está viva! ¡Viva! —Palabras tras las cuales, la señora Marcela no dejó de achuchar a Valentina entre sus abundantes carnes durante largo rato, mientras la cubría de besos y carantoñas–. ¿Y esa ropa, mi amor? Pareces una dama refinada y elegante —advertía a gritos la señora mientras reparaba en la vestimenta que yo había prestado a Valentina para su primera salida tras la convalecencia.

No teníamos idéntica talla ni por asomo, ella era mucho más alta y esbelta que yo, pero por las hechuras amplias y el corte de aquel modelo en concreto, apenas se apreciaba que no le pertenecía. «Tengo que convocar a mis modistas de cabecera para que tomen las medidas de Valentina y confeccionen un buen vestuario de temporada a la chica», anoté mentalmente cuando caí en la cuenta de que ella no tenía nada que ponerse.

Idéntico comportamiento mostró el cura en cuanto comprobó que ni sus ojos ni Marcela erraban y frente a él se encontraba la mismísima Valentina. También algunos de los chavales a los que ella instruía. Todos se arremolinaron a su alrededor sin parar de darle achuchones prietos. «Menos mal, al fin un momento dulce para la chiquilla» pensaba yo mientras me contagiaba de la alegría reinante en el grupo. Jolgorio que enseguida se vino abajo en cuanto la última esperanza se desvaneció. Sus amigos tampoco sabían nada de John desde los días anteriores a la catástrofe. Más tarde, en casa, ella me confesó:

—Sabes, Mary, no me puedo creer que John no exista. El corazón me dice que está vivo. Cuando mis padres desaparecieron, algo irracional me advertía de que ya no volvería a verlos, por más que mi abuela se empeñó en lo contrario. Sin embargo, no es la misma sensación que me invade ahora respecto a él. Está vivo. John está vivo. Lo sé. ¿Es esto una locura?

—No, Valentina, no lo es. Cuando Tom marchó a Europa se me desagarró el corazón en el momento de la despedida. Todo mi ser me pedía retenerlo, impedir su marcha. Era algo irracional, como tú bien me comentas, pero poderoso. Desde días antes de la comunicación oficial de su muerte, yo estaba inquieta, revuelta, como si la conexión entre nosotros se hubiese roto. Como si el karma me avisase con antelación del fatal desenlace.

—A mí me ocurre lo contrario. Todo dentro de mí me dice que John está por ahí, en alguna parte.

Mientras charlaba con Valentina recapacité acerca de un detalle en el que no había reparado hasta entonces, volcada como había estado durante la convalecencia en su plena recuperación.

Valentina sólo durmió una noche en el Hospital Central, la correspondiente al día que aconteció el accidente. Ella no pasó ni veinticuatro horas allí: la saqué de aquel pasillo atestado de sangre y mutilados con un nombre falso que nadie comprobó a causa de mis prisas, pero sobre todo, debido al caos reinante en las horas posteriores al choque mortal.

¿Y si John Juárez fue de hospital en hospital buscando a Valentina de Medinaceli y sólo quedaba constancia del rastro de una falsa Jasmine Kelly? Era una posibilidad que evité formular en voz alta, ya que de esperanzas postizas está el mundo lleno.

VIII

⊙⌖⊙

Me costó convencer a Valentina –a pesar de su frágil aspecto era terca como una mula–, pero acordamos que ella se quedaría en mi casa. Estaba tan sola en el mundo como yo, pero a mí me sobraba espacio, plata y recursos de todo tipo. Con las danzas sensuales y el pícaro uso de mis armas de mujer había acumulado más riquezas de las que podía llegar a gastar en vida. Yo la consideraba una compensación divina a mis infortunios del pasado.

Ella no encajaba bien eso de ser «mantenida» a cambio de nada, pero mi argumentación acerca de que gracias a su milagrosa intervención en la estación yo podía seguir reinando en las noches de Chicago, si bien no la convencía completamente, al menos a mí me dejaba cierto margen de maniobra en el arte de la «negociación». ¿Manipulación emocional? Posiblemente, pero la providencia no me había otorgado a la hija que nunca tuve para que yo la dejara volar sin más.

—Pero, Mary, me resulta complicado vivir aquí a cambio de nada, puedo colaborar en las tareas del hogar, echarte una mano en tus asuntos personales, ayudarte en lo que creas conveniente…

—¿Acaso no has apreciado que esta casa ya cuenta con suficiente personal de servicio?

—Pero yo no puedo pagarte de ningún modo tu hospitalidad.

—¿Tu presencia, tu afecto y tu compañía te parecen poco, querida Valentina? ¿Pero cuántas veces he de repetirte que estoy en deuda contigo por librarme de una lesión de consecuencias imprevisibles, por salvarme la cara?

También pactamos que seguiría acudiendo a San Francisco de Asís a ayudar a doña Marcela y al padre Mario en la educación de los más pequeños de Hull House. Además de mantener su mente ocupada, se le daba bien y disfrutaba con ello.

Y descubrí algo importante que a la larga también contribuyó a su recuperación definitiva: su amor por la música y su habilidad con el piano.

Cuando me contó que durante la infancia había tomado clases de danza y de piano, no lo dudé: potenciar su actividad, incentivar sus aptitudes, desarrollar un hobby... todo aquello supondría una importante herramienta para el raudo despegue de su ánimo.

Me informé entre mis potentados conocidos acerca de su reputación intachable y contraté a uno de los mejores profesores de piano de la ciudad, quien acudía cada tarde durante dos horas a tocar con Valentina. Las primeras semanas ella apenas recordaba notas ni técnica alguna, pero con la práctica habitual fue mejorando y mucho. Transcurrido un trimestre ya era capaz de tocar melodías sencillas, acordes que se fueron haciendo más complejos a la par que se incrementaba el número de clases.

También encargué para ella un vestuario digno de una señorita de la alta sociedad americana. No reparé en gastos: las más costosas sedas, los mejores crepés, guipures, cachemires, complementos de última moda, bolsitos tipo bombonera, calzado a medida, la más novedosa colección de sombreros *cloché*...

A sus dieciséis años y medio, su belleza iba en aumento: la dulce niña que fue había dicho adiós para no regresar, mientras la naturaleza seguía su curso para convertir a mi Valentina en una mujer portentosa. En casa, danzando, tocando el piano, leyendo, todavía podía percibirse en ella cierta ingenuidad; sin embargo, cuando salíamos a la calle y se vestía como una auténtica dama, el efecto era demoledor.

Alta —me sacaba una cabeza, su estatura superaba el metro setenta y cinco— espigada, con gracia en el andar y en el contoneo y con un rostro demasiado hermoso para ser real. Habría que tener cuidado con los moscones de dudosas intenciones que en breve comenzarían a rondarla.

Yo deseaba que Valentina saborease el verdadero amor, al menos en su primera vez. No privarla de una experiencia tan inolvidable como fue mi matrimonio con Tom. Luego, los vericuetos de la vida son indescifrables y casi nada acontece según lo previsto, pero intentaría en la medida de lo posible evitar un primer pretendiente inadecuado para ella.

Yo misma añoraba tanto mi pasado con Tom... Su muerte me transformó en una frívola, vacía de sentimientos y de calor humano, pero rodeada de *glamour*, de poderosos, de fiesta, de fastos y de vanidades: me convertí en una mujer superficial, carente de sensibilidad, alejada −a propósito− de lo que de verdad importa.

Tenía media docena de amantes habituales, todos bien posicionados entre las altas esferas de la ciudad: gerifaltes sin escrúpulos con los que compartía placer, buenas juergas, alcohol y drogas tras mis actuaciones en el *Red Club*. Pero cuando las luces se apagaban y la noche cedía espacio a un nuevo día, todo lo acontecido entre *jazz*, humo, champán y risas fatuas se desvanecía sin dejar el más mínimo poso de recuerdo en la sesera de los protagonistas.

IX

—Mary, ¿cuándo me llevarás al Red Club? —Sabía que esa pregunta estaba a punto de caer. Valentina la formuló una tarde cualquiera tras interpretar a la perfección una partitura de Beethoven. Y yo no podía negarme.

—Cuando quieras. Me alegra saber que te encuentras con ánimo para socializar y para compartir una velada festiva en el club imprescindible entre lo más distinguido de Chicago… —Qué otra cosa podía responder.

—¿Sabes? Cuando éramos niños John y yo nos sentábamos frente a la acera del Red y de otros clubes de jazz y cabarés. Nos pasábamos largo rato observando la puerta de entrada y todo lo que allí acontecía. Me embelesaba con el vestuario de todas esas mujeres tan despampanantes, con sus joyas, sus brillos, sus boas de plumas, sus sedas, satenes, guantes, estolas de piel, medias de fantasía, elaborados peinados, sugestivos tocados… Fantasear con lo que ocurría allí dentro, suponía un buen entretenimiento para un par de pobres niños. —Un destello de tristeza se apoderó de su mirada. Cada vez que rememoraba a John, la congoja era inevitable para Valentina. Y a mí se me partía el alma.

—No se hable más, querida. Esta noche conquistarás el Red Club. Además, ya estás a punto de cumplir diecisiete años. Ha llegado la hora de tu debut social. Mi peluquera se encargará de convertir esos rizos indomables en ondas de agua, utilizarás carmín rojo por primera vez y estrenarás el espléndido vestido de gasa y lentejuelas color oro que reposa en tu armario. ¡Ah! Y te voy a regalar unos fabulosos collares de cuentas que lucirán mejor colgando de tu cuello que del mío.

Efectivamente, como yo había predicho en mis conjeturas, aquella noche lo más selecto del Red Club y gran parte de la alta sociedad chicagüense cayeron rendidos ante sus encantos. Mientras todos reparaban en su extraordinario físico y cuchicheaban sobre mi niña, ella compartió velada con un joven moreno, de profundos ojos oscuros, bien parecido, con vocación de escritor, impaciente por hacerse un hueco entre los literatos contemporáneos: la noche que Valentina de Medinaceli abandonó su letargo, la madrugada que la crisálida se transformó en mariposa, conoció a Ernest Hemingway.

Cuando bajó las escaleras de mi casa arreglada y vestida como una auténtica *flapper* —así se hacían llamar las mujeres independientes y atractivas de la época, las que seguían los dictados de las nuevas tendencias de moda, las que lucían vestidos vaporosos, amplios escotes, rodillas descubiertas. Las que palidecían su piel con polvos de talco, pintaban sus labios de carmín, marcaban sus ojos con delineador negro. Las que fumaban con largas boquillas, bebían alcohol como posesas y bailaban de modo provocativo hasta el amanecer— supe de inmediato tres cosas: ella estaba recobrando la pasión por la vida, jamás volvería a ser una cría desvalida y semejante belleza —bien manejada— estaba llamada a conseguir grandes cosas.

A lo largo del corto trayecto que separaba mi casa del Red Club, mientras mi chófer nos conducía hacia allá, Valentina sólo pronunció una frase. Y estaba cargada de amargura. El susurro dramático de la melancolía por los sueños no cumplidos.

—Siempre imaginé que la primera vez que entrase en un club nocturno lo haría agarrada del brazo de John.

En cuanto nos acercamos a la puerta de entrada, las luces, el jolgorio, las risas, el colorido de vestuarios majestuosos, la magnífica música, el ambiente de ensueño y todo aquello que representaba el exceso nocturno del Chicago de finales de 1921 sedujo a Valentina para siempre.

El brillo de sus ojos la delataba: se encontraba embriagada ante el esplendor que nos rodeaba. Acababa de traspasar el umbral que soñaba desde la infancia junto a su querido John, aunque sin él al lado: aquella chiquilla que sentada en una acera suspiraba por cruzar esa puerta en alguna ocasión, lo estaba haciendo con idéntico porte a cualquiera de las damas pudientes de la ciudad más influyente de los Estados Unidos de América. Pero alejada del hombre con el que idealizó hacerlo.

Su asombro fue en aumento en el interior del Red Club. Presidía el local un gran escenario con una potente iluminación y amenizaba el ambiente la mejor orquesta de la ciudad. A su alrededor, decenas de mesas con butacones de terciopelo bermellón —de ahí el nombre del club—, un par de barras con mostradores de ónix en los laterales, una planta superior con palcos reservados, veinte solícitos y ágiles camareros sorteando la frenética actividad de una corte de artistas y de bailarinas ligeras de ropa. Y ¡cómo no! el alma de cada sarao que se precie: litros y litros de alcohol, a pesar de la Ley Seca, en vigor desde 1919. Parecía como si la prohibición de beber hubiese despertado el ansia irrefrenable de hacerlo en todos nosotros. Cuando había redadas las autoridades corruptas nos advertían con antelación y a la vera de guardias y policías sólo se servían inocentes jugos, refrescos y limonadas.

Como en apenas media hora comenzaba mi actuación —la más esperada cada noche—, me encargué de ubicar a Valentina en una mesa ocupada por personajes que me inspiraban cierta confianza. Una vieja conocida, Kate Smith, se hallaba sentada junto a su grupo de amigos habitual entre los que se encontraba la discreta Hadley Richardson. Además de resultar estéticamente la antítesis de una *flapper*, yo era conocedora de su afición por tocar el piano, así que supuse con tino que sería una buena compañía para Valentina mientras me preparaba para mi actuación. No erré. La conversación que mantuvo con ella y con su flamante marido, Ernest Hemingway, fue animada a lo largo de toda la velada.

Me acerqué hasta la mesa para saludar a los integrantes del corrillo y presentar a Valentina.

—Hoy es su estreno en un club de Chicago. En realidad, se trata de su primera vez entre *jazz*, alcohol, cabareteras y almas pérfidas como las vuestras —guiñé un ojo a modo de disculpa por el comentario mordaz—. Así que espero que la cuidéis como se merece. No me la corrompáis en exceso durante mi breve ausencia, que la chica está a punto de cumplir los diecisiete. Todavía es una tierna corderita.

—Mary, habíamos escuchado que te habías hecho cargo de una de las supervivientes del accidente de los trenes. Pero lo que nadie nos comentó es que tu protegida fuese tan extraordinaria. —Era Kate la que hablaba, sorprendida como estaba por la imponente belleza de Valentina. Desde que pusimos un pie en el club hasta que la ubiqué en la mesa de mis amigos, resultaba llamativo las decenas de ojos que se iban clavando en su anatomía.

—Kate, cuídala mientras canto y bailo para vosotros. Por cierto, Hadley, la chica toca el piano —comenté, antes de ejecutar un breve gesto con la mano a modo de despedida y dirigirme hacia mi camerino—. Y nada de alcohol, que el vicio puede esperar. Al menos para ella.

—Querida Mary, a los diecinueve yo conducía ambulancias en la guerra, estuve a punto de morir en Italia tirado en una camilla y tenía las piernas como coladores por efecto de la metralla, así que su edad es tan buena como cualquier otra para degustar un buen bourbon —sugirió Ernest.

—Hola Valentina, soy Hadley. Este gamberro al que adoro y que te recomienda un buen trago es mi marido. Nos casamos hace apenas un par de meses.

—Felicitaciones por la boda, señora.

—Huy, pero no me llames señora, por favor. ¡Estamos entre amigos! Así que ¿tocas el piano? Yo soy aficionada. Practico desde la infancia. Siento debilidad por las partituras de Chopin. Aunque nunca he contado con el valor suficiente para atreverme en público. En realidad, creo que jamás me animaré. ¿Tú deseas tocar para otros?

—Sí, señora, estooo, digo Hadley, perdón. Estaría bien subir un día a un escenario como ese que tenemos delante para que todos disfruten con mi música. Aunque para que eso ocurra, todavía me queda mucho por aprender.

—¿Tocas desde hace tiempo?

—He retomado las clases recientemente. Comencé a hacerlo a los ocho años, en España, donde me crie.

—¿Vienes de España?

—Sí, señor.

—Por favor, te digo lo mismo que mi Had. ¡Llámame Ernest! En breve nosotros dos marchamos hacia tu continente, a Europa. Y vamos a vivir cerca de tu patria, en París. Soy escritor, o pretendo serlo más allá de recopilar relatos, escribir los textos de anuncios publicitarios o redactar artículos de tercera para diarios de información general. Mi gran anhelo es escribir una novela. Y lo voy a conseguir. Mi esposa y yo teníamos intención de vivir en Roma durante nuestra primera etapa de casados, pero si quiero que me tomen en serio en el ámbito literario, debo acudir a París. Es donde ahora se encuentran los escritores que cuentan, los influyentes, los autores de verdad. Y en cuanto nos asentemos allí visitaré tu país: deseo de veras conocer las fiestas de San Fermín en Pamplona.

—¿Usted sabe...? Perdón, Ernest, ¿tienes noticias recientes acerca de España? Cuando era pequeña estuve con mi familia en las fiestas de Pamplona, pero apenas mantengo alguna efímera alusión. Yo entonces debía tener unos cinco años. Tan sólo me acuerdo de observar desde un balcón a la muchedumbre... Y a las bestias cornudas correr a toda velocidad sorteando obstáculos humanos en movimiento.

—Exactamente lo que describes es lo que me gustaría disfrutar. Y recrearme con el espectáculo desde uno de esos balcones. Quizá el próximo verano si nos va bien en París...

—Desde que llegué a Chicago hace seis años, eres la primera persona con la que coincido que conoce algo de mi país.

—Sólo son breves referencias, Valentina. Espero que mi estancia en Europa me permita empaparme a fondo de las costumbres y tradiciones españolas.

Y así fue. Apenas transcurrido un año y pocos meses desde aquella conversación, concretamente el 6 de julio de 1923, Hadley y Ernest visitaron por primera vez Pamplona, regresando posteriormente en 1924 y en junio de 1925. Y también viajaron por Madrid, Valencia y otros muchos rincones de la geografía española.

El regreso de Ernest a Estados Unidos proporcionó a Valentina noticias de primera mano sobre la tierra de su nacimiento. Con el paso del tiempo el escritor también dedicaría de su puño y letra a la ya por entonces legendaria Blue Valentine, uno de los primeros ejemplares de su exitosa novela *Fiesta*, catalogada por los entendidos como obra maestra. Estaba ambientada en España.

A los testimonios del escritor acerca del país de origen de Valentina, se unieron poco tiempo después nuevas crónicas. En esta ocasión de boca de una gran personalidad de la moda de la época: una modista que estaba rompiendo moldes y cánones y que se hacía llamar Coco Chanel.

X

⚬⚬⚬

Transcurrieron unos meses de armonía y tranquilidad para Valentina. ¡Al fin un período próspero en su vida! Lo cual me hacía inmensamente feliz a mí.

Desde su dramática reflexión «Siempre imaginé que la primera vez que entrase en un club nocturno lo haría agarrada del brazo de John» jamás volvió a nombrarlo. Desconocía si porque iba superando su pasado, por lo bien que se estaba adaptando a esta nueva etapa o porque su subconsciente luchaba por mantener a su querido amigo oculto en algún recóndito rincón de su psique. No es fácil combatir contra tus propios fantasmas: cada ser humano se enfrenta al duelo a su manera. Yo lo hice enterrando a la Mary Kelly que alguna vez fui para renacer como una estrella frívola, amante de los excesos y de los hombres sin escrúpulos. Ahogar mis penurias en litros de alcohol también me ayudó.

Valentina padeció unos meses terribles, en los que apenas era capaz de articular palabra tras el accidente de los trenes, pero iba levantando cabeza. En su caso la lectura, el piano, el canto —poseía buena voz y había comenzado a tomar clases para educar sus cuerdas vocales— y, sobre todo, el alma bulliciosa de Chicago —las veladas en los cafés, los almuerzos entre la élite, los paseos por las avenidas, las tardes de compras, las puestas de sol a orillas del Michigan y las noches en el Red Club— fueron los pilares a los que ella se aferró con óptimos resultados.

A pesar de que evitaba tomarse excesiva confianza con la mayoría de nuestros conocidos y nuestro entorno, lo cierto es que era una joven animada y jovial. Su porte majestuoso, su divina juventud y el vestuario a la última confeccionado a medida hacían el resto.

Casi todas las noches que yo actuaba, me acompañaba al club. Se convirtió en la invitada más solicitada de los corrillos, de las mesas, de las cenas... No había mecenas, grupo de alto copete o poderoso influyente de turno, que no estuviese encantado de compartir mesa y mantel con la exquisita Valentina. Sin embargo, yo sólo imponía un veto a su florecer social: cuando cerraba el club, ella regresaba a casa.

Los habituales «fin de fiesta» en los *speakeasy* o las sesiones salvajes de cocaína y de opio en residencias particulares, no eran lugares ni situaciones en los que ella debía dejarse ver. Tampoco resultaba de mi agrado que recibiese más información de la necesaria acerca de los encuentros con mi clan de amantes.

Y hablando de *lovers*... Los hombres no disimulaban los ojos lujuriosos y las expresiones de lascivia en presencia de Valentina, pero ella parecía no reparar en el sector masculino. A su edad la mayoría de las chicas abordan idénticas conversaciones recurrentes —tonteo, amor, noviazgo y matrimonio—, pero parecía no ser su caso, al menos de momento. Yo sí hacía cábalas al respecto: suponía muy complejo emparentar a la chica con lo más granado de la sociedad. Al fin y al cabo, no era más que una huérfana europea protegida por una corista. Miembro por derecho —y por parné— del club de la élite, pero cabaretera, al fin y al cabo. Y con una dudosa reputación. Aunque jugando bien las cartas y teniendo en cuenta la gracia, los primores, buenos modales y la escultural figura de Valentina, algún beneficioso apaño estaríamos en disposición de conseguir.

Tampoco parecía mostrar mucho interés en las veladas post Red Club. Ella con lo que realmente disfrutaba era con el ambiente del local, con el ritual de la fiesta, con la magia del espectáculo, más que con la juerga en sí misma: Valentina se concentraba en el lujo, el baile, la música, el tintineo de las copas de cóctel, las burbujas del champán, las bandejas de caviar, los estilismos de las damas de la alta sociedad, las hipnóticas melodías del *jazz*, las luces del escenario, el ir y venir de los invitados, el vestuario de las artistas...

Por tanto, como yo estaba siempre atenta a su proceder, no me extrañó en absoluto cuando me preguntó:

—Mary, toco el piano cada vez mejor y afino bien mi voz con las notas.

—Sí, cariño y por ello yo estoy muy orgullosa de ti. Eres una joven talentosa y virtuosa.

—Ya, pero… –titubeó, carraspeó y lo soltó–: ¿Tú crees que podría actuar alguna noche en el Red?

—¿Estás segura de querer hacerlo?

—¡¡¡Sí!!! Cada vez que te observo subida al escenario o cuando veo a las chicas actuando, un resorte salta desde dentro de mí, como una vocecita que me dice, «sube, Valentina, sube». Me muero por ser una de vosotras… –La expresión chispeante de Valentina no dejaba lugar a dudas sobre cuál era su verdadero anhelo: no ser mera espectadora sino protagonista en el Red Club.

—En ese caso no tengo nada que añadir. Ni siquiera tienes que pedirme permiso. Soy tu amiga, tu protectora, no tu madre. Si es tu vocación y actuar es lo que te pide el cuerpo, no sólo te animo a ello, sino que te ayudaré en la medida de mis posibilidades e influencias, que en este caso en concreto, son muchas –sonreí picarona.

Por supuesto Jack, el propietario del Red Club, quien como casi todos andaba embelesado con la gentil y deliciosa Valentina, se mostró encantado con mi propuesta. Que semejante hembra –carne fresca de primerísima calidad– fuese a formar parte del elenco de su local le otorgaba más prestigio, y a la larga, más ingresos a su abultado patrimonio personal.

—¡Gracias, Mary Kelly! –gritó entusiasmada mientras me abrazaba zalamera y me cubría la cara de besos.

—Sólo te pongo una condición.

—¡Uy! No me asustes así, de sopetón, que ya me había hecho ilusiones. Dime qué condición –preguntó ella algo sorprendida tras mi aprobación previa.

—Tu debut oficial en el Red Club tendrá lugar tras la celebración de la fiesta de tu dieciocho cumpleaños dentro de dos meses. –Yo estaba preparando el fiestón del año con motivo de la onomástica de la chica. Lo hacía por ella, sí, aquella criatura me había devuelto parte de la ternura y de la capacidad de entregar cariño que enterré tras la muerte de Tom, pero también lo hacía por mí. Ocuparme de Valentina y organizar un gran evento como anfitriona, me alejaba durante una temporada de mis excesos con el alcohol y las drogas.

Y de la mala vida que me gastaba con las vergas tiesas de la mafia y de las autoridades de la ciudad entre mis piernas.

—¡Claro! ¡Sólo dos meses! ¡Qué emoción! Durante estas ocho semanas no dejaré de tocar el piano y multiplicaré mis clases de canto.

—Y ensayarás, querida niña –repliqué yo–. Desde mañana mismo acudirás tres horas cada día a practicar tu número. Comenzarás cantando un par de temas de moda, y puede que en algún caso también acompañes la voz con las teclas del piano. Según la respuesta del público, y te aseguro que el del Red es el más exigente de Chicago, ya veremos si ampliamos tu presencia sobre el escenario.

Y Valentina los conquistó a todos. La exhibición conjunta de su voz, su habilidad con el piano, la gracia de su cuerpo en movimiento sobre un escenario, aderezado por una belleza extraordinaria, constituían un cóctel explosivo que no dejaba indiferente a nadie.

Dos años más tarde ella llegó a convertirse en Blue Valentine, la estrella indiscutible del legendario Edén de las Musas, considerado por los entendidos como el más distinguido club de Chicago y de América entera en la década de los años veinte.

Adoptó Blue Valentine como nombre artístico porque eligió actuar siempre vestida de azul. Tomó esa decisión como homenaje a John. Ese color le recordaba a él: a sus paseos por las azules orillas del Michigan, al azul de un Atlántico en el que algún día soñaban con partir hacia España, a la tonalidad del traje de lana que el joven le regaló sacrificando parte de sus ahorros…

Aunque para la eclosión de Valentina como estrella de la noche todavía faltaban un par de años, varios acontecimientos agitados en nuestras vidas y hasta un viaje a Hollywoodland.

XI

Quise preparar una gran sorpresa a Valentina por su dieciocho cumpleaños, más allá de la fiesta de celebración. Me apetecía que esa noche luciese esplendorosa y que fuese la envidia de las puritanas y aburridas damas de la sociedad más rancia, quienes acudirían a la efeméride, ávidas de cotilleos que llevarse a la boca. Las existencias fatuas se alimentan de la vida de los otros. Los maldicientes son carroñeros de la felicidad ajena.

Haciendo un ejercicio de reflexión, e incluso de autocrítica, volcarme tanto con ella tenía unas motivaciones bien definidas, todas tremendamente egoístas: llenar mi vacío tras la muerte de Tom, paliar –en parte, porque eso es incompensable– el trauma que suponían mis tres maternidades fallidas y reflejar en su persona todo lo que a mí me hubiese gustado ser –y que fui durante mi noviazgo y mi matrimonio–, pero que ahora estaba finiquitado por siempre jamás. Incluso le sugería vestirse como me hubiese gustado hacerlo a su edad: mi difunto Tom y yo contábamos por aquel entonces con una posición acomodada, pero ni remotamente similar a la abundancia y a los ingresos que la mala vida y las peores compañías me otorgaban. ¡Y qué mejor manera que elevar a Valentina a los altares de la distinción en aquella fecha tan señalada que luciendo un modelo exclusivo de una diseñadora en boga entre las élites europeas! Una dama que estaba revolucionando la moda y el mundo de la alta costura. Icono de la elegancia sencilla, símbolo de la mujer moderna, activa y liberada. Coco Chanel se encontraba en Chicago aquellos días, recién llegada desde Inglaterra.

En esa época, Vera Bate Lombardi —de quien se decía que era la hija ilegítima del marqués de Cambridge, miembro de la familia real británica— le facilitó la entrada a los más altos niveles de la sociedad británica. Incluso, por esas fechas también le presentó en Monte Carlo al duque de Westminster con el que mantuvo un largo romance de diez años.

No era el primer aristócrata con el que se la relacionaba: con el gran duque Demetrio Románov de Rusia también mantuvo un breve *affair*, y posteriormente, una estrecha relación de amistad durante media vida. Incluso los correveidiles chismorreaban que el mismísimo príncipe de Gales, Eduardo de Windsor, se había rendido a sus encantos. ¡Esa era el tipo de mujer al que había que elogiar y no a las meapilas cuyo único mérito es ejercer de sosainas señoras de sus maridos! En pleno siglo xx, en los hirvientes años veinte, las pánfilas, sumisas y dóciles debían ser desterradas…

Pero más allá de una intrépida existencia, plagada de aventuras, pasiones y amantes, Coco Chanel era valiosa por su talento y por ser una visionaria.

Lo primero que ella modificó en la moda femenina fue suprimir el corsé para darnos mayor libertad de movimientos, que falta nos hacía. También introdujo con gran éxito el punto en sus colecciones, un tejido que nadie había utilizado hasta entonces para la alta costura, pero que encandiló a las clientas. Con ese tejido confeccionó el jersey, una prenda masculina hasta entonces, a la que siguió un vestido tipo camisa sin cintura ni adornos, que realzaba el busto femenino y sobre el que impuso llevar varios collares de perlas. El efecto era demoledor para el buen gusto: sobriedad, elegancia y personalidad.

Sus atrevimientos dejaban boquiabiertos a los chupacirios. Acortó la longitud de las faldas, descubrió el tobillo femenino y animó a las mujeres a cortarse el pelo cuando una noche apareció en la ópera con el cabello corto. Acababa de crear el estilo *garçon*, que marcó nuestra época. Tuvo la audacia de exponerse al sol cuando el bronceado se consideraba sinónimo de bajo estatus social. Incluso puso de moda la extrema delgadez entre todas sus asiduas; es decir, estaba revolucionando a lo grande los cánones de la belleza y de la moda.

Coco —cuyo verdadero nombre era Gabrielle— sabía cómo mantenernos en vilo: cada nueva idea de Chanel implicaba un motín en nuestro vestuario. Comenzó a diseñar faldas plisadas de estilo marinero, trajes de talle bajo, pijamas playeros, impermeables e, incluso, pantalones femeninos. Fue ella quien lanzó los trajes de *tweed* escocés con bisutería llamativa, el zapato de punta redonda y un diminuto bolso con cadenitas doradas. Sus creaciones comenzaron a acaparar las portadas de todas las publicaciones de moda. Nuestras revistas imprescindibles, *Vogue* o *Vanity Fair*, copaban titulares con las novedades de Coco.

Aquellos días de 1923 en los que Coco Chanel entró en nuestras vidas, ella andaba dándole vueltas, junto con Ernest Beaux, al nacimiento de un perfume que deseaba bautizar como Chanel N° 5. Según nos explicó en una larga velada en el Red Club regada por el más exquisito champán:

Se trata de una mezcla única de sustancias florales destinada a terminar de una vez con los aburridos polvos perfumados de violeta de las décadas precedentes. Nosotras debemos romper con lo prestablecido para marcar nuevos caminos. ¡Y en todos los ámbitos! Señoras, en el siglo xx comienza la hegemonía de las mujeres.

Los diseños de Chanel y su nuevo perfume también serían protagonistas, dos años más tarde, de la inolvidable inauguración del célebre Edén de las Musas.

Además de volcarme como solícita anfitriona y de invitar a Coco a la fiesta del dieciocho cumpleaños de Valentina, le encargué el vestuario que luciríamos ambas en aquella noche tan especial. La propia diseñadora, acostumbrada a recibir a las mujeres más sofisticadas de Europa, tras conocer a Valentina, me confesó.

—Esta señorita podrá conquistar el mundo si se lo propone. Su rostro enamora, sus formas son perfectas y su aura emana elegancia en estado puro. La verdadera esencia de la mujer está en su personalidad, no en lo que lleve puesto.

—Cierto es, Coco. Su presencia es esplendorosa, pero esa actitud pausada, incluso reflexiva para su edad, una dulzura innata, su calma, hasta sus silencios, todo en ella es peculiar, llamativo. La genética fue generosa, pero lo más valioso es todo lo que envuelve a Valentina.

—Debes cuidarla para que no se tuerza por el camino: tiene posibilidades. Dispongo de buen olfato para las féminas a tener en cuenta. O que no la tuerza ningún desgraciado que no merezca la pena. Tu Valentina es un gran proyecto de mujer —sentenció Coco, completamente segura de lo que decía.

—Si no se descarrió todavía, creo que estamos a salvo.

—¿Por qué dices eso?

—Su infancia y adolescencia fueron dolorosas. Perdió a todos sus seres queridos, pasó calamidades y vivió en la calle.

—Si ha sobrevivido a una infancia infame y luce así de sensata y esplendorosa, pasó lo peor. Créeme. Sé de lo que hablo. Durante mi niñez sólo ansié ser amada. Todos los días pensaba en cómo quitarme la vida; el orgullo me salvó... Y fíjate ahora, escalando hacia la cima del mundo.

Conocer el severo pasado de Valentina incrementó la simpatía de Coco hacia ella. Mientras tomaba sus medidas para confeccionar el vestido que estrenaría la noche de su debut en sociedad, conversaron acerca de España.

—Frecuento mucho la costa norte de tu país. Hace unos años inauguré una de mis tiendas en Biarritz, frente al casino. El negocio fue un éxito desde el inicio, así que paso temporadas allí. Aunque está en Francia, muy cercana a la frontera española, esta villa es frecuentada por tus compatriotas; por los más ricos y adinerados. Y aprovecho mis estancias en esa zona para visitar San Sebastián. Siempre me alojo en el hotel María Cristina. Es la ciudad más cosmopolita de Europa. Todas las personalidades de relevancia, espías, banqueros, escritores, toreros, músicos, aristócratas... se dan cita en su casino, en sus restaurantes y en las orillas del mar Cantábrico. Y aunque no soy de buen comer, la gastronomía es sublime.

—¿Cómo son las cosas ahora en España? Intento retener todos mis recuerdos, pero a veces se me escapan. Temo olvidar mis raíces, mi origen. Hace ya más de seis años que me marché...

—Tranquila, eso no ocurrirá. Y regresarás antes de lo que imaginas, Valentina: el destino es generoso con quien persevera en la búsqueda de su felicidad. Los lugares de tu patria que yo frecuento son maravillosos, y las playas, de las mejores de Europa. Pero lo mejor son las gentes: destacan por ser hospitalarias, sociables, amigables y refinadas.

—Algún día regresaré, tienes razón.

—Por supuesto que lo harás, querida. Y cuando desembarques en el viejo continente, también tendrás que visitar París, Roma, Montecarlo, Londres... ¡Europa te espera! Los señores más interesantes te aguardan allí. No dejes de avisarme cuando te decidas a emprender la larga travesía por el Atlántico. Te mostraré lo mejor de cada casa... ¡y a cada varón a tener en cuenta!

Tras conocer a una criatura tan cautivadora, la diseñadora más afamada del planeta se esmeró en idear para ella uno de los vestidos de noche que han pasado a la historia de la moda por derecho propio. En tono marfil y crepé de seda, se trataba de un diseño alejado de su estilo habitual, pero magnífico. De los que todas anhelamos lucir en algún momento... Tenía un destacado escote barco que dejaba el cuello y los hombros al descubierto, tan favorecedor para las personas de alta estatura y clavículas marcadas, como era el caso de Valentina, y ribeteado con una amplia tira de finísimo encaje de guipur que también se había utilizado en las mangas, elaboradas asimismo con dicho tejido; el talle estrecho con un sutil bordado, emulando el guipur de cuello y mangas, alrededor de la cintura baja, y con una falda de perfecta caída suave, en sirena, que finalizaba en una apenas perceptible cola trasera. Como complemento, un tocado de camelias y unos zapatos de salón rematados con idéntico encaje al del vestido.

El que diseñó para mí era más sencillo, pero igualmente memorable. Verde esmeralda, en muselina de seda, con profundo escote en uve —también en la espalda— y caída suelta y ligera hasta los pies. Me gustaba lucir aberturas generosas: un cabello rubio oxigenado y un pecho abundante suponen una combinación infalible frente a cualquier caballero interesado en sucumbir a las tentaciones. Y yo iba sobrada de ambos atributos. Decidí complementar mi vestuario con una estola de piel blanca, a juego con unos altos guantes de idéntico color; por último, tres largos collares de perlas remataban un estilismo arrebatador.

Ataviadas con semejantes atuendos, dignos de la aristocracia europea, Valentina y yo nos dirigimos al Red Club para ejercer como anfitrionas en una animada fiesta de cumpleaños. Todo salió como lo había soñado.

Ella enamoraba al personal con su atractivo incuestionable y con el fabuloso Chanel. Además, era inevitable no reparar en la valiosa joya que colgaba de su cuello: por primera vez mostró ante los ojos

del mundo el extraordinario medallón familiar que siempre ocultaba hasta entonces bajo su ropa.

Mis influyentes «amigos» no me fallaron –cuando se trataba
de un evento glamuroso regado por ingentes cantidades de alcohol, nunca lo hacían–. Tampoco faltaron nuestros amigos de
Hull House, la señora Marcela y sus hijos, el padre Mario y alguno de los alumnos de más edad; a todos les regalé un vestuario
acorde a una noche como aquella. Doña Marcela se pasó toda la
noche repitiendo:

—Esto no es real, señor, no es real... No me despertéis de
este delirio que no quiero volver a la colonia. Que esta fiesta no
acabe nunca, todos tan lindos y tan felices...

Centenares de jazmines, azucenas, rosas y peonías blancas deco-
rando el inmenso salón, el personal del club volcado en que todo
saliese a pedir de boca, el champán corriendo por litros, pegadizas
melodías encadenadas y una deliciosa tarta de dieciocho pisos –uno
por cada año– como sorpresa final contribuyeron a conseguir la
plena satisfacción de los exigentes invitados. Había pedido que cada
piso del pastel tuviese un sabor diferente: chocolate, crème brûlée, toffee,
trufa, merengue, fresa, canela, pistacho, limón... Recordé cuando
Valentina me contó que John robaba chocolatinas y golosinas para
ella y decidí que esa tarta compensaría la carencia de dulces de sus
años en la calle.

Y como memorable colofón a su propio aniversario, Valentina al
piano deleitando con su voz.

Estaba naciendo una estrella.

XII

❦

La fiesta en su honor que yo había preparado con tanto mimo durante semanas constituyó un éxito rotundo. Los doscientos invitados departieron animados a lo largo de toda la velada, que se alargó hasta el amanecer. Charlaron, comieron, bebieron, rieron, cantaron, bailaron, dejándose llevar por un ambiente de ensueño.

Al finalizar la celebración todo eran parabienes, besos, abrazos, aspavientos de satisfacción, cachetes cariñosos y palmaditas en la espalda.

—Mary, maravilloso cumpleaños. Prefecta organización, nos hemos divertido más de lo recomendable —me comentaba risueña la esposa de la mano derecha del alcalde de Chicago.

—Querida, una reunión insuperable. La recordaremos durante meses. —En esta ocasión era uno de los magnates de la siderurgia el que se dirigía a mí sin disimular los efectos del alcohol.

—Amiga, ¡qué elegancia, qué señorío! Y con la madame de la alta costura, Coco Chanel, entre los invitados... ¡Todo un lujo! ¡Qué glamour! —Ahora una heredera de las más importantes compañías ferroviarias se congratulaba por su asistencia, en lo que a tenor de los comentarios, se estaba convirtiendo en el acontecimiento social de la temporada.

—¡Esa decoración floral con centenares de rosas, azucenas, peonías y jazmines blancos! ¡El menú impecable! ¡La impresionante tarta con deliciosos sabores variados en cada piso! Cuando me toque recibir en casa, voy a contratar tus servicios, Mary... —La viuda de uno de los mayores potentados de la Costa Este se deshacía en lisonjas hacia mi persona.

—¡Ay, mi Mary! Como no podía ser de otra manera tratándose de ti y del Red Club. ¡Exitazo absoluto! Queremos otro evento similar no tardando mucho. ¡Da gusto contar con amigas como tú! –Y guiño de ojo al canto. Uno de mis amantes de mayor edad me doraba la píldora, sin duda, añorando su particular fin de fiesta.

Por supuesto gran parte de los halagos se los llevó la protagonista y homenajeada de la noche, la gran Valentina de Medinaceli, que encandiló a casi todos.

—¡Menudo tesoro escondido tenías en casa! –comentaba uno de los más altos cargos de la policía de la ciudad.

—¡Divina, Mary! Esta chica es divina. Qué clase desprende. ¡Y el diseño de su vestido de gala no puede ser más acertado! Le queda como un guante, claro que con esa figura y semejante altura sería complicado que no luciera radiante con cualquier prenda. ¡Ay, quién pudiera! –Suspiraba con melancolía la primogénita de uno de los navieros más ricos del país, una joven rotunda, de piel sonrosada y carnes rollizas.

—Esta chica tiene un gran futuro por delante, querida. Cuenta con una voz magnífica y buena mano para el piano. Además, desprende una sensualidad sutil pero ciertamente envolvente. Tenemos que acordar una cita para que conozca a mi hijo. ¡Tiene su misma edad! –Me sugirió el jefe de sala del Red Club.

Y así durante casi media hora. Los achispados asistentes desfilaron ante mí mientras se despedían henchidos de agradecimiento.

Pero sin duda, la alabanza más sorprendente y la proposición más inesperada, ya bien entrada la madrugada, salió de boca de un desconocido. Alguien que había acudido a la fiesta acompañando a uno de los clientes más fieles y generosos en propinas del Red Club, buen amigo mío. Su invitado era un potentado empresario procedente de Nueva York que había trasladado recientemente su residencia a la cálida California: concretamente, a Los Ángeles.

—Señora, a sus pies. La celebración de esta noche es una de las más agradables a las que he asistido en mi vida. Permítame que me presente. Soy Mike Smith.

Un rápido repaso visual al recién llegado me indicaba que tenía delante a un hombre alto, con buena planta, de unos cincuenta años, pelo cano, pronunciadas patillas, madurez bien llevada, nariz prominente, mirada inquisitiva, modales de galán y vestimenta impecable.

—Encantada, yo soy Mary Kelly, cantante y bailarina principal de esta casa. Me alegra de veras que usted lo haya pasado tan bien. Pero no es de por aquí, ¿verdad? Al menos si vive en la ciudad nunca había pisado el Red Club.

—Se encuentra usted en lo cierto, es muy observadora. Soy neoyorquino, frecuento Chicago por negocios y sí, alguna vez visité este magnífico local, pero no es lo habitual.

—¿Nueva York? Estuve allí en mi juventud y no me importaría en absoluto volver por allí. Quizá pudiese ser un buen plan viajar con Valentina a Manhattan próximamente.

—Pues si se deciden a llevar a cabo esa visita, no duden en informarme. Moveré mis hilos y contactos para que ustedes dos disfruten de una estancia inolvidable. A la altura de ambas. De hecho, me he acercado a saludarla, además de para agradecer su hospitalidad y alabar su buen hacer como anfitriona, precisamente pasa eso.

—¿Para hablar de Nueva York? –pregunté extrañada.

—¡¡¡No!!! –exclamó él dedicándome una franca sonrisa–. Para charlar sobre Valentina.

—Usted dirá.

—Tiene a su lado a un diamante en bruto... –Ahora era yo la que la que sonreía debido a sus amables palabras. Tras una breve pausa, el desconocido continuó–. Verá, recientemente he trasladado mi residencia durante una larga temporada a Los Ángeles por motivos laborales. He decidido invertir en la industria del cine. Es un negocio próspero. No debemos olvidar que ya hace casi un lustro que las grandes estrellas, como Charlie Chaplin o Mary Pickford, por ejemplo, firmaron contratos por más de un millón de dólares.

—¡Qué barbaridad! –grité asombrada. Aquello suponía un dineral hasta para una derrochona como yo.

—Y el negocio se expande. Además del cine cómico están naciendo lo que comienza a denominarse como «géneros»: melodrama, de aventuras, romántico, histórico... Incluso aseguran que en poco tiempo el cine dejará de ser mudo para convertirse en sonoro: podremos escuchar la voz de los actores. ¿Se imagina? A pesar de que en sus orígenes, la capital de esta industria fue mi Nueva York natal, desde que la Nestor Film Company se instaló en California hace una década, todo se ha ido trasladando allá. La climatología es dura en el este y benigna en el oeste. Además, comprar terrenos, edificar y construir estudios es más rentable al otro lado del país.

—¿De veras? Soy una ignorante en lo que a operaciones inmobiliarias se refiere. ¿Y dice usted que ahora la construcción es más ventajosa para el bolsillo del inversor junto a las orillas del Pacífico?

—¡Exacto! Mire, ahora se están promocionando unos terrenos muy apropiados en la periferia de Los Ángeles y a buen precio. Los han bautizado como Hollywoodland; hasta han colocado un vistoso cartel con esas letras en lo alto de un cerro. Posiblemente me decida a realizar esta inversión inmobiliaria. ¿Conoce usted la anécdota que se cuenta por ahí de que el nombre de Hollywood proviene de dos misioneros? Parecer ser que a finales del siglo pasado compraron las tierras donde ahora se levantan los estudios de cine con el objetivo de fundar allí una nueva Jerusalén. Fíjese, travesuras de los hados, ya que lo que allí se está fraguando en la actualidad bien pudiera asemejarse a una Sodoma y Gomorra contemporáneas…

—¡Muy interesante! —asentí con entusiasmo, aunque sin tener claro hacia dónde quería dirigirse aquel atento caballero.

—Pues bien, mientras me deleitaba con la subyugadora interpretación con la que esta noche nos ha obsequiado su pupila, y sobre todo, al observarla en pie sobre el escenario, lo vi claro, sin más. Ha sido como una revelación.

—¿Qué ha visto tan claro?

—Que Valentina es perfecta para ponerse delante de una cámara. Su presencia en la pantalla resultaría impactante. Es joven, muy hermosa, poseedora de una silueta envidiable para las mujeres y apetecible para los hombres. Su plasticidad en los movimientos, su estilo al caminar, la serenidad de su rostro, la expresividad de sus manos son apropiados, y mucho, para el cine mudo.

—Me placen sus halagos hacia mi Valentina porque parecen sinceros. Pero, ¿por qué es una candidata idónea para la interpretación? ¿Acaso la juventud y el primor lo son todo frente a una cámara?

—Yo se lo voy a explicar con mucho gusto. ¿Sabe usted que al carecer de lenguaje la emoción que transmiten los actores es uno de los pilares de cada nueva película? ¿Nunca se ha planteado que una belleza así, como la que irradia Valentina, podría llegar a convertirse en estrella de cine si se le antojase? En las películas sin habla la fuerza de un rostro que enamora al objetivo lo es todo.

Semejantes razonamientos a la que dejaron muda fue a mí. Valentina había comenzado con los ensayos de baile y lo cierto es que absorbía de manera formidable los consejos de las veteranas como yo. También suponía una evidencia para todos que su presencia sobre el escenario era sensacional. Pero de ahí a actuar en Hollywood...

—Parece usted sorprendida, Mary.

—He de confesar que sí, para qué voy a engañarlo. Su apreciación acerca del potencial de Valentina es ciertamente alentadora, pero nunca se me pasó por la cabeza tal cosa. Bueno, se nos pasó que a la chica es a quien le corresponde la última palabra sobre este asunto.

—Si ella está dispuesta a subirse a un escenario y actuar delante del público como ha hecho con éxito esta noche, estoy plenamente convencido de que también le gustará probar en el cine.

—¿Usted cree que cine y música son la misma cosa? –pregunté intrigada y algo confusa. Yo me consideraba una artista de la noche, del cabaré, una bailarina, una animadora de aquellos que cada jornada nos honraban con su presencia en el Red Club, pero nunca vinculé el arte de la interpretación a mis aptitudes sobre un escenario.

—Me pone usted en un brete, adorable Mary. No tengo talento ni para lo uno ni para lo otro; yo tan sólo soy un hábil hombre de negocios que invierte donde el olfato le indica que puede obtener pingües beneficios; y ahora vi una rentable oportunidad en el cine. Los aspectos puramente artísticos se me escapan.

—Entiendo…

—¿Por qué no se lo preguntamos a Valentina? –sugirió acertadamente el atractivo caballero.

—Pues lleva usted toda la razón. –Bien remirado, el tal Mike resultaba ser un varón de posibles. Atento, atractivo y parece ser que con una abultada chequera. Un tentador bombón para una dama golosa, como yo.

Cuando nada tienes que perder y mucho que ganar hay que aventurarse a lo que la vida te ofrece.

XIII

꧁꧂

—¿Y por qué no, Mary? Nunca he salido de Chicago desde que llegué de España. ¿Qué decías que nos aporta ese inversor, promotor de cinematógrafos o lo que quiera que sea?

—El transporte hasta California en primera clase, una bonita casa con vistas al Pacífico durante seis meses como poco, servicio de mayordomo, cocinera y asistente personal. ¡Ah! Y por supuesto, chofer. En el ámbito estrictamente profesional el acceso a varios estudios y directores de prestigio. También se compromete a introducirnos en el cogollo social de Hollywood a través de sus socios locales.

—¿Es de fiar?

—Completamente. Llevo toda la semana pidiendo referencias acerca de él e informándome a fondo. Cuenta con buenos credenciales. Hasta he consultado a uno de los altos mandos de la policía de Chicago... Se trata de un respetable neoyorquino que dispone de un gran capital: heredó una fortuna que ha sabido incrementar en las últimas décadas por su saber hacer en los negocios. Te ha visto posibilidades cinematográficas y quiere comenzar con buen pie su nueva inversión. Eso es todo. Me consta que también ha ofrecido unas condiciones similares a otra joven de Nueva York que ha aceptado la propuesta.

—En ese caso, con todos los cabos bien atados y ciertas garantías de fiabilidad ¿no te apetece conocer la Costa Oeste? ¿El lugar donde bulle toda la industria del cine? ¿La cuna de las verdaderas estrellas de nuestra era?

—¡Claro que sí, Valentina!

—Entonces, ¿cuáles son tus dudas?

Antes de responder observé a Valentina con admiración. Puede que hasta con cierta veneración. Aquella chiquilla callada, asustadiza e insegura que recogí malherida de un «escenario de guerra», con todo en contra para salir adelante, se estaba transformando en una mujer valiente y decidida. Su coraje estaba a la altura de su hermosura.

—Pues tengo varias, la verdad. La primera, el Red Club. Nunca disfruté de unas vacaciones como Dios manda desde que murió Tom, así que no encuentro problema alguno para que Jack, el *boss*, me las conceda. Eso sí, soy consciente de que ocho semanas, a lo sumo doce, puedo negociar. Seis meses, imposible. Y no estoy hablando de dinero, he acumulado más capital en estos años de lo que posiblemente pueda gastar en toda mi vida. Es que yo necesito subirme al escenario para conservar mi salud mental. Tras la desaparición de mi marido, es lo que me salvó de un destino trágico. Actuar es mi tabla de salvación. Y lo segundo y más importante, niña: Mike quiere que te pongas delante de una cámara. ¡Tú jamás te has planteado semejante cosa!

—Pero sí tocar el piano, cantar y bailar en el Red. No puede ser tan diferente ¿no te parece?

—Eso mismo me argumentó él.

—Es cierto que nunca se me había pasado por la cabeza ser actriz, pero tampoco perdemos nada por hacer la prueba. ¡Acabo de cumplir dieciocho años, puedo permitirme experimentar! ¡Y hasta fracasar! Nos regalan la oportunidad de conocer Hollywood, sus estudios, de viajar hasta California, de coincidir con gentes alejadas de nuestro círculo habitual, otro entorno, otra ciudad. ¿Por qué despreciar el regalo? Si no nos adaptamos, si actuar frente a la cámara no es lo mío, si no nos gusta lo que vemos, si estamos incómodas en un ambiente que nos resulta ajeno, siempre podemos comprar un billete de vuelta. ¿No? Incluso nos lo podemos tomar como unas pequeñas vacaciones. Sin más.

—Valentina, te estás convirtiendo en una mujer muy persuasiva. Y convincente.

—¿Y eso es negativo?

—Todo lo contrario, querida. Todo lo contrario...

Así es como negocié por partida doble: tres meses de merecidas vacaciones con el gerente del club; la segunda bailarina no cabía en sí de gozo cuando fue informada de mi ausencia durante un trimestre, aunque en cuanto se enteró de que el motivo era mi viaje a Hollywood, la envidia pudo más que el entusiasmo inicial. En realidad, tuve que hacer un favor íntimo al jefe del gerente del Red Club, un destacado miembro de la mafia de Chicago, para agilizar el trámite de liberarme durante unas semanas de mis obligaciones danzarinas. Así se las gastaban las altas esferas de la ciudad y yo era bien conocedora de sus mecanismos y de sus modos de actuar. Cuando es imposible vencer al adversario, hay que aliarse con él. Eso evita disgustos y acelera la obtención de favores y resultados óptimos a tus propósitos.

Además, a estas alturas de mi vida yo era más pragmática que digna. O te subías al endogámico carrusel de los poderosos o te quedabas fuera de los círculos de influencia. Aunque procuraba ocultar este tipo de cosas a Valentina en la medida de lo posible. Aún era demasiado ingenua para desvelarle las reglas del sucio mundo al que pertenecíamos.

Idéntico período de tiempo, tres meses, fue la única condición que impuse a Valentina para iniciar el viaje. Si transcurridas doce semanas, Los Ángeles no era lo nuestro y el cine no era lo suyo, volvíamos a casa.

Exactamente seis semanas después de mi conversación con Mike Smith llegamos a la meca del cine, tras tres días de viaje en tren —en un amplio y lujoso vagón de primera clase—, recorriendo Estados Unidos de costa a costa. Nos rendimos sin remedio a las maravillas naturales que descubrimos a lo largo de una distancia de casi cinco mil kilómetros.

Transportamos seis baúles por cabeza. Había encargado un nuevo vestuario completo para ambas. La cálida climatología de California hacía inservibles los modelos, tejidos, colores e incluso los estampados que utilizábamos en Chicago. Por descontado que los Chanel sí tuvieron cabida en ese descomunal equipaje.

¿La primera impresión? La luminosidad de Los Ángeles resultaba sobrecogedora. Y el límpido cielo del Oeste, hechicero.

XIV

༄

—¡**P**rimera noche en Hollywood y primera fiesta! ¡Viva esta estimulante ciudad! —gritaba Valentina delante del espejo. Mientras vociferaba entusiasmada, iba tomando entre sus manos un vestido tras otro, intentando resolver por cuál se iba a decidir para nuestra puesta de largo en Los Ángeles.

La casa que nos habían cedido como residencia californiana era coqueta. Más pequeña que nuestro hogar, pero decorada en tonos claros, con clase y buen gusto. Numerosos detalles del estilo en auge en esos años, el *art déco*, salpicaban las diversas estancias. Se encontraba ubicada a las afueras de Los Ángeles, frente al mar y no muy alejada de los estudios. Contaba con una sola planta distribuida en cuatro dormitorios, dos baños, una amplia cocina, un enorme salón, un porche cubierto donde organizar magníficas cenas —bienaventurado clima californiano— y un frondoso jardín con piscina.

Me gustaba observar a Valentina tan dichosa —bastantes desgracias tuvo que padecer durante su infancia y adolescencia—, pero no dejaba de ser una joven sin experiencia alguna, por mucho arrojo que le estuviese echando a la vida y por mucha personalidad férrea que fuese moldeando. Los acontecimientos dramáticos que habían azotado su pasado la convirtieron en una mujer reflexiva, responsable y ciertamente madura para su edad, pero nada sabía de la mala vida, y de eso en Hollywood había mucho, tanto o más que en Chicago. Pero al menos en nuestra ciudad yo la podía proteger; fuera de mi hábitat natural, no tanto.

Menos aún conocía Valentina las intenciones de los hombres. Sobre los vicios y sus excesos, afortunadamente, seguía siendo una ignorante.

Sin embargo, escándalos de todo pelaje y hasta muertes escabrosas habían sacudido en los últimos tiempos al *star system*. Nos adentrábamos en terreno abonado a escándalos que contaban con los peores ingredientes: libidos salvajes, sexo duro, drogas, codicia, ególatras perversos, alcohol sin medida, pudientes sin escrúpulos... Tendría que mantener los ojos bien abiertos para que nadie osara –ni remotamente– corromper a mi dulce Valentina.

Uno de las primeras alarmas de la que los medios se hicieron eco en la jungla que íbamos a explorar fue la desgracia que padeció Olive Thomas, joven actriz de cierta popularidad que se casó con Jack Pickford, hermano de la estrella Mary Pickford, pese a su oposición. En 1920, en París, destino de uno de tantos viajes de placer que el matrimonio llevaba a cabo, ella apareció muerta en su hotel, envenenada con mercurio.

La prensa publicó que días atrás la pareja había visitado los peores tugurios parisinos, foco de venta de todas las drogas habidas y por haber. De hecho, se acabó deteniendo a un oficial de la armada estadounidense que se sacaba un sobresueldo como narcotraficante; él fue quien confesó que la famosa pareja formaba parte de su lista de clientes. Luego se confirmó que Thomas llegó completamente borracha al hotel la noche de su muerte tomando el mercurio por error. Esa peligrosa sustancia formaba parte de un tratamiento anti sífilis de su esposo. En cualquier caso, aquel suceso fue un claro aviso de que el *glamour* de la industria del cine y la verdadera vida –y las miserias– de sus protagonistas no eran la misma cosa.

Pero, sin duda, el escándalo más aberrante había estallado hacía dos años, en septiembre de 1921, con uno de los cómicos más famosos del momento: el orondo Roscoe *Fatty* Arbuckle, un antiguo fontanero descubierto por Mack Sennett, el patriarca de la comedia americana. El físico y las formas del operario llamaron la atención de Sennett durante una visita de trabajo a su domicilio, y haciendo gala de un olfato infalible lo fichó para su compañía. Fue una intuición genial, pues Fatty se convirtió en un actor incluso alabado por el todopoderoso, talentoso e insoportable (o eso decían) Chaplin a quien, por cierto, estábamos a punto de conocer Valentina y yo.

Fatty consiguió un contrato de más de un millón de dólares y organizó una bulliciosa fiesta para celebrarlo, evento que resultó nefasto. Durante el transcurso de la bacanal de despendole y de alcohol, una aspirante a actriz, Virginia Rappe se sintió mal, retorciéndose de dolor y muriendo pocos días después de peritonitis: le había reventado la vejiga. Pero una amiga suya acusó al cómico de haberla violado con una botella, se dijo que de whisky, otros hablaban que era de coca-cola. ¿Resultado? Fatty acabó en los tribunales. En tres juicios consecutivos fue declarado inocente, pero su carrera no había vuelto a levantar cabeza desde entonces. Difamar es fácil, recomponer reputaciones perdidas, complejo.

Por si todos estos turbios sucesos no fuesen suficientes, en febrero de 1922 nos llevamos otro sobresalto, de nuevo con procedencia hollywoodiense, cuando apareció asesinado William Desmond Taylor, un director de éxito. Parece que de su muerte se enteraron antes los gerifaltes de los estudios cinematográficos que la propia policía. Todo lo que rodeó a este crimen sonaba sucio. Incluso salió a la luz que Taylor ni siquiera se llamaba así, que contaba con un pasado oculto y que varias actrices de renombre estaban pululando por la escena del crimen cuando tuvo lugar, llevándose incluso material comprometedor. ¿La cúpula del poder estaba implicada? Siempre nos acechan misterios de compleja resolución cuando rondan las élites.

Y tampoco era asunto baladí la fatídica sobredosis de la estrella Wallace Reid; por tanto, no debía bajar la guardia acerca de todo lo que ocurriese alrededor de Valentina en las próximas semanas.

Para nuestra primera salida en Los Ángeles mi aspirante a actriz finalmente se decantó por un espléndido vestido color oro. De talle caído, conformado por varias capas superpuestas de gasa hasta los pies, escote pico, sin mangas, con un drapeado bajo la cintura adornado de una gran flor bordada en hilo de diversas tonalidades doradas. Para su largo cabello negro optó por un recogido bajo que complementó con dos orquídeas naturales de color amarillo. Al igual que ocurrió durante la celebración de su dieciocho cumpleaños, con semejante presencia Valentina tampoco iba a pasar desapercibida en su incursión en las noches californianas.

La cita era en Pershing Square, en el recién inaugurado hotel Biltmore. El chofer pasó a recogernos puntual y media hora más tarde caminábamos como princesas bajo los cupidos, ángeles y

criaturas mitológicas de la galería principal del lujoso establecimiento, pintada por el reconocido artista italiano Giovanni
Smeraldi.

El hotel fue decorado siguiendo los dictados del Renacimiento
europeo. Frescos, murales, fuentes de mármol, tapices, columnas
de estilo clásico, marquetería, acabados en bronce... Los promotores del proyecto no habían reparado ni en pomposidad, ni en
detalles ni en gastos.

En la sala principal, de forma elíptica y rodeada de majestuo-
sas columnas habían sido dispuestas para la cena veinte mesas de
entre seis y ocho comensales. Unos coloridos centros florales y
los impecables juegos de mesa dotaban al entorno de un *charme*
incuestionable. Semejante localización impresionaba: hasta a los
más habituados al lujo y la ostentación...

Prácticamente todo Hollywood acudió a la convocatoria, o al
menos, todo el que nosotras dos conocíamos, bien por los visio-
nados de películas a los que éramos muy aficionadas en Chicago,
o bien de oídas.

Actores como Charles Chaplin, Mae West, Rodolfo Valentino,
Lillian Gish, Gloria Swanson, John Barrymore, Lon Chaney, John
Gilbert, Douglas Fairbanks, Mary Pickford, Laura La Plante; directores como Mack Sennett, King Vidor, Cecil B. DeMille –al que todo
el mundo felicitaba aquella noche por el exitoso estreno de *Los
diez mandamientos*– o directivos de Universal, de la Paramount, de la
United Artists y del resto de estudios iban llegando escalonadamen-
te. Todos repetían una pauta de comportamiento común: repartir
saludos efusivos –casi teatrales– a tutiplén. Besos, abrazos, gestos
exagerados, halagos mutuos, miradas de reojo –de admiración
o envidia, según destinatario y género– constituían un ritual
efímero durante la antesala de la cena. Una excelente orquesta
amenizaba la velada desde los previos.

Nuestra mesa estaba ubicada en uno de los laterales cercanos
al centro del salón. Ni muy alejada ni en el meollo presidencial.
Además de nosotras dos, compartíamos mantel con nuestro anfitrión, Mike Smith, uno de sus socios californianos –un caballero
de más edad que Mike y exquisitos modales–, la actriz Marion
Davies, con la que Valentina congenió de inmediato –algún tiempo después nos introduciría en el círculo del magnate William
Randolph Hearst, con el cual mantuvo una larga relación– y el

actor Antonio Moreno, el único galán español de la época que trabajaba en el cine.

Mike, con buen criterio, pensó que sería un compañero de mesa adecuado para Valentina debido a que ambos compartían lengua materna. Y acertó de pleno. De hecho, desde que John desapareció, ella sólo practicaba el idioma español cuando visitaba Hull House para las sesiones educativas con los niños.

Aunque las buenas maneras exigían hablar en el lenguaje común a todos los integrantes de la mesa, de vez en cuando Antonio y Valentina hacían un aparte. Incluso no desaprovecharon la ocasión de salir a la pista de baile hasta en tres ocasiones para seguir parloteando.

—Valentina, estás espléndida —afirmó Mike mientras tomaba su mano para besarla con delicadeza—. No me equivoqué al elegirte y traerte hasta aquí. Tu finura nada tiene que envidiar a la de todas las estrellas consagradas que esta noche nos rodean. Hoy te muestras radiante ante el mundo con ese magnífico vestido. Por supuesto, Mary y Marion, Marion y Mary, estáis igualmente espléndidas —susurró a la par que repetía idéntico gesto, besar educadamente nuestras manos.

—Gracias, Mike. Un honor formar parte de los invitados en una velada como la de esta noche. Te estamos muy agradecidas por haber contado con nosotras —replicó de inmediato Valentina.

Mientras ella parecía de lo más calmada —en su línea, siempre se mostraba equilibrada, serena, sin nervios— yo no podía dejar de observar todo lo que nos rodeaba. Y por supuesto, analizaba milimétricamente a cada asistente. Por mi trabajo en el Red Club, políticos, terratenientes, financieros de élite o los jefes de la Mafia apenas me impresionaban: bregaba con ese tipo de personajes a diario. Pero codearte con las estrellas de Hollywood eran palabras mayores.

—¿Todo está a vuestro gusto en la casa de la playa? Si algo os desagrada o bien necesitáis cualquier cosa que no se encuentre disponible entre lo que hemos preparado para vosotras, no tenéis más que decirlo. A mí o al personal de servicio. Se solucionará de inmediato.

—Gracias, Mike. Lo cierto es que estamos encantadas tanto con la casa en sí como con su cercanía a la playa. Y, por supuesto, con ese vergel repleto de flores y plantas aromáticas que antecede a la piscina. En breve organizaremos una cena en agradecimiento a tu hospitalidad, a la que desde luego estáis invitados todos los comensales de esta mesa. Aunque mucho me temo que no será ni remotamente parecida a la velada de esta noche. ¡Qué esplendor! ¡Qué *glamour*!

—Cualquier reunión que organicéis Valentina y tú, por el mero hecho de estar presentes vosotras dos, será todo un éxito. No hace falta tanta parafernalia y oropel como esta noche en el Biltmore para disfrutar. ¡La clave siempre reside en una agradable compañía! ¿No os parece, amigos?

—Gracias, Mike. Tú sí que sabes cómo halagar a una dama. Mejor, imposible.

—Gracias por el convite, querida. Estaremos encantados de asistir a cualquier cóctel organizado por nuestras nuevas amigas de Chicago. –Era Marion la que intervenía–. Aunque por mucho que Mike quiera restarle importancia, lo que nos rodea esta noche es pura magia, debéis acostumbraros al brillante envoltorio diseñado a propósito. Es el Hollywood de cartón piedra y reflejos dorados que se quiere transmitir al mundo. Y se consigue, vaya que si se consigue. Estudios, inversores, directores, toda la cúspide del cine se empeña en promover una atmósfera irreal, cimentada en el gran lujo y las «vidas perfectas» de los que formamos parte del cotarro, sobre la industria y sobre los actores.

—Es cierto –Antonio daba la réplica a Marion–, hasta nos imponen cláusulas en los contratos sobre cómo debemos vestir, dónde tenemos que dejarnos ver o cómo debemos comportarnos cuando se apagan los focos. Siempre sonriendo, siempre impolutos, siempre risueños. Nuestra mundana existencia debe percibirse como una extensión del espíritu de oro y diamantes de Hollywood. Hay que hechizar en todo momento, transmitir trayectorias alejadas de la rutina y de la cotidianidad del ciudadano medio. La fascinación por lo que el cine representa comienza con vender las «vidas de cine» de sus actores.

—¿No os habéis fijado que ante la opinión pública a una actriz que no se haya divorciado por lo menos tres veces, como que le falta algo?

Todos reímos a carcajadas la ingeniosa ocurrencia de Marion y Antonio aprovechó el receso para proponer un brindis.

—¡Por Valentina! Y por todo, todo lo que se le vendrá encima en cuanto pise un estudio.

Volvimos a reír, en esta ocasión por las palabras del español y levantamos nuestras copas.

—¡Por Valentina! —gritamos todos en la mesa al unísono.

—¡Y por Hollywood! —añadió un Mike entusiasmado.

Tras el obligado sorbo de un delicioso *rosé* helado, Marion retomó la conversación. Apenas probamos bocado de las sabrosas delicatesen que nos servían, debido a nuestra animada charla. Me daba una rabia terrible no atacar el salmón ahumado o los canapés de caviar que decían «cómeme» desde la mesa, pero entre tanto *charme* no encontraba la ocasión adecuada para lanzarme a los brazos de la gula.

—Otra de las cosas curiosas de Hollywood es que hay un ejército de especialistas de todo tipo, hasta de las disciplinas más extrañas, que rodean a los verdaderos protagonistas: directores, equipo y actores. Si necesitas un experto en cualquier cosa, brujulea por aquí cerca. Descuelga el teléfono y estará a tu disposición en cuestión de minutos. Especialistas variopintos, picapleitos, estilistas, peluqueros, traductores, aspirantes a guionistas, profesionales de la venta y la promoción, asesores de imagen, representantes, asistentes personales, doncellas, docenas de periodistas dispuestos a escribirlo todo.

—¡O a exagerarlo! —El socio de Mike había estado callado hasta entonces, aunque muy atento al desarrollo de la conversación, y al fin se decidió a participar.

—No hay nada que la industria del cine deje al azar —añadió Marion—. Las películas son la excusa que pone en marcha una compleja maquinaria que anhela conquistar el corazón de los espectadores. Se fabrican sueños a medida, y por tanto, se forjan estrellas tomando como punto de partida las ilusiones de los ciudadanos.

—¡Exacto! Yo como inversor puedo confirmar que la popularidad de los actores vende más que las propias películas. Por tanto, trabajamos para impulsar esa popularidad hasta el infinito. Somos expertos en rentabilizar las fantasías de los espectadores.

—Señores, los actores del nuevo Hollywood son la realeza de América —apostilló el socio de Mike, que nos estaba demostrando durante el transcurso de la cena que hablaba poco, pero sentenciaba mucho. Sin duda, se trataba de un hombre con las ideas claras, instruido e informado. Me alegraba comprobar que estábamos en buenas manos en lo que a negocios se refería.

Valentina también demostraba estar a la altura. Finos modales, presencia imponente y tomando buena nota de los pormenores que nos revelaban nuestros compañeros de mesa, personalidades que ya pertenecían al cogollo de la industria del cine y contaban con suficiente experiencia.

Tras un irresistible postre elaborado con diversas texturas de chocolate, los invitados comenzaron a moverse de una mesa a otra para saludarse entre sí −prácticamente todos se conocían−, para hacer corrillos de pie −cóctel en mano− o para salir en pareja a la pista para bailar las piezas que la orquesta tocaba con maestría. Momento que Mike consideró como el más adecuado de la noche para «sacar a pasear» a mi criatura, su candidata a algún papel en una próxima película.

−Me vais a perdonar −comentó educadamente−, pero a pesar de tan agradable compañía y tan interesante conversación, los negocios llaman a la puerta. Valentina, querida, en esta sala hay unos cuantos directores y otros tantos directivos de los estudios que suspiran por toparse con una mujer como tú. Hagamos los honores.

−Mi querido señor Smith, estoy preparada, me pongo a tus órdenes.

Mike tomó su mano para ayudar a Valentina a incorporarse de la silla.

−Parecemos la bella y la bestia −bromeó nuestro mecenas halagando por enésima vez la gracia de su aspirante.

Observé su complicidad mientras se alejaban hacia la pista de baile, mientras las vaporosas capas de gasa del vestido de Valentina se balanceaban al compás del movimiento de sus caderas, a la vez que iban dejando una estela de luz dorada tras de sí.

−Esa chica cuenta con muchas de las cualidades que aquí demandan para conseguir un papel. Creo que lo conseguirá −me comentó Antonio en tono confidente. Me agradaba este joven.

A Mike y a nuestra pupila no les quité ojo a lo largo de su periplo por la sala. El resultado no pudo ser más prometedor. Al finalizar la velada, Valentina, con el indiscutible saber hacer de su acompañante, había conseguido arremolinar a su alrededor un nutrido corrillo de personajes célebres.

Pude observar desde lejos el momento en el que fue presentada a Charles Chaplin, a King Vidor −afamado director de cine−, a Thomas Ince −un todoterreno de la industria cinematográfica− y al gran Sennett, quienes le rindieron pleitesía. ¿Con fines profesionales? ¿Meramente libidinosos? Sólo ellos lo sabían.

La mismísima Mae West, envuelta en llamativas plumas en tonos plata y con tantos diamantes alrededor del cuello que deslumbraba sin encenderse, se había acercado a departir durante un breve instante con Valentina. Aunque en este caso mi instinto femenino, el certero sexto sentido, me indicaba que con el único propósito de satisfacer su curiosidad: Mae deseaba contemplar de primera mano a una posible competidora.

A pesar de tratarse de nuestra primera gran noche en Hollywood, el balance no podía ser más positivo. Contrariamente a mis reticencias iniciales, esta aventura prometía. Y mucho.

XV

❦

Las siguientes semanas transcurrieron bajo un denominador común: la tónica lúdico-festiva de nuestras actividades diarias, alejadas de cualquier iniciativa profesional, con la única excepción de la visita a la construcción de unos estudios móviles al aire libre que Mike tuvo la deferencia de enseñarnos. Pero esa vorágine de permanente exposición social parecía tratarse de una estrategia perfectamente estudiada.

—Aquí, en los inicios, nada mejor que dejarse caer por todas partes, hacer lo posible por ver y ser visto, acudir a cualquier evento de relevancia, conversar con unos y con otros, pasear a conciencia a una esplendorosa Valentina entre la élite cinematográfica. Debemos esforzarnos para que su presencia y su belleza les entre por los ojos.

—Si tú lo dices, Mike. —Yo recelaba de mostrar a mi niña cual monstruito de feria, aunque conocía las razones de nuestro mecenas, y en el fondo, me parecían acertadas.

—Las muchachas desesperadas por conseguir un papel, lo acaban logrando, pero todo tiene un precio. Cuando los que tienen voz y voto saben que una mujer aspirante a estrella está dispuesta a todo, se aprovechan. Sin embargo, si observan —simplemente observan— a un bombón con los envoltorios más sofisticados y en los mejores escenarios, acabarán por desear a esa chuchería de veras.

Así que acatamos a rajatabla la agenda prevista por Mike. Fueron unas semanas estupendas. Las salidas nocturnas eran obligadas, nos acostábamos de madrugada —todo Hollywood lo hacía—, nos levantábamos tarde y paseábamos prácticamente a diario por la playa. Valentina lo hacía sin sombrilla.

—Coco Chanel me comentó en Chicago que mostrar una tez tostada por el sol, además de saludable, es sinónimo de prestigio y de buena vida: sólo los que navegan y pueden permitirse pasar sus vacaciones junto al mar lucen una piel bronceada. ¡Y yo no puedo estar más de acuerdo, Mary! ¡Sentir los rayos del sol sobre mi rostro me recarga de energía! Y mi cara con un toque de color resulta más atractiva que con esa palidez más propia de un fantasma que de una dama de aspecto saludable.

No estaba muy segura de que oscurecer la perfecta piel de Valentina fuese lo mejor, pero a ella se la veía tan plena y tan vital junto al agua del océano y bajo el sol que yo no rechistaba.

Las invitaciones de unos y otros a través de Mike y de sus socios se sucedían; siguiendo su consejo, acudíamos pletóricas allá donde se nos requería. Los doce baúles por cabeza que en la partida de Chicago se me antojaron una exageración, estaban resultando todo un acierto. Aperitivos, almuerzos, cócteles de tarde, cenas de postín, fiestas de gala... La actividad social en Hollywood era tan intensa e interminable como divertida.

Hasta nos invitaron una mañana a jugar al tenis –un deporte que estaba causando furor en Europa– y otro día a navegar por el Pacífico en la imponente embarcación a vela de uno de los dueños de la Universal. Era la primera vez que Valentina y yo navegamos a vela y la experiencia fue extraordinaria. Hasta el punto de que ambas acordamos que haríamos lo posible para repetirla en alguna otra ocasión antes de regresar a nuestro Chicago.

Antonio Moreno, nuestro compañero de mesa en la velada del Biltmore, el actor español en alza, nos invitó a pasar «un fin de semana de póker y amigos» –según sus propias palabras– en su casa de campo, situada a treinta kilómetros de la ciudad, junto a veinte invitados más, todos relacionados con la creciente industria del cine.

Fue un fin de semana loco en el que los invitados pudientes apostaban cantidades descomunales de parné en cada partida del juego y en el que las mujeres lucían desde la hora del desayuno impresionantes joyones, complementos que deberían estar prohibidos a la luz del sol. La elegancia era una máxima en cualquier encuentro en la meca del cine: aún recién levantados, los invitados lucían sus mejores galas y competían en clase y saber estar. La verdad es que ponían el listón muy alto.

El fin de semana coincidimos con gran parte de los presentes en la gala del Biltmore, aunque como venía siendo habitual, las conversaciones laborales parecían estar vetadas. Sí, se hablaba de cine, pero sólo de cotilleos, chascarrillos, rumorología, crítica, quejas... Nada referente a nuevos proyectos, ideas en ciernes o posibles oportunidades. Allí la gente iba a beber, beber y beber —los ambientes que frecuentábamos tanto en Chicago como en Hollywood parecían ajenos, inmunes o ambas cosas a la vez a la Ley Seca—, a comer exquisiteces, a jugar, a apostar dinero, a disfrutar de las drogas, del sexo o de cualquier otro placer mundano que se pusiera por delante. Divertirse hasta reventar parecía ser el único objetivo de las fiestas de Hollywood y el hedonismo supremo su única bandera.

Marion Davies, con quien Valentina congenió desde el primer momento en la cena del Biltmore, también contó con nosotras para un cóctel de tarde que organizó al aire libre, alrededor de la piscina de su mansión ubicada en las colinas de Los Ángeles. En esta ocasión la invitación de la anfitriona requería un *dress code* blanco total, y una vez más, Valentina no dejó a nadie indiferente en cuanto pisó la residencia de Marion.

Llevaba un Vestido de finos tirantes con la espalda al descubierto, cuajado de flecos desde la cintura baja hasta los pies. Decoró los rizos de su melena al viento con, al menos, una docena de diminutas margaritas naturales. Al cuello, cómo no, el valioso medallón familiar, su particular y costoso talismán.

Valentina tenía habilidad para conjuntar complementos con acierto, a la par que imprimía características de su personalidad en cada estilismo. La elección de una prenda tan sexi junto al efecto de su piel bronceada consiguieron que muchos pares de ojos —tanto masculinos como femeninos— volviesen la vista hacia ella. Su indumentaria resultaba desenfadada, natural, poco recargada, pero muy refinada.

Mientras me dirigía a la barra a por un cóctel elaborado con tequila —había tomado gusto a esa bebida fuerte y seca, poco frecuente en la Costa Este— o caminaba del brazo de Mike alrededor de la piscina iluminada con farolillos de colores flotando sobre el agua, o mientras alcanzaba alguno de los canapés dispuestos en una larga mesa de bufé habilitada al fondo del jardín, escuché de boca de los allí presentes hasta en tres o cuatro ocasiones.

—¿Quién es la morena de las margaritas en el pelo?

—¿Quién es la chica esbelta y altísima, esa de los flecos?

—¿Alguien conoce el nombre de la belleza de rostro bronceado y cabellos negros?

Muchos ya sabían de su existencia por el hecho de haber coincidido con ella en los últimos eventos de renombre, pero los pocos que aún no la conocían quedaron prendados de Valentina tras la fiesta blanca de Marion. Después de aquella noche, pocas personalidades influyentes de Hollywood no conocían la existencia de una hermosura sensual y resplandeciente recién llegada desde Chicago.

Algo que ella misma se encargó de potenciar cuando, tras obtener el visto bueno de la anfitriona, se lanzó a tocar hasta tres piezas musicales en un piano, también blanco, que Marion tenía en el porche colindante a la piscina. En la tercera pieza, incluso, acompañó la melodía con las notas de su dulce voz. Fue un golpe de efecto que descubrió a los presentes –la flor y nata de los estudios hollywoodienses– que además de un portentoso físico, la morenaza de Chicago iba sobrada de talento.

—¿Has visto, Mary? –me susurraba disimuladamente Mike–. La cara de bobos que acaban de poner todos, es exactamente la misma que se me quedó a mí cuando la escuché por primera vez en el Red Club. Cada día que pasa me alegro más de haberos traído. –Y me guiñó un ojo mientras volvía a elevar su copa por enésima vez en honor al futurible éxito que supuestamente nos esperaba.

Marion también se acercó hacia mí para comentar la actuación de Valentina. Venía acompañada de Georgia Hale, una novata actriz a la que a golpe de vista yo calculaba poco menos de veinte años. De ojos expresivos y cabello corto, oscuro y ensortijado.

Cuando Mike nos propuso venir, uno de mis principales temores fue la edad de Valentina. Pensaba que era demasiado joven para involucrarla en la industria del cine. Sin embargo, en cuanto pisamos Los Ángeles esos temores se disiparon: desde los quince y dieciséis años las chicas ya actuaban y se dejaban caer en cualquier tipo de ambiente, incluidos los sórdidos. Entre los dieciocho y los veinte años, que era el parámetro de edad en el que se encontraba Valentina, había gran cantidad de aspirantes e incluso de actrices consagradas.

—Mary, te presento a Georgia Hale, acaba de finalizar el rodaje de *The salvations hunter*.

—Encantada, Georgia. Será un placer ver tu actuación en cuanto se proyecte la película.

—Muchas gracias, Mary. También para mí es un placer saludarte.

—Estábamos comentando Georgia y yo que Valentina es una virtuosa del piano. Además, no tiene mala voz.

—Es cierto. Comenzó a tocar en España con ocho años y hace un tiempo que retomó las clases. De hecho, en los últimos meses, antes de venir a Hollywood, también estaba recibiendo clases de baile porque iba a comenzar a actuar en el local más prestigioso de Chicago, el Red Club. Poco antes de su debut llegó la propuesta de nuestro mecenas y aquí estamos... hablando de él –dije en voz alta.

Mike se acercaba al grupo junto a otro de sus socios, un caballero de mediana edad y complexión hercúlea, ataviado con un impecable esmoquin de corte tropical, quien tras la presentación de rigor, me invitó a bailar.

Mientras danzaba bien agarrada al atractivo caballero amigo de Mike, pude observar a Charles Chaplin acercando un cóctel margarita a «la seductora chica de las margaritas» –expresión textual del gran actor, director y cómico británico según me explicó posteriormente Valentina.

Charles al natural –sin el disfraz del vagabundo que le había dado la fama– resultaba un hombre apuesto, de rostro aniñado, pero con una mirada profunda, penetrante, incluso misteriosa. Las pupilas indescifrables siempre captaban mi atención.

Ya era una de las grandes estrellas de Hollywood, una de las figuras más influyentes y exitosas del *star system*. Firmaba contratos de millones de dólares desde hacía más de un lustro e incluso había creado en 1919 su propio estudio, la United Artists. Esos días se rumoreaba que atravesaba una crisis matrimonial con Lita Grey, su segunda esposa, a quien también había visto de pasada al otro lado de la piscina de Marion.

Y allí estaba, uno de los todopoderosos de la industria del cine, admirado y alabado por millones de personas, envidiado por el resto de compañeros del celuloide, ofreciendo un cóctel margarita a mi Valentina. Él contaba con una exagerada fama de bribón y mujeriego, pero ¿quién no lo era en la cima del mundo?

Tras el brindis de rigor, se inició entre ellos una animada conversación que se alargó por espacio de, al menos, un par de horas.

Acababa de comenzar el breve *affair* de Valentina con el cine, no la aventura con Hollywood, pues esa ya la llevábamos disfrutando semanas.

XVI

❧

—**H**an sido unas semanas estupendas, Valentina. Más que eso ¡han resultado inolvidables! Quién me iba a decir a mí que me codearía con las estrellas de los cinematógrafos en el mismísimo Hollywood. Pero en apenas quince días debemos regresar a Chicago. Finaliza el período de vacaciones que me han concedido. Nos hemos hartado de fiestas y de actos sociales, a cada cual más divertido, hemos conocido a un montón de gente fascinante –con algunos de ellos sería interesante mantener el contacto–, pero las ofertas no han llegado.

Valentina y yo nos encontrábamos tumbadas cerca de la piscina, en traje de baño, tomando el sol y degustando dos vasos de ron con mucho hielo picado, rodajas de limón y *coca-cola*. Ella parecía como ausente, apenas participaba en la conversación, hasta que de repente, sin preámbulo alguno soltó el notición.

—Mary, lo he estado pensando mucho y yo me voy a quedar.

—¿Dónde te vas a quedar, cariño?

—Aquí, en Los Ángeles.

—¿Qué quieres decir, Valentina?

—Que cuando tú regreses a Chicago yo me quedo aquí. Al menos hasta que finalice la oferta inicial de Mike. Y para eso todavía faltan tres meses. Su propuesta era para seis meses y tan sólo han transcurrido dos y medio.

—Pero tú y yo habíamos pactado que si transcurridas doce semanas desde nuestra llegada no había ningún papel a la vista, retornaríamos a Chicago. Sin más. Que nos tomaríamos este glorioso *impasse* como unas vacaciones y… —no pude continuar porque ella me interrumpió.

—Lo sé, Mary. Y llevas razón. Eso fue lo que pactamos, pero es que llevo dándole muchas vueltas y… y…

—¿¿¿Y???

—Que quiero intentarlo. Déjame que te lo explique y lo entenderás. Tengo dieciocho años y medio, y nunca, nunca, he hecho nada por mí misma. Miro alrededor y muchas chicas de mi edad en Chicago ya se han casado, incluso son madres, o llevan un tiempo actuando como bailarinas en los clubes, o si no han tenido tanto éxito, al menos se desenvuelven como camareras, como figurantes, como dependientas. Aquí, en Hollywood, las actrices de edades similares a la mía ya han participado en cuatro o cinco rodajes, otras muchas formaron parte de campañas publicitarias…

—¿A dónde quieres llegar, Valentina?

—Que yo no he hecho nada por mí misma desde que nací, Mary. Desde que tengo uso de razón he vivido la vida de los otros, de vosotros, de los que me habéis rodeado. Mi infancia fue de cuento de hadas, repleta de mimos y caprichos dentro de una familia acomodada. Luego, tras el naufragio mi querido John me salvó la vida, me sacó de la miseria y trabajó en el ferrocarril para mí, para nosotros dos. Desde que él desapareció un espíritu celeste que se llama Mary —acercó sus labios para besar mi mejilla— me regaló una segunda oportunidad vital en Chicago. Y ahora un mecenas con ganas de obtener en Hollywood más dinero del que ya atesoran por réditos familiares nos proporciona estos meses de ilusión. Ansío conseguirlo. Necesito hacer algo por mis propios medios: con mi talento, con mi belleza, con mi esfuerzo o con lo que sea.

»Ha llegado el momento en el que Valentina acredite que vale para algo más que para que otros cuiden de ella. Me voy a quedar en Los Ángeles los tres meses que me quedan. Voy a luchar por lograr un papel, cualquier papel. Y si finalizado el plazo no lo consigo, volveré a Chicago a debutar en el Red Club tal y como estaba previsto; que para la música, el canto y el baile está demostrado que sí tengo aptitudes. Y no intentes convencerme de lo contrario. Se trata de una decisión firme y meditada.

¿Y qué podía alegar yo ante semejante reflexión? Absolutamente nada. No era su madre, ni siquiera un familiar lejano. Sólo una corista forrada de billetes por sus escabrosas relaciones con los más poderosos de Chicago, no por su talento. Una cabaretera alcoholizada que acogió cuando era una jovencita a esa gran mujer que ahora argumentaba con sensatez. Y que quería retenerla a mi lado con un fin egoísta: tener una tabla de salvación a la que aferrarse para no sucumbir a una perdición anunciada. Disfracé ante mis ojos a Valentina de la hija que nunca tuve.

Así que si ahora deseaba finalizar por completo el período ofertado por Mike y comenzar a volar por su cuenta, mi obligación moral era respetarla y apoyarla.

Aunque me diese pánico asumir que estaría sola, a merced de una panda de depravados multimillonarios y caprichosos, en una guarida de lobos hambrientos de carne fresca, en la morada de los viciosos más resabiados, en un nido de drogas, alcohol y sexo salvaje, en el nuevo foco de atención de los mafiosos. En un entorno peligroso donde la competencia feroz entre actrices no permite ni un atisbo lejano de amistades verdaderas.

—¡Ay, Valentina! ¡Mi Valentina! ¡Cómo te voy a echar de menos! ¡Qué largas se van a hacer estas semanas sin ti!

Nos fundimos en un fuerte abrazo. Lo que ella y yo desconocíamos entonces era que esos tres meses, inicialmente previstos, se convertirían en año y medio.

Por suerte, Valentina no cruzaría a la orilla más siniestra de la fama, al lado oscuro que rodea a tantas celebridades. Sin embargo, sí disfrutaría en Hollywood de lo mejor de la edad de oro del cine mudo.

XVII

❦

Quedaban apenas cinco días para mi partida y andaba yo faenando en hacer mi equipaje. Poner en orden seis baúles es lo que tiene: requiere tiempo, ganas y paciencia. Seguramente tendría que comprar alguno más. Además de recuerdos y detalles para las chicas del club, para el servicio y para mis amistades más cercanas, la estancia en California también había traído consigo compras adicionales de vestuario y complementos para mí. La mitad de las cosas —bañadores, sandalias, sombreros para protegerme del sol, coquetas sombrillas— no podría usarlas en la Costa Este, con un clima más adverso y menos soleado. Pero no descartaba en absoluto regresar a California, así que ya encontraría la manera de sacar provecho a esa montaña de caprichos. Además, nuestros conocidos hollywoodienses me ofrecían alojamiento e invitaciones de todo tipo para cuando se me antojase volver por allí.

A pesar de tanta amabilidad y de tan excelentes recuerdos acumulados, yo me encontraba con el corazón partido. Por una parte, tenía ganas de retornar a Chicago, de disfrutar de mi verdadero hogar, de reinar de nuevo en el Red Club... Pero, por otra, me entristecía separarme de Valentina: la primera vez en tres años, la única larga despedida desde que nos conocimos.

Además, mi instinto de perra vieja me advertía que alejada de mi bálsamo particular, de mi niña, la mala vida y las largas noches volverían a gobernar mi tumultuosa existencia. Con ella en casa yo actuaba de un modo mucho más recatado y hasta saludable:

bebía menos, apenas probaba el opio, no apuraba cada madrugada como si fuese la última y evitaba a los canallas viciosos.

En todas estas espinosas cuestiones estaba yo cavilando, con
preocupación, con nostalgia, con una mezcla de sentimientos
encontrados, cuando sonó el timbre. Me encontraba cerca de la
puerta, así que abrí personalmente. Un mensajero uniformado
depositó en mis manos un pulcro sobre blanco con un único
destinatario: Valentina de Medinaceli. Supuse que se trataría de
otra invitación más. Una de tantas para asistir a alguna nueva gala,
cóctel, inauguración o evento similar.

—¡Valentina! ¡Valentina! ¡Han traído un sobre para ti!

—¡Acércamelo, por favor! Estoy en el porche haciéndome las
uñas.

Así que me dirigí hacia allí, mientras caminaba despreocupada
y canturreando un tema que había escuchado unas cuantas veces
en la fiesta a la que habíamos acudido la noche anterior.

—Será otra invitación —pensó ella también—. Esto es un no
parar de actividad social. ¡Uf, es agotador! Siempre sonriente,
siempre impecable y siempre dispuesta. Mary, anda, abre la carta
y lee hacia dónde debemos dirigirnos en esta ocasión y quién
será nuestro anfitrión, que no puedo estropear mis uñas recién
pintadas.

Un grito involuntario se escapó de mis labios en cuanto abrí
el sobre, extraje el papel y leí el mensaje que contenía, escrito en
tinta azul y con una insignia impresa de la United Artists.

El señor Charles Chaplin está interesado en que participe
en su nuevo proyecto cinematográfico. Mañana, a las 13:00 h,
tendrán lugar unas pruebas en los estudios de la United Artists
a las cuales le gustaría que acudiese la señorita Valentina de
Medinaceli.

Valentina se incorporó de un salto y nos abrazamos tan fuerte
que hasta nos hicimos daño. Lo había conseguido. Su primera
prueba en la meca del cine.

—¡Mary, tengo una prueba! ¡Una prueba! ¡En la United! ¡Y
con el gran Chaplin! ¡Esto es un imposible hecho realidad!

Yo me sentía dichosa por ella, mucho, y me alegré de permanecer aún allí para estar a su lado al día siguiente, en una ocasión
tan trascendental para Valentina. Apenas pegamos ojo aquella

noche de la emoción y un nudo en el estómago nos impidió desayunar más que un café con leche.

Mike y su chofer nos acercaron puntuales a los platós de la United. Nos permitieron entrar con la flamante aspirante a actriz, aunque a ambos nos obligaron a permanecer al fondo del todo «para no entorpecer a los profesionales y para no distraer a la aspirante», muy por detrás de cámaras, técnicos y de Charles, quien todo lo dirigía y ordenaba con gran meticulosidad y maestría.

Sobre diversos fondos —el primero blanco inmaculado, el segundo de árboles con flores y el último emulando el salón señorial de una mansión— y utilizando diferentes vestuarios —sobrio traje de tarde, llamativo vestido de noche y sensual salto de cama semitransparente—, los expertos iban dando las indicaciones pertinentes a Valentina.

Ella tenía que ir interpretando a través de su cara, de sus ojos, con sus gestos, con mímica corporal, los diversos estados de ánimo que le indicaban, uno tras otro, sin tregua, sin respiro. Tratándose de cine mudo —tal y como ya nos había avanzado Mike en su día— la expresividad y las emociones que el rostro fuese capaz de transmitir lo suponían todo. Los directivos de la United ordenaban simular estados de ánimo y la personalidad y la presencia de Valentina hacían el resto.

—¡Tremenda alegría! —indicó un técnico.

—¡Ira! —añadió otro.

—¡Sorpresa! —le decían y Valentina gesticulaba.

—¡Amor a primera vista! —Y entonces ponía una gran sonrisa de enamorada.

—¡Temor! —Las muecas de pavor desfiguraban su dulce rostro.

—¡Duda! —ordenaba el mismísimo Chaplin.

—¡Tristeza! —Valentina entornaba los ojos mientras ladeaba la cabeza como un cachorrillo demandante de atenciones.

—¡Melancolía! —Su impecable expresión de añoranza me hizo suponer que rememoraba a su adorado John en ese preciso instante.

—¡Dolor desgarrado! —Y las facciones de su rostro se encogían mientras mordía sus labios.

—¡COOOORTEN! —vociferó enérgicamente el gran director.

Y Valentina fue seleccionada por el gran Chaplin para formar parte, como actriz secundaria, del elenco que iba a protagonizar un film titulado *La quimera de oro*.

Mis últimos tres días en Los Ángeles los pasamos celebrando el contrato por todo lo alto. Me tranquilizaba la idea de que ella se quedase allí ocupada, con un proyecto, con un objetivo en mente; en definitiva, con un trabajo bajo el brazo y no únicamente como atrezo del Hollywood pernicioso.

Nada más pisar Chicago ordené instalar un teléfono en mi casa —al igual que exigí a Mike que hiciese lo mismo y con urgencia en la residencia de la playa donde se alojaba Valentina— para mantenernos en contacto permanente. Hablábamos por norma dos veces cada semana y nos telegrafiábamos con frecuencia.

Durante el año y medio que permaneció en Los Ángeles, Valentina participó en cuatro películas más, siempre con roles menores, pero en proyectos de calidad. Trabajó con los grandes, tanto con los directores en boga como con los actores y actrices consagrados.

Tras *La quimera de oro*, llegaron *El jardín de la alegría*, el segundo proyecto cinematográfico de Alfred Hitchcock; una superproducción de Fred Niblo titulada *Ben-Hur*, basada en la novela homónima de 1880 escrita por Lew Wallace y que supuso un extraordinario éxito de público y crítica; *El maquinista de la general* del gran Buster Keaton, una de las películas más famosas de nuestra época; y también participó con un pequeño papel en *The strong man*, dirigida por Frank Capra.

Desde la ciudad seguimos con expectación su trayectoria y en cada estreno de sus películas, se organizó alguna actividad especial en los cinematógrafos: la aparición de la que ya muchos consideraban una ciudadana ilustre de Chicago bien lo merecía. Posiblemente Valentina se estaba convirtiendo en la chicagüense más popular del país, con el permiso, sin duda, de la mítica Gloria Swanson, nacida a orillas del Michigan y auténtica primera figura de Hollywood.

La Swanson llevaba filmadas más de veinte películas como protagonista indiscutible. Además, su fama se acrecentaba en los últimos meses, desde que corría el rumor de sus amoríos con un poderoso productor y hombre de negocios de éxito con grandes influencias: un tal Joseph Kennedy.

Durante su estancia en Los Ángeles, Valentina también fue contratada para protagonizar dos grandes campañas de publicidad de marcas de prestigio, por lo que su rostro se popularizó por los cuatro puntos cardinales de los Estados Unidos de América.

Hasta que una mañana cualquiera de resaca sonó el teléfono.

—¡Mary!

—¡Valentina, tesoro! ¿Cómo estás?

—¡De fábula, vuelvo a casa!

—¿A casa? –Yo todavía me encontraba medio adormilada, bajo los efectos de alguna copa de más y me costaba reaccionar de inmediato.

—¡A Chicago! Creo que cinco películas en Hollywood son una buena cifra. Ya me he demostrado a mí misma, y al mundo entero también, que soy capaz de sobrevivir solita. Ya he bregado con éxito con los mejores directores, con las megaestrellas del cine, ya he flirteado con apuestos caballeros, ya conozco de memoria los intríngulis de las más exclusivas fiestas y las fastuosas celebraciones de Hollywood. ¡Hasta pude ahorrar miles de dólares, Mary! Es tiempo de regresar. Como regalo por mi veinte cumpleaños, me auto concedo el gustazo de retornar a Chicago.

—¡Que vuelve! ¡Que la niña vuelve! –gritaba yo como una loca con el auricular en la mano y unas lágrimas alocadas resbalando por las mejillas. Nada mejor que una noticia feliz para mandar la resaca al averno–. ¿Y cuándo tienes previsto viajar?

—En cuatro días tomo un tren, Mary, y ya sabes que son tres noches de viaje. Así que en una semana exacta me tenéis por allí.

—¡Tendrás la mejor fiesta de bienvenida que recuerde esta ciudad! ¡Qué alegría más grande! ¿Sabes? He de confesarte que siempre albergué el temor de que nunca regresarías. Que la cima del mundo es tentadora para cualquier mortal, que el ambiente del cine te llenaría más que el del music-hall y el cabaré, que caerías rendida a los encantos de cualquier galán del celuloide y que te acabarías casando rebosante de amor por siempre jamás.

Continuamos parloteando durante unos cuantos minutos más, conversación que me colmó de energía, alegría y felicidad.

Durante el resto de la semana –que se me hizo eterna, como no podía ser de otra manera debido al ansia creciente por el rencuentro– sólo me ocupé de cada detalle del segundo regreso más esperado de mi vida; esta vez, afortunadamente, con final feliz, no como el de mi malogrado Tom.

Puesta a punto de su dormitorio con ropa de cama nueva, limpieza a fondo de armarios, flores frescas recién cortadas para dar color y una agradable fragancia a cada rincón de su cuarto, avituallamiento de su comida favorita –cómo no, también de chocolate y bombones en abundancia, una de las debilidades de Valentina–, y por supuesto, la organización de un fiestón en el Red Club previsto para la noche de su regreso y bajo mi estricta supervisión.

El día acordado, un sábado, me dirigí ilusionada a la estación para recibirla en persona. Recuperaba a lo más parecido a una hija que yo había tenido.

—¡Guau! –exclamé espontáneamente mientras lanzaba un silbido de admiración y observaba anonadada cómo Valentina descendía regia de su vagón de primera clase.

Y es que lo que veían mis ojos suponía toda una revelación. En Hollywood dejé a una joven muy, muy guapa, pero con un encanto natural, un estilo desenfadado, genuino, propio, juvenil. La mujer que ahora se encontraba frente a mí, además de conservar su rabiosa hermosura, representaba la sofisticación más absoluta. Sin duda se había producido una evolución en su físico, en su esencia y en sus modales. El sello que imprime el engranaje del *star system* había dado sus frutos.

La larga melena –una de sus señas de identidad– había sido sustituida por un corte de pelo a la moda, su habitual cara lavada –excepto por el carmín en los labios que siempre le gustó lucir–, ahora se encontraba cuidadosamente maquillada, el lugar antes ocupado por una mata de rizos en cascada era sustituido por una magnífica estola de piel y las antaño telas ligeras, vaporosas, daban paso ahora a un impecable y ajustado traje sastre de terciopelo y brocados.

Hasta el modo de bajar los escalones del vagón parecía perfectamente estudiado: pura armonía y coordinación impecable de cada movimiento.

Tras el abrazo infinito y las lágrimas imprescindibles, no paramos de conversar durante horas. Había tanto que contar y tanto que escuchar...

—Estás tan espectacular que impresionas. Te has convertido en la viva imagen de lo que de una estrella de Hollywood se espera, mi niña.

—Mary, ya no soy una niña, tengo veinte años. Quizá esa sea la cuestión, que tu cabeza me sigue identificando como la frágil Valentina malherida tras el accidente de los trenes, pero tus ojos ven a una mujer moldeada por las manos expertas de todos cuantos contribuyen a construir la quimera hollywoodiense. Con tanto estilista, modista, peluquero, maquillador y asesor de todo lo habido y por haber a mi alrededor, tampoco tiene mucho mérito lograr este aspecto tan deslumbrante.

—Puede ser, cariño, pero asume que también eres una estrella de Hollywood. Hay que ser humilde, pero con matices.

—No tanto, Mary. He participado en cinco proyectos de primera línea, eso es innegable, pero siempre como figurante o secundaria, nunca como actriz principal. No soy Greta Garbo.

—Pero has formado parte de la historia del cine desde su mismo epicentro y eso no hay quien te lo quite.

—¡Sin duda! Me siento privilegiada y agradecida por ello. Me he desenvuelto bien, saliendo incluso airosa entre la crème de la crème de la industria cinematográfica. Un lujo.

—¡Y has protagonizado dos campañas de publicidad nacionales!

—Cierto, eso me ha proporcionado unos buenos ingresos y gran popularidad. El balance es muy positivo. Durante este tiempo al fin pude ser independiente, útil, toda una profesional, he sobrevivido por mí misma, he conocido, explorado, experimentado, aprendido y dejo buenos amigos al otro lado del país.

—¿Por qué has vuelto, Valentina? —Ese era un interrogante que me había estado dando vueltas a lo largo de toda la semana—. ¿Qué es lo que incita a una mujer en la cima del éxito a regresar a la Ciudad del Viento dejando de lado la gloria cinematográfica?

—Existen tantos motivos, Mary. Porque ya he conseguido el propósito que me marqué: vivir mi propia vida y valerme yo solita; era algo que me debía. Porque desde que abandoné España siendo una niña, Chicago se convirtió en mi hogar y la tierra tira; porque os echaba de menos a ti, a doña Marcela y a sus hijos, al padre Mario, a mis niños de la colonia, a las chicas del Red Club... Porque actuar en un plató, en un estudio, ante una cámara está bien, pero tengo pendiente hacerlo ante el público en directo: bailar, cantar, tocar el piano, interactuar con los espectadores... Y porque si surge la oportunidad de algún otro proyecto de mi interés en Hollywood puedo volver allí para materializarlo de inmediato. De hecho, he dejado bien claro a Mike, a los directores y a los directivos de los estudios, que cuenten conmigo para algún futurible proyecto en el que yo pueda encajar; estoy a su entera disposición para un gran papel y un buen guion. ¿Te parecen suficientes motivos?

—Claro que sí, Valentina y créeme que te entiendo de veras. Por cierto, ¿cómo están nuestros amigos?

—Todos aquellos con los que tú has tratado personalmente están fenomenal. Es curioso, pero las personas que conocimos en los inicios de nuestra estancia en Los Ángeles son las amistades con las que he fraguado una relación más sólida. Tanto Marion como Antonio ya forman parte de mi vida. Por supuesto Mike, que más que un mecenas se ha comportado como un padre, y eso en Hollywood supone casi un milagro, entre tanto golfo, tanto vicio y tanto exceso. Creo que ya te comenté en alguna de nuestras conversaciones telefónicas que Georgia Hale, con la que coincidí rodando *La quimera de oro*, también se ha convertido en alguien cercano. Y otros que ya te iré desvelando más despacio, como Louise Brooks, una recién llegada de Nueva York, casi de mi edad, que me recuerda mucho a mí en ciertos aspectos. ¡Ah! Y he hecho buenas migas con William.

—¿William?

—William Randolph Hearst.

—¡Oh, my God! ¡El mismísimo excongresista, todopoderoso magnate de los medios, excéntrico, egocéntrico, extravagante y megamultimillonario! El dueño y señor de la prensa de este país, el prócer mediático, el que tiene en sus manos el aupar o defenestrar famas y reputaciones con sólo arrancar sus rotativas...

—El mismo. Excelentes jornadas hemos disfrutado en su yate por las aguas del Pacífico, incluso por las del mar de Cortés. Es un anfitrión muy generoso. Ya conoces la relación tan especial que le une a nuestra Marion —guiño pícaro y juguetón de Valentina—. El señor Hearst se encuentra absolutamente rendido a sus encantos sin decoro ni disimulo alguno. Aunque ella tampoco hace ascos a Chaplin. Está muy entretenida y yo en cierto modo la envidio. Pero se trata de envidia sana ¿eh?

—Hablando de Chaplin ¿qué tal con los directores?

—Esa relación es más complicada. Son exigentes dentro y soberbios fuera. A veces distantes, a veces coléricos, a veces entrañables, otras paternales... Son ciclotímicos, en general. Pero también son capaces de crear obras de arte y por eso les perdono los duros rodajes cuando veo los resultados. En algunas ocasiones, incluso, parece que pretenden ejercer un estatus de dominador y sometido. Aunque he de confesar que alguno que otro también se ha insinuado más allá de los platós con intenciones claramente sexuales.

—Vaya, vaya, con el material picante hemos topado, nos adentramos en las insinuaciones masculinas. ¿Qué hay de tus amores, mi niña? Cuéntame historias sabrosas.

—Pues hay poca chicha, Mary. He flirteado con algún pretendiente, sí, no voy a negarlo. Y me divirtió hacerlo. Sin más. Todos ellos atractivos galanes y perfectos caballeros. Yo me dejaba querer. Invitaciones a románticas cenas, largos paseos al atardecer, ramilletes de flores con mensajes ingeniosos, algún valioso regalo... A nadie le amarga una lisonja bien elaborada. Pero al final no se materializó en relación alguna. Yo conocí el amor con mayúsculas en la adolescencia, encontré al dueño de mi corazón, al hombre con el que hubiese compartido el resto de mi vida sin pestañear. El estremecimiento que me provocó el primer beso de amor que John me dio con quince años no lo he vuelto a sentir jamás.

Era la primera vez que Valentina hablaba acerca del mexicano abiertamente, con tanto sentimiento y naturalidad. Esa apreciación me demostró que además de una evolución física, claramente apreciable a primera vista, Valentina también había madurado. Pero tratándose de un momento de tanta alegría para ambas, dejé pasar un tema espinoso, peliagudo y tan doloroso para ella. Así que retomé la conversación por derroteros más frívolos e intrascendentes.

—¿Vendrás con fuerzas, verdad? Porque esta noche he organizado una bienvenida en tu honor…

—El viaje es pesadísimo ¡tres días con sus largas noches! Bien lo sabes. Pero no me perdería ese fasto por nada del mundo…

—Un buen baño de agua caliente nada más llegar a casa, una infusión relajante, un sueño reparador de un par de horas, una sesión intensa de belleza y esta noche todo Chicago estará babeando por tus curvas, querida.

—Prometo estar a la altura de las circunstancias, Mary. ¿Vienen doña Marcela, el padre Mario y los chicos? ¡Tengo tantas ganas de volver a verlos! Traigo montones de regalos para todos.

—Por supuesto, no se me habría pasado por la cabeza organizar un evento en tu honor sin contar con las personas a las que más quieres.

La bienvenida a Valentina se convirtió en otro acontecimiento social imprescindible de la temporada. Una Valentina a la que todos percibían ahora como una personalidad de relevancia, una celebridad del Hollywood de la edad de oro, una protagonista que brilló como nadie y deslumbró a cada invitado de la fiesta celebrada con motivo de su regreso.

Impresionó al personal con un espectacular vestido de noche confeccionado en satén color rojo, complementado con un abrigo capa de mangas japonesas a juego, un bolso bombonera y un magnífico tocado de plumas y lentejuelas que sorprendió a las damas más exigentes en cuestiones de moda. En escasos días, no pocas de ellas copiaron el diseño para lucirlo sobre sus cabezas en noches de gala.

El Red Club estuvo a rebosar aquella noche. El alcohol de más calidad —y el de más graduación— no dejó de correr en un ambiente jaranero, acompañado de delicadas viandas devoradas sin contemplaciones por los más selectos invitados. Todo Chicago y la élite al completo de Illinois quisieron participar en el recibimiento de una de las vecinas más populares de la ciudad, y sin duda, la más glamurosa.

Ella, por supuesto, en cuanto tuvo la oportunidad se subió al escenario para deleitar con su talento al piano y su afinada voz, lo que arrancó la ovación más entusiasta de toda la velada.

Y entre tanto parabién, adulador y admirador, observé como un par de ojos verdes se clavaban en Valentina con un brillo característico: el fulgor de la admiración plena, el interés masculino por una hembra apetecible, la chispa que denota deseo puro. En definitiva, la mirada del depredador que ha decidido sin titubeo alguno cuál será su próxima presa. Y que se dirigía hacia ella con la determinación de la fiera que llevaba dentro...

Paolo Belleti, apuesto, elegante, seductor, brillante —uno de los diez hombres más poderosos de Chicago, cuchicheaban las lenguas viperinas—, se acercó hasta nosotras subyugado por una Valentina esplendorosa.

Un joven sobre el cual, a pesar de su innegable atractivo y de su privilegiada situación, recaía cierta sospecha de que era un personaje siniestro. Un hombre que llamó la atención de Valentina porque, según me confesó ella misma días más tarde, le recordaba físicamente a John.

A cómo sería John en la actualidad de no haber desaparecido.

III
La emperatriz de la noche

XVIII

*Valentina. Me habían hablado tanto de ella... La élite de Chicago al completo murmuraba sobre las idas y venidas, aventuras y desventuras de una ciudadana tan ilustre. La rumorología eclosiona cuando la fama acecha.

Yo mismo había observado con interés sus actuaciones en las proyecciones del cinematógrafo. Pero ni los chismorreos, ni los recortes de *Los Angeles Examiner* –la gaceta oficial del amarillismo hollywoodiense, la prensa cotilla por excelencia– ni las fotografías de sus campañas de publicidad, hacían justicia a semejante ejemplar. Una criatura primorosa en persona, inmensa en el cuerpo a cuerpo, inquietante en el cara a cara.

En la cercanía su lozano aspecto apabullaba hasta a un hombre como yo, acostumbrado a batallar con lo mejor y lo peor de cada casa. Y cuando digo lo mejor, me refiero al *establishment* de las cúpulas del poder más «respetable», y cuando digo lo peor, me estoy refiriendo a la crueldad más inhumana, innata al corazón de la omnipresente mafia del Chicago de 1926.

Yo nací en los Estados Unidos, hijo de inmigrantes italianos. Mis padres, nada más llegar al nuevo continente, fundaron una casa de comidas en la que servían los platos típicos de nuestro país de origen. Mi madre, mi abuela, mi bisabuela, todas las antepasadas de la rama femenina de mi familia fueron unas virtuosas de los fogones.

Y mis progenitores triunfaron elaborando comida tradicional italiana para los paladares americanos. Los frutos de su buen hacer en la cocina nos facilitaron vivir holgadamente. La saneada economía de la familia me proporcionó una buena educación que compaginé con el aprendizaje de cómo llevar las riendas de un negocio. Observando el quehacer diario de mi padre también descubrí cómo satisfacer las necesidades de cada cliente.

Mis padres fueron capaces de ahorrar lo suficiente para inaugurar un segundo restaurante. Todo un éxito tratándose de unos inmigrantes que llegaron desde Europa con una mano delante y otra detrás. Hasta heredé un buen capital a su muerte que me hubiese permitido vivir cómodamente sin mayores pretensiones, simplemente continuando con la explotación de los dos restaurantes familiares ya consolidados.

Pero aquello no era suficiente para mí. Yo me consideraba un joven con una formación superior a la media de la época, con una buena educación, exquisitos modales y mucha ambición. Demasiada. Una particularidad peligrosa si además la combinas con una carencia total de escrúpulos, algo que se fue acentuando en mi proceder con el paso del tiempo y con las amistades peligrosas —pero poderosas— de las que me fui rodeando.

Además, conocía de primera mano lo sacrificado que era dar de comer a los clientes día y noche durante los 365 días del año. Así que delegué la gestión del negocio en manos de un par de subalternos de mi total confianza y me introduje sin medias tintas en el negocio en boga de la época. Peligroso, delictivo, arriesgado, pero muy rentable: el contrabando de alcohol de alto *standing*.

Aunque eso fue sólo en el inicio; los tentáculos de ese negocio alcanzaban —y abrazaban— de pleno a los más poderosos y se requerían actores refinados en el juego para atender a la élite y negociar en según qué ambientes. Torrio primero y su discípulo Capone después confiaron en mis distinguidos modales y en mi saber hacer para las actuaciones de altos vuelos.

Todo comenzó a partir de la XVIII enmienda de la Constitución y la Ley Volstead que prohibió el consumo de alcohol en Estados Unidos. Ilusos aquellos que pretendieron prohibir el vicio porque lo que consiguieron fue dar alas a la depravación, la delincuencia, la corrupción y al crimen organizado.

Además, el hecho de que la producción de alcohol fuese legal en el resto del planeta impulsó el contrabando hasta extremos incontrolables. En el razonamiento popular se creía erróneamente que el negocio de la bebida durante la prohibición era cosa de los bajos fondos, de oscuros garajes, de locales clandestinos en las afueras, de la mafia italoamericana (que también). Pero los principales ingresos provenían de las grandes compañías fabricantes de alcohol. Esas máquinas de hacer dinero no iban a perder cantidades ingentes de billetes por la cansina moralina de unos descerebrados. Comenzando por Seagram's, que se trasladó a Canadá primero y posteriormente a una pequeña isla bajo dominio francés: Saint Pierre et Miquelon.

Pero, sobre todo, quien manejaba el tinglado desde la cúspide era la *Distillers Company Limited*, la mayor compañía productora de alcohol del mundo que controlaba prácticamente todas las destilerías de Escocia e integraba a las cinco principales marcas de whisky: Johnnie Walker, Deward's, White Horse, Haig & Haig y Black & White. También a alguna de las mayores compañías productoras de ginebra como Tanqueray y Gordon's.

Ellos idearon y organizaron al detalle sus propios protocolos –fijación de precios, ubicación de las marcas, control de calidad– para manejar a la perfección el mercado ilícito de Estados Unidos.

Además, en sus documentos internos siempre se referían al «área prevista» para aparentar que enviaban whisky a través del Atlántico hacia destinos legales como Canadá, Bermudas o determinadas islas del Caribe, cuando en realidad se dirigían a nuestros puertos.

Otra de sus acertadas estrategias pasó por el establecimiento y auge de Bahamas como puerto clave en el tráfico de alcohol. Antes de la prohibición, en 1918, los exportadores escoceses vendían 914 galones a estas islas caribeñas; dos años después, estaban embarcando la impresionante cifra de 386.000 galones. Según estimaciones de la guardia costera podían haber pasado por allí más de dos millones y medio de galones en los últimos años, producto proveniente de las destilerías de Reino Unido.

Es decir, que además de destilaciones caseras y trapicheos de los delincuentes marginales, hecho que sin duda tenía lugar cada día y a lo largo y ancho de todo el país –no pocas muertes, envenenamientos e intoxicaciones acontecieron por las malas artes de los comerciantes ilegales–, la entrada de alcohol a Estados Unidos durante la prohibición era sobre todo un negocio de las grandes compañías, de los potentados y las cúpulas del poder. Que no se iban a permitir el lujo de perder miles de millones de dólares por una simple enmienda o por el capricho de unos puritanos amargados.

Para completar la jugada maestra, en la ley había toda clase de excepciones, matices y reservas en cuanto a su aplicación. La prohibición admitía el consumo por motivos terapéuticos con receta médica adquirida en una farmacia, se estimaba que se consumían por este motivo alrededor de treinta millones de galones al año. También por causas religiosas para católicos y judíos registrados como tales.

Y se permitía la producción casera de bebidas como el vino o la sidra para consumo doméstico. Sin olvidar que se podía conservar y consumir todo el alcohol adquirido antes del 16 de enero de 1919.

Por tal cúmulo de excepciones, todos —policía, autoridades, jueces, políticos de cualquier administración, la mafia, la ciudadanía misma— eran conscientes de que no se iba a terminar con el mercado del alcohol. Así que los más avispados mandamases se pusieron manos a la obra para idear, admitir, organizar y administrar un sistema de tolerancia controlada de la producción, el tráfico, la venta y el consumo.

Fundamentalmente, esto implicaba la creación de un complejo entramado y de un extenso esquema de corrupción a todos los niveles: cuerpos de policía, administración de Justicia, autoridades locales y estatales. Nada que no hubiese acontecido ya desde los orígenes del mundo y que seguirá existiendo hasta el fin de los días.

La corrupción, la hipocresía, la doble moral y la complicidad con el crimen se fusionaron con el sistema. Se transformó la mentalidad del país, se manipuló el sentir colectivo y se alteraron las conductas de los americanos hacia los responsables de aplicar la ley, hacia los políticos y hacia los que ocupaban puestos de autoridad.

Y por supuesto se sobornó generosamente a todo aquel que osara entorpecer el negocio. No hay nada que un buen puñado de dólares no pueda comprar. Y si algún meapilas se ponía gallito, la jugada se remataba con una amenaza a tiempo a sus seres queridos o con una buena ración de metralla entre pecho y espalda; yo, por descontado, era de los que dirigían las ejecuciones, pero nunca materializaba. Un verdadero *gentleman* jamás debe salpicar su chaqueta a medida de sangre traidora.

En cualquier sistema, en cualquier época y en cualquier país, una legislación imposible de cumplir imponía excepciones; también facilitaba el impulso velado entre los círculos del poder de una zona de tolerancia pública y consentida, cuya administración se nutría de funcionarios corruptos que pasaban por alto el incumplimiento de la ley (y de paso, reventaban sus bolsillos de buena plata). Por descontado en los locales y clubes de élite se hacía la vista gorda al consumo de selectos licores por parte de los más potentados.

La prohibición propició el nacimiento de un nuevo espacio gubernamental y un sistema de delicadas relaciones políticas, una tela de araña de contactos personales donde la confianza era un aspecto crucial. De hecho, las grandes fortunas fraguadas en la época por gánsteres y acólitos —entre los que me incluyo— y el éxito del crimen organizado tuvieron su origen en el intento fallido de controlar moralidades e intimidades.

Y aquí es donde yo habilidosamente entré en juego: en las redes tejidas por Torrio primero, y por su discípulo Alphonse Capone después. Mi formación superior, mi educación esmerada, mis finos modales y mi porte aristocrático me convertían en un tipo idóneo para relacionarme con las altas esferas del tinglado. Mi dilatado conocimiento de las tripas de un negocio y del trato hacia los clientes hicieron el resto.

Capone me puso al frente de los mejores clubes nocturnos de la ciudad. No de los cientos de *speakeasy* repartidos a lo largo y ancho de Chicago, esos locales clandestinos en los que se servían tragos hasta el amanecer. De esos espacios —también rentables y necesarios— se encargaban otro tipo de matones, los pandilleros, algunos de ellos bajo mi cargo.

Mi responsabilidad directa pasaba por los establecimientos de ocio más lujosos, incluidos los restaurantes de alto *standing*, a los que acudían los más pudientes en todos los ámbitos de referencia: empresarios, financieros, jueces, congresistas, inversores, millonarios, artistas, escritores, *bon-vivant*...

El Red Club era uno de los locales que se encontraba bajo mi supervisión personal (¡cómo no podía ser de otra manera!). Y aun siendo uno de los establecimientos más representativos y prestigiosos, en breve pasaría a un segundo plano.

Nos encontrábamos enfrascados en la construcción de lo que nos habíamos propuesto convertir en el club más imponente de toda la Costa Este. En el templo del ocio nocturno. Tras su apertura, cualquier otro a su lado no tendría parangón. Ni estábamos escatimando en gastos, ni lo haríamos en la decoración, el mobiliario, en el evento de inauguración, en el personal de sala, en la contratación de los artistas, de los músicos, de los bailarines, de los acróbatas, en las coreografías, la ambientación... El nuevo proyecto estaba llamado a convertirse en el epicentro de la vida nocturna de más alto nivel de Estados Unidos, con el permiso del gran espectáculo que conlleva Hollywood en sí mismo.

Ese era el motivo que me llevó aquella noche a la fiesta de bienvenida de Valentina al Red Club. Conocedor como era de sus aptitudes para el artisteo −cante, baile, piano y por supuesto cine−, de su impresionante físico, de su predisposición para subirse a un escenario, y lo más importante, de su creciente e imparable popularidad, tenía la férrea intención de engatusar a la recién llegada de la meca del cine. ¿Mi objetivo? Tentarla. Empujarla a convertirse en la estrella principal del nuevo club, todavía sin nombre. Que Valentina formase parte de ese proyecto elevaba al máximo su prestigio y contribuiría a generar una imparable expectación.

Pero lo que aconteció cuando me topé con una mujer de las que dejan sin respiración a cualquier hombre con ojos en la cara y sangre en las venas, fue mucho más allá de mis propósitos mercantiles iniciales.

Tenerla frente a frente me removió las entrañas y cosquilleó mi entrepierna. Además de contratar a Valentina como figura principal del nuevo proyecto, decidí −en cuanto mis ojos quedaron atrapados entre los encantos de semejante anatomía− que aquel bellezón sería para mí. Sólo para mí. En el argot que utilizan los pánfilos romanticones podría denominarse flechazo lo que aquella mujer me provocó al primer golpe de vista.

Incluso podría tratarse de la dama que llevaba años intentando encontrar. La esposa que anhelaba convertir en la madre de mis hijos. Para saciar mis instintos más sucios ya disponía de un buen catálogo de mujeres de moral liviana y sesera corta.

XIX

❧

Me acerqué con andares muy ceremoniosos hacia donde se encontraba Valentina, junto a su mentora, Mary Kelly. A Mary la conocía bien, por ser la vedete de referencia del Red Club durante los últimos años. Buena artista, sin duda, pero ya al borde de la retirada y con una personalidad algo inestable, desquiciada. Abusaba de los barbitúricos, del alcohol, del opio y del vaivén de los fondillos masculinos en compañía de algunos prohombres de la ciudad.

Era perra vieja, se las sabía todas y profesaba una auténtica devoción por su pupila, lo que suponía una evidente contrariedad para mí. Una jovencita sin guardiana a su vera sería más manejable. Aunque resultaba una obviedad que ya que el obstáculo existía, ganarme al pupilo pasaba por embaucar también al mentor. Ya encontraría en el futuro la manera de deshacerme de Mary, si es que realmente llegaba a ser molesta, que igual me equivocaba.

—Señorita Valentina —dije, acompañando el saludo de una teatral reverencia—, bienvenida de nuevo a Chicago.

Tomé su mano para besarla con galantería, apenas un roce fugaz de mis labios sobre su piel, sin dejar de mirar sus formidables ojos rasgados de color azabache. ¡Qué mujer!

—Es un honor para todos nosotros que esté de vuelta en la Ciudad del Viento. Tenía muchas ganas de conocerla personalmente. He seguido con interés los entresijos de su carrera cinematográfica en Hollywood, sus entrevistas en la prensa, y cómo no, la magnífica actuación que tan generosamente nos ha regalado esta noche sobre el escenario del Red Club. Permítame que me presente, soy Paolo Belleti, su humilde servidor.

—Un placer, señor Belleti. ¿Es usted italiano?

—Mi familia es italiana, inmigraron a finales del siglo xix, aunque yo ya nací en los Estados Unidos.

—Yo también provengo del viejo continente, soy española.

—Lo sé, he leído todo acerca de su trayectoria.

—Muy amable por su parte estar al tanto de mi procedencia.

—¿Me aceptaría pues, un brindis por la añorada Europa y por nuestro *Mare Nostrum*?

—Por supuesto, señor Belleti, hay brindis que no pueden ser rechazados. Y hacerlo por nuestro común origen, sin duda, es uno de ellos.

—Mary, está usted también invitada al brindis, faltaría más.

—Te lo agradezco, Paolo, pero es hora de acercarme al tocador a empolvarme mejillas y nariz. Una auténtica dama siempre debe mostrarse radiante en público. Más tarde, quizá sí te acepte otra copa.

Mary se alejó camino de la *toilette*, mientras yo chasqueaba los dedos para llamar la atención de un camarero al que había instruido para la ocasión, quien me seguía de cerca con el objetivo de ayudarme a redondear mi puesta en escena. El empleado se acercó en décimas de segundo con una bandeja, que además de las dos copas de espumoso, contenía una tarjeta con la leyenda «Bienvenida, adorable Valentina» firmada de mi puño y letra, y una rosa blanca de talle largo.

Me observaba de un modo curioso; más tarde me confesó que su interés se debía al parecido físico que yo guardaba con un finado que formó parte de su vida. Al parecer, se trataba de un tipo que fue muy importante para ella durante su adolescencia y juventud.

A saber si tal tesitura resultaba un pro o una contra para mis objetivos teniendo en cuenta los embrollados mecanismos que gobiernan la mente femenina.

—Resulta indiscutible confirmar que usted sabe cómo tratar a una dama —sugirió Valentina tras tomar entre sus manos la rosa recién cortada en su honor.

—Si de verdad quiere conocer hasta qué punto sería yo capaz de idolatrar a una mujer como usted, no tiene más que aceptar una invitación a cenar conmigo mañana mismo, si es que está usted disponible y le apetece el plan. Sería todo un placer para mí.

—Veo que no pierde usted el tiempo, señor Belleti.

—La vida es efímera y los instantes inolvidables, escasos. ¿Por qué demorar el irrefrenable deseo de compartir una velada con una dama que ha despertado la atención de mis cinco sentidos con tan sólo una simple ojeada? Además, le estoy proponiendo sólo un almuerzo, o una cena, una merienda, un desayuno, un aperitivo, lo que a usted más le plazca. Una invitación que no puede hacer mal a nadie.

—En eso tiene usted razón. Lo más grave que me podría pasar a mí en una cita con un desconocido de refinados modales y muy buena presencia es pasar un rato aburrido; lo peor que le podría ocurrir a usted es que yo no aceptase un hipotético segundo encuentro.

—¿Eso es un sí?

—De acuerdo, almorzaremos mañana. Pase a recogerme a las doce y media.

—Le agradezco de veras su generosidad por aceptar la humilde invitación de este desconocido que mañana dejará de serlo. Prometo que tendrá usted una de las mejores citas que haya disfrutado jamás hasta la fecha.

—Eso es una afirmación algo presuntuosa por su parte, señor Belleti.

—Llámeme Paolo, por favor.

—De acuerdo, Paolo. ¿Sabe usted una cosa? Lo que hace inolvidable una velada no es la velada en sí misma, sino la compañía con la que se disfruta. El instante más sencillo del mundo puede convertirse en un momento inolvidable si tienes a tu lado a la persona ideal.

Después de todo, parecía que Valentina iba a ser un hueso duro de roer. Me acababa de demostrar que carecía de la cabeza hueca de la que solían hacer gala la mayoría de las estrellas y las señoritas despampanantes que conocía, que eran unas cuantas. Aquello me excitó aún más: cuerpo apetecible y mente despierta.

Pregunté por aquí y por allá para averiguar los gustos de Valentina hasta que descubrí su manifiesta fascinación por el Michigan. Así que opté por idear un plan a medida de las apetencias personales de la dama. En vez de llevarla a uno de los restaurantes carísimos, lujosísimos, de moda, destino previsible como corresponde a un caballero de mi posición, contraté una embarcación para disfrutar de un almuerzo sobre las oscilantes aguas del lago.

A primera hora de la mañana envié a su residencia un enorme ramo de flores para desearle los buenos días. Un detalle que tomé como costumbre de ahí en adelante: a partir de aquella mañana Valentina recibiría flores a diario como muestra de admiración, respeto y devoción. Desconfíen ustedes de las señoras a las que no les guste recibir coloridos ramos envueltos con celofán.

Un coche de caballos pasó puntual a recogerla a las doce y media, con un cochero uniformado delante y yo, muy bravo, en el asiento posterior con otra rosa blanca entre mis manos para ofrecérsela en persona. Al ver el vehículo elegido, una Valentina sorprendida sonrió, subiendo de inmediato a mi lado con una expresión de complacencia iluminando su rostro.

—¡Me reafirmo acerca de mi apreciación nocturna! —exclamó risueña—. Sabe usted agasajar a una dama. ¡Vaya que sí! Paolo, esto se pone interesante.

La embarcación nos esperaba en el muelle junto a su tripulación al completo. También contraté los servicios de un picnic de alta cocina. Y no descuidé ningún aspecto de los que suelen impresionar al género femenino: cubitera a bordo, vajilla y cubertería de lujo, mantelería de hilo fino, violinista interpretando piezas clásicas, una selección de los mejores chocolates y caprichos dulces de la ciudad, docenas de velas colocadas estratégicamente en cubiertas e interiores... Un despliegue de galantería y buen gusto.

La velada compartida fue un rotundo éxito para mis intereses. Tanto se alargó que vimos caer el sol tras el horizonte a bordo de la embarcación. Desde esa cita comenzó un ritual de seducción maestro por mi parte. Sin prisa, pero sin pausa y con una motivación doble: personal y de negocios. El cuerpo de Valentina sería sólo para mí, pero su talento estaría al servicio del nuevo santuario de la diversión.

Durante las siguientes semanas se sucedieron paseos por las orillas del Michigan, regalos permanentes —y costosos—, cenas a la luz de las velas, jornadas de conciertos, *ballet* y teatro, mañanas de tenis, tardes en el hipódromo, excursiones al campo, agradables paseos los días soleados en mi colección de coches descapotados, jornadas de navegación en el lago, divertidas noches de *music-hall* y del nuevo estilo musical en auge, el *jazz*, serenatas privadas en los reservados de mis clubes…

Nos hicimos inseparables. Yo mostrando en todo momento mi lado amable, mi mejor cara, mi saber hacer como perfecto seductor y ella dejándose llevar. Sin más. Se divertía, disfrutaba, se encontraba relajada y cómoda ante mi presencia, aunque mantenía un muro de autoprotección innato. No sólo hacia mí. Hacia el resto de la humanidad. Yo, hasta cierto punto, justificaba ese aspecto de su personalidad: a pesar de sus éxitos recientes no había tenido una vida fácil.

Valentina era una mujer imponente, magnética, agradable, con carisma, chispa, *charme*, talento, clase, pero siempre marcaba un punto —o dos— de distancia entre ella y los demás. No creo que fuese nada premeditado ni intencionado. Simplemente era así. Y puede que ese peculiar rasgo maximizase su aura de misterio e inaccesibilidad, cualidad tan valorada en toda estrella que se preciara. Nada que objetar, pues.

Fue un día cualquiera, transcurrido un mes y medio desde que nos conocimos, tomando un cóctel margarita de los que tanto le gustaban, cuando se lo solté a bocajarro. Intuí que había llegado el momento y me lancé a formular la proposición.

—¿Volviste de Hollywood con la intención de actuar en directo, verdad?

—¡Sí! Aunque allí gané mucho dinero y me he tomado unas semanas de descanso tras un par de años frenéticos, lo cierto es que en menos de un mes, quizá dos, comenzaré a actuar en el Red Club con algunos números en solitario dos veces por semana.

—¿Y si te digo que eso no va a ser necesario?

—¿A qué te refieres?

—¿Sabes que estamos a punto de abrir un nuevo club? En realidad, será más que un club. Inauguraremos un establecimiento grandioso que cambiará el concepto de entretenimiento nocturno tal y como lo conocemos. El coliseo de la fiesta y el *glamour*.

—Sí, lo sé, todo el mundo habla de ello.

—Exacto, es lo que pretendemos. Que se convierta en la comidilla de tertulias y cenáculos, y en el tema de conversación recurrente de la alta sociedad. En apenas tres o cuatro meses, a lo sumo medio año, inauguraremos el mejor club privado que haya existido jamás en los Estados Unidos de América y te ofrezco la oportunidad de convertirte en la primera estrella. Lo tienes todo: talento, juventud, belleza, éxito, fama, un sinfín de admiradores... Sólo van a formar parte de este proyecto los mejores y tú estás entre ellos.

—Paolo, me halagas.

—No es mi intención. Ahora estoy hablando de negocios y créeme que tratándose de mi guita ni exagero, ni bromeo ni mucho menos me la juego. En Hollywood has sido secundaria, pero aquí serías la gran figura, la protagonista indiscutible, una musa para cualquier espectador.

—¡Musa! ¡Cómo me gusta esa palabra!

—Sí, ciertamente se trata de un vocablo que despierta la imaginación y los sentidos. Además, conlleva connotaciones artísticas.

—¿El local tiene nombre?

—Aún no, estamos barajando muchos, pero de momento no hemos encontrado el adecuado. Debe tratarse de una denominación única, seductora, inolvidable, insinuante. Que enamore al que lo escuche, que invite a ser susurrado.

—El Edén de las Musas. El club llamado a convertirse en el más legendario de las noches de Chicago pasará a la posteridad como El Edén de las Musas. Y sí, acepto la propuesta. Pero además de tocar el piano, cantar y bailar quiero participar en algunos otros aspectos como la escenografía, el vestuario, la ambientación, la gastronomía...

—No se hable más, Valentina. Trato hecho. ¡Mmmm! El Edén de las Musas me gusta mucho.

—Mi nombre artístico será Blue Valentine. Era algo que ya tenía previsto para mi debut del próximo mes en el Red Club. Y sobre el escenario, durante mis actuaciones, siempre vestiré de azul. De todas las tonalidades de ese color: marino, celeste, cobalto, zafiro, índigo, cian, aguamarina, turquesa...

—Está bien. Me resulta acertada la propuesta de que desarrolles una personalidad propia, ideada únicamente para que cobre vida sobre el escenario. Una especie de *alter ego*. Interesante. Veo que tu paso por Hollywood te ha dotado de un olfato fino para el mundo del espectáculo y todo lo que le rodea. ¡Fabuloso!

—Y aún queda una última petición, Paolo.

—Dime...

—El emblema del club, la imagen que aparecerá en el luminoso, en las servilletas, en la vajilla, en el programa, en las invitaciones, en cualquier pieza característica, será la imagen de esta joya. –Extrajo de su cuello la cadena de la que pendía la espléndida joya familiar. Según me confesó más tarde, ella había adoptado esa vistosa alhaja como talismán vital.

Nada que objetar. El medallón estéticamente era magnífico, debía costar una fortuna y representaba toda la pompa, exclusividad y *glamour* que queríamos imprimir al establecimiento.

Parecía que Valentina contaba con ideas propias y con una personalidad bien definida. Tratándose de los preámbulos de una negociación yo debía ceder para conseguir mi propósito cuanto antes. La flexibilidad en el inicio de un proyecto es una máxima de todo buen especulador. De momento, yo daría el sí a todas sus pretensiones de querer ir más allá, de no conformarse con ser una mera marioneta sobre el escenario.

De hecho, el nombre El Edén de las Musas y su *alter ego,* Blue Valentine, me parecían un acierto pleno. Pero ya habría tiempo de cortar de raíz el trato pactado si sus exigencias y caprichos se desmadraban.

Aunque no tendría por qué extralimitarme en mi supremacía si ella sabía jugar bien sus cartas y ocupaba con inteligencia el lugar que le correspondía.

XX

❦

Aquella noche organicé una cena en mi residencia a la que asistió buena parte de lo más granado entre los poderosos de Chicago. Una tertulia de tantas. Capone, un par de subordinados de nuestro núcleo duro de máxima confianza, el primer teniente de alcalde, un congresista, dos jueces, tres potentados empresarios de Illinois y la mano derecha del jefe de la policía. Señoriales veladas en las que se comentaban banalidades durante la degustación de exquisitas delicias culinarias y en las que se cerraban negocios –turbios y legales–, pactos, acuerdos y, cómo no, asuntos feos durante los postres.

Habida cuenta de mis excelentes relaciones con unos y con otros y de mi saber hacer recibiendo en casa propia y en locales ajenos, podría confirmarse que yo era uno de los más afamados anfitriones de Chicago. Bajo mi techo y sin escatimar agasajos hacia mis invitados, este tipo de encuentros de las más altas esferas se repetían con cierta frecuencia. Al menos una vez por trimestre.

—¿Así que has embaucado a la estrella del momento para que nos deleite sobre el escenario? Eres sabio, Paolo, sí señor. Está rica la moza, muy rica. –El que hablaba era Frank Pitt, uno de los madereros más jodidamente ricos del Estado. Y de los más patanes, todo hay que decirlo.

—Sin duda se trata de una buena decisión de negocios, Paolo –ahora puntualizaba el congresista, un hombre de modales más refinados que Frank–. La señorita Medinaceli se encuentra en la cúspide de la fama y eso beneficiará tanto en prestigio como en promoción gratuita al nuevo club. La chica está de muy buen ver, pero es demasiado guapa para los ojos melancólicos que luce. Una mujer tan bella no debería tener una mirada tan triste.

—Ella es especial desde muchos frentes. Atesora una vida de drama y *glamour* a partes iguales. Y eso vende, señores. Pero además posee talento, fuerza y encanto. Demasiado encanto, me atrevería a afirmar. Por cierto, puedo avanzaros una primicia, aprovechando que estamos todos reunidos esta noche. El templo ya tiene nombre: El Edén de las Musas.

—Soberbia elección —comentó el primer teniente de alcalde—. Será un espacio que estará repleto de musas para satisfacer a todo varón lujurioso: nalgas prietas, lenguas cremosas, muslos suaves, grandes tetas, cinturas de avispa, boquitas jugosas.

—Y yo que pensaba proponeros que lo llamásemos las fieras de mis niñas. —Era la mano derecha del jefe de la policía el que había tomado la palabra. Carcajadas generales ante la ocurrencia de la autoridad y una propuesta de brindis por mi parte.

—Señores, ¡por El Edén de las Musas!

—¡Y por las musas! ¡Porque nunca nos falten las musas! ¡Por decenas, docenas, centenares, por millares! —replicó un ingenioso Capone, que hasta entonces se había mostrado observador y silencioso. Alphonse no fomentaba las conversaciones largas, pero le gustaba sentenciar. Era un hombre más de acción que de reflexión.

—Por cierto, ¿sabéis que el nombre lo ha propuesto la mismísima Valentina? Desea participar en la gestión del nuevo club, habida cuenta de su vasta experiencia en Hollywood.

—¿Y has aceptado?

—Sí, mientras que la estrella no se desmadre... Incluso sus primeras iniciativas están resultando brillantes. Además del nombre, acertadísimo, me sugirió que el vestuario de las chicas sea diseñado por la archifamosa Coco Chanel y se ha encargado personalmente de llevar a buen puerto la idea. Valentina mantiene una fluida relación con la francesa desde hace unos años, cuando se conocieron aquí, en Chicago. A la costurera le ha parecido una petición de lo más original y divertida. Ha aceptado de inmediato y ya está dibujando uniformes y atrezos para las bailarinas y demás personal femenino. Además, para la fiesta de inauguración Valentina está invitando a algunos de sus conocidos más queridos, actores y directores, de su paso por Hollywood. Muchos podrán acudir, han confirmado su asistencia. Contaremos con un plantel de lujo para nuestra primera noche. También se está encargando de gestionar las relaciones con la prensa; cuenta con habilidad para tal menester: fue aleccionada convenientemente en la meca del cine. Así que la involucración de Valentina en este proyecto parece que resultará beneficiosa para los intereses de los accionistas, que a fin de cuentas es de lo que se trata. Más ingresos, más prestigio, más influencia y más oportunidades de nuevos negocios.

—¡Vaya! Esta Valentina va a resultar una bicoca. Además de ser una mujer de bandera, cuenta con sesera aprovechable para los asuntos masculinos. ¡Ojo, amigo! No permitas que la dama se te suba a las barbas, pero mientras tanto aprovecha su predisposición y todo lo que pueda aportar, que según cuentas, es mucho.

—Exacto, Frank. Esa es justamente mi idea.

—¿Y te beneficias de sus encantos? Con esa cara y esas piernas yo no podría resistirme. Se la hincaría reventona hasta el fondo mañana, tarde y noche. ¡Pum, pum, pum! Aunque para mi gusto le faltan unos buenos melones, pero podemos pasar por alto esa carencia porque el conjunto merece la pena. Además de físico portentoso también va sobrada de clase y estilo. Eso es innegable. Tal cúmulo de atributos en una sola mujer debería estar prohibido.

—Frank, por favor, ¿crees que un caballero contaría sus intimidades con la primera estrella de su negocio en ciernes, de un proyecto que nos resultará rentable a todos?

—No sería la primera vez que entre habano y habano despachamos en *petit comité* sobre nuestros fornicios —apuntó con sorna el primer teniente de alcalde.

—O entre copa y copa —remató uno de los magistrados.

—Pero eso lo hacemos cuando parloteamos sobre las machadas que ejecutamos con nuestras putitas más queridas o con las meretrices a las que damos cobijo en los clubes y *speakeasy*. No con una dama —comentaba Capone—. Menos aún con una dama a la que se corteja. Paolo anda embobado con los encantos de la española y yo le alabo el gusto. Es más, creo que este galanteo va en serio.

—¿De veras, Paolo? ¿Es cierto lo que afirma Capone?

—He de confesar que mi interés por Valentina va más allá de lo meramente económico y empresarial. Su presencia en El Edén de las Musas constituirá un plus para inaugurar el nuevo establecimiento por todo lo alto y eso me conviene como máximo responsable del proyecto. Pero además ella es guapa, elegante, sexi, triunfadora, discreta, buena conversadora cuando procede y en general gran administradora de sus silencios, a pesar de pertenecer al género femenino. Por tantas cualidades podría llegar a convertirse en una compañera de futuro... Ya me entendéis.

—¡Vaya, Paolo! Pues en ese caso y como bien ha dicho Capone, yo también te alabo el gusto.

—Bueno, señores, ya está bien de tanta palabrería frívola que parecemos charlatanes desocupados —interrumpí las continuas referencias a Valentina; más allá de lo estrictamente relativo a El Edén de las Musas, me resultaba incómodo alargar conversaciones personales en presencia de socios y colaboradores, que no amigos—. Tenemos que ponernos al día sobre las novedades relativas a las próximas entregas de alcohol, a las entradas de cocaína, a los locales de apuestas y a alguna compra-venta de armas en ciernes. También a otros *business* menores pero que deben ser tratados. Y resueltos sin dilación alguna.

—Los asuntos de sangre, no en mi presencia, que sabéis que hago la vista gorda, pero cuantos menos detalles sepa, mejor para todos —puntualizaba uno de los jueces que nos acompañaba esa noche, George Harrison.

Siempre me fascinó la doble moral de las más altas instancias. «Sé lo que te traes entre manos, pero hago como que no lo veo si me llevo mi parte del pastel; predico una cosa sobre mi púlpito institucional, pero actúo de modo contrario en mi intimidad; establezco un doble rasero en la aplicación de la ley según vaya dirigida a plebeyos y poderosos; mantengo los ojos bien abiertos ante lo que me conviene, pero los cierro rápidamente si sopla un viento favorable a mis intereses...». ¡Qué cansino debe resultar representar permanentemente el papel de lo que otros esperan de uno mismo!

—¿Pasamos al salón para acompañar las conversaciones más trascendentes con un buen coñac y unos puros recién desembarcados de Cuba?

—Formidable proposición, Paolo. Pero para mí que sea whisky. Ya sabéis, amigos, cuando vendo licor lo llaman piratería, pero si ese mismo licor me lo sirven mis clientes, entonces se llama hospitalidad.

—Por supuesto, Al.

Con un leve movimiento de cabeza indiqué a uno de los miembros del servicio que sacase la botella del mejor irlandés que siempre guardaba para el personaje que se estaba ganando a pulso el título de hombre más influyente de Chicago: Alphonse Capone.

Cuando apenas era un adolescente ya se encontraba bajo la tutela de Johnny Torrio, uno de los jefes de bandas más representativos de la ciudad, relación que se alargó durante varios años estrechándose con el tiempo.

A la edad de trece años Capone ya era un chaval conflictivo que golpeaba a sus profesores y que acabó por dejar los estudios antes de cumplir los catorce. Poco después se unió a la banda de los Cinco Puntos —un grupo en alza de extorsionadores, ladrones, chantajistas, mamporreros y asesinos de poca monta— en la que Torrio era un miembro destacado. Rápidamente se convirtió en el protector de Capone, para entonces un joven corpulento, carismático y violento que trabajaba de barman, chófer, guardaespaldas y de hombre de los recados para su jefe. También le ayudaba a deshacerse sin miramiento alguno de los que molestaban. Una paliza a tiempo, una tortura pasada de rosca o algo más fuerte no suponían ningún impedimento para la conciencia de Capone. En el sótano de uno de los locales a cargo de la banda, el Four Deuces, se mantenía un espacio habilitado para torturar o asesinar a quien se saliese de madre, procedimientos en los que el joven Alphonse participaba.

Cuando el negocio de contrabando de alcohol comenzó a despuntar tras la imposición de la Ley Seca, Torrio, para adueñarse de todo, asesinó a balazos a su tío Big Colosimo, que había construido un pequeño emporio del crimen en la ciudad. El sobrino decidió erigirse como nuevo mandamás de dicho imperio por la vía rápida: con una ráfaga de tiros en la espalda de su pariente.

El nuevo líder estableció una acertada red de distribución que permitía a cada banda de Chicago hacerse con el control por territorios. Él se quedó con el abastecimiento de la cerveza a la par que Capone se convirtió en su mano derecha. Entre ambos, además del lucrativo negocio del contrabando de alcohol, iban inaugurando sucesivos locales de juego y prostíbulos a base de sobornos, malas artes y mano dura. Tampoco hacían ascos al narcotráfico, en una década en la que la población americana —en parte por querer dejar atrás la Gran Guerra, en parte por el *boom* económico que vivía la sociedad estadounidense—, se dejó seducir por los vicios como nunca antes.

Desde entonces, Capone prosperó a lo grande. Estaba ganando cantidades desproporcionadas de dólares con el contrabando de alcohol, pese a no ser el mayor proveedor: ese honor correspondía a la Banda Púrpura de Detroit, que controlaban el tráfico de bebida a través de la frontera con Canadá.

En 1922 encargó una espectacular mansión en una de las zonas más elegantes de Chicago, la South Side, en la que instaló a toda su familia, incluida su madre. El capo idolatraba a los suyos como a ninguna otra cosa en el mundo. Implacable en la calle, entrañable en su hogar. Se gastó en la decoración de su nueva residencia más de cien mil dólares —una auténtica fortuna— dotándole de caprichos impensables: un estanque atestado de peces tropicales, mobiliario que incluía costosas obras de arte, patios cubiertos con mosaicos, una piscina de dimensiones descomunales, un muelle inmenso para amarrar sus lanchas motoras y su velero, el *Arrow*... Fue el inicio de su ascensión imparable.

Tras el casoplón de Chicago llegaron otros similares, como el de Florida, y una sucesión interminable de caprichos y derroches de todo tipo: regalos costosísimos para los amigos y familiares, cincuenta habitaciones reservadas permanentemente en el Metropole para su uso y disfrute particular, reparto de cuantiosas propinas a taxistas, limpiabotas, botones, repartidores de periódicos, y sobre todo, a bailarinas y camareras. O apuestas elevadísimas en todos los juegos habidos y por haber. Capone era un obseso de las apuestas y llegó a perder más de un millón de dólares anuales sólo con los resultados de las carreras de caballos.

Torrio cada vez iba cediendo más parcelas de responsabilidad a Capone —tras un atentado en el que sobrevivió, aunque le acribillaron a tiros, le otorgó definitivamente el control—, el negocio prosperaba a pasos agigantados, el dinero se multiplicaba como caído del cielo y prácticamente todo Chicago estaba a sueldo.

A los que se revolvían, a las voces discordantes o a las bandas rivales que amenazaban, simplemente se les aniquilaba. Sin contemplaciones, miramientos ni segundas oportunidades. Y cuanta más metralla conllevasen las ejecuciones, mejor. Así servía de escarmiento a quienes se diesen por aludidos o a los futuribles gallitos (porque en el mundo del hampa, los pandilleros y los aprendices de gánster, abundaban).

El astuto de Capone fue capaz de irse imponiendo, una a una, a las bandas rivales. Además, contaba con múltiples habilidades: era muy eficaz gestionando equipos, sabía delegar, poseía unas sorprendentes capacidades administrativas e imponía la autoridad como ningún otro. Como colofón, se ganaba la simpatía de personajes de todos los estratos sociales a base de regalar billetes y de ser generoso con la chequera.

—No hay voluntad que la billetera no pueda tumbar —solía repetir.

Alphonse dotó a la mafia de un valor como organización que nadie antes había conseguido.

A mediados del año 1926 podría decirse que se estaba convirtiendo —o se había convertido ya— en el amo indiscutible de la ciudad. En realidad, Chicago pasó a ser el prostíbulo particular de Capone. La cantidad ingente de plata que acumulaba le permitía comprar a políticos de cualquier ideología, a funcionarios del gobierno, a agentes federales y a policías —casi el setenta por ciento de sus miembros se dejaban sobornar por nuestros hombres— rellenando sus bolsillos de dólares.

Casi todos tenían un precio, aunque como en cualquier otro ámbito de la vida, también afloraban excepciones: los insobornables. Pocos, pero tocahuevos. Uno de ellos acabaría por convertirse en mi cruz. Y en la cara de Valentina.

XXI

∽✲∾

—¡**E**stoy entusiasmada con los diseños de Coco para las chicas! ¡Mira, Paolo!

La francesa había enviado a Valentina los bocetos del vestuario y ella andaba ciertamente impresionada con el resultado.

—La moda no es precisamente mi fuerte, *amore*, pero parecen formidables. No miro tanto con los ojos de un experto de los patrones, sino con los de un hombre y me gusta lo que veo. Las bailarinas, las camareras, las cigarreras y demás personal enseñarán carne, lo justo para que los clientes se embelesen, pero sin resultar vulgares. Señoritas apetecibles, que no busconas. A esas ya las ofrecemos en otros locales más sórdidos. Y los diseños cuentan con el toque de elegancia y sofisticación que Chanel aporta a todos sus trabajos. –Tomé la mano de Valentina para besarla suavemente, antes de proseguir–. En definitiva, te felicito por la iniciativa, aunque nos haya retrasado algunas semanas la inauguración de El Edén de las Musas.

En efecto, sus ideas supusieron la necesidad de más tiempo por la integración de nuevos protagonistas en el proyecto, pero eran unas ocurrencias tan acertadas y acordes a los estándares de máximo lujo y exclusividad que queríamos imprimir, que dicho retraso mereció la pena. Incluso esa demora obligada estaba multiplicando el efecto expectación.

—Coco también me ha enviado los dibujos de los diseños que luciré en mis dos números sobre el escenario. ¡Pero esos no te los mostraré! Será una sorpresa para todos. ¡Son increíbles! Piezas de arte, obras propias de un museo de la moda.

Me alegraba observar a Valentina tan pletórica. Normalmente era una mujer que no se dejaba arrastrar por pasiones ni sentimientos. Estoica, pragmática, impertérrita. Ese hermetismo innato le otorgaba un aura de diva. Pero el proyecto de El Edén de las Musas había supuesto un revulsivo en su calmado carácter.

De hecho, sólo mostraba cierto entusiasmo los días que acudía a ayudar en la educación y el entretenimiento de los hijos de inmigrantes, de los zarrapastrosos de la colonia, en compañía de esa *mamma* mexicana y ese cura orondo, conocidos suyos desde su infancia. No es que yo me opusiese a que realizase obras de caridad —incluso eso siempre está bien visto en la *high society* y cuenta con el beneplácito del *establishment*—, pero no veía la necesidad de que una celebridad internacional se mezclase tan frecuentemente con esa gentuza. Tampoco comprendía que se rebajase a impartir ella misma las enseñanzas. Existían otras opciones más adecuadas: comidas y galas benéficas, rifas solidarias, donativos a instituciones de prestigio... En fin, que ya se me ocurriría la forma de ir alejando a mi futura artista estelar —y esperaba que en breve algo más— de esa insana costumbre suya de codearse con la chusma.

—Y esta tarde no podremos pasear tal y como habíamos previsto, Paolo.

—¿Por qué? Me acabas de entristecer el día.

—Te alegrará saber el motivo. ¡Viene Louis a ensayar el número que interpretaremos juntos el día de la inauguración! Ni te imaginas la ilusión que me hace compartir escenario con semejante maestro escénico.

Valentina se refería a Louis Armstrong, el tipo que había revolucionado el *jazz* en la ciudad. En 1922, se unió al éxodo generalizado de músicos desde Nueva Orleans hacia Chicago, ya que había sido invitado por Joe King Oliver para incorporarse a su Creole Jazz Band como segundo cornetista. La orquesta de Oliver era, a comienzos de la década, la más reputada e influyente agrupación de *swing* de Chicago. La Ciudad del Viento, además de en la capital del atrevimiento y el libertinaje, también se estaba convirtiendo en el epicentro del *jazz*; fue en este momento cuando la popularidad de Armstrong empezó a incrementarse de forma exponencial.

En 1923, el músico debutó con la orquesta de Oliver para el sello discográfico Okeh Records. En sus primeras grabaciones se incluyeron algunos solos que incrementaron su reputación. Tan sólo un año después ya se había convertido en el solista más creativo del grupo. Su fama llegó rápidamente a oídos del mejor director de orquesta negro del momento, quien le ofreció un contrato para que se uniese a su grupo, la Fletcher Henderson Orchestra, la banda afroamericana imprescindible de la época.

Armstrong se cambió a la trompeta para armonizar mejor con los otros músicos de su sección orquestal y debutó con ella a finales de septiembre de 1924 en el *Roseland Ballroom* de Nueva York. Aprendió a leer música, lo que contribuyó a revolucionar el estilo de sus compañeros. El negro resultó hiperactivo y también grabó con las mejores cantantes de blues de la época, como Bessie Smith.

Tras su exitoso paso por la Gran Manzana, en 1925 regresó a Chicago para unirse a la orquesta de Lil en el Dreamland Ballroom; empezó a grabar para el sello Okeh acompañando a dos formaciones llamadas Hot Five y Hot Seven, produciendo éxitos como *Potato Head Blues*, *Muggles* (un claro guiño a la marihuana ya que él era consumidor habitual desde siempre) y *West End Blues*.

Cualquier trabajo de Armstrong se estaba convirtiendo en referente del *jazz* y era enormemente influyente entre nuestro ambiente.

En otra de sus geniales ideas en lo que a El Edén de las Musas se refería, Valentina se empeñó en que el mejor músico de nuestros días tenía que acompañarnos en la noche de la inauguración.

Al principio Armstrong declinó la propuesta. Ante esta primera negativa, ella se decidió a visitarle personalmente para retomar la negociación. La imponente belleza de Valentina y, sobre todo, su portentosa voz hicieron el resto. Louis accedió a interpretar un par de temas con la orquesta y otro tema con la trompeta mientras ella cantaba.

—Si es por semejante motivo, querida Valentina, mi tristeza por no poder disfrutar de ti esta tarde será mucho menor –afirmé impresionado por su perseverancia mientras tomaba de nuevo su mano para un segundo beso.

—¡Sabía que te alegraría!

—Por cierto, dulce Valentina. Iba a hacerlo al anochecer, pero como ya no será posible, aprovecho la ocasión para entregarte un pequeño presente. Se trata de un detalle como agradecimiento por tu entusiasmo y por el duro esfuerzo que estás realizando con la puesta en marcha de El Edén de las Musas. Por conseguir la colaboración de Chanel, del mismísimo Armstrong, por hacer posible que acudan algunos de los más célebres directores, actrices y actores de Hollywood, por meterte a toda la prensa en el bolsillo para nuestra causa con sólo chasquear los dedos...

—Bueno, Paolo, tú lo has dicho. Se trata de *nuestra* causa, no sólo de la tuya, así que, en parte, mis motivaciones para esta plena implicación son egoístas: si El Edén de las Musas es un éxito, yo triunfaré.

—¡Chsss! —Coloqué uno de mis dedos sobre sus labios para que callase, a la vez que introducía la otra mano en mi bolsillo derecho. Saqué una cadena de la que colgaba un zafiro de dimensiones épicas.

—Es un obsequio para la noche mágica. Como vestirás de azul en tus actuaciones, debes acompañar tu indumentaria con una joya acorde a los diseños que está confeccionando para ti la *madame* de la moda contemporánea.

Valentina observaba la joya ensimismada. Su tamaño y su pureza impresionaban. Proseguí con mi explicación antes de que ella pronunciase palabra alguna para agradecerme ese tremendo regalo.

—Encargué una réplica del collar que lució la reina Ana María de Rumanía en la coronación de su marido en 1922. Obviamente aquel zafiro de 478 quilates es una pieza única, pero estoy sosteniendo el más grande que he encontrado en Norteamérica. Está engarzado en un collar idéntico al de la aristócrata. Mi emperatriz de la noche no desmerece a ninguna reina de sangre azul. Más al contrario, tú eclipsas a cualquier otra mujer sobre la faz de la tierra.

Valentina tomó el joyón entre sus manos sin dejar de contemplarlo. Parecía sorprendida, algo que me placía ya que no se trataba de una mujer fácil de conmover. Su convivencia con los más grandes de la época, su propia vida plagada de autosuperación y su tendencia natural al estoicismo la convertían en una fémina complicada respecto a la efectividad de las malas artes masculinas.

—¡Paolo, es magnífico! Este zafiro es un prodigio de la naturaleza, algo realmente impresionante, digno de admirar. Pero debe haberte costado una fortuna, no sé si debo aceptar semejante presente.

—Por supuesto que debes: se trata de un regalo con doble intención. Primero, el de un hombre hacia la mujer por la que bebe los vientos. Segundo, el de un as de los negocios que no quiere dejar nada, absolutamente nada al azar en uno de sus proyectos más prometedores. El día de la inauguración mi estrella, o sea tú, estarás tan esplendorosa que cualquier invitado, sea dama o caballero, quedará impactado ante tu presencia. Y créeme: un zafiro del tamaño de una ciruela ayudará a semejante propósito.

—En ese caso —me dijo Valentina con ojos picarones y sonrisa franca— deberé aceptar.

—Me haces muy feliz —susurré en su oído mientras tomaba el collar entre mis manos para ponérselo alrededor de su esbelto y terso cuello.

Ciertamente el resultado era demoledor. Tanta belleza junta no podía ser buena.

XXII

❦

Los preparativos de la inauguración de El Edén de las Musas avanzaban sin contratiempos. Finalmente, la apertura tendría lugar un trimestre después de lo previsto –había transcurrido un año desde el regreso de Valentina, y por tanto, doce meses desde que nos habíamos conocido–, pero era tal el despliegue de medios y de ingenio del que estábamos haciendo gala respecto a este proyecto, que dicho retraso había supuesto un resorte a las expectativas de la concurrencia en vez de una contrariedad.

El que llegaría a ser un santuario mítico en las noches estadounidenses vería la luz en los primeros meses de 1927. Todo tomaba forma y el local, a falta de los detalles meramente decorativos, estaba listo. Un edificio completo de fachada victoriana y tres plantas de altura con más de dos mil metros cuadrados distribuidos en varios espacios: el salón principal de cerca de mil metros, un *lobby* de bienvenida propio del palacio de un marajá, un restaurante de extra lujo para cenas tranquilas sin la algarabía de música y orquesta, diversas salas reservadas para veladas íntimas, la planta superior plagada de exclusivos palcos privados con excepcional visión sobre el escenario y una azotea en el ático que regalaba formidables panorámicas. Dicha azotea había sido habilitada para celebraciones al aire libre en las noches más calurosas de la Costa Este.

Y qué decir de la decoración: ebanisterías de la mejor calidad, porcelanas de Meissen, terciopelos de Lyon, sedas de China, cristalerías de Bohemia, vajillas de la Royal Copenhagen moldeadas a mano por expertos artesanos, madera de cedro del Líbano, lámparas de Murano fabricadas a medida en Venecia… El aspecto era tan grandioso que dejaba sin habla. Lo nunca visto.

Valentina estaba consiguiendo todo lo que se había propuesto. Y era mucho. Vestuario –y perfumes– diseñados en exclusiva por la idolatrada Coco Chanel, banda sonora de Louis Armstrong, toda la atención mediática de las cabeceras de William R. Hearst –quien posiblemente iba a acudir en persona a la inauguración– e invitados de un nivel estratosférico: ya teníamos confirmados a Charles Chaplin, Georgia Hale, su querida amiga Marion Davies, el galán español Antonio Moreno, Mae West, King Vidor, Gloria Swanson… Incluso estaba moviendo sus hilos para que la gran Greta Garbo hiciese acto de presencia. También había convencido a un tal Ernest Hemingway, un escritor que comenzaba a despuntar y que acababa de publicar su primera novela, *Fiesta*, al que conoció la primera vez que ella pisó el Red Club. El tal Hemingway me resultaba indiferente, de momento no contaba con un nombre de peso, pero le acompañaría el consagrado Scott Fitzgerald con su extravagante esposa, la rocambolesca Zelda Sayre, un icono social en nuestros días.

El Edén de las Musas estaba llamado a convertirse en el foco de las celebridades, la alta sociedad, las grandes fortunas y el *glamour* genuino desde el mismo momento de su nacimiento. Y he de reconocer que gran parte del mérito era debido a una entregada Valentina. ¡Qué gran decisión tomé al contar con ella para esta iniciativa! Su sola participación como protagonista de las actuaciones dotaba al nuevo club del brillo innato a las estrellas hollywoodienses, pero su saber hacer en la gestión, sus contactos y su arte en las relaciones personales habían supuesto una descomunal –y agradable– sorpresa para mí.

Además, la vinculación directa y el firme compromiso de mi dama con el proyecto liberaba parte de mi tiempo para los negocios capitales. Alphonse se había convertido en el dueño y señor de Chicago y las personas de su círculo de confianza habíamos multiplicado responsabilidades, quehaceres y fortuna.

Aunque mis cometidos no se habían apartado de la línea trazada en los inicios de nuestra colaboración –relaciones interpersonales de mucho nivel, negociaciones delicadas, contactos en las altas esferas–, la opinión de sus allegados tenía cabida en la organización. En especial en lo referente a la mejora de metodologías y procesos.

El contrabando de alcohol, aunque completamente controlado, nos daba algún que otro quebradero de cabeza por el transporte y los aprovisionamientos. La mercancía que llegaba desde ultramar habitualmente se transportaba en lanchas y embarcaciones pequeñas que pudiesen acercarse a la costa pasando desapercibidas ante los ojos de las autoridades más problemáticas sin mayores contratiempos, dándose a la fuga con cierta velocidad en caso de toparse con patrullas aduaneras. Los pequeños barcos rápidos podían escapar más fácilmente del servicio de guardacostas, pudiendo atracar en cualquier recoveco y en los márgenes de los ríos para transferir su carga a un camión de espera o a los hidroaviones.

En los inicios las flotillas estaban constituidas por barcos de pesca, lanchas para excursiones, embarcaciones de comerciantes. Pero a medida que avanzaba la prohibición la demanda era más alta, el negocio se profesionalizó y los barcos se especializaron.

Aun así, la cantidad de licor recibida por cada embarcación era limitada debido a su escasa capacidad. Y acabamos implantando el denominado método Burlock, ideado por Bill McCoy para rentabilizar al máximo cada entrega.

McCoy era un marinero de raza. Desde su adolescencia se dedicó al diseño de lanchas rápidas y lujosas que se convirtieron en las preferidas de la alta sociedad americana. Pero la aprobación de la Ley Seca le tentó, como a todo aquel que tuviese aspiraciones de hacer dinero rápido.

La prohibición le dio la oportunidad de convertirse en contrabandista, de los más respetados y admirados entre todos aquellos que se dedicaban a lo mismo, y también entre los que disfrutaban del whisky de calidad que traía vía Bahamas exportado de Escocia.

McCoy compró en una subasta la goleta Arethusa –rebautizada más tarde con el nombre de Tomoka–, una barcaza que además de contar con una ametralladora camuflada en su cubierta y de transportar el whisky ilegal, era una tienda de licor flotante que contaba con estantes de muestra para los compradores que visitaban el barco.

Como sólo traficaba con el mejor whisky escocés, siempre genuino, y repudiaba el alcohol adulterado, McCoy se ganó una reputación intachable (y merecida). Su producto era de tal calidad que se acuñó la denominación de The real McCoy para cualquier mercancía destacada. El whisky que exportaba provenía de una empresa destiladora originaria de Escocia que se hacía llamar Cutty Sark.

El invento de Bill McCoy, el método Burlock, consistía en un paquete para seis botellas envueltas en paja, tres en el fondo, luego dos y finalmente una, todo cosido firmemente en arpillera, con lo que se ahorraba espacio y era de fácil manejo, pasando desapercibido su contenido ante los ojos de los curiosos policías.

En la organización copiamos con éxito este sistema en muchos de nuestros transportes, pero la demanda de alcohol era tal —la sociedad americana estaba desatada, descocada, desinhibida, desenfrenada— que se necesitaban embarcaciones más grandes. Sobre la resolución de tal problemática se iba conformando una maléfica idea en mi cabeza.

Aunque a la par que mi intelecto no dejaba de maquinar nuevos métodos de ganar dinero, otra ocurrencia más terrenal iba tomando forma: se aproximaba el momento propicio para pedir matrimonio a Valentina tras cerca de un año de cortés y casta relación.

¿Y qué mejor ocasión para hacerlo que el día de la inauguración y en el club que nos había unido? ¿Por qué no tomar la iniciativa durante la extraordinaria noche de la apertura de El Edén de las Musas? Embriagados por la gloria, envueltos por la exclusividad, rodeados por *la crème de la crème* y extasiados por el lujo, el triunfo y el frenesí, no se me ocurría mejor fecha. Para cerciorarme de lo acertado de mi decisión invité a almorzar a Mary Kelly, lo más parecido a una madre que tenía Valentina. Y para ganármela para la causa. Los aliados, sean en el ámbito que sean, jamás están de más.

XXIII

֎

Mary Kelly nunca fue objeto de mi devoción. Intuyo que yo tampoco de la suya. No se trataba de nada personal. Simplemente esa mujer constituía un obstáculo innecesario entre Valentina y yo. Además, la que iba a convertirse en mi prometida oficial no estaba maleada por la vida más perra ni por la cercanía de personajes perversos. A pesar de haber superado con éxito experiencias traumáticas o de convivir con la picardía hollywoodiense había salido indemne de los aspectos sórdidos. Valentina aún conservaba cierta candidez e ingenuidad. Mary, en absoluto. Una corista selecta era la señora Kelly, pero pecadora, amante del vicio e íntima de felones y villanos, al fin y al cabo.

Ambos éramos viejos conocidos de la noche más canalla. Bien sabido era por todos que, sin ser una puta profesional, mantenía relaciones con media docena de ricachones de Chicago. Se dejaba querer, mimar y aunque no cobraba al contado por fornicar como las fulanas de los prostíbulos que yo supervisaba, sí sacaba buena tajada de los costosísimos regalos con los que sus amantes le agasajaban. La confianza que otorga hurgar en la braguera de los más pudientes también implica ser beneficiaria de jugosas informaciones privilegiadas.

Así que mi invitada era de todo menos una aliada natural para mi causa. Sabía demasiado sobre la naturaleza humana en general y sobre el comportamiento masculino en particular. Y era de suponer que un tipo como yo —muy similar a otros tantos a los que ella conocía hasta los fondillos– pudiese levantar sus recelos en aquello de llegar a ser un perfecto marido para la niña de sus ojos.

A priori Mary no suponía una molestia siempre y cuando consiguiese adueñármela para mi causa. Si tornaba a suspicaz e incómoda yo no tendría el menor remordimiento en tomar medidas más drásticas. El Edén de las Musas, Valentina, mi ascenso imparable hacia la cúspide del poder, el estatus social privilegiado del que ya gozaba y el dinero a espuertas lo eran todo para mí. Y me encontraba en el camino óptimo. Pocas personas gozaban de la posición de la que yo disfrutaba a una edad tan temprana.

Mi chofer pasó a recogerla al mediodía. Había ordenado una comida informal pero exquisita en mi residencia en vez de un almuerzo de alto copete en un establecimiento de moda. Pretendía recrear un clima de falsa confianza, de complicidad forzada y nada mejor como el hogar propio para conseguirlo.

—¿Un poco de champán, Mary? ¿Quizá vino? ¿Un oporto? ¿Qué prefieres para el aperitivo?

—Prefiero no mezclar bebidas a estas horas. ¿Qué tal si abrimos una buena botella de tinto y la vamos saboreando durante la comida?

—Me parece perfecto. Peter –alcé la voz para dirigirme al mayordomo, que se encontraba discretamente ubicado en una esquina del amplio salón–. Ve a la bodega y sube una de las botellas que reservamos para las grandes ocasiones.

—¿Las grandes ocasiones? ¿Qué me estás ocultando, Paolo?

Estaba claro que Mary las pillaba al vuelo. Además, mi invitación a un almuerzo conjunto la puso alerta acerca de que algo tramaba.

—Amiga, tu sola presencia hoy en esta casa es una ocasión especial en sí misma ¿no te parece?

—Modales de gentleman no te faltan y el arte de la galantería lo dominas, Paolo. Te agradezco el cumplido, pero es obvio que este almuerzo no es una mera cortesía. ¿O me equivoco?

—Hay algo que quiero comunicarte. Considero de justicia hacerlo y además necesito contar si no con tus bendiciones, sí al menos con tu parecer y tu consejo.

—Hablamos de Valentina, pues...

—Eres lo más parecido a una familia que tiene y tu opinión me resultará valiosa.

—Adelante. Te escucho con atención.

—Llevo cortejando a Valentina un año con total respeto y veneración.

—Soy consciente, no puedo poner una sola pega a tu comportamiento con ella desde que regresó de Hollywood. He de reconocer que tu compañía y atenciones le han hecho mucho bien. Pero mi niña es un diamante en bruto, lo sabes ¿verdad?

—Y como tal la he tratado. Soy un privilegiado por poder disfrutar de su tiempo, de su confianza y de su amistad. Pero ha llegado el momento…

—De dar un paso más —se adelantó Mary.

—Exacto. Creo que tras un año de cortejo formal llegó la hora de pedir su mano.

—Bien, es una consecuencia lógica. Pero si ya lo tienes decidido ¿qué esperas de mí?

—Realmente nada. Seré sincero. No te estoy pidiendo permiso, aunque sí considero conveniente informarte. Quiero hacer las cosas bien. Sé lo importante que has sido en la vida de Valentina. Soy consciente de que sin tu desinteresada tutela posiblemente no sería la mujer que ha llegado a ser ni hubiese alcanzado la fama de la que puede presumir actualmente. Y te lo agradezco de veras.

—Muy generoso por tu parte.

—«Al césar lo que es del césar». ¿Cómo esperas que se tome ella mi petición? ¿Desea un matrimonio inmediato?

—Yo también seré franca, Paolo, en esta curiosa velada. Valentina no es la típica señorita que busca un buen casorio por encima de todas las cosas. De hecho, creo que los golpes que la vida le dio, perdiendo a todos sus seres queridos durante la infancia y la adolescencia, terminaron por convertirla en una mujer muy cauta en lo referente a afectos y amores. Su mayor ilusión es el espectáculo, la música, el escenario, el arte, el público... Aunque eso tú ya lo sabes. No hace falta más que observar cómo se está volcando con la inauguración de El Edén de las Musas. Estoy segura de que su involucración ha superado tus expectativas.

—Completamente —asentí convencido.

—Dicho esto, he de confesar que eres el único hombre con el que mi niña ha compartido tanto tiempo en perfecta armonía. Prácticamente un año. Bueno, si eliminamos a su inolvidable John, pero aquello forma parte de los recuerdos entrañables de un pasado lejano. El único compañero digno de mención durante su vida adulta has sido tú. Se encuentra cómoda en tu presencia, eso es indudable. Como añadido, y esto ya es de mi cosecha propia, eres bien parecido, cuentas con una educación apropiada, dispones de un fortunón que crece cada día y te codeas con lo más granado de la élite estadounidense. Las puertas se abren de par en par para ti en las más altas administraciones públicas, clubes de alto *standing*, residencias de los archimillonarios y eventos de los potentados... No te falta de nada.

—Me halagas, Mary.

—Pero...

—¡Vaya! Hay un pero.

—Paolo, tratándose de hombres y de relaciones siempre hay peros. No está hecha la fidelidad para la lascivia masculina. Y tú no eres un santo. Al contrario. Eres un prohombre en alza de la mafia. Sí, uno de los mejor posicionados en la cúpula del selecto círculo de confianza de Al Capone. Con todo lo bueno, lo malo y lo peor que ello conlleva.

—Hoy en día eso es un privilegio. Él es el dueño de Chicago y va camino de convertirse en una deidad en la Costa Este.

—Ya, hasta que deje de serlo. Tu posición es más políticamente correcta que la de un matón, un gánster o un pandillero, puede que no aprietes un gatillo ni la sangre salpique tus caros trajes confeccionados a medida, pero eres uno de ellos. Uno más. Conozco bien a los hombres como tú. Contáis con dos, tres y hasta cuatro caras.

—¿A dónde quieres llegar?

—Que durante el proceso que culmina en la consecución de vuestros objetivos sois muy convincentes. En el cortejo a Valentina estás ejerciendo como un galán de comportamiento intachable. ¿Cuándo ella sea tu esposa conservarás idéntico proceder? Lo dudo. Estoy harta de satisfacer en mi cama a hombres similares a ti, que aborrecen y humillan a sus esposas a la menor oportunidad, cuando la ilusión inicial se desvanece para tornar a rutina insoportable. Comparto intimidad con hombres cuyos matrimonios no son más que un mero escaparate social.

Ya intuía yo que la harpía se las sabía todas. Lo cierto es que Mary era una mujer lista. Y atractiva. Madura, pero con unos labios carnosos, una pose sensual, unas tetas enormes, un culo generoso y unas formas femeninas rotundas. Mirándola bien, no me importaría revolcarme con ella en alguna ocasión. Ese libidinoso pensamiento me excitó. Tuvo que recomponerme en décimas de segundo para no dejarme llevar por el vicio.

—Te adelantas a los acontecimientos. Nunca fui el esposo de nadie, así que desconozco cómo ejerceré ese papel dentro de unos años. Sólo puedo confesarte que podría tener a cualquier mujer de este país con sólo chasquear los dedos. Y he elegido a Valentina sin titubear.

—Alto ahí, caballero. Valentina también podría conseguir a cualquier ejemplar masculino, no sólo de este país sino del planeta entero, a cualquiera, con tan sólo una caidita de pestañas y un oportuno cruce de piernas.

Menudo zorrón. Como yo bien suponía, Mary era un hueso duro de roer.

—Totalmente de acuerdo en tu certera apreciación. Pero de momento con el que parece encajar es conmigo. Y me gustaría recalcar una cosa. Cualquier otro hombre del planeta de esos a los que tú haces referencia relegaría a Valentina a un puesto en el hogar, a un objeto decorativo, a mera posesión de la que presumir colgada del brazo y lucir en eventos de vino y rosas. Yo respetaré su vocación por la música y el espectáculo hasta el punto de que voy a convertirla en la figura más destacada del mejor espectáculo que hayan visto nuestros ojos.

—Adelante, Paolo. Has tomado una decisión y has tenido la deferencia de comunicármelo en primicia, sin tener ninguna obligación al respecto. Te estoy agradecida por ello. Ni me opondré ni influenciaré en Valentina. Pero no dejaré de observarte. No hagas daño a mi princesa o te las verás con su hada madrina. O con la bruja malvada.

Tras un cruce de miradas intenso, Mary siguió al acecho.

—Quizá te resulte una pregunta impertinente, pero es inevitable por mi parte formularla. ¿Tú la quieres?

—Mary, por favor, que ya estamos creciditos para ñoñeces. Que me preguntes tú precisamente eso... Adoro a Valentina, la deseo, la admiro, la respeto, la idolatro y la considero una compañera perfecta para recorrer el camino hacia la cima a mi lado. ¿Suficiente?

—Supongo que en señores de tu calaña es suficiente, sí.

—Pediré su mano en la inauguración de El Edén de las Musas. ¿Qué te parece la idea?

—Impactante, sin duda.

—Por favor, mantenlo en secreto hasta entonces. Quiero que suponga una enorme sorpresa para Valentina. Y la puesta en escena será inolvidable, de las que marcan toda una vida.

—Mi boca está sellada hasta entonces. Pero recuerda, Paolo. Te vigilo.

XXIV

❧

Y por fin llegó el gran día. La fecha que habíamos ansiado desde hacía meses. El arranque del proyecto en el que una gran cantidad de personas nos habíamos dejado la piel con la colaboración y el talento impagable de Valentina. La puesta de largo ante el mundo de lo que se iba a convertir de inmediato en un clásico intemporal, en un establecimiento mítico: El Edén de las Musas.

Muchos de los invitados de mayor relevancia y provenientes de los cuatro puntos cardinales del país —incluso desde Europa y América del Sur— habían llegado con unos días de antelación. En su honor habíamos organizado una cena de bienvenida en la residencia privada de uno de los empresarios más ricos de Illinois la noche previa a la inauguración. Valentina ejerció de perfecta anfitriona. Bellísima es un adjetivo que se queda corto: estuvo grandiosa, arrebatadora, gloriosa. Eclipsó en los prolegómenos y arrasó en el acontecimiento principal. Una auténtica diva de nuestra era.

Además de los nervios propios de la puesta en marcha de un nuevo negocio que había estado bajo mi supervisión directa, de ser la cara visible de un evento al que estaba invitada la alta sociedad y la cúpula del poder internacional de la época, mi ansiedad se acrecentaba a cada segundo por tratarse de la noche en la cual iba a pedir en matrimonio a una de las mujeres más populares del país. Emparentar con una dama deseada por ellos y admirada por ellas, contribuiría a afianzar mi prestigio personal y mi relevancia social.

Desposarme con Valentina me proporcionaría la llave para ingresar en la restringida cúspide de los elegidos.

La mañana amaneció soleada, espléndida, con una marea fresca por tratarse del mes de mayo de 1927, pero con una temperatura agradable que auguraba una hermosa noche. En el día de mi petición de mano era obligado sorprender a mi dama desde que abriese los ojos. Un sí rotundo estaba en juego: en aquella fecha —y más que nunca— un órdago a la grande era la única opción.

Había planificado cada detalle para que se sintiese la mujer más deseada sobre la Tierra. El habitual ramo de flores matutino que recibía puntualmente a primera hora desde el día que la conocí fue sustituido por un vergel. Literalmente. Docenas de ramos de todo tipo de flores inundaron su casa: rosas, gardenias, orquídeas, magnolias, lilas, tulipanes, azucenas... Un festival de olores y colores para sus sentidos.

Después, durante cada hora y hasta pasado el mediodía —momento en que ella comenzaría con los preparativos femeninos, visita del peluquero, sesión de belleza, manicura, pedicura, maquillaje y todo ese ritual que acometen las mujeres antes de acudir a una fiesta—, Valentina iba a recibir un ramo especial en honor a su procedencia. Claveles, geranios y flores de azahar —flores típica española— acompañados de una joya en cada ocasión: primero una tiara, luego un brazalete y por último una gargantilla de diamantes, todo a juego. También de un poema. Pero no un poema cualquiera: había contratado a las plumas en boga del momento, algunas de los cuales formaban parte de lo que los entendidos denominaban como Generación Perdida o algo así: Dos Passos, Faulkner y Steinbeck.

Una millonada me había costado tal despliegue, pero yo soy de los que cree que los sueños no hay que dejarlos en manos del destino. Como casi todo, esos sueños también se consiguen a golpe de talonario.

Por último, planifiqué subir junto a Valentina a la azotea de El Edén de las Musas justo a medianoche. A las doce en punto, había contratado un espectáculo de fuegos artificiales que se tirarían desde barcazas ubicadas sobre el Michigan, iluminando el lago y que serían visibles prácticamente desde toda la ciudad. En ese preciso momento, con infinitos destellos de colores resplandeciendo sobre nuestras cabezas, rodilla en tierra, le pediría matrimonio a la vez que le mostraría el anillo de pedida que había encargado para ella:

una réplica exacta de su adorado medallón familiar, emblema ya del club, pero en formato sortija. Ese era mi golpe maestro: un efecto emocional a medida siempre debilita corazas y conmueve corazones, hasta en las personas más pragmáticas.

La invitación exigía etiqueta para los señores y traje de noche para las damas. Se trataba de una cena de gala. Los asistentes estaban citados a las ocho de la noche, aunque yo llegué una hora y pico antes para supervisar los detalles. Un equipo de cincuenta personas velaría para que la inauguración fuese un éxito rotundo, un acontecimiento inolvidable en la vida de los doscientos privilegiados que presenciarían en directo el nacimiento de un nuevo concepto de entretenimiento y lujo.

Cuando llegué todo estaba listo, perfecto, esplendoroso. El local impresionaba de por sí, pero los millares de flores traídas exprofeso, las llamas de centenares de velas situadas estratégicamente y la fragancia que inundaba el ambiente –habían perfumado cada rincón con un nuevo producto de Coco Chanel, el perfume Chanel Nº 5– me hechizaron. A lo largo de la velada se seguirían vaporizando frascos y frascos de dicho perfume. Habíamos conseguido con creces el objetivo marcado: no se había visto nada igual.

En pocos minutos el panorama quedaría aún más impresionante envuelto con las mejores galas de los presentes. Las sedas, tules, satenes, pieles, diamantes, esmeraldas, rubíes, perlas, charoles, plumas, terciopelos y guipures se adueñarían del ambiente. La exuberancia de las actrices, musas y bailarinas se mezclaría con el color y el sabor de los mejores manjares del planeta: caviar, langostas, ostras, ahumados, dulces, chocolates o con la chispa del más selecto champán. Y lo más importante: la regia estampa de las personalidades más poderosas del país y de las mujeres más glamurosas se reunirían en un acontecimiento único e irrepetible.

Un dispositivo de agentes del orden velaba por la seguridad de los asistentes. La calle había sido cortada con antelación para no entorpecer la llegada de los vehículos de los invitados. Las aceras, fachadas y el mobiliario urbano de los alrededores fueron adecentados en los días previos. Alphonse se hizo cargo de los gastos, deseaba que Chicago resplandeciese esa noche como la ciudad de referencia de los Estados Unidos de los años veinte. Ningún detalle, ninguno, había sido abandonado al azar.

Una lluvia de pompas de jabón acompañaría a cada invitado durante el trayecto que le iba a llevar desde la alfombra de acceso hasta la puerta principal. Filas de señoritas ataviadas con diseños exclusivos de Chanel les recibían en el interior con bandejas repletas de champán cristal, vino de oporto de Ramos Pinto o malta escocés, a elección de cada cual.

Tras esta bienvenida, un solícito camarero de rigurosa etiqueta les guiaría hacia sus mesas −decoradas con centros de mesas diseñados por Alphonse Mucha, quien había extrapolado por una noche el estilo de sus pinturas a una creación en tres dimensiones−, lugar donde degustarían un refinado menú compuesto por: consomé royal, colas de langosta estofadas y corazón de solomillo de buey Périgueux con trufa.

Tras la bacanal gastronómica tendría lugar el espectáculo de música y luces ideado especialmente para la ocasión. La inauguración culminaría con las actuaciones de Louis Armstrong y su banda en primer lugar, y con ese monstruo del *jazz* y la emperatriz de la noche, mi Valentina, como colofón de un festejo mítico.

Entre medias, el vaivén informativo de un despliegue nunca antes visto de medios de comunicación −*Daily News*, *Daily Mirror*, *New York Times*, *Vanity Fair*, *Vogue*, *Los Ángeles Examiner*...−, mezclados con las estrellas de Hollywood y los políticos de las más altas esferas −congresistas, senadores, gobernadores, el alcalde de Chicago− y empresarios de élite de todos los sectores productivos, metalúrgico, petrolero, naval, maderero, automovilístico, ferroviario. Sin olvidar a los representantes de las grandes fortunas de toda la vida, a los nuevos ricos, figuras del mundo de la cultura, jueces de los más altos tribunales, jefes de la policía, la cúpula de mi organización... Si la felicidad tuviese cara habría que ponerle la mía de aquella noche.

Por último y como guinda para mi pastel, me aguardaba la hora bruja para conseguir hechizar a la mujer que había elegido como compañera de vida. ¿Se podía pedir más?

Los invitados fueron llegando puntuales y el efecto de tanta celebridad reunida era aún más demoledor de lo esperado. Una aureola de grandeza acompañaba la llegada de cada personalidad. El impacto de las luces de los flases, los destellos de las lentejuelas en movimiento bajo los focos, la sutileza de las miles de pompas de jabón flotando en el aire, los vítores de los curiosos que se habían arremolinado tras los cordones de seguridad, el juego óptico de los haces de luz luminosos mariposeando sobre la imponente fachada de El Edén de las Musas... Estábamos presenciando un espectáculo inédito en la historia reciente, sin duda: el nacimiento del coliseo de la *dolce vita*.

Una de las personalidades más puntuales fue Capone, acompañado de su esposa, Mae, algo inusual ya que a ella no le gustaba el boato, la popularidad ni el ajetreo social. Prefería la familia, el hogar y cuidar de su hijo que en realidad no lo era: Albert nació de la relación de su marido con una prostituta que murió de sífilis. Ella, esposa devota de profundas convicciones católicas –y según comentaban las lenguas chismosas, también estéril–, crio y cuidó al pequeño como si fuese suyo.

Me agradaba la presencia inesperada de Mae porque me daría la oportunidad de presentársela a Valentina. En breve ambas tendrían tantas cosas en común... Era conveniente para todos que congeniasen cuanto antes.

—Extraordinario, Paolo. Ahora también somos los dueños y señores del mejor local nocturno que haya existido jamás en este país.

—Gracias, Alphonse. El trabajo duro acaba dando sus frutos. Esto que estamos contemplando es el resultado de un concienzudo trabajo en equipo.

Tras agradecer la felicitación de mi jefe, tomé la mano de su esposa para besarla con delicadeza.

—Un placer volver a verte, Mae. Estás bellísima esta noche. Es un gran honor contar con tu presencia en una reunión tan importante para Alphonse, para mí, para nuestros chicos. ¡y para todos nosotros, caray! En realidad, este es un acontecimiento especial para cuantos amamos Chicago.

—El placer es mío, Paolo. Sabes que soy hogareña y que la actividad social no resulta de mi agrado, pero te confieso que estoy encantada de haber venido. ¡El trabajo realizado es formidable! Lo que están viendo mis ojos me tiene impactada, casi aturdida. El Edén de las Musas enamora a un simple golpe de vista. ¡Cuánta elegancia concentrada en un solo espacio!

—Esto es sólo el principio, Mae. Ya verás dentro de un rato cuando comience el mambo. Pero no quiero adelantar acontecimientos, pasad, bebed y disfrutad. Os veo enseguida pues estaremos sentados en la misma mesa, pero ahora debo seguir recibiendo invitados.

Apenas finalizaba de pronunciar estas palabras cuando un joven moreno, apuesto, atlético, con un poblado bigote, acompañado de una estilosa señorita, estrechaba con brío su mano con la mía.

—Gracias por la invitación. Soy Ernest, Ernest Hemingway.

—¡Oh, sí! He oído hablar de usted. Valentina le recuerda a menudo debido a un encuentro que tuvieron en el Red Club la primera noche que ella lo pisó hará ya casi un lustro. ¿Es usted el escritor, verdad?

—Exacto. Hace unos meses que publiqué mi primera novela «seria». Recuerdo perfectamente a Valentina, una mujer bellísima, arrebatadora. Y española. Desde aquel encuentro he visitado en varias ocasiones su país. Me tiene completamente hipnotizado esa tierra. Y he sabido de ella a través de sus recientes trabajos en Hollywood y de sus constantes apariciones en los periódicos. Espero poder conversar con ella a lo largo de la noche.

—Desde luego que lo hará, debe estar a punto de llegar. Charlará con usted y con... —en un gesto de cortesía me dirigí hacia la mujer que lo acompañaba.

—Soy Pauline, Pauline Pfeiffer.

—Claro, Pauline. A usted también la recuerda Valentina por su común afición a tocar el piano. Ella a estas alturas ya se ha convertido en una virtuosa de las teclas.

—Bueno, creo que se confunde. Usted se refiere a Hadley, la exmujer de Ernest.

Patinazo el mío de los que sonrojan. Pauline, que parecía una mujer desenvuelta, resolvió el entuerto de inmediato y con una sonrisa en los labios.

—¡Oh, no se preocupe! Hadley y Ernest rompieron su matrimonio hace poquísimo tiempo. Incluso para la mayoría de nuestros conocidos la gran noticia sigue siendo que ellos han sido padres de Bumby, un tesoro de criatura, en vez de su reciente separación. Además, es normal que no estén al tanto de este tipo de novedades sentimentales, ya que residimos todos en París, aunque tenemos planes de regresar a los Estados Unidos en los próximos meses.

—Pues será un placer volver a contar con su presencia entre nosotros cuanto antes. Mientras tanto, disfruten de esta velada que les prometo que será mágica.

Me estaba despidiendo de la pareja, cuando se abalanzaron sobre ellos Scott Fitzgerald y la indescriptible Zelda, envuelta en encajes y lentejuelas desde la cabeza hasta los pies. Su llamativo tocado debía medir medio metro. Tras abrazarse con alegría, los cuatro caminaron juntos hacia el interior. Hacía un par de años que Fitzgerald había publicado una novela de la que todo el mundo hablaba, *El gran Gatsby*. Yo detestaba la lectura, me aburría sin remedio, pero estaba de moda en cualquier ambiente noble y distinguido contar con la amistad de intelectuales, artistas, escritores. Así que semejante cuarteto era bienvenido con gran deleite por mi parte.

Me hallaba observando embelesado cómo ellos se adentraban en el interior de mi santuario, cuando otra mano tocó mi hombro. Era Marion Davies —muy sexi, luciendo un ceñido vestido color burdeos que mostraba mucha carne de lo más apetecible— a quien yo había conocido en la cena de bienvenida la noche anterior. Venía acompañada del magnate Hearst, su más preciada conquista. Pescar un pez tan gordo es un hito en la vida de cualquiera, hasta para una actriz de éxito del *star system*.

Tras la llegada de esta pareja ya fue un no parar de saludar, estrechar manos, abrazar, recibir halagos y escuchar parabienes. Una marabunta de elegantísimos invitados me rodeaba, presumiendo de su mejor vestuario y deseándome lo mejor. Vi acercarse de refilón al empresario del ferrocarril más próspero de la región, a un par de congresistas, al actor compatriota amigo de Valentina, a la actriz Karen Blixen con un vistoso adorno de marabú en la cabeza y a su compañera de profesión, la estupenda Bebe Daniels; abracé al jefe de la policía local, me acerqué a dar la bienvenida a Henry Ford, el magnate de la automoción, me fundí en un fuerte apretón de manos con el alcalde de Chicago... ¡No daba abasto!

Los vítores de los curiosos me advirtieron de la llegada de la heroína local, Gloria Swanson, que estaba espléndida, con un modelo de finos tirantes en tono anaranjado cuajado de flecos en la falda, muy a la moda femenina de la época, y un seductor turbante en la cabeza. Pero por más complementos que luciese encima, los inmensos ojos azules de aquella dama eran imbatibles, nada podía hacerles sombra.

Gloria, muy en su papel de celebridad internacional, se acercó a dejarse adular por la corte de admiradores que aguardaba en la calle para delirio de la concurrencia.

Me encontraba sugiriendo a Gloria que se adentrase sin más demora en los encantos del Edén, cuando otra tanda de grititos histéricos del populacho avisaba de la llegada de otro peso pesado: el gran Charles Chaplin. Él, sin embargo, optó por no acercarse a la turba para introducirse sin más preámbulos en el interior del club. Acudía solo, aún resonaban los ecos de la bestial indemnización que había tenido que desembolsar (un millón de dólares) a su hasta entonces segunda esposa: Lita Grey.

E inmediatamente tras Chaplin, la plebe rugió de admiración al recrearse con la presencia de la provocativa Greta Garbo, enfundada en un largo abrigo de raso plateado, con incrustaciones de pedrería y llamativos adornos de plumas en las solapas. ¡Qué hembra! No era tan guapa como Valentina en el sentido tradicional de la belleza, pero emanaba un aura de carisma, de misterio, de poderío. Su rostro constituía una mezcla de seducción y de lejanía a partes iguales. Su enigmática mirada dejaba sin respiración a cualquier hombre con sangre en las venas. Con aquella mujer yo hubiese mantenido una relación. O varias...

Y en estas andaba yo, deslumbrado por la clase y categoría de los invitados, intentando recibir personalmente a todos y cada uno de ellos, pavoneándome frente al vulgo, cuando mis ojos se posaron en la señorita que caminaba directa hacia mí, flanqueada por otras dos damas que también lucían imponentes, todas vestidas de negro, aunque con complementos y joyas de lo más variado: Valentina de Medinaceli, Coco Chanel y Mary Kelly.

Me quedé anonadado. Coco había diseñado un vestido de noche negro, entallado, para la primera aparición de Valentina en El Edén de las Musas. El segundo, el azul, quedaba reservado para el momento estelar de su actuación, la presentación en sociedad de Blue Valentine. Hasta entonces el modelo constituía un misterio para el resto de los mortales, incluso para mí.

Ella se dirigió sonriente hacia mis brazos con ese atuendo de generosísimo escote pico que incitaba a ser mordido. La falda tipo sirena se ajustaba a las curvas de su cuerpo como una segunda piel, marcando cada centímetro de su espectacular silueta. El tono oscuro del traje otorgaba gran protagonismo al medallón familiar de gemas preciosas —ya instaurado como emblema del Edén— que colgaba hasta casi su cintura gracias a una larga cadena. Una anchísima diadema de color oro —adornada con piedras´ preciosas—, unos guantes altos de raso también negro y unos zapatos de tacón imposibles —elevando su ya de por sí elevada estatura por encima de la media– hacían obligatorio volver la cabeza a su paso.

Mary Kelly también estaba radiante, sensual –aunque no podía equipararse en ningún caso a la prestancia de su pupila– y Coco Chanel deslumbraba con un modelo más sobrio, pero aderezado con al menos seis larguísimas cuentas de grandes perlas, a juego con dos anchos brazaletes, que otorgaban un caché indiscutible a su indumentaria.

Al tener frente a frente a Valentina simplemente la abracé, rendido ante tal despliegue de encanto femenino, susurrando en su oído:

—Ninguna mujer puede competir contigo. Estás tan hermosa que eclipsas todo lo demás, hasta a nuestro Edén. Tú y sólo tú eres la musa, las demás son figurantes. Estate tranquila por tu actuación, todo saldrá de fábula.

Y efectivamente así fue. Los invitados reían sin parar. El vino, el jerez, el oporto, el champán, el whisky y una selección de licores variados corrían sin parar. Los manjares servidos, tanto durante los previos como a lo largo del banquete, eran alabados –y degustados– por todos los presentes. Los caballeros no cesaban de comentar la belleza de las señoritas que conformaban el plantel del club, y las damas, el buen gusto de la decoración y los magníficos diseños ideados por la reina de la alta costura parisina. Nadie se resistía a no mover los pies al ritmo de las melodías que la orquesta tocaba como acompañamiento a la cena.

Tampoco pasó desapercibida la fragancia de la noche, los litros y litros de Chanel Nº 5 que se estaban vaporizando sin pausa. Ni otros detalles como los adornos florales, el acertado centro de mesa *art nouveau* creado por Mucha –quien también acudió a la inauguración–, la vajilla, los tejidos, la amplia extensión del club, sus alfombras, las lámparas venecianas... más de todas las excelencias referidas al local propiamente dicho, el murmullo recurrente era la excelente capacidad de convocatoria de los anfitriones y el alto nivel de los asistentes. El cogollo de la alta sociedad estadounidense y un puñado de sus celebridades más internacionales. A excepción de sus amigos mexicanos de Hull House a quienes Valentina se había empeñado en invitar –petición que me tragué sin rechistar para evitar cualquier roce en la noche de mi pedida de mano–, la élite invadía nuestro flamante establecimiento. Éxito rotundo. Alphonse y yo intercambiábamos miradas cómplices de satisfacción.

Cuando los camareros se disponían a servir los postres Valentina se excusó.

—Me van a disculpar, pero he de abandonar la mesa. En breves minutos comienza la actuación de Louis Armstrong y su orquesta. En último lugar vamos a interpretar juntos un tema. Debo hacer el cambio de ropa pertinente para la actuación.

Ya sólo me restaba esperar a Valentina a pie de escenario, una vez finalizado su número, para subir junto a ella al ático y pedirle matrimonio. Nada podía fallar acercándose el momento crítico.

Armstrong y su banda habían puesto a la gente en pie, así que cuando llegó el culmen de la puesta en escena el público estaba más que entregado. Las luces se apagaron, se hizo el silencio, un impecable solo de trompeta comenzó a sonar y un potente foco alumbró hacia el fondo del escenario principal. Entonces, una voz cálida, sensual, afinada, potente, magnífica, comenzó a acompañar al instrumento musical mientras un elevador ascendía a una diosa sobre el escenario. Valentina estaba arrebatadora y cantaba con emoción un tema compuesto expresamente para su debut, como Blue Valentine, la primera estrella de El Edén de las Musas.

El modelo azul índigo diseñado por Chanel era una obra maestra y completamente original para los dictados de la moda de la época. E incluso inédita para su genuino estilo, según me aclararon las entendidas: talle ceñido, escote palabra de honor dejando sus hombros y sus marcadas clavículas al descubierto. Como falda, una sucesión interminable de gasas y muselinas superpuestas en decenas de capas —ribeteadas cada una de ellas por mosaicos de perlas y finos cristales— desde el inicio del muslo hasta los pies.

El grandioso zafiro que yo le había regalado días antes pendía sobre su frente sujeto a una cadena a modo de diadema al estilo de las princesas indias. Estaba tan seductora y hechicera que faltaban las palabras: su presencia sobre las tablas era indescriptible. Sin más.

Interpretó un tema intenso, desgarrado, íntimo, acompañada únicamente por la trompeta de Armstrong que dejó al público conmovido. Pero como se trataba de una velada alegre, gobernada por el júbilo, inmediatamente se unió la orquesta del maestro al completo para tocar un segundo tema, esta vez animado, pura energía, todo jazz. Al finalizar, las aclamaciones, aplausos y bravos de la concurrencia puesta en pie dominaron el ambiente, encumbrando a Valentina por segunda vez —tras su paso por Hollywood— como toda una estrella. Mis pronósticos en términos de negocios se cumplieron sobradamente.

Pero ahora tocaba secuestrar a mi princesa porque estaba a punto de ser medianoche, momento en el cual iba a pedirle matrimonio bajo un manto estelar de luces. Tomé su mano, la obligué —sin apenas un respiro tras su brillante actuación— a subir velozmente las escaleras que nos separaban de la tercera planta de El Edén de las Musas, la azotea, alcanzando la terraza justo a tiempo.

Más de doscientas velas alumbrando el espacio, docenas y docenas de claveles, geranios y flores de azahar cubriendo el mármol —idénticos a los ramos que le envié de buena mañana en honor a su origen español— y un cielo despejado que permitía disfrutar de las estrellas, dibujaban un entorno idílico.

Se respiraba romanticismo puro bajo el cielo de Chicago y con El Edén de las Musas bajo nuestros pies.

—Paolo, esto es precioso. ¡Qué maravilla de terraza! Mira el edificio Wrigley, casi podemos tocarlo. Y abajo el río, el lago al fondo. ¡Menudo tesoro me habías ocultado en nuestro Edén!

—Me hace muy feliz que te guste tanto el entorno y esta escenografía que he ideado por y para ti, ya que lo que vengo a proponerte es único e inolvidable.

Sin más preámbulos me arrodillé, sacando del bolsillo de mi pantalón la réplica exacta del medallón familiar de Valentina hecho sortija.

—Mi adorada Valentina, nada me haría más feliz que pasar el resto de mi vida junto a ti. ¿Me concederías el honor de ser tu esposo? ¿Quieres casarte conmigo?

Su cara de sorpresa absoluta por semejante anillo de pedida revelaba un acierto total por mi parte. Miraba el anillo, lo remiraba, dirigía la vista hacia mí... Así durante unos segundos que parecieron eternos.

—Paolo, gracias por esta pedida, es digna de una reina. Me cuidas y me mimas demasiado. Eres tan generoso y detallista conmigo...

—Tú harías sombra a cualquier reina, Valentina.

—Me has emocionado con semejante anillo de pedida. ¡Menuda sorpresa! Acepto tu petición, pero sólo pongo una condición.

Aquello me desconcertó. ¿Un matrimonio con condiciones? ¿Qué diablos era eso? Por fortuna me lo aclaró enseguida.

—No deseo casarme aún. Todavía soy joven, no hay prisa. Acabamos de inaugurar el club y conoces de sobra mis deseos de cantar, bailar y actuar. ¿Me concedes un par de años para dedicarme en exclusiva a mi vocación, por supuesto, contigo a mi vera como hasta ahora, transcurridos los cuales nos convertiremos en marido y mujer?

¿Así que se trataba de eso? ¡¡¡Magnífico!!! Ni yo lo podía haber planificado mejor. Dos años más sin tener que cumplir con las obligaciones de un esposo, pudiendo golfear a mis anchas con unas y con otras —yo no era un putero habitual, simplemente disfrutaba con algunas de las chicas más despampanantes de los numerosos locales bajo mi supervisión—, pero con otra medalla que colgarme para consolidar mi privilegiado estatus: la que otorgaba el estar comprometido con una de las mujeres más talentosas, glamurosas y deseadas del país.

¡*Touché*! Ni en mis mejores sueños podía haber imaginado un fin de fiesta semejante.

Mientras colocaba el anillo en el dedo de Valentina los fuegos artificiales comenzaron a colorear el cielo de Chicago.

—Son en tu honor —confesé agarrando su cintura y mordisqueando su cuello.

—¡Qué barbaridad, Paolo! Has organizado una pedida de ensueño. ¿Pero qué hubiese ocurrido si te llego a decir que no? —sugirió una pizpireta y escultural Valentina.

—Pues que hubiese ahogado mis penas con alcohol y muchas luces. ¡Con un buen *bourbon* y la pirotecnia iluminando el Michigan!

Tras unas sonoras carcajadas nos dedicamos a observar el espectáculo agarrados por la cintura, ella con su cabeza acurrucada sobre mi hombro. Mientras, podíamos escuchar las risas y jarana del resto de invitados que habían salido a los balcones y terrazas de los pisos inferiores a disfrutar de la exhibición celestial, la más esplendorosa que había conocido Chicago hasta la fecha.

—Valentina, tenemos que bajar, no podemos desatender a nuestros invitados.

—Tienes razón, volvamos.

—Además, también he preparado un brindis general para comunicar la noticia. ¡Qué mejor momento para hacerlo que a lo largo de esta velada!

En cuanto regresamos al salón principal un ejército de camareros portando bandejas que contenían botellas del mejor champán francés del mercado se dispuso a servir a todos los comensales el burbujeante elixir. Cuando las copas de cada invitado estuvieron rebosantes, subí al escenario para comunicar escuetamente –y henchido de orgullo– las buenas nuevas.

—Queridos amigos, lo primero, agradeceros vuestra amabilidad por haber querido acompañarnos en una noche tan especial para todos los que formamos parte de El Edén de las Musas. Espero que al menos lo estéis pasando bien.

Un estruendoso «¡Síííí!» retumbó en la sala.

—Lo segundo, y teniendo en cuenta que todos los que estáis hoy aquí sois grandes amigos, incluso miembros de nuestra propia familia en algunos casos, deseamos de corazón que seáis los primeros en conocer una muy dichosa noticia: Valentina y yo nos acabamos de comprometer. Aún no hay fecha definitiva para la ceremonia, pero en un futuro cercano seremos marido y mujer. ¡Brindo por ello!

El salón en pleno alzó sus copas a nuestra salud, nuestros amigos irrumpieron en aplausos y los más allegados de Valentina se arremolinaron a su alrededor para las felicitaciones de rigor. Su mecenas en Hollywood, Mike Smith, en quien yo no había reparado hasta ese momento, Marion Davies, la señora Marcela, el padre Mario, Antonio Moreno, Coco Chanel, y, por supuesto, Mary Kelly, con la que se fundió en el abrazo más cálido y largo del emocionante momento. La perra vieja había sabido guardar el secreto. Meditaría si merecía algún tipo de recompensa por ello.

Pude observar de reojo como a ambas se les saltaban las lágrimas mientras yo interrumpía tan tierno instante.

—¡Valentina!

—Dime, querido.

—Tengo que presentarte a alguien –avancé–. Ahora que ya eres mi prometida oficial debo velar por tu seguridad más que nunca. De ahora en adelante, él será el encargado de tu protección. Discúlpame, regreso en apenas un instante. –Me alejé del grupo para ir en busca de uno de mis hombres más valiosos.

Se trataba de un aspecto capital que tambíen había tenido en cuenta. A partir del mismo momento de hacerse público nuestro compromiso, Valentina estrechaba su vínculo con la organización

—y conmigo mismo— motivo por el cual se imponía la necesidad de una vigilancia permanente. Por su propia seguridad e integridad física, pero también por mi interés personal.

Tener controlada y atada en corto en su día a día a mi prometida me concedía una clara ventaja para evitar problemas en el futuro. Con la excusa de la seguridad en realidad estaba ejecutando un marcaje en toda regla: conocería al detalle por dónde se movía, con quién salía, con quién entraba, quiénes eran sus íntimos, a qué dedicaba cada minuto no compartido.

Para llevar a cabo un cometido de tanta importancia había seleccionado a un hombre que llevaba trabajando varios meses al lado de Capone; formaba parte de nuestro círculo de confianza y cumplía con todos los requisitos necesarios, que no eran pocos: callado, discreto, prudente, con unos modales correctos —bien alejados de las malas maneras de los hampones de la calle— y muy avezado en el arte de la lucha.

Su físico también influyó en mi decisión. Destacaba por una complexión atlética, una anatomía fibrosa, estaba en forma y contaba con muy buenas cualidades para salir airoso de una hipotética lucha en un cuerpo a cuerpo. También manejaba bien las armas de fuego y para terminar de decidirme por él, resulta que dominaba por parte de madre la lengua de Valentina, el español, algo que sin duda ella valoraría.

Volví junto a Valentina acompañado del elegido para que tuviese lugar la presentación de rigor entre ambos: protector y protegida. Ella, además de ser el foco de atención, se encontraba radiante, sonriente, feliz, atendiendo a todos y cada uno de los que se acercaban a felicitarla —prácticamente los doscientos invitados— tanto por nuestro compromiso como por su impecable actuación.

—Valentina, te presento a Jack Joyce.

No me fue posible pronunciar ni una sola palabra más. Tras una expresión indescifrable en su mirada, ella cayó redonda al suelo de modo fulminante ante la sorpresa general.

IV
Resurrección

XXV

꧁꧂

Dolor agudo. Mareo. Impacto. Palpitaciones. Desorientación. Síncope. Sudores helados, fríos, templados, calientes, ardientes. Taquicardias. Conmoción. Agobio. Miedo. Convulsiones. Emoción. Esperanza. ¿Ilusión? Todo eso y muchas sensaciones más que no se pueden ni describir, por la intensidad, pero también por la incredulidad, me invadieron en los escasos segundos que transcurrieron desde que Paolo pronunció las palabras «Jack Joyce» hasta que yo caí redonda sobre una de las carísimas alfombras persas de El Edén de las Musas. Por la impresión. O por el susto, el espanto, la turbación. Qué sé yo.

O bien estaba alucinando, delirando, desbarrando o había presenciado en directo la aparición de un fantasma, el regreso al mundo de los vivos de un difunto. También podría haber sido que la muerta fuese yo y me encontrara en el cielo; o sencillamente que aquel hombre de aspecto extraordinario, que se encontraba a escasos centímetros de mí, era John. Mi John. John Juárez.

No recuerdo apenas nada más de aquellos instantes en los que dudé de si me enfrentaba a una ensoñación, a una broma macabra, al cumplimiento de mis súplicas y oraciones o a la materialización de mi quimera particular. Desperté a la mañana siguiente en mi habitación, completamente aturdida.

Posiblemente los días previos de nervios, de tensión, el duro trabajo, la presión a la que siempre me sometía por alcanzar la perfección me habían pasado factura y había sido víctima de un vahído descomunal. Durante el transcurso del cual, ya inconsciente o en duermevela, se me había aparecido un John Juárez adulto, con una planta estupenda y una mirada enigmática. Posiblemente si él estuviese todavía entre nosotros, sería exactamente tal y como lo había soñado unas horas antes.

—La bella durmiente al fin abrió los ojos.

La voz de Mary me sacó de mi ensimismamiento. Miré alrededor y también descubrí a Marion, sentada al borde de mi cama. Me desperecé y me incorporé, apoyando la espalda sobre uno de los múltiples cojines de raso que adornaban mi cama.

—Buenos días, chicas. ¡Gracias por cuidarme! ¿Pero qué demonios me ha ocurrido?

—Supongo que el agotamiento, el vaivén y las emociones pudieron contigo. A pesar de tu fortaleza, tu templanza y tu altura, eres frágil físicamente. Apenas superas los cincuenta kilos y comes como un pajarito, y claro, con una temporada tan ajetreada como la que llevas, por algún lado te tenía que afectar —era Mary la que me echaba el rapapolvo. Ella zampaba como una mula, de ahí sus formas rotundas, y siempre me regañaba por mi frugal apetito.

—¿Y El Edén?

—Un éxito sin precedentes –afirmaba Marion–. El Edén de las Musas y tú, cariño. No se habla de otra cosa hoy en los diarios locales y nacionales. Los invitados, y el listón estaban muy altos, completamente entusiasmados por el ambiente y rendidos ante tus encantos, no paran de alabar lo extraordinario del acontecimiento: ninguno de ellos recuerda nada parecido. Casi todos han permanecido cantando y bailando hasta el alba. El club es excepcional en todos los aspectos, glamour puro. ¡Y qué decir de tu actuación junto a Armstrong! Estelar, magnífica. Por no pararnos a detallar tu vestuario, tu porte, tu prestancia. Maravillosa, querida amiga. No tengo palabras. –Me acerqué a dar un besazo en la mejilla a Marion por sus cariñosos comentarios, momento en el cual Mary con voz de pícara, abordó el bombazo de la noche.

—Y por si la señorita Valentina ha perdido la memoria tras el desmayo.

—No, no, si me acuerdo de todo –aclaré.

—¡¡¡Está usted prometida!!!

—Lo sé, lo sé. Por cierto, menuda pedida de mano organizó el señor Paolo Belleti.

—Su futuro esposo…

Alcé la mano para mostrar la réplica exacta del medallón familiar en mi dedo.

—¡Guau! Pero si es tu medallón en miniatura.

—Exacto. Me subió a la azotea, cuajadita de claveles, geranios y flores de azahar en honor a España e iluminada por más de un centenar de velas. Se arrodilló y sacó de su bolsillo esta grandísima ocurrencia que yo valoro infinitamente más que el diamante con más quilates del mundo.

—Ojo, nena, que la sortija en cuestión rebosa rubíes, esmeraldas y diamantes, cuesta un fortunón –interrumpió Marion.

—Y justo en el momento en que ponía el anillo en mi dedo anular, comenzó el estruendo sobre nuestras cabezas propiciado por el espectáculo de fuegos artificiales que todos pudisteis observar. Sincronizó la pedida con el comienzo de la exhibición pirotécnica sobre el Michigan. Inolvidable y directo al corazón.

—Mira que ya sabes que ese pendejo no es santo de mi devoción, pero he de reconocerle el mérito de cortejar como Dios manda. Ni en las novelas románticas leí semejante puesta en escena. Espero que ahora que ya estáis prometidos mantenga el comportamiento intachable que ha demostrado contigo durante este último año. Y lo más importante, durante el matrimonio. ¿Eres consciente de con quién te vas a casar?

—Claro, Mary. Con uno de los hombres más poderosos de Chicago.

—Y mano derecha de Al Capone. No de los que aprieta gatillos ni ejecuta torturas, él no se mancha las manos, pero jamás olvides que tu futuro marido pertenece a las altas esferas de la mafia. Aunque su cometido sean las finanzas, los negocios y las relaciones de alto nivel.

—¿Y hoy en día quién no tiene que ver algo en Chicago con Capone, Mary? Es el amo de Chicago y alrededores. Todo lo que ocurre por aquí pasa por él y los suyos. Incluyendo policía, cuerpos de seguridad, jueces y fiscales, potentados, terratenientes... Si hasta los taxistas, botones y señoras del servicio tienen un teléfono al que llamar para los chivatazos de rigor, chivatazos con los cuales, por cierto, obtienen un buen dinero extra –apuntaba con acierto Marion.

—Marion tiene razón, Mary. Cualquier poderoso de la ciudad mantiene algún tipo de relación con la organización. Os seré sinceras: yo no estoy loca de amor por él. En realidad, ya no creo en las leyendas de pasión. Nunca podré amar con locura como lo hice en mi adolescencia, pero Paolo me trata como a una reina. Me colma de caprichos, es generoso, detallista, es un hombre joven y atractivo, y lo más importante, respeta mi fervor por el mundo del espectáculo. Pocos hombres dejarían a su prometida convertirse en la protagonista con honores del club social más famoso del mundo.

—En eso te doy la razón.

—Además, Mary, esto te va a gustar: la boda no será inmediata. Le he pedido un par de años de canto, baile, piano, escenario, de El Edén de las Musas, transcurridos los cuales mutaré a devota esposa. Y él ha aceptado.

—¡Bien hecho, Valentina!

—Por cierto, ¿¿¿y cuándo desfallecí??? –Despachados los lógicos cotilleos que acontecieron durante la inolvidable velada, y los detalles almibarados que adornan cualquier romance que tanto nos gusta destripar a las *ladies*, quería llevar la conversación al asunto que me mantenía en un ¡ay!

—Pues justo en el momento en el que Paolo te estaba presentando a uno de sus matones, el que se va a encargar de vigilarte a partir de ahora.

—O sea que aquello ocurrió de verdad, creí que esa visión formaba parte del delirio tras el desmayo, de un nítido sueño. O que mi cabeza había construido una fábula de aspecto real.

—¡Qué va! Te pusiste pálida como un fantasma, con mirada de pánico me atrevería a afirmar, y caíste repentinamente. Sin más.

—¿Y cómo es el tipo ese? –Otra vez el corazón a mil.

—Pues, querida –explicó Marion–, un tipo de los que apetecen. Tiene un fachón increíble, rondará la treintena, moreno, alto, fuerte, ojazos... Un bombón.

—No os lo vais a creer, pero es que el tal Jack Joyce, que así se hace llamar, es idéntico a John.

—¿¿¿A tu John??? –exclamaron ambas al unísono.

—Creo que me desmayé debido al impacto que me provocó creerme frente a un muerto. Si John estuviese vivo y contase con la edad que ahora tiene el sujeto ese, sería él. Son como dos gotas de agua. O como dos hermanos gemelos.

—Cariño, estabas agotada, excitada por tanta emoción, puede que con varias copas de champán de más, e incluso es muy posible que en un día tan importante en tu vida, John se asomase a tus recuerdos y a tu subconsciente constantemente. Cuando Paolo se presentó ante ti con un hombre que se le parecía físicamente y que cuenta con una edad similar a la que él debería tener ahora, algo te hizo crac por dentro. Se trata de una reacción normal, humana.

—¿Por qué no sales tú misma de dudas?

—¿Qué quieres decir, Mary?

—Que te asomes a la ventana y compruebes personalmente que los fantasmas no existen. El tal Jack está en el jardín. Ahora se ocupa de tu seguridad personal y se lo ha tomado muy en serio. No se ha movido de debajo de tu ventana.

De nuevo palpitaciones, sudores, trembleques, agitación acelerada, histeria súbita.

Me dirigí despacio a la dichosa ventana con la sensación de que me iba a volver a precipitar contra el suelo en cualquier momento antes de alcanzar mi objetivo, los límpidos cristales de un ventanal apenas situado a tres metros de la cama. Tragué saliva, respiré hondo, apreté los puños, volví a respirar, tragué saliva de nuevo, cerré los ojos, descorrí la pesada cortina de terciopelo y...

Allí abajo estaba el susodicho. Si ese hombre del que apenas me separaba un piso de altura no era John, era su gemelo. O una réplica exacta. Las rodillas comenzaron a fallarme y Mary se acercó para sujetarme.

Entonces él alzó la cara hacia el ventanal y nuestras miradas se cruzaron. En cuanto le miré a los ojos no me cupo ninguna duda: al mantener fijas las pupilas el uno en el otro, le reconocí sin titubeo alguno.

John Juárez se encontraba en el jardín.

XXVI

🙰✖🙰

—Valentina, por Dios y por todos los integrantes del santoral, tiene que haber algún tipo de error. La gente no desaparece de la faz de la tierra tras una catástrofe sin dejar rastro alguno y vuelve a reaparecer unos cuantos años más tarde con un aspecto formidable, otra vida e incluso otro nombre. La imaginación y la memoria a veces se confunden. No te niego que ese hombre que está ahí abajo pueda tener un parecido físico extraordinario con John, pero de ahí a que sea él resucitado no tiene ningún sentido.

Era Mary la que trataba de calmarme tras mi segundo ataque de nervios en menos de veinticuatro horas. Esta vez no me había desmayado, pero una ansiedad incontrolable se estaba adueñando de mí. Me habían preparado una dosis extra de tila que yo sorbía lentamente y Marion me abrazaba con fuerza para intentar sosegarme mientras me decía:

—Lo mejor que puedes hacer es hablar con él ahora mismo y salir de dudas. Antes de que te perdamos por culpa de un infarto fulminante.

Ambas me miraban con preocupación. Mi aspecto debía ser horrible y mi desasosiego no cesaba transcurridas ya unas cuantas horas desde mi pérdida de conocimiento.

—Imaginaros por un momento que ese tipo de ahí abajo es realmente John Juárez. ¡Ha vuelto a mi vida el día de mi compromiso matrimonial con uno de los hombres más poderosos del Estado! Precisamente ayer. ¡Es terrible! Además, trabaja para él, es uno de sus secuaces de confianza. Para colmo, se va a hacer cargo de mi seguridad, lo que implica que le voy a ver a diario. John Juárez ha sido la persona que más he querido en mi vida. Quien siendo apenas un adolescente, me rescató, me cuidó y me sacó adelante sin más recursos que la voluntad y el cariño. Alguien por quien estuve a punto de quitarme la vida cuando le creí muerto. Alguien a quien no he podido olvidar en todos estos años a pesar de la fama, el triunfo, el dinero, la buena vida, el lujo, la devoción de otros. Si ese individuo de ahí abajo es John Juárez y puedo aseguraros que así es, mi existencia tal y como la he planificado ya no tiene ningún sentido.

—Haz el favor de vestirte y baja a comprobarlo. Pero ya. Si no mueves el culo inmediatamente y nos sacas de dudas, también nosotras dos acabaremos histéricas.

Sabía que Mary tenía toda la razón, pero ¿cómo enfrentarse de sopetón, sin preaviso, preámbulos ni red alguna al momento que has anhelado durante años? Y en las circunstancias menos propicias.

—Además, querida, Paolo tardará horas en volver, así que dispones de la ocasión perfecta y un tiempo precioso.

—¡Es verdad! El club de campo...

—No te preocupes por eso ahora. Todos los invitados, bueno, los campeones que hayan podido levantarse de la cama tras el fiestón de ayer, están perfectamente atendidos. Aunque imagino que la gran mayoría estará intentando recuperarse de una resaca épica.

Como parte del agasajo a las élites que habían acudido a la inauguración de El Edén de las Musas desde puntos geográficos tan dispersos, habíamos organizado una jornada de campo más tranquila y relajada para el día después. Almuerzo al aire libre, paseos a caballo, aperitivo de jerez y pastas bajo cenadores, el ritual del té. Paolo, junto con gran parte del personal más preparado del club, estaban encargándose de tratar a los invitados como merecían. Yo debería haberme ocupado de entretener a las señoras, pero debido a mi desmayo de la noche anterior —desvanecimiento que todos achacaron al agotamiento—, optaron por no despertarme por la mañana para que mi cuerpo se recuperase.

—Está bien, Mary. Baja y hazle pasar al salón. No, mejor a la salita de lectura que da al jardín, más íntima y menos ostentosa.

Reparte instrucciones para que nadie del servicio nos moleste. Marion, por favor, ayúdame en diez minutos a recomponer este tremebundo aspecto que presento.

—Valentina, no te quieras tan poco. Tu aspecto es fantástico porque eres una de las mujeres más hermosas que conozco. Déjame que te cepille el cabello, cambia tu camisón por cualquier vestido, empólvate sutilmente la cara, extiende un poco de carmín sobre tus labios, rocíate unas gotas de perfume y estarás irresistible para cualquier varón.

Hice caso a los consejos de Marion y en menos de veinte minutos estaba lista. Le pedí que me acompañase hasta la salita de lectura. Estaba tan aturdida que temía tropezar y caer rodando por las escaleras. Los nervios, la agitación y el colapso vital de las últimas horas habían dado paso a un bloqueo general. Bajaba los escalones por inercia. Mi mente se había quedado en blanco cuando traspasé esa puerta y me encontré frente a frente con el que sin ninguna duda era John Juárez.

—Hola, Valentina.

Ya está. Años de dolor profundo se resumían en un «Hola, Valentina». Mi primera reacción fue abrazarle tan fuerte que me hice daño. Abrazo que me correspondió con igual intensidad. Permanecimos abrazados en silencio un tiempo indeterminado, puede que media hora. Hasta que reaccioné y le partí la cara. Unos cuantos sonoros bofetones que aunque propiciados con las manos, provenían de lo más profundo del corazón, de las entrañas, de un alma rota. Supongo que se trataba de la liberación de una congoja que había oprimido la esencia de mis sentimientos y restringido mi capacidad de amar desde que él desapareció.

—Te lloré hasta que se me secaron las lágrimas, cabrón. Estuve semanas postrada en una cama, catatónica, casi como un vegetal cuando asumí que te había perdido para siempre. No hablaba, no caminaba, apenas comía, mantenía los ojos fijos en la nada. De no ser por Mary Kelly habría cometido una locura. Te busqué, te busqué y te volví a buscar. Hospitales, policía, Hull House, nuestros amigos, el vagón de tren... Una vez, y otra, y otra... Ni rastro de ti. El sentimiento de culpa me asfixiaba: yo fui la que se empeñó en madrugar aquella mañana para disfrutar del ambiente de la estación. Si yo no me hubiese obcecado en marchar tan temprano, seguiríamos juntos.

Él me observaba sin abrir la boca, pero con una profundidad en la mirada que me traspasaba el alma y más allá. Proseguí.

—¿Tú sabes la dificultad de vivir toda una vida con el peso de la muerte de la única persona a la que has amado sobre tu conciencia? Es una crueldad, es inhumano. Al final, John, todos los que te rodeábamos terminamos por aceptar que habías sido uno de los desgraciados que no pudieron ser reconocidos por el estado en el que quedaron sus restos tras el impacto de los trenes. Uno de los integrantes de la veintena maldita. Te rezamos, te velamos, te he mantenido presente cada segundo durante todo este tiempo. Y ahora apareces, así, de sopetón. Magnífico, por cierto. Estás increíble. Te presentas en El Edén de las Musas, como hombre de confianza de Belleti, de Capone, de su organización. Y con otro nombre: Jack Joyce. ¿Pero qué clase de broma macabra es esta?

—Sé cómo te sientes, Valentina. He pasado, padecido y sufrido todos y cada uno de los sentimientos y sensaciones que con tanta precisión estás describiendo.

Abrí los ojos hasta el límite. Estaba demasiado confusa para comprender nada. Sólo intentaba asimilar que ahí estaba yo, en Chicago, en la salita de lectura de la residencia de Mary, con John, mi John. Guapísimo. Fornido. Musculado. Bien vestido y mejor peinado. Hecho un hombre. Y vivo.

Él comenzó a explicarse. Se encontraba mucho más calmado y sereno que yo, que era incapaz de asimilar que aquello no era ensoñación ni locura, sino pura realidad.

—Sólo estuve inconsciente un par de noches tras el accidente de los trenes. Un traumatismo en la cabeza y rasguños, moratones, cortes, magulladuras. Nada serio. En cuanto abrí los ojos, aún herido y en contra de la voluntad de las enfermeras, salí disparado del camastro en tu busca. Me pateé diez veces los hospitales de Chicago. En las comisarías de policía ya me echaban por pesado. Ni rastro de ti.

Si él estuvo dos días inconsciente, y a mí Mary me sacó del hospital tras la primera noche, tenía sentido que no diese conmigo. John continuó con su detallada exposición.

—Interrogué a cada doctor, a cada paciente de cada pasillo de cada detestable hospital. A nadie le sonaba el nombre de Valentina de Medinaceli, nadie te había visto, nadie parecía haber atendido a una paciente como tú, que permítame que te lo diga, no pasabas desapercibida. No es que contases entonces con la inmensa belleza adulta que ahora deslumbra, pero ya eras una joven con un atractivo notable. Todos volvían la cabeza a tu paso cuando paseábamos por la ciudad, aunque tú no lo advirtieses. Tan sólo una enfermera parecía haber atendido a una joven de tu misma edad, con un físico e incluso con una indumentaria similar a la que llevabas puesta aquel día. La chica que se parecía a ti se llamaba Jasmine y su tía la recogió para que fuese tratada por las más cualificadas enfermeras en la lujosa residencia familiar.

—¡Oh, Dios mío! ¡Oh, Dios mío! ¡Jasmine era yo! ¡¡¡Era yo!!! Mary Kelly, a la que involuntariamente salvé la vida o evité que sufriese heridas más graves, sólo la Virgen desde el cielo lo sabe, se sintió en deuda conmigo y me trasladó a su casa para que fuese mejor atendida que en medio de un triste pasillo atestado de tullidos. Como desconocía mi verdadero nombre, se inventó sobre la marcha el de Jasmine Kelly para tramitar los papeleos con celeridad.

—¡Y yo cómo iba a saberlo! Ni te llamabas Jasmine, ni tenías tíos en los Estados Unidos, ni mucho menos residencias familiares bajo las que cobijarte —creí notar húmedas las pupilas de John llegados a este punto. Pero él se mantenía imperturbable a pesar de la intensidad del reencuentro. John, además de una presencia física imponente, había ganado temple con los años.

—Tras unos cuantos días pateando calles, hospitales, comisarías, me acerqué a nuestro vagón para comprobar si había sucedido un milagro. Suplicaba porque tú estuvieses sana y salva, intacta, esperándome. Podría haber acontecido la feliz casualidad de que hubieses salido ilesa del accidente. Algo me decía que aquella idea era descabellada, imposible, pero allí acudí con los últimos hilos de esperanza a flor de piel. Llegué por la noche, casi de madrugada caminando desde el corazón de la ciudad para comprobar que nuestro vagón se encontraba tal y como lo dejamos la mañana que partimos hacia Grand Central Station.

»Fue entonces cuando se me pasó por la cabeza lo mismo que tú me acabas de relatar. Que si no estabas en los hospitales, entre los muertos ni habías regresado a nuestro hogar, es porque te encontrabas entre las víctimas cuyo cuerpo había saltado en mil pedazos. Se me paró el corazón. Se me congeló la vida. Te había perdido para siempre. Maldije a Dios, a la providencia, al destino, a los hados, a los duendes y no paré de repetir al menos un millón de veces como ánima en pena: «Si Valentina no era para mí, ¿por qué la pusisteis en mi camino?».

El relato de John resultaba conmovedor. No pude evitar las lágrimas mientras él se explayaba sobre todo lo acontecido durante aquellos fatídicos días.

—Lloré amargamente hasta el alba, momento en el cual decidí, bueno ni siquiera era yo el que decidía porque el dolor dominaba cualquier atisbo de razonamiento, que no tenía ningún sentido permanecer allí, en el vagón, ni tan siquiera en Chicago. No podría soportar la amargura de volver a pasar cada día por los sitios que compartía contigo, lugares en los que fuimos tan felices, a pesar de nuestras estrecheces, nuestras carencias, nuestras dificultades... Esa misma mañana inicié el camino de regreso a México. Totalmente abatido. Incluso dejé de ser yo mismo. Me cambié hasta el nombre por el de Jack Joyce, más americano. Sólo conservé las iniciales, J. J. Y es que hasta mi propio nombre me recordaba a nosotros. Lo asociaba a ti, John-Valentina, Valentina-John. Y el sufrimiento me machacaba. Hasta tal punto llegó mi locura.

Escuchaba atentamente a John. A cada nueva palabra suya iba comprendiendo que habíamos pasado por el mismo padecimiento, creyéndonos muertos el uno al otro. Qué injustas son a veces las malévolas travesuras del destino.

—Yo estuve durante semanas inconsciente y también regresé a nuestro vagón en cuanto tuve las mínimas fuerzas necesarias para poder levantarme de la cama. Lo encontré tal y como lo dejamos. Tú habías estado un mes antes y al descubrirlo de idéntico modo al día del accidente, razonaste como yo: que si no había rastro tuyo tampoco allí es que ya no existías. Qué triste, John... –Tras unos momentos en completo silencio formulé una pregunta lógica–. ¿Por qué no dejaste una nota, una señal, por qué no visitaste a nuestros amigos?

—Es algo que he recapacitado con el tiempo. Que debí acudir a doña Marcela y al padre Mario antes de partir. Pero eran tales la amargura, la ira, el dolor, la pena, la desesperación, que sólo quería desaparecer de allí. Volatilizarme. Cuanto antes. No tenía fuerzas ni para intercambiar unas pocas palabras con las personas que me vinculaban a ti. Tu pérdida me partió el alma. Dinamitó esperanzas, ilusiones, mi porvenir.

»En mi país estuve muchos meses en el campo, aislado, cuidando cabras, más espectro que ser vivo, hasta que un día de hace un par de años en el que acudí a la ciudad a comprar provisiones, sucedió algo extraordinario. Me topé con un muerto revivido. Vi a Valentina de Medinaceli, espléndida, en el póster promocional de un jabón de moda. El cartel milagroso se encontraba expuesto en la puerta de un colmado: se trataba de una de tus campañas publicitarias. Sé perfectamente cómo te sentiste anoche cuando yo aparecí ante ti, porque te enfrentaste al mismo impacto que yo recibí cuando encontré tu rostro en la puerta de aquel almacén. Tras el *shock* inicial mi cabecita comenzó a funcionar. Tenía que averiguar quién era esa chica, dónde estaba, dónde vivía, si eras realmente tú. Y si no eras tú, debía conocerla igualmente. Era tu réplica. Obvia decir que no me costó ningún esfuerzo saber de ti en cuanto pregunté. A esas alturas ya eras una celebridad: aparecías en fotografías y panfletos por tus campañas para las marcas, y en los medios de comunicación y cinematógrafos por tu participación en las películas de Hollywood. Ni más ni menos. Tú, mi dulce Valentina, ascendida a los altares de la popularidad.

Interrumpió su relato para acariciar mi mejilla. Casi muero de amor.

—Pero entonces ¿por qué no viniste a por mí cuando averiguaste que seguía viva, John?

—¡Por el amor de Dios, Valentina! Hacía años que no te veía ni sabía de ti y encima te habías convertido en una estrella de Hollywood. Mientras tanto, yo seguía siendo el pobre diablo de siempre. Aún peor, en aquel entonces faenaba como cabrero. Me resultaba imposible ni tan siquiera soñar con acceder a ti. Y me podía la vergüenza de presentarme ante toda una actriz de cine con mi aspecto, mi profesión, sin recursos. ¿Sabes? Yo también tengo mi amor propio. ¿Y si me rechazabas? ¿Y si para ti yo tan sólo era un lejano recuerdo, una compañía casual del pasado? Resultaba evidente hasta para un ignorante como yo que habías rehecho tu vida de una manera magistral. Intuí que muy posiblemente un don nadie como John Juárez ya no tendría cabida en ella.

—¿Me estás diciendo que por miedo, por inseguridad y por cobardía hemos estado sin vernos estos últimos tiempos, en los que tú ya sí sabías con certeza que yo estaba bien viva?

—Exacto.

Volví a abofetearle. Menuda tanda de golpes se estaba llevando John aquella mañana. Él se dejaba golpear sin rechistar, aunque su mirada transmitía pesadumbre.

—Al menos deja que me explique, mi querida Valentina.

—Adelante, John. Te escucho. Deseo comprenderte.

—Pero puse rumbo a Chicago de nuevo. Si no podía formar parte de tu día a día en esta nueva etapa, sí al menos necesitaba volver a verte, sentirte cerca, en la misma ciudad, observarte de lejos. ¿Recuerdas cuando de pequeños nos sentábamos frente al Red Club para entusiasmarnos con las luces, la gente, sus vestidos, los automóviles?

—Claro, John, hay cosas que nunca se olvidan por mucho tiempo que pase. Los instantes compartidos contigo han perdurado nítidos en mi memoria porque hilvanaron retales de pura felicidad.

—Pues volví a repetir el mismo ritual que entonces, sentarme frente al Red Club, pero ahora para recrearme contigo. Alucinando con la mujer en la que te habías convertido. Elegante, sofisticada, carismática, glamurosa, nadando en la abundancia, rodeada de toda esa gente poderosa. Lo conseguiste, Valentina, tu sueño de cantar, bailar, actuar es ya una realidad.

—Gracias, John, pero me hubiese gustado tenerte a mi lado mientras todo eso ocurría. Físicamente, porque tu recuerdo siempre permaneció en mi corazón.

—Bueno, desde que regresé a Chicago no me has tenido lejos —sonrió dejando entrever un semblante melancólico—. Cuando supe que vivías con Kelly, quien prácticamente te adoptó como a una hija tras la catástrofe de los trenes, murmuraban todos por ahí, cuando te vi alternar con Belleti, en fin, con toda esta élite con la que te codeas, supuse que para acercarme a ti tendría que formar parte de ese mundo. Se me ocurrió integrarme en la organización. Durante muchos meses he permanecido en las calles, bajo sus órdenes, para ganarme su confianza.

Tenía que hacer la pregunta o reventaba.

—John, tu único anhelo cuando éramos críos era ser un poli bueno para combatir a los malos. Desde que asesinaron a tu padre...

Él calló y bajó la vista. Entendí que debía ser muy duro haberse traicionado a sí mismo. En vez de perseguir a los delincuentes como siempre se propuso, ahora los servía.

—Muy a mi pesar, Valentina. En nuestra vida, nada, nada, salió como habíamos previsto. Quizá a ti sí. No a mí.

—¿Pero tú eres de esos que, bueno de esos que, en fin –carraspeaba, no sabía cómo continuar–, de los que utilizan la violencia?

—No, Valentina, yo no he matado a nadie si es lo que me estás preguntando. Y espero no tener que hacerlo jamás. Déjame que te revele un hecho trascendente: la mafia antes que una organización criminal es una gran empresa. Hacer negocios y dinero es su principal objetivo. En la mafia no sólo hay pistoleros, sicarios, asesinos a sueldo y hampones. Esos personajes suponen la parte más llamativa del tinglado, pero también hay administrativos, contables, chóferes, abogados, hombres de negocios como Paolo, secretarias, chivatos, confidentes, chicos de los recados, personas de confianza como yo... Es cierto que he aprendido técnicas de lucha, se me da bien, tengo buenos reflejos y eso lo valoran. Prefieren tener cerca a gente que sabe solventar un altercado, una gresca, que a un tipejo enclenque. Pero entre tú y yo, sencillamente me he limitado a ejercer de eso: como un empleado de confianza. Discreto, prudente, sumiso. A cambio estoy muy bien pagado. Mucho.

—Y te ganaste sus favores, por lo que veo…

—Exacto, lo he conseguido hasta el punto de que me han responsabilizado de tu seguridad. Me han dado instrucciones precisas para que sea tu sombra. Ver, oír, callar y luego contar, supongo. Pasando desapercibido y no abriendo la boca. En realidad he vuelto para protegerte, Valentina, como siempre hice desde que éramos chicos.

—Ay, John, ay, mi adorado John Juárez, ¿y tienes que hacerlo justo el día de mi petición de mano? Jamás hubiese dado un sí por respuesta de saber que estabas vivo, tan cerca de mí.

—Eso sólo lo sabía Belleti. Yo me limité durante meses a ganarme su confianza para trabajar para él, es decir, cerca de ti. Cuando hace unos pocos días me encomendó la tarea de protegerte, no cabía en mí de gozo. Tuve que emplearme a fondo para que no advirtiese en mi rostro una tremenda alegría. ¿Cómo iba a saber yo que él había tomado la decisión de poner una persona a cargo de tu vigilancia porque te ibas a convertir en su prometida? Obviamente no nos confiesa asuntos personales a los que estamos a su servicio. Ni personales ni de otra índole. Él sólo da órdenes a los que integramos su plantel. A pesar de todo, estar aquí, contigo, saber que ahora vamos a vernos a diario, me compensa todo lo demás.

—¿Qué vamos a hacer, John?

—De momento seguir cada uno con la vida que tenemos. Y por supuesto mantener oculta ante el resto del mundo mi verdadera identidad. Eso es fundamental.

Volví a abrazarle mientras recopilaba miles de datos en mi cabeza. John estaba vivo. Había vuelto. Sentía su calor entre mis brazos mientras una felicidad abrumadora me embriagaba como no lo había hecho en los últimos años.

Pero yo me acababa de comprometer con Paolo Belleti, su jefe, dueño y señor de mi mayor ilusión, El Edén de las Musas. Había aceptado en matrimonio —apenas catorce horas antes— a la mano derecha de Alphonse Capone, el amo de Chicago y medio Illinois. Menudo embrollo.

Y aún desconocía que en este rencuentro John no me había contado toda la verdad. Pero él tenía sus motivos. Razones muy poderosas que a mí todavía me restaban meses para descubrir.

XXVII

֍

—Querida, la elegancia no consiste en ponerse un nuevo vestido. Todo lo que es moda pasa de moda: el estilo, jamás. No es la apariencia, es la esencia. No es el dinero, es la educación; no es la ropa, es la clase. Y tú vas sobrada de esencia, de clase y hasta de belleza natural. ¡Y te sabes ganar la vida por ti misma, atesoras mucho dinero por tu talento! Así que despreocúpate de los modelos de El Edén. Eso es cosa mía. Los bocetos te han gustado y tus medidas las conozco como la palma de mi mano. En dos o tres meses recibirás un vestuario completo, por supuesto azul en su totalidad, para lucir, al menos, durante dos temporadas como protagonista estelar del mejor club del mundo. Simplemente sigue subiendo a ese escenario como sólo tú sabes y déjalos boquiabiertos con tu arte. Como la noche de la inauguración. ¿Sabías que de jovenzuela yo también entretuve a oficiales sobre un escenario? Canturreaba en un pequeño cabaré de París durante los descansos de los artistas principales. Con bastante peor fortuna que tú y sin irradiar una décima parte de tu carisma.

—Pues agradezco a la divina providencia que te alejase del espectáculo, Coco. De no haberlo hecho el mundo se hubiese perdido a la mejor diseñadora que han conocido nuestros ojos. Auguro que te vas a convertir en una de las grandes del siglo xx.

Era una mañana de despedidas. Algunos de nuestros más ilustres invitados permanecieron en Chicago durante unos cuantos días más tras la mítica apertura de El Edén de las Musas. Pero la mayoría estaba ya regresando a sus puntos de origen. Había acompañado a Marion y a Coco hasta la nueva —e imponente— estación de tren de Chicago, la Union Station, inaugurada en 1925 tras una década en construcción y cerca de ochenta millones de dólares de inversión. Mis amigas partían con escasos minutos de diferencia.

En primer lugar, Chanel hacia Nueva York. De allí embarcaría rumbo al viejo continente junto a Richard Arthur Grosvenor, uno de sus amantes recién estrenados y con el que compartiría amoríos durante una década y gran amistad de por vida. El aristócrata inglés, descendiente de una de las estirpes británicas más legendarias, los Westminster, había sido su acompañante durante este viaje de ocio y placer. Tras abrazarnos con cariño y prometer por enésima vez que la visitaría en Europa, me quedé a solas con Marion. Ella viajaba hacia Los Ángeles. Hearst se quedaba un par de semanas más en la Costa Este por motivos relacionados con sus negocios y ella debía regresar a Hollywood para atender compromisos adquiridos con anterioridad. Ambos volverían a reunirse en la meca del cine al cabo de unas semanas para seguir disfrutando de un romance que estaba en boca de todos.

—Prométeme que me telefonearás a menudo para mantenerme al tanto de lo que va ocurriendo con Paolo y con John.

—¡Pero Marion, si siempre nos estamos telefoneando!

—Cierto, pero ahora con más motivo. Me dejas en ascuas. No hagas ninguna tontería ni te la juegues. Paolo y los suyos son personajes a los que hay que temer. Y no lo digo por decir. Sus manos no se manchan de sangre, pero el horror, la extorsión y las amenazas veladas constituyen el modo habitual de proceder de su entorno cercano. Por las buenas todo es generosidad, exceso, derroche, diversión, regalos y caprichos. Pero por las malas bien conocemos cómo se las gastan. Nunca lo olvides por mucho que Belleti sólo te muestre su mejor cara. Hay hombres que seducen como dioses y actúan como demonios.

—No te preocupes, Marion. De momento no hay ninguna locura que se me haya pasado por la cabeza llevar a cabo.

—Pero se te acabará ocurriendo.

—Posiblemente —afirmé guiñando un ojo.

—Y otra cosa que no te va a gustar escuchar, pero soy tu amiga y tengo la obligación de advertirte. Sé prudente con John. Soy consciente de que vuestro pasado en común es demoledor, casi épico, pero hace años que no sabes nada de él. Y ahora de repente reaparece con otro nombre, convertido en un correveidile de confianza de la mafia. No te aseguro que sea así, pero pudiese ocurrir que el John que tú conociste ya no exista.

Aquella era una insinuación que tanto Mary como Marion, las dos únicas personas que conocían la verdadera identidad de Jack Joyce, me habían transmitido en los últimos días. Mi corazón me decía que John seguía siendo mi John, aunque entendía y apreciaba la preocupación de mis amigas. Nos fundimos en un largo abrazo.

—Promete que viajarás pronto a Los Ángeles para hacerme una visita. ¡O mejor! Voy a presionar a William para que organice el crucero lo antes posible. Antes de que finalice el año.

El día posterior al fiestón en El Edén de las Musas, mientras yo me rencontraba con John, Paolo atendía a los invitados más ilustres en la casa de campo y propuso una idea al todopoderoso magnate de la prensa, amante amantísimo de Marion: un encuentro de lujo entre los allí presentes navegando en su yate, el *Oneida*, un auténtico palacio flotante. Hearst era un hombre excéntrico, ostentoso y derrochón que gustaba de organizar fastuosas reuniones ejerciendo de anfitrión de celebridades. Por eso recogió el guante a la primera y prometió poner en marcha dicho viaje en cuanto sus obligaciones profesionales, que eran muchas, se lo permitiesen.

En realidad, yo conocía las segundas intenciones de Paolo. Además de disfrutar de la hospitalidad del ricachón de turno y de codearse de nuevo con la *crème de la crème*, algo que le obnubilaba y constituía una de sus máximas aspiraciones, utilizaría la inmensa embarcación de Hearst para el contrabando de alcohol a gran escala. Era un sucio método que ya venía utilizando en los últimos meses, aprovechando la buena voluntad de sus anfitriones.

Uno de los problemas con los que se encontraban Capone y los suyos con las entregas provenientes de ultramar, consistía en que las lanchas que podían acercarse a tierra sin ser vistas por la guardia costera tenían un tamaño reducido. Esa característica las ocultaba bien en la oscuridad y además las permitía moverse con agilidad y gran velocidad en caso de ser descubiertas, pero limitaba la capacidad de almacenaje de la mercancía.

A Paolo –que contaba con una mente despierta para rentabilizar negocios– se le ocurrió utilizar los yates y embarcaciones de recreo de los millonarios y potentados como el recipiente perfecto para transportar botellas en cantidades infinitamente superiores.

Utilizaban los puertos de atraque y la navegación nocturna cerca de la costa (usualmente de madrugada, cuando los ocupantes dormían como benditos) para que numerosas lanchas proveyesen de centenares, de millares de galones de licor en algunos casos, a las embarcaciones de lujo. Tras la llegada a su destino final, algún puerto representativo la mayoría de las veces –estratégicamente ubicado para la posterior distribución por tierra a lo largo y ancho del país– desembarcaban la mercancía también de madrugada. Después de una travesía de varios días lo normal es que el barco quedase en dique seco unas cuantas jornadas, tiempo que los operarios destinaban a repostar combustible, para la puesta a punto de la mecánica, para llenar la despensa de delicatesen y viandas que llevarse a la boca... Y los acólitos de Paolo para llevarse el alcohol introducido furtivamente.

Además, siendo los prohombres de la élite los propietarios de los grandes yates, todos ellos reconocidos terratenientes, magnates y hombres de negocios, se relajaba la vigilancia por parte de las autoridades (de las no corrompidas por la infinita billetera de Capone, que solían ser las menos). Porque ¿quién podía imaginar que en las tripas del barco de tal patrono, tal potentado, tal benefactor, se transportaba alcohol clandestino?

Lo organizaban con el mayor sigilo. Paolo y los suyos pagaban cantidades ingentes de dinero a un par de tripulantes, a lo sumo tres, para la colaboración necesaria en el embarque y desembarque de las mercancías –botellas que camuflaban en paquetes que simulaban ser alimentos, carburante, cualquier cosa necesaria para la travesía– y el resto de pasajeros y tripulación permanecían en la inopia. Se trataba de un procedimiento limpio, magistralmente ideado: el embarque sucedía cuando todos dormían y el desembarque cuando los palacios flotantes quedaban vacíos tras alcanzar su puerto de destino.

Así que el viaje de placer sugerido por Hearst en uno de los yates más grandes jamás construidos suponía un regalo inesperado para los propósitos de Paolo.

XXVIII

❦

$\mathcal{A}$l día siguiente me levanté en cúmulos violetas de nubes esponjosas. Y al siguiente. Y al otro, y al otro y al otro. Resulta complejo describir mediante unas pocas palabras las sensaciones y los sentimientos de una mujer que recupera al hombre que le salvó la vida cuando era una cría ignorante, desvalida e indefensa; cuando recobra de sopetón al joven del que se enamoró y a quien creyó muerto durante años. Volver a ilusionarte cuando ya te habías resignado –y entregado– a dejarte llevar por un porvenir alternativo, no a disfrutar de la existencia soñada, es inenarrable.

Y no sólo se trataba de amor. John y yo compartíamos un montón de cosas más: amistad, complicidad, un pasado común de superación, admiración y devoción mutua. Nos conocíamos a la perfección porque nos habíamos criado juntos. Una sola mirada nos bastaba para conocer los pensamientos del otro.

Tenía las dudas razonables de si todo aquello permanecería como antaño, habiendo transcurrido tanto tiempo, desventuras y avatares en mundos tan distintos. Las advertencias de mis amigas al respecto también influyeron para que me mantuviese en tensión y con los ojos bien abiertos. Pero mis temores se disiparon en cuestión de días. Los fugaces momentos compartidos a solas con John me demostraron que todo lo bueno que existió entre nosotros permanecía intacto. Un solo roce involuntario de nuestras manos revolucionaba mi ánimo, la seguridad de que al día siguiente volvería a verlo explosionaba mi vitalidad, su presencia cercana despertaba cosquilleos traviesos en mi interior, un guiño furtivo proveniente de sus ojos me alegraba toda una mañana y la posibilidad de fantasear con un futuro en común iluminaba mi horizonte vital.

No lo teníamos fácil, puesto que el papelón oficial del rebautizado como Jack Joyce consistía en comportarse como un sicario de Belleti ante los ojos de la concurrencia. Debía mostrarse como un tipo duro, parco en palabras y razonamientos, siempre alerta y permaneciendo en un segundo plano. Si no acontecía ningún contratiempo su único deber era mantenerse en la sombra, hacerse invisible para los otros.

Aun así, ambos nos las apañábamos para encontrar momentos de intimidad. Escasos, para no jugárnosla innecesariamente, pero intensos. Instantes de felicidad efímera que valían por toda una vida.

Sobre todo, tenían lugar en casa de Mary, donde estábamos a salvo de miradas indiscretas. A veces desayunábamos juntos, otras nos tumbábamos en las hamacas del jardín para charlar de cualquier cosa durante horas y para ponernos al día de casi seis años de ausencia mutua, en alguna ocasión compartíamos té, pastas, chocolatinas... Y siempre risas, muchas risas.

Incluso uno de los primeros días tras el rencuentro se nos ocurrió volver a pasear junto al lago, por el mismo sendero en el que solíamos corretear entonces. Fue un momento mágico fundir pasado y presente, pero en el mundo real, no en mi imaginación como yo había rememorado tantas veces.

John se alejó hasta un recodo del camino para regresar con una flor en la mano y colocarla sobre mi oreja, como entonces, para adornar mi rostro. No pude evitarlo. Fue estar allí, mirándolo, evocando la noche en la que él me besó por primera vez bajo una gran luna iluminando el lago, cuando repetí idéntico gesto. Acerqué mis labios a los suyos y nos fundimos en el beso que anhelaba desde hacía años y que pensé que jamás volvería a saborear. De los largos, húmedos, profundos y arrebatadores. De los que te hacen subir un pie espontáneamente. De los que te aceleran las pulsaciones. De los que te hacen escuchar tus palpitaciones. De los que se recuerdan toda una vida. De los que detienen el tiempo. De los que te hacen suspirar sin darte cuenta cuando se acaban. De los que suplicas que no terminen. De los que te transportan a otra dimensión. De los que te incitan a flotar en una nube de dicha. De los que rememoras con ojos lánguidos una y otra vez. De los que te hacen sentir la única mujer del planeta. De los que unen para toda la eternidad.

Tras semejante beso en vez de la llamada del deseo lo que se dispararon fueron las emociones. Borbotones de lágrimas rodaban por mis mejillas, pero eran de pura felicidad. También de liberación. De la liberación que suponía haber mantenido un nudo en el estómago que permaneció inmisericorde durante una larga temporada por la pérdida de un ser querido. Y por un injusto sentimiento de culpa que desde el terrible accidente de los trenes siempre me gobernó. Creo estar en disposición de asegurar que aquel beso enterró el duelo para siempre, iniciando lo que sería el resto de mi vida.

—Ya pasó —me decía John mientras me abrazaba con cariño y acariciaba mi pelo con una ternura que me derretía. Entonces sacó de su bolsillo un pequeño trapo amarillento, arrugado, desgastado y lo depositó sobre la palma de mi mano.

—¿Recuerdas esto, Valentina? Siempre lo he llevado cerca de mi corazón. Era como tener un pedacito de ti a mi lado. Me daba tantas fuerzas cuando ya no me quedaban...

—¡Cómo no lo voy a recordar! ¡Pero si es el paño litúrgico que bordé para ti! Todavía lo conservas.

—Es mi tesoro más preciado. Bueno, antes de volver a rencontrarnos. Ahora no hay, ni habrá, mayor tesoro que tú. —Y otra llantina al canto por mi parte. Supongo que tantas lágrimas de felicidad eran reparadoras. Vitaminas para el corazón.

Otro de los rencuentros inolvidables fue el que tuvo lugar en Hull House. La señora Marcela, sus hijos y el padre Mario hasta organizaron una pequeña fiesta de bienvenida en su honor. No dimos explicaciones acerca del cometido actual de John y les dejamos claro que a los ojos del resto del mundo el ciudadano Juárez seguía desaparecido, pero era de justicia compartir su regreso con las personas que le habían querido de veras.

La alegría de los nuestros por una resurrección inesperada fue más importante que las preguntas o los porqués. A nuestros amigos del alma apenas les interesaban los detalles secundarios cuando acababan de recuperar a un ser querido al que lloraron su muerte.

Nuestra particular mamá mexicana no cabía en sí de gozo cuando se enteró de la «vuelta a la vida» de uno de sus chavales más queridos.

—Un milagro, Jesucristo, nuestro señor; un milagro, bendita Virgen María. Gracias, Dios mío, gracias, gracias, gracias —repitió sin cesar aquella noche acompañando cada retahíla de oraciones al santoral en pleno con sonoros besos y achuchones a John.

Prepararon una barbacoa en un descampado de la colonia para nosotros nueve –la señora Marcela, sus cuatro hijos, el padre Mario, Mary, John y yo–. Marcela elaboró una tarta de galleta con sus propias manos, Mary compró kilos de la mejor carne de la ciudad para cocinar a las brasas, los chicos encendieron una hoguera, yo canté para ellos y todos finalizamos bebiendo cerveza y bailando hasta la madrugada. Fue una de mis más felices celebraciones en años, acompañada de los míos. De los genuinos.

Incluso mi carácter comenzó a cambiar. Nada exagerado ni especialmente llamativo, pero yo me sentía más risueña, más sociable, más plena. Hasta la fecha todos me comentaban a menudo que yo me comportaba de manera algo distante, que era correcta pero reservada, educada pero hermética, con un punto de inaccesibilidad. Simplemente considero que mis recuerdos trágicos, la pérdida de todos mis seres queridos, mi tristeza y mi sentimiento de culpabilidad no me permitían dar más de mí misma a los demás.

Paolo achacaba la sublime felicidad que sentía al éxito incuestionable de El Edén de las Musas. Desde el día de la inauguración su prestigio subió como la espuma, convirtiéndose en el club de referencia de los Estados Unidos, tal y como habían planificado sus fundadores. No había celebración ni evento de postín que no se celebrase allí, ni visitante ilustre de Chicago que no acudiese por el establecimiento para ver y ser visto.

A la par que el templo —así comenzaron a denominarlo— ascendía a la categoría de mítico, mi fama de diva se consolidaba. Yo actuaba tres noches por semana y si normalmente El Edén se encontraba a rebosar, aquellas en las cuales yo salía a escena había lista de espera para entrar. Mis actuaciones y todo lo que conllevaban, las mejores chicas en el *ballet*, el vestuario de Coco Chanel, el posible acompañamiento de alguno de los grandes como Armstrong —que cuando se encontraba en la ciudad accedía a acompañarme— o la posibilidad de codearse con alguna estrella de la meca del cine —cuando mis amigos hollywoodienses visitaban Chicago no perdonaban una velada, o dos, o tres, en el club— contribuían a que nadie se lo quisiera perder.

Así que todos los implicados tan contentos. Paolo y los suyos entusiasmados por la buena marcha de su proyecto y el caché que les proporcionaba entre las altas esferas a las que tanto agasajaban. Además, el poder de Capone se incrementaba cada día que pasaba, si es que eso era posible.

Sus tentáculos y su influencia en 1927 alcanzaban hasta el último rincón que tuviese relación con el dinero y el poder. Y seguiría creciendo en los meses venideros. La ciudad era suya. No había acontecimiento —por insignificante que pareciese— que no controlasen sus hombres. Pagaban propinas a todos los trabajadores de Chicago que les chivasen informaciones jugosas: a empleados de restaurantes, hoteles, clubes, limpiabotas, camareros, tenderos, bailarinas, repartidores de prensa, taxistas, botones, chicos de los recados, conserjes, peluqueras, modistas, prostitutas... Cuanto más chicha tuviera el chivatazo en cuestión, mayor era la propina recibida.

Y John y yo encantados de que todos los que nos rodeaban estuviesen tan ocupados con las cosas del poder, los dineros, con los negocios y con el auge de El Edén de las Musas como para pararse a prestar atención a otros «asuntillos menores»: los nuestros. Pasamos un verano relajado, disfrutando de algunos momentos sólo para nosotros, recuperando en cierta manera lo que el destino nos había arrebatado. La presencia de John a mi lado recompuso todas mis fibras sensibles, aquellas que quedaron hibernando tras su desaparición. Comencé a dejarme llevar por el júbilo y a deleitarme con cualquier insignificante detalle que compartíamos. Las historias de amor inacabadas siempre merecen una segunda oportunidad. Al fin me encontraba en paz con la vida.

Pero la calma y la felicidad inmensa no duran eternamente.

XXIX

❧

ℙaolo también iba cambiando su comportamiento respecto a mí. Sutilmente, pero lo hacía. Ya me lo había advertido Mary: tratándose de hombres y de psicología masculina ella contaba con una experiencia y unos conocimientos infinitamente superiores a los míos. Me repitió una y mil veces algunos consejos impagables, aunque yo no le había hecho mucho caso. Sin embargo, ahora sus certeros avisos retumbaban a menudo en mi mente como un eco pesado de campanas medievales.

«Paolo acabará comportándose como todos los de su calaña. Ojalá me equivoque, pero así será. Él es un depredador nato. Eso implica que tiene que conseguir a su presa como sea. Y encima es un tipo muy listo y conoce a la perfección las artes requeridas para conseguir a cada trofeo. Durante el cortejo, te cuidará, te mimará, te adulará, te agasajará hasta que sucumbas a tanto detalle, regalo y parabién. Una vez que haya tenido lugar el compromiso, el objeto de deseo, o sea, tú, pasa a convertirse en una mera propiedad. Al menos esta es una forma de razonar bastante habitual en sus despóticas cabezas. Una conducta estándar entre los varones similares a Paolo. Y será lo que ocurra contigo. La hasta entonces inalcanzable Valentina de Medinaceli pasará a convertirse en una de las piezas más valiosas del emporio Belleti. Y como tal te tratará».

Y en cierta manera, las palabras de Mary habían sido proféticas. Paolo me seguía tratando como una reina, eso era incuestionable, pero afloraban en él una serie de pautas que jamás advertí durante el noviazgo. Hasta entonces nunca había osado verter comentario alguno sobre mi forma de vestir. Sin embargo, ahora sugería que tal o cual escote eran demasiado atrevidos o que tal o cual tono eran demasiado llamativos. Sobre los modelos lucidos en mis actuaciones como Blue Valentine no abría la boca. Entendía que formaban parte del espectáculo y cuanto más vibrantes fuesen, más le gustaban. Pero cuando acudíamos a alguna cena, fiesta o acto social como pareja, solía poner pegas acerca de la idoneidad de la indumentaria.

—Pero Paolo —increpaba yo— ¡es la moda! No llamo en absoluto la atención porque todas las invitadas acudirán con diseños muy similares.

—Quizá. Pero, querida, el resto de invitadas me resultan completamente indiferentes. Ellas no son la prometida de Paolo Belleti —solía replicar.

También hacía mucho hincapié en conocer al dedillo con quién salía y entraba. No incordiaba demasiado porque al final todo mi círculo social se reducía a un entorno que él conocía bien. Pero deseaba tenerme bien controlada. Atada en corto. Además, también estaba Jack Joyce para tal cometido, quien debía dar buena cuenta de mis entradas y salidas con reportes detallados al finalizar cada jornada.

Las críticas sobre el vestuario o el control exhaustivo sobre mi agenda —que pasaba por John— no me afectaban en absoluto. Se trataba de cuestiones menores. Lo que sí me molestaba eran los inconvenientes que ponía Paolo a que siguiese acudiendo a la colonia para educar a los chicos, algo a lo que no estaba dispuesta a renunciar de ninguna de las maneras. Él ya protestaba sobre ello antes de nuestro compromiso, así que ahora sus quejas arreciaban.

—Te lo he comentado en infinitas ocasiones, Valentina. Una señora de la sociedad más distinguida y encumbrada de Chicago no debe perder su valioso tiempo sirviendo a inmigrantes harapientos.

—¿Inmigrantes andrajosos? Te recuerdo que yo me crie allí. Y salí adelante gracias a aquella gente a la que tú desprecias.

—Por circunstancias excepcionales, Valentina. Tú provienes de una adinerada familia europea, no hay más que prestar atención a tu exquisita educación, observar tu medallón.

—Y también tú mismo. Tu familia emigró de Italia para labrarse un futuro mejor en otro país. Algo legítimo además de valiente. No sólo no hay que avergonzarse de ello, sino que debemos estar orgullosos de aquellos que tomaron decisiones difíciles con el único propósito de prosperar en la vida y mejorar el futuro de los suyos. Además, yo no ejerzo de sirvienta, aunque no me avergonzaría servir a mis seres queridos. Paolo, sólo dedico algo de mi tiempo a enseñarles a leer y a escribir.

Él nunca respondía a mis apreciaciones acerca de su origen. Las ignoraba. Parecía tener algún tipo de complejo por ello. Y únicamente me respondía señalando el mensaje que a él le interesaba.

—Si yo admiro tu generosidad y lo solidaria que eres ayudando a los más desfavorecidos, cariño. Es muy loable por tu parte. El altruismo es una virtud que te honra. Pero ya te he dicho que debes llevarlo a cabo de otras maneras más acordes a tu estatus. Colabora en las rifas y en las comidas para tal fin que organizan la mujer del alcalde o las embajadoras consortes, participa en las galas anuales de las fundaciones más prestigiosas... Mira, se me ocurre que incluso podemos poner en marcha una cena de gala solidaria en El Edén de las Musas para recaudar fondos para los niños enfermos del gran hospital de Chicago. Hasta podemos instaurar un evento para tal fin con carácter anual.

—¡Es una gran idea, Paolo! Pero te propongo un trato. Yo acepto que organicemos esa estupenda cena en el club y a cambio financias un nuevo techo para la escuela de Hull House. ¡Ah! Y para un piano con el que yo pueda tocar y cantar para los chicos. Eso supone muy poco dinero para ti y una ilusión infinita para ellos.

Paolo se negó en redondo. Afirmaba que una cosa no guardaba ningún tipo de relación con la otra. Que adelante con la gala solidaria del club, pero que ni en sueños iba a ceder un centavo de su incalculable fortuna para toda aquella gente a la que él denominaba chusma. Con los millones de dólares de dudosa procedencia que él acumulaba, esa negativa sí que me dolió. Hasta el pernicioso de Capone destacaba desde siempre por una generosidad pública hacia los más desamparados. Decidí que ya encontraría el modo de utilizar el dinero de Paolo para mejorar las instalaciones de la colonia.

Y luego estaba el asunto más espinoso de todos, una cuestión que yo evitaba abordar por su complejidad, pero al que más temprano que tarde tendría que enfrentarme: mi compromiso matrimonial. Una promesa que para mí había muerto el mismo día que nació, por la reaparición inesperada de John.

Nunca amé a Paolo, pero me resigné. En cierto modo albergaba la lejana idea de formar una familia y Belleti era un tipo cómodo para mí: enfrascado en sus negocios y con un ansia de poder ilimitada, no me agobiaba puesto que su prioridad era incrementar su fortuna e influencia. Su codicia me permitía disfrutar de mucho tiempo libre para mí misma debido a sus ausencias. Además, era galante, con muy buena presencia, sabía tratar a una mujer y contaba con una posición privilegiada en lo más alto del escalafón de la élite social de la ciudad. Según estos parámetros yo podría haber elegido entre más de media docena de hombres residentes en Chicago con características similares, sus mismas circunstancias y también rendidos ante mis encantos. Pero lo que decantó la balanza a su favor fue el hecho de que se trataba de un hombre que valoraba mi talento artístico y respetaba mi deseo de subirme al escenario o de ponerme delante de una cámara. Aunque fuese por el egoísmo propio de incrementar el prestigio de sus negocios y su imagen personal. Tener a su lado a una de las mujeres más populares del país siempre otorga un caché indiscutible.

Así pues, sopesando los pros y los contras, Paolo Belleti resultaba una buena opción para mí. Y aunque la mayoría de mis pretendientes me admiraban en exceso, pocos eran los que se atrevían a cortejarme. Él lo había hecho desde el mismo instante en que me crucé en su camino con incuestionable maestría. Y, para colmo, a pesar de haberme topado en los últimos años con unos cuantos señores *a priori* interesantes, ninguno había conseguido despertar en mí el más mínimo sentimiento, más allá de cariño y simpatía.

Todos esos motivos me llevaron a aceptar su proposición de matrimonio minutos antes de rencontrarme con John Juárez. Que ya es el *summum* de la mala suerte: el destino nunca había sido benévolo con mis planes.

Ahora que él estaba de nuevo a mi lado, me resultaba impensable compartir la vida con otro a quien ni siquiera quería y al que sólo había tomado en consideración por mera comodidad. Pero había un problema: mi prometido era uno de los hombres más influyentes de Chicago, miembro destacado de la mafia y el compromiso se había hecho público ante la alta sociedad en pleno y los medios de comunicación más representativos del país. Por tanto, debía manejar la situación con mucha calma, diplomacia y buen tino por el bien de todos. El honor y la reputación de una cabeza visible de la organización estaban en juego. Aunque cada día que pasaba se me hacía más difícil representar la farsa.

Y en pocos días marchábamos al crucero en el *Oneida*. Partíamos el 12 de octubre del puerto de San Pedro y disfrutaríamos de dos semanas de travesía por el Pacífico. Por una parte, me apetecían de veras unos días de descanso a bordo, junto a algunos de mis mejores amigos, como Marion o gente del cine a la que apreciaba. Otro punto a favor era que nos acompañaría John, junto a dos hombres más de Belleti. Pero por otra, se me hacía muy cuesta arriba compartir tanto tiempo y espacio con Paolo. En Chicago, debido a nuestros compromisos profesionales, la convivencia se limitaba a las comidas y a las cenas. Muchos días ni a eso.

Sobre nuestro hotel flotante en las próximas semanas, el opulento yate *Oneida*, recaía una leyenda negra que estaba en boca de todo Hollywood desde hacía tres años. Una desgracia nunca confirmada ni comentada por los que la presenciaron. Ni siquiera mi querida Marion —protagonista involuntaria de esa sórdida historia— me había hablado jamás sobre ello, así que yo tampoco pregunté por prudencia. Si no quería sacar el tema, sus motivos tendría. Se trataba de la muerte de Thomas Ince, al que llegué a conocer personalmente en mi primera fiesta nocturna en Los Ángeles.

Él fue un pionero de la industria, uno de los padres del cine. Conocía al dedillo todos los intríngulis del negocio: fue actor, director, guionista, productor e incluso alto ejecutivo de uno de los primeros imperios cinematográficos. Se asoció con D. W. Griffith y el omnipresente Mack Sennett para fundar Triangle Motion Picture Company, cuyas instalaciones acabaron siendo adquiridas por Metro Goldwyn Mayer para establecer allí su centro de operaciones.

En el momento de su muerte, Ince acumulaba éxito y riqueza, a la vez que su fama y fortuna crecían a pasos agigantados. Pero todo aquello se fue al garete al morir en extrañas circunstancias el 19 de noviembre de 1924. Su confusa muerte se escribía en mayúsculas desde entonces en la crónica negra de Hollywood.

La poco esclarecedora versión oficial de los hechos había alimentado varias hipótesis que responsabilizaban de la muerte de Thomas a nuestro convidante: al mismísimo William.

Según se contaba en dicha versión oficial, Hearst había invitado a personajes relevantes de Hollywood para hacer un crucero a bordo de su yate *Oneida*. Exactamente lo mismo que nos disponíamos a hacer nosotros: embarcar junto a un grupo de destacados famosos con el magnate como anfitrión. Aunque en aquella aciaga ocasión el motivo era la celebración del cuarenta y dos cumpleaños del finado. Zarparon de San Pedro el 15 de noviembre de 1924. Hearst y Marion estaban acompañados de un grupo de actrices, Aileen Pringle, Jacqueline Logan, Seena Owen, Margaret Livingston y Julanne Johnston. También de Charles Chaplin, Theodore Kosloff y de la crítica cinematográfica Louella Parsons. El doctor Daniel Carson Goodman embarcó días más tarde.

La fatal noche celebraron por todo lo alto el cumpleaños de Ince a bordo del *Oneida*, pero poco después el homenajeado comenzó a sentirse indispuesto. Su estado no mejoraba y por ello le trasladaron en una pequeña embarcación a San Diego. Desde allí fue conducido a un tren en dirección a Los Ángeles.

A medio camino, el doctor Carson, alarmado por el empeoramiento del paciente, decidió bajar a Ince para tratarle de forma urgente. En Del Mar fue atendido en un hotel por otro médico local y una enfermera. Los tratamientos parecieron estabilizarle y al día siguiente llegó a su mansión en Hollywood, pero lejos de recuperarse falleció el 19 de noviembre a causa de un ataque al corazón. Su médico personal firmó el certificado de defunción y fue incinerado enseguida.

Siempre se puso en duda la versión oficial de su muerte y las teorías que circulaban sobre lo acontecido en el *Oneida* eran otras.

Los Angeles Times fue el primer medio que se atrevió a cuestionar los sucesos oficiales. Y de paso, con la rumorología que sembraba la noticia, aprovechaban para mermar el prestigio del magnate de la competencia. Hablaron claramente de asesinato al afirmar que Ince fue tiroteado en el barco de Hearst.

Las peores lenguas afirmaban que Hearst había descubierto la relación que existía entre Marion y Charles Chaplin. He de decir que mi amiga coqueteaba con unos y con otros, puro juego, pero estaba profundamente enamorada de Hearst. Si mantenía relaciones con otros hombres, jamás me lo confesó. Ni siquiera me lo insinuó, aunque sus alocados tonteos saltaban a la vista. Si esos flirteos iban a más sólo ella lo sabía.

Se cotilleaba por todos los mentideros hollywoodienses que a lo largo del viaje Hearst habría sorprendido a los supuestos amantes besándose en una de las cubiertas del *Oneida*. Dispuesto a no dejarse humillar por lo que él consideraba una afrenta imperdonable, nuestro anfitrión fue en busca de un arma. Los gritos de Marion despertaron a Thomas Ince, que se habría interpuesto en el rifirrafe recibiendo el tiro que estaba destinado a Chaplin.

Hay otras variaciones de esa teoría de la conspiración, pero en casi todas se afirma que Ince fue confundido con Chaplin debido a la oscuridad. Al intentar mediar en la discusión, pudo haber recibido el disparo accidentalmente.

La secretaria de Ince llegó a confirmar que vio como lo desembarcaban en San Diego manchado de sangre en cabeza y tórax. La fiscalía acabó interviniendo, pero el inmenso poder de Hearst y su influencia en todos los estamentos relevantes consiguieron desactivar cualquier investigación: infinidad de periódicos estatales, doce radios nacionales y otras tantas revistas y publicaciones generalistas y especializadas pueden hacer cambiar el rumbo de casi cualquier cosa. El dominio de la opinión pública convierte en intocable a quien lo ostenta.

Parece ser que además se dieron graves contradicciones entre los implicados, pero nada de eso provocó mayores consecuencias: la mano alargada de Hearst hizo inviable avanzar en las investigaciones.

Sin embargo, resultaba imposible pasar por alto un par de hechos probados que alimentaban la carnaza y daban alas a teorías alternativas: Louella Parsons mejoró enormemente su posición después del incidente en el *Oneida*. Pasó de ser una simple columnista de un periódico de Nueva York a tener un contrato vitalicio con la compañía de Hearst convirtiéndose en la cronista número uno de la actualidad social de Hollywood.

La esposa de Thomas Ince, Nell, recibió un fondo económico de enorme cuantía y se marchó a vivir a Europa. No autorizó la autopsia a su esposo, ordenando que fuera incinerado inmediatamente.

Y los pérfidos afirmaban sin parar que cuando alguien sacaba el nombre de Thomas Ince en una conversación en la que estuviera Hearst, su rostro se desencajaba.

Leyendas negras aparte, mi único propósito del viaje era desconectar durante unos días de tanto vaivén emocional como me había sacudido en los últimos tiempos en compañía de unos estupendos amigos.

¡Y al fin llegó el gran día! El embarque no pudo ser más divertido. En el arte de ser anfitriones, William y Marion eran unos maestros. Mi amiga nos recibió con centenares de globos de colores, una orquesta tocando en la cubierta principal del palacio flotante y toda la tripulación uniformada dándonos la bienvenida y ofreciendo todo tipo de bebidas, licores, canapés y bocados.

Los pocos acompañantes de servicio que venían con los invitados —entre ellos John— no participaban de las actividades ideadas para sus jefes, así que eran trasladados de inmediato a unas cabinas en las plantas inferiores del yate, junto a los camarotes del personal de Hearst.

Con apenas media hora de diferencia fueron llegando todos los integrantes del grupo que íbamos a zarpar esa misma noche: uno de los principales directivos del imperio del anfitrión de la mano de su joven mujer, el millonario, inversor y empresario Joseph Kennedy junto a su inseparable Rose Fitzgerald, Ernest Hemingway y su flamante esposa, la chic colaboradora de *Vogue* en su edición francesa, Pauline Pffeifer (a pesar de residir aún en París habían aceptado la invitación), la enigmática Greta Garbo y la columnista Louella Parsons, indispensable en cualquier evento organizado por su patrón para dar buena cuenta de lo acontecido en las fiestas de postín que se traía entre manos. Nada mejor que el lujo, el derroche, la exhibición de dinero a espuertas, de *glamour* y de acompañantes en la cúspide de la fama para agrandar la leyenda de Hearst.

Un par de días más tarde se uniría al grupo Walter Teagle, el hombre que controlaba la industria del petróleo en Estados Unidos, junto a su segunda esposa, Rowena Lee.

Pero la invitada que más llamaba mi atención era Dolores del Río. No había tenido la oportunidad de coincidir con ella porque cuando yo me marché de Hollywood ella estaba llegando. Pero me atraía su fuerza, su porte y su belleza. Todos alababan la hermosura de la Garbo, pero a mi entender se trataba de una mujer de facciones perfectas, aunque glaciales. Sin embargo, la mexicana representaba la gracia, el candor y la pasión. Cuestión de gustos, supongo. Sus labios carnosos, sus impresionantes ojos negros —vivos, rasgados— y su rostro anguloso, con personalidad, con temperamento, no tenía parangón.

Desde el instante en que coincidimos a bordo una asombrosa conexión se estableció entre nosotras. Congeniamos de inmediato y a lo largo de toda la travesía compartimos veladas de ocio y confidencias. La armonía en mutua compañía era palpable para el resto de viajeros.

Muchos, incluso el mismo Paolo, comparaban nuestro aspecto físico. Decían que podíamos pasar por hermanas, ella más racial, yo más delicada, ella con formas rotundas, yo con más altura y un cuerpo etéreo. Sobre el aspecto de Dolores hasta las más grandes se pronunciaron con admiración. Marlene Dietrich llegó a afirmar que era la mujer más bella de Hollywood y Joan Crawford dijo que nos encontrábamos ante una de las estrellas más hermosas del mundo. También recibió halagos de nuestra compañera de crucero, Greta Garbo.

Cuando las alabanzas a la belleza de una mujer provienen de otras mujeres de bandera, son sinceras. Así que Dolores debía ser realmente extraordinaria.

Ella procedía de una distinguida familia mexicana y había contraído matrimonio con Jaime Martínez del Río, poseedor de una de las fortunas más grandes del continente americano, de quien tomó el apellido. La rumorología hollywoodiense afirmaba que gracias a la fortuna de sus padres y a la de su marido, Dolores era la mujer más rica de todo México. A pesar de su privilegiada posición económica y social decidió potenciar su vocación artística; por ello se había ganado mi simpatía antes aún de conocerla. El común idioma español, contar con idéntica edad y las evidentes coincidencias físicas entre ambas hicieron el resto.

Charlábamos mucho. Concatenábamos conversaciones sobre cualquier tema. Mantener largas conversaciones en mi idioma materno me hacía bien y por ello durante el crucero nos escapábamos de vez en cuando a las cubiertas más alejadas para hablar en español. Era una mujer de modales refinados, simpática, decidida, espontánea, elegante y sofisticada.

Además, había visitado mi país en varias ocasiones. Se casó siendo una jovencita con Jaime, el prohombre de la sociedad mexicana dieciocho años mayor que ella. Ambos viajaron de luna de miel por las capitales de referencia y los rincones más distinguidos de Europa durante dos años. Su esposo se relacionaba con la nobleza centenaria del viejo continente. Durante su estancia en España, Dolores conoció a figuras tan relevantes y aristocráticas como el Duque de Alba, el de Medinaceli e incluso a los reyes

Alfonso XIII y Victoria Eugenia. Me fascinaba que me relatase anécdotas de aquellos meses en los que recorrió junto a su esposo toda la geografía española.

Resultaba evidente que en el *Oneida* nos habíamos reunido un grupo de lo más variopinto, pero fiel reflejo de la época: el mayor magnate de la comunicación que jamás había existido junto a su amante —mi querida amiga Marion—, un trío de estrellas de Hollywood, un millonario con intereses en numerosos sectores —incluido el cine— y con claras aspiraciones políticas, un escritor cuyo prestigio subía como la espuma, el todopoderoso del negocio petrolífero, la mano derecha del mafioso por excelencia de la Costa Este, una periodista a sueldo para contarlo…

Aquello podía salir bien o por el contrario estallar en un sinfín de disputas entre tanto ego descomunal y tal cantidad de poder concentrado en tan poco espacio. Afortunadamente, todos íbamos con ganas de pasarlo de fábula y el crucero a bordo del *Oneida* transcurrió entre la camaradería y la complicidad general, sin más sobresalto que los debates impenitentes del sector masculino acerca de política y economía o los excesos diarios con el alcohol.

Apenas coincidía con John a bordo. Sólo se incorporaba al grupo cuando bajábamos a las excursiones planificadas en tierra, para preservar nuestra seguridad. En ese caso los acompañantes y el servicio siempre se situaban unos pasos por detrás, así que apenas podíamos cruzar palabra alguna. Sin embargo, nuestras miradas no cesaban de buscarse y de encontrarse. ¡Ojalá pudiésemos escaparnos de los ojos de terceros, aunque fuese durante unos efímeros instantes! Fantaseaba con la posibilidad de disfrutar en su compañía de la grandeza del mar con las manos entrelazadas y mi cabeza reposando sobre su hombro, como siempre anhelamos cuando éramos unos chiquillos. Y para comprobar a qué saben los besos de John frente al océano. O para aspirar el aroma de su piel salpicada por el salitre.

Algo tan simple como su cercanía me hacía tremendamente feliz. Saber que John estaba mi lado, contar con la certeza de que si levantaba la vista podía contemplarle, me llenaba de satisfacción.

—Querida, esos ojos te delatan —solía decirme Marion entre risas en cualquier aparte.

—Es tan maravilloso recuperar a alguien cuando le creías perdido para siempre…

—Sin duda debe resultar extraordinario, pero hay algo todavía mejor: tu John es uno de los caballeros con la anatomía más imponente que estos ojitos han visto, Valentina.

—Es reguapo, sí. Pero tratándose de John sus atributos son anecdóticos. Se trata del hombre que lo es todo para mí desde la infancia. Las almas gemelas existen, Marion. John y yo somos un ejemplo de ello.

—Una vez Chaplin me dijo que mi cuerpo desnudo sólo debería pertenecer a quien se enamorara de mi alma desnuda. Cuando reflexioné sobre aquello pensé que se trataba de unas palabras increíblemente hermosas, pero utópicas. Escuchándote me doy cuenta de que sí existen personas que son capaces de convertir esa cita en realidad. Es enternecedor. ¿Qué vais a hacer ahora?

—¿A qué te refieres, Marion?

—¿A que va a ser, criatura? Te has comprometido con uno de los personajes más influyentes –y puede que más peligrosos– de Chicago, pero estás completamente enamorada de otro, que para colmo trabaja a su servicio bajo una identidad oculta. Muy novelesco y cinematográfico, querida, pero poco práctico.

—Ya sé que te sonará fatal y hasta me acusarás de tontaina, pero sólo saber que John está aquí, a mi lado, que si vuelvo la cabeza me sonríe, que si despierto está cerca, que su presencia no es un sueño que se desvanece por las mañanas, para mí es suficiente. Ten en cuenta que durante años le creí vagando por el otro mundo. Ese fue el trance que más dolor me ha causado en la vida. En semejante tesitura todo lo que ha acontecido es casi milagroso y doy las gracias por ello. Simplemente. ¿Qué pasará a partir de ahora? Ni idea. Iremos viendo con el devenir del día a día. Nada de planes ni de expectativas. La experiencia me ha enseñado a disfrutar de cada momento como si fuese el último sin pensar en un mañana. Los sueños e ilusiones se pueden ir al carajo de un plumazo porque el destino es muy caprichoso. Y en ocasiones muy cruel. Te lo digo con conocimiento de causa.

Mi amiga había planificado el crucero a la perfección. El «diario de a bordo» consistía en unos magníficos desayunos tardíos en cubierta en los que no faltaba de nada: un violista amenizando el ambiente, buen champán para comenzar las mañanas entre chispeantes burbujas, bebidas calientes para los que necesitaban cafeína o teína al despertar, las mejores frutas peladas y troceadas, huevos revueltos o escalfados recién hechos al gusto de cada cual, selectos embutidos al corte, el más exquisito salmón ahumado, tostadas, panes y dulces recién horneados... Tras esta bacanal gastronómica matutina, tenía lugar alguna excursión a tierra para visitar lo mejor de cada puerto, almuerzo en los restaurantes más exclusivos de cada destino, cócteles y conciertos en vivo sobre cubierta durante el ocaso, cenas de gala en el magnífico salón principal del *Oneida*, veladas con música y baile hasta la madrugada... Más de una noche me tocó cantar y tocar el piano para el grupo bajo el entusiasmo general.

Marion también organizó una divertida fiesta de disfraces de época, en vez de la tradicional cena de gala de rigor, utilizando para ello un vestuario de la Francia de María Antonieta prestado por los estudios Paramount para la ocasión. Y un par de noches dicha cena fue sustituida por fiestas temáticas: la hawaiana y la mexicana en cuanto cruzamos la frontera del país vecino.

Un país, México, que en pocos días iba a comenzar a trazar mi destino definitivo de manera involuntaria. Una tierra que en el futuro también sería clave para todo lo que estaba por venir en mi tumultuosa existencia. Pero a pesar de los cambios que se avecinaban en cuestión de horas, todo aquello yo aún no podía ni siquiera intuirlo.

Las largas jornadas de navegación también estaban programadas al milímetro por parte de Marion y su amante. Había una permanente barra de bebidas a disposición de los invitados, sesiones de masajes y belleza para las señoras, timbas y competiciones de póquer para los caballeros... Resultaba imposible aburrirse en el yate de Hearst.

Por lo general, las mujeres utilizábamos los momentos en alta mar para tumbarnos y parlotear en el exterior de la embarcación; ellos, perfumados, repeinados y presumiendo de sus zapatos bicolor confeccionados a medida, se arremolinaban alrededor de una buena partida y de los mejores habanos traídos exprofeso desde Cuba en alguno de los salones del interior, a la par que aprovechaban para tantearse sobre futuribles negocios. Qué aburridos son los hombres cuando intentan arreglar el mundo. Un mundo que, dicho sea de paso, ellos destrozan continuamente para luego erigirse como salvadores. Lo que ocurre es que lo que han roto nunca puede volver a recomponerse de idéntico modo.

De las damas la única que se exponía abiertamente al sol era yo, en alguna ocasión en compañía de Dolores y de Rowena. Estaba completamente de acuerdo con Coco Chanel acerca de que disfrutar de los rayos del sol sobre la piel y sentir la brisa marina acariciando tu cuerpo, suponía un privilegio al alcance de muy pocos. Además, frente a la creencia generalizada de que la palidez favorece a las mujeres, mi opinión era que un bronceado en su justa medida nos convertía en más cautivadoras y atractivas.

Greta y Rose me contradecían continuamente al respecto, mientras que Marion y Pauline tenían sus dudas. La nueva pareja de Ernest era una mujer divertida, inteligente, incluso brillante, pero complicada, algo inestable emocionalmente. La columnista a sueldo de Hearst, una fisgona de pérfidos propósitos que me desagradaba, apenas se pronunciaba sobre ningún tema, pero daba buena cuenta de todo cuanto ocurría a su alrededor con los ojos siempre alerta y la sarcástica pluma siempre dispuesta. Siempre he despreciado a las sanguijuelas que sacan rédito de chupar los jugos extraídos del talento ajeno. Seguramente a Louella este crucero le iba a proveer de material publicable durante varias semanas.

Una noche cualquiera, tras la cena de gala en la que todos vestíamos impecables, salí a saborear un pitillo en una larga boquilla de marfil. Me apoyé sobre la barandilla de una de las cubiertas superiores mientras advertí que Ernest se acercaba sonriente hacia mí con un humeante puro en la mano. A mí aquel hombre me resultaba atractivo desde la primera vez que coincidimos, hacía ya varios años. Su aspecto fornido y varonil era irresistible, su mirada penetrante y su verbo perspicaz.

—Preciosa noche, Valentina.

—Cierto, Ernest. Lo estamos pasando muy bien, pese a lo heterogéneo del grupo, ¿verdad?

—La variedad bien dosificada enriquece, querida Valentina. La uniformidad aburre.

—Visto así, tienes toda la razón.

—Además, a mí me gusta observar a gente dispar, recrearme en sus reacciones y comportamientos. Me inspira cuando escribo. Los artistas debemos huir de la rutina y de las personas cenicientas, anodinas, predecibles. ¿Sabes lo que es realmente inspirador?

—Dime, Ernest.

—Tu país. Todo en él es poético, excitante... Los olores, los colores, los sabores, la fiesta y la gente, sobre todo la gente. Hasta el silencio suena diferente en España. Y el peligro no es peligro, es la esencia de su espíritu valiente, corajudo, arriesgado. ¿Pudiste regresar en alguna ocasión?

—No, lamentablemente todavía no. Todo ha ido muy rápido. El Red Club, Hollywood, El Edén de las Musas... Apenas tuve tiempo para nada más que para centrarme en mi profesión durante los últimos tiempos. Me he dejado arrastrar por la vorágine de estos inquietos años veinte, de la música, del baile, del espectáculo de primer nivel, pero no me arrepiento. Y ahora proyecto mi boda con Paolo, posiblemente, para el próximo año. ¿Sabes? Quizá le proponga que disfrutemos allí de nuestra luna de miel.

—Te recomiendo que lo hagas. Debes rencontrarte con tus raíces y enamorarte del país que te vio nacer: sin duda alguna es uno de los más fascinantes del planeta. ¿Amas a Paolo? Disculpa si me entrometo, pero me resulta más fácil visualizarte como pareja de un artista, de un intelectual o de un poeta que de un implacable hombre de negocios.

—¿Está usted flirteando conmigo, señor Hemingway? –bromeé.

Tras una sonora carcajada seguida de una intensa chupada al puro, él me respondió.

—Posiblemente, seas una de las mujeres más apetecibles que se haya cruzado en mi camino, pero no estoy yo para parrandas en estos momentos. Primero se abalanzó sobre mí una paternidad no deseada. Sin preaviso. A bocajarro. No me malinterpretes, ahora no cambiaba a mi hijo Bumby por nada del mundo, pero yo no estaba preparado para ser padre cuando Hadley se quedó embarazada. Ni tan siquiera me lo había planteado en mi fuero interno. Y cuando al fin asumo con toda responsabilidad e ilusión mi nuevo rol paternal, se cruza Pauline en mi camino. ¡Zas! Divorcio y nueva boda en tiempo récord. ¡Ahora lo que necesito es algo de calma no más ritmo de marimba!

—¿Hadley fue tu primer amor?

—¡Qué va! Con diecisiete años perdí la cabeza por la enfermera que curó mis heridas en Italia. Combatí en la Gran Guerra siendo apenas un crío. A esa edad piensas erróneamente que nada malo puede ocurrirte, que eres un ser inmortal y que las catástrofes las sufrirán otros. La metralla de un mortero me dejó las piernas como coladores. Estuve seis meses en el hospital. Allí conocí a Agnes, una enfermera que cuidaba de mí y me enamoré hasta las trancas de un modo irracional. Hasta le pedí matrimonio. Tras aceptar mi proposición ella me dejó tirado por otro y me rompió el corazón. La ingenuidad, autenticidad y la intensidad del primer amor son irrepetibles.

—Y te destrozó.

—Según como se mire. Un hombre de carácter, y yo lo soy, puede ser derrotado, pero jamás destruido.

Las sentencias de Ernest eran lapidarias. Conversar con él se convertía en toda una experiencia.

—¿Sabes lo que sí es inmortal, Ernest? El primer amor –sugerí, reflexionando sobre mi propia experiencia con John, pero sin formular ese detalle en voz alta.

—Recuerdo cuando te conocí; se trataba de la primera vez que pisaste el Red Club. Destacaba tu hermosura, se auguraba un radiante proyecto de mujer en ti, aunque eras asustadiza e insegura. Pero simpática a pesar de tu timidez. Si lo piensas bien, la buena gente siempre es alegre. Y mírate ahora. Un bellezón de hembra con un talento indiscutible que ha triunfado en el inaccesible Hollywood y que se ha convertido por mérito propio en la reina de las noches de Chicago.

—Todo un cumplido viniendo de un gran escritor. ¡Yo también te recuerdo a ti confesándome esperanzado que algún día publicarías una novela! Y fíjate, *Fiesta* ya es una realidad y cuantos la han leído, que son muchos, afirman que es magnífica.

—Y las grandes historias que están por venir: *Fiesta* es sólo un comienzo. Mi decisión fue ir a buscar mis sueños, superando las trabas que este jodido mundo te va poniendo –replicó Ernest con absoluto convencimiento. Razón no le faltaba.

De aquel modo, entre humo de tabaco, brisa marina y luz de luna conocí de primera mano alguna de las intimidades del que llegaría a convertirse en un buen amigo hasta el fin de sus días.

Mientras charlábamos despreocupados y risueños se acercó hasta nosotros una imponente Dolores. Un vestido ligero de tonos claros destacaba sus raciales facciones y su tez morena. El peinado de ondas de agua y unos pendientes de zafiros y diamantes otorgaban a su rostro un punto de sofisticación envidiable. Cubría sus hombros con un colorido mantón de raso bordado. En cada una de sus apariciones Dolores simbolizaba la suprema elegancia.

—¿Puede una mexicana revoltosa incorporarse a la conversación de dos personalidades tan ilustres? —bromeó Dolores mientras el escritor realizaba una graciosa reverencia a modo de saludo ante la recién llegada. Ernest aportaba una teatralidad solemne a cada gesto cotidiano.

—No sólo puede, sino que debe. Aunque yo estoy a punto de retirarme a mi camarote. Los compromisos maritales me reclaman. Apelo a la comprensión de dos damas tan monumentales como adorables para iniciar mi repliegue.

—¡No tienes que justificarte, Ernest! Una hermosa *lady* espera por ti y las dos que tienes delante se quedan en mutua compañía. Así podremos parlotear —¡y despotricar!— libremente sobre los hombres hasta que el sueño nos venza.

—No seáis demasiado crueles con vuestros devotos servidores y supremos admiradores. A veces fallamos porque nos encandiláis hasta hacernos perder la sesera.

Y tras besar cortésmente nuestras manos, Ernest abandonó la cubierta dejando tras de sí la estela nívea y brumosa del humo del habano.

—Todo un personaje el escritor —apostilló Dolores.

—Me resulta simpático. Lo conocí hace ya unos cuantos años en Chicago.

—¡Valentina, qué correcta eres! A mí lo que me resulta es un señor rebosante de atractivo. Me pierden los varones de rasgos varoniles y ojos negros. Y este virtuoso de la pluma, además de reunir ambos requisitos, sabe embaucar con unas pupilas incisivas y una labia demoledora. Es un bribón encantador. Y él es consciente de su poderío.

Ambas nos carcajeamos sin control a la par que una ráfaga de fresca brisa marina balanceaba nuestros cabellos, momento que la mexicana aprovechó para cubrir sus hombros con el mantón. Lucía esplendorosa.

—Reconozco su atractivo masculino, Dolores. Hemingway desprende un magnetismo evidente, pero no es el tipo de hombre por el que yo me dejaría llevar hasta perder la cordura. Es un conversador fabuloso, pero su carácter oscila a través de un torbellino de estados de ánimo. Además de que es un aventurero y un viajero vocacional. ¡Demasiado vigoroso e inquieto para mí!

—¿Y cómo es tu tipo, Valentina? —Tras su ímpetu inicial, Dolores reculó de inmediato—. Disculpa mi atrevimiento, puede que no te apetezca desvelar intimidades a una mexicana a la que conoces desde hace pocos días. Pero es que yo soy así, pura espontaneidad. Y lo reconozco: los cotilleos sin malicia me divierten.

—¡No te preocupes! Al contrario, valoro la franqueza. Me gustan las personas directas y detesto a las taimadas. Y he de confesarte que me agrada tu compañía. Además, disfruto tanto hablando en español... Así que respondiendo a tu pregunta te diré que no tengo un tipo de hombre predeterminado en cuanto a los atributos físicos. Lo que más aprecio es que sea un buen compañero, que me proporcione calma, equilibrio, protección y seguridad. Que sea comprensivo. Y que me haga feliz. Todo lo demás es secundario.

Dolores permaneció en silencio unos instantes mientras me observaba con una expresión indescifrable. Qué pómulos rasgados y qué ojazos hipnóticos tenía esta mujer.

—Y que diga eso una belleza española que podría tener a sus pies a cualquier caballero vivo. ¡Y hasta los espíritus errantes retornarían a estos mundos terrenales si pudiesen cortejarte! ¿De veras dejarías de lado unos buenos atributos masculinos por la serenidad de una relación estable, protectora y cómplice?

—¡Sin dudarlo! La adoración, la ternura, el afecto y el respeto permanecen cuando la pasión se ha consumado. Los arrebatos duran candentes lo que la llama de un fósforo encendido, pero la vida es larga y hay que superar una sucesión de obstáculos imprevistos. Lo que de verdad importa es contar con alguien que te aúpe cuando el destino te golpea. Y que te tienda la mano cuando las circunstancias se complican.

—Cuentas con gran aplomo y una férrea personalidad, Valentina de Medinaceli. Admiro a las mujeres como tú, las que teniéndolo todo, se aferran a valores sólidos y no sucumben a las frivolidades. Me encantaría que tras nuestro regreso a tierra firme mantuviésemos el contacto.

Y vaya que si lo mantuvimos. Del *Oneida* me llevé gratos recuerdos y dos amistades eternas: la de Dolores del Río y la del irrepetible Hemingway.

XXX

❦

Hacía un par de días que navegábamos por aguas mexicanas. Habíamos dejado atrás Baja California, Cabo San Lucas y estábamos recién atracados en Puerto Vallarta. Acabábamos de llegar a ese lindo pueblo pesquero del estado de Jalisco e íbamos a disfrutar de dos días de diversión allí, transcurridos los cuales iniciaríamos el viaje de regreso hacia Los Ángeles.

Al despertar nos aguardaban dos jornadas en tierra firme; incluso al día siguiente dormiríamos en uno de los ranchos más representativos de la zona, lo cual agradecimos tras más de una semana pernoctando sobre el agua. Hearst, en otro alarde de generosidad como sublime anfitrión, había reservado una plantación entera para sus invitados y ordenado numerosas actividades para colmarnos de más atenciones —si es que eso era posible a esas alturas de la travesía—: paseos a caballo, barbacoas al aire libre, gastronomía típica, folclore popular, serenatas bajo las estrellas...

Pero aquella madrugada, con el *Oneida* ya atracado en el puerto, pocas horas antes de que los pasajeros desembarcásemos para iniciar nuestra aventura vallartense y mientras todos dormían, yo tenía una cita. Nadie en el barco sabía acerca de mi peripecia nocturna, ni Marion, ni Paolo, ni siquiera John. Mucho menos John. Cuanto más alejado le mantuviese de mi pequeño secreto, mucho mejor para nosotros.

Todos se retiraron a sus cabinas alrededor de la una de la madrugada. Lo normal durante las noches previas de crucero había sido pernoctar hasta las dos, incluso las tres de la madrugada, entre el baile, las copas, las altas apuestas en las partidas de póquer, las posteriores conversaciones animadas en cubierta y la innecesaria necesidad de madrugar. Pero precisamente como al día siguiente nos recogían de buena mañana para trasladarnos al rancho y nos aguardaba un día repleto de dinamismo, el grupo se retiró a descansar antes de lo acostumbrado.

Aun así, me demoré un par de horas más para asegurarme de que no quedaba nadie zascandileando por los pasillos. A eso de las tres de la madrugada abrí la puerta de mi camarote con gran sigilo introduciendo un pliego de papel bajo las amplias mangas de mi batín de raso color verde agua. En el bolsillo del camisón introduje una piedra y un cordel.

Miré a izquierda y a derecha desde el umbral de mi cabina. Todo era silencio y oscuridad. Perfecto. Lo bueno de tanto festejo, tanto exceso y tanto alcohol es que la mayoría de los agasajados duermen la mona profundamente y resulta más complicado perturbar el sueño de un borracho que el de un sobrio. Justo lo que yo necesitaba.

Caminaba descalza para evitar cualquier ruido y avancé por los pasillos con toda la cautela que me fue posible. Subí los peldaños de las escaleras que me conducían a la cubierta principal y avancé deslizando suavemente los pies sobre la madera, con mis cinco sentidos alerta hasta alcanzar la proa, cuyo morro se situaba rozando el acceso al puerto. Volví a mirar y remirar detrás de mí, en los laterales, hacia todas las direcciones. Ni rastro de un alma despierta en el *Oneida*. A Dios gracias.

Me dirigí entonces hacia la barandilla de proa y no me costó verlo. Tal y como se había acordado con premeditación y alevosía un hombrecillo diminuto y regordete cubierto por una túnica oscura —su uniforme de trabajo—, aguardaba impertérrito mi aparición en la penumbra de la noche cerrada. Apenas nos separaban cuatro o cinco metros, aunque yo lo observaba desde la cubierta del palacio flotante y él lo hacía sobre las baldosas del puerto. Nos miramos. Esperé la señal acordada. Él se bajó la capucha de la casulla y entonces no me cupo duda de que se trataba de la persona indicada.

Doblé el pliego cuidadosamente, puse encima la piedra que guardaba en mi bolsillo y até el cordel alrededor del paquete. Si lanzaba sólo la hoja de papel no alcanzaría tierra, flotaría zigzagueando hasta reposar sobre el agua que rodeaba el *Oneida*. La piedra era necesaria para que la información llegase intacta a su destinatario con tan sólo lanzarla. No postergué ni un segundo lo que allí había ido a hacer, levanté mi mano, tomé impulso, lancé el pequeño paquete, y este sin mayor contratiempo, cayó a los pies del hombrecillo. Se agachó, lo recogió, levantó su cabeza, me sonrió y se despidió de mí con una leve inclinación de cabeza. Yo respondí agitando mi mano a modo de despedida mientras también le sonreía aliviada. Todo se había desarrollado según lo previsto. Rápido, limpio y sin incidentes. O eso creía yo.

Una presencia cercana me erizó el vello de la nuca y una voz gélida susurrando en mi oído casi me paralizó el corazón del susto. Me quedé petrificada: me habían descubierto.

—Valentina de Medinaceli: qué acabas de hacer y quién es ese hombre.

Acababa de iniciarse la primera parte del resto de mi vida.

XXXI

❦

John me agarró del brazo con fuerza y me guio hasta la cubierta superior, la que se encontraba más alejada de los camarotes para charlar con tranquilidad, alejados de ojos y oídos indiscretos. Aunque afortunadamente el ambiente se mantenía en completa calma y oscuridad, lo que indicaba que, excepto él y yo, todos los demás dormían.

La mirada de John era todo un poema, mezcla de sorpresa, incomprensión e incluso enfado. Exactamente los mismos sentimientos que me invadían a mí. ¿Cómo explicarle lo que acababa de presenciar? Era mi John, sí, pero también uno de los hombres de máxima confianza de Paolo Belleti.

Suponía que él antepondría todo nuestro pasado en común, nuestros fuertes sentimientos mutuos a la lealtad a su jerarca, pero lo cierto es que yo nunca hubiese querido hacerle partícipe de mis travesuras, precisamente para eso, para no ponerle en un brete. Pero ya que me había pillado con las manos en la masa lo mejor era confesar la verdad. Me resultaba imposible mentir a John.

—¿Me puedes explicar que haces a las tres de la madrugada lanzando unos papeles a un hombre desconocido en un país extranjero desde el yate de uno de los mayores potentados de los Estados Unidos de América? —pronunciaba bajito, sólo para mis oídos, aunque yo intuía que lo que le provocaba aquella estrambótica situación era gritarme airado a los cuatro vientos.

Sus ojos denotaban pura inquietud y su rostro reflejaba una perplejidad indisimulable.

—Sí, John, te lo contaré. Sólo espero que quede entre nosotros y no hagas partícipe a Paolo de este secreto.

—Te escucho con atención, Valentina. Pero antes de que comiences a hablar, sea lo que sea lo que vayas a decirme, te advierto: ¡estoy completamente sorprendido! No doy crédito a lo que acabo de presenciar.

—Lo comprendo, John, pero déjame que te lo explique. Esos papeles son los planos del *Oneida*. Mañana por la noche cuando todos estemos pernoctando en el rancho, unos monjes accederán hasta la bodega y se llevarán unas cuantas cajas de botellas de contrabando de las que está transportando Belleti en este crucero, sin el conocimiento de Hearst por cierto.

Si hasta entonces la cara de John era un poema, tras mi confesión la expresión de su rostro resultaba indescriptible. Razones no le faltaban.

—¿Me estás confesando que tú eres una contrabandista a pequeña escala conchabada con unos monjes para chingar a tu novio, o sea, a la mafia de Chicago ante sus propias narices?

Me daba la sensación de que John se iba a marear en cualquier momento, así que desembuché del tirón.

—Sí y no. Tu deducción es correcta pero no exacta.

—Soy todo oídos, Valentina de Medinaceli. –Su voz sonaba dura, escéptica.

—Quizá estés al tanto o quizá no. Desconozco hasta qué punto estás implicado en los negocios de Belleti más allá de salvaguardar mi integridad. Desde hace poco tiempo Paolo utiliza los yates de lujo y las embarcaciones de recreo de los más acaudalados para introducir el alcohol, especialmente en la Costa Este, su base natural de operaciones. Tienen más capacidad que cualquier lancha de los contrabandistas y la impagable ventaja de que las autoridades no vigilan ni molestan a este tipo de barcos durante sus aproximaciones a los diversos puertos, debido al nivel de las personalidades que los ocupan. Suelen cargar la noche antes de la salida, introduciendo las botellas en cajas de fruta, de lácteos, de carne, de cualquier mercancía necesaria para la travesía, en definitiva. Y descargan en el puerto de llegada, la madrugada que los invitados ya han abandonado el yate. Sencillo, seguro e inteligente.

»Yo estoy al tanto de casi todos los negocios de Belleti. Me toma por tonta, una guapita de cara más preocupada por El Edén de las Musas, el baile, el vestuario, los complementos, el calzado o la fama que por todo lo demás. Así que suele hablar con naturalidad delante de mí con sus subordinados acerca de sus planes. Tampoco toma ninguna precaución en sus conversaciones telefónicas, aunque yo esté merodeando cerca. En algunas ocasiones hasta leo papeles, contratos, ojeo planos y mapas en su despacho. No lo busco, no fuerzo las cosas, no me arriesgo, pero cuando me llega la información y cuento con la completa seguridad de que alguna entrega va a tener lugar, actúo. Sólo sustraigo una pequeña cantidad entre los miles de galones que él mueve. Pasa desapercibido porque las descargas en puerto son rápidas para evitar encontronazos con las autoridades, y además, el cargamento no se entrega a un único destinatario. Suele hacerse a varios, a los encargados de distintas zonas que luego se ocupan de distribuir el alcohol hacia todos los puntos del país. Así que, habiendo material en abundancia, no hay un conteo exacto. Cien, doscientas botellas pasan desapercibidas.

—¿Y tú tienes montada una red de contrabando a pequeña escala? ¿Eres un aprendiz de delincuente? ¿Pero para qué? Si ganas mucho dinero, eres una celebridad, vives rodeada de lujo, fama, esplendor, eres reverenciada por ricos y pobres, admirada, adorada, adulada... ¿Por qué arriesgarse? Y metiendo tus narices en los asuntos de la mafia con todo el peligro que ello conlleva. No entiendo nada, esto no tiene ningún sentido, Valentina, Cristo bendito.

John se encontraba desencajado. Continué explicándole el porqué de lo que acababa de presenciar, temerosa de que fuese con el cuento a su jefe. Pero a él no podía engañarle, me la tenía que jugar.

—Se trata de una pequeña venganza.

—¿¿¿Venganza??? Ahora sí que no entiendo nada. Esto es una locura. O una pesadilla, vaya usted a saber. ¿En qué momento perdiste la chaveta, mi dulce Valentina?

—Siempre le he pedido ayuda a Paolo para los chicos de la colonia, para los niños inmigrantes y él siempre me la niega. Está forrado de millones, cuenta con montañas de dinero de dudosa procedencia y no es capaz de ceder una ínfima parte a los que más lo necesitan. Él, cuya misma familia también salió de Italia hacia América en busca de un destino mejor... Hasta me pone pegas cuando acudo a educar a los chavales. Que si eso no es digno de mi posición, que si me tengo que dedicar solamente a la caridad postiza que le place a la alta sociedad y no a la de los apestados, que si esto se va a acabar en cuanto nos casemos... Entiéndeme, no necesito su chequera para ayudar a otros, Mary y yo afortunadamente ganamos un dineral y ya aportamos lo que nos viene en gana. Se trata simplemente de utilizar una mínima parte de sus sucios trapicheos para buenas obras. De lavar parte de su fortuna. En la Costa Este en las últimas semanas hemos interceptado tres entregas que han servido para comprar un piano y mobiliario para la escuela. Cogemos tres cajas de aquí, cuatro de allá... Ellos ni lo notan, pero no sabes qué bien cotiza el alcohol de calidad en el mercado negro. El padre Mario lo revende a unos precios estupendos. La venta de una sola caja de esas equivale a las aportaciones de un par de meses de los feligreses.

—¿El padre Mario? ¿Nuestro padre Mario? ¿El cura es tu cómplice?

—¡Claro! Y doña Marcela. Se trata de una pequeña travesura. Robamos a los ricos para ayudar a los necesitados, como Robin Hood. Además de todo lo que aportamos Mary y yo de nuestro propio bolsillo... De hecho, el hombrecillo que acabas de ver es un fraile de la zona. Un viejo conocido del padre Mario: él lo ha coordinado todo. Las cajas que se lleven mañana se destinarán a comprar alimentos y a mejorar las instalaciones en dos campamentos cercanos, uno en Jalisco y otro en Baja California que atienden a niños huérfanos.

John me miraba raro. Parecía estar a punto de esbozar una sonrisa, pero yo debía formular la pregunta clave. Por si acaso.

—¿Se lo vas a contar a Paolo? Entiendo que es el hombre que te paga y al que debes cierta lealtad. —No pude continuar porque John puso su mano sobre mi boca.

—Si no echo una sarta de carcajadas ahora mismo, Valentina, es por no despertar a todos los capullos que duermen un par de cubiertas más abajo. Alucinado me hallo con lo que me acabas de contar. Si no resultase que trastear con la mafia es una auténtica locura para tu integridad física, hasta me haría gracia. ¡Mucha! Un cura mexicano y la diva de moda robando botellas de contrabando a los hombres de Capone para dar de comer y proporcionar una educación digna a los más desfavorecidos. Y pensar que por un momento he creído estar frente a una criminal en potencia. Ay,

Valentina, Valentina, a pesar de tanta popularidad, fama, riqueza y parabienes sigues siendo mi Valentina querida... Aquella relinda huérfana rebosante de ideales soñando por un futuro mejor.

De repente su cara se había relajado. John se mostraba risueño, una sonrisa de oreja a oreja iluminaba su cara. Pero él guardaba un descomunal as en la manga. La que ahora estaba a punto de descubrir —y asimilar— un sorpresón mayúsculo iba a ser yo.

Él iba a confesarme algo que yo no hubiese imaginado jamás. Y es que a bordo del *Oneida* nada era lo que parecía...

—Siéntate, anda. Hay algo que debes saber. Y respira hondo que la noticia es de las que impactan. Ya que tú has confiado en mí haré lo propio contigo. Nada de secretos entre nosotros.

John me ayudó a acomodarme sobre una de las tumbonas de la última cubierta del palacio flotante de Hearst, tomó mis manos entre las suyas y lo soltó a bocajarro.

—Yo no soy un hombre del crimen organizado, ni un chico de los recados del mamonazo de Belleti. Soy un agente infiltrado. Colaboro con los federales y con la brigada anti-alcohol. Por eso estoy despierto a estas horas y por eso te he pillado: estaba vigilando desde la cubierta superior por si se producía algún acontecimiento como el que acabo de presenciar, aunque esperaba toparme con otros protagonistas. Mientras todos estáis navegando, agasajados a cuerpo de rey, ninguna novedad me atañe. Pero en cada puerto, en tierra, debo estar alerta, expectante, por si acaso. Sí, Valentina, yo también conseguí hacer realidad mi anhelo de la infancia: luchar contra los malos. Y antes de que me lo preguntes, que sé que estás a punto de hacerlo, no te lo he contado antes para no ponerte en peligro. Ni a ti ni a la operación de la que formo parte. Estos operativos son absolutamente confidenciales y su éxito depende de ello. Además, se trata de investigaciones que duran meses, en ocasiones años. Cualquier error o indiscreción pueden aniquilar el arduo y durísimo trabajo de muchos, muchos agentes.

Si la cara de John de hacía unos minutos era indescriptible, la mía en aquellos momentos debía ser inenarrable. Por una parte el corazón se me había encogido, pero por otra, una eclosión de alegría inmensa se había apoderado de mí. ¡Mi John era mi John y había seguido fiel a sí mismo, conquistando la meta que se trazó de niño! Mi John Juárez era de los buenos. Uno de los nuestros. ¡¡¡Bien!!!

—Ya tendré tiempo de explicarte los detalles, pero te voy a desvelar el meollo de este asunto para tranquilizarte. Todo comenzó la misma semana del accidente de la Grand Central Station, cuando visité tantas y tantas veces las comisarías de Chicago en busca de noticias tuyas. Por aquel entonces y debido a la creciente llegada de inmigrantes latinos a Illinois, necesitaban agentes que hablasen español para poder comunicarse con los recién llegados. Un agente me insistió mucho para que entrase a formar parte del cuerpo de policía: «Además de dominar el español y el inglés, eres un chico sano, joven y con una corpulencia física extraordinaria, cuentas con todos los requisitos que exigimos», me decía. Pero yo estaba destrozado por tu pérdida y el desconsuelo me impedía acometer cualquier proyecto en aquel momento.

»Marché para México donde estuve un par de años entre las cabras, esa parte es cierta. Pero conservé su contacto. Cuando mejoró mi estado de ánimo regresé a Chicago. Fui a visitarle. Los puestos de atención a la inmigración ya estaban cubiertos, pero para entonces demandaban agentes especiales en la lucha contra la corrupción galopante en todos los estamentos, contra el contrabando de alcohol, el narcotráfico, y sobre todo, la mafia emergente. Se trataba de un cometido muy peligroso. Y secreto. La misma policía cada vez estaba más corrompida por la mafia. Raro era el superior que no estaba comprado. Entrenamiento de élite durante meses, eliminación de cualquier atisbo del pasado, nueva identidad, ya sabes, Jack Joyce, confidencialidad máxima, infiltrarse en las filas del enemigo con todos los riesgos que eso conlleva. Yo nada tenía que perder. Ya lo había perdido todo y si algo malo me ocurría, al menos sería combatiendo a los malos, como siempre me prometí desde niño, desde que presencié el asesinato de mi padre a manos de unos desalmados, como bien sabes.

»Estuve meses siendo entrenado lejos de Chicago, cerca de Nueva York. Fue en la Gran Manzana y no en México donde descubrí tu rostro en el escaparate de una perfumería. El resto de la historia ya lo conoces. Averigüé sobre ti, regresé a la Ciudad del Viento para comenzar mi misión y solicité infiltrarme en el núcleo duro de Capone, junto a Belleti, para permanecer a tu vera. Se trata de una tarea que la mayoría de agentes evita, así que me concedieron la petición enseguida. Lo complicado fue ganarme la confianza de los mandamases que rodean al capo de Chicago. Para conseguirlo tardé meses, casi un año. Pero aquí me tienes. Misión cumplida. A tu lado, protegiéndote, como entonces, como siempre. E intentando descabezar a las mentes pensantes de la delincuencia. Y a todo aquel que se beneficie del tinglado criminal que tienen montado.

Ese momento en el que los rayos del sol se abren paso entre los nubarrones de una brava tormenta que se aleja. Porque la luz siempre termina por imponerse a la oscuridad tenebrosa. Recuperar a John de entre los muertos supuso la gran alegría de mi vida. El revulsivo para un alma que llevaba años limitándose a salvaguardar sus sentimientos. Saber que militaba como miembro destacado del bando correcto alivió una inquietud que se mantenía latente en algún recóndito rincón de mi conciencia.

La confesión de John propició que yo volviese a saborear la vida con regusto de felicidad plena.

XXXII

ↄ⍺⊷ↄ

$\mathcal{E}$l retorno hacia Los Ángeles lo recuerdo como un suspiro, a pesar de que tardamos cinco días en alcanzar nuestro puerto de destino, el mismo del que habíamos zarpado casi dos semanas antes: San Pedro.

Apenas rememoro vagos momentos de relax sobre la cubierta, algún destello en la memoria de la última cena de gala, confidencias con Marion y Dolores, retazos de conversaciones intensas con Ernest y con Joseph Kennedy –un tipo inteligente, ambicioso y hábil para las alianzas y los negocios, que además de enriquecerse a costa de la Ley Seca, consiguió que los peces gordos de Wall Street entraran en los estudios de Hollywood, acelerando el paso del silencio al sonido cinematográfico– y sobre todo, la despedida de nuestros amigos ya en tierra firme.

Especialmente emotivo fue el adiós entre Dolores y yo. A la mexicana incluso se le escaparon algunas lágrimas que me conmovieron. ¡Qué satisfacción tan inmensa provoca el coincidir en la vida con personas que intuyes que han llegado para quedarse!

—Estoy deseando presenciar alguna de tus actuaciones estelares en ese templo de náyades y musas. Todos los que te han visto cantar y bailar caen rendidos ante tus portentosas habilidades sobre un escenario. ¡Prometo visitar Chicago en los próximos meses!

—Ni te imaginas la ilusión que me hará recibir en la Ciudad del Viento a la mexicana más hermosa y talentosa que su patria dio al mundo. Ni se te ocurra reservar una habitación de hotel. Las puertas de mi hogar se abrirán de par en par para acoger a una nueva amiga con todo el cariño y la dedicación que se merece.

—Niñas, niñas, no os pongáis sensibleras que estas vacaciones que tocan a su fin han sido una gran fiesta en alta mar y entre amigos formidables, no un tétrico réquiem. –Marion se acercó zalamera para achucharnos a las dos–. Y nos restan muchos más jolgorios y jaranas de los que disfrutar en mutua compañía. ¡Porque no os vais a librar de mí! ¡Me apuntaré a ese plan chicagüense en femenino! ¡Y a todos los que estén por llegar! William ni rechistará porque sabe que estoy en buenas manos: se ha encariñado con vosotras dos, bribonas. Y no resulta nada fácil que el señor Hearst sucumba a los requiebros de los afectos desinteresados...

—Qué gusto da recrearse con la algarabía provocada por el ardor de tanta belleza reunida. –Ernest se había acercado a nuestro grupo para decirnos adiós, pero ninguna nos habíamos percatado de su llegada, soliviantadas como estábamos organizando futuribles planes de chicas. Le acompañaba Pauline, que se encontraba radiante aquella mañana luciendo una pamela de ala enorme y vistosos adornos florales sujeta al mentón con una gran lazada de raso. La señora Hemingway también participó entusiasmada de una partida tan entrañable.

—El gusto ha sido nuestro –respondió Marion ejerciendo de solícita anfitriona hasta el último suspiro de la travesía–. William y yo os agradecemos, pareja, vuestra generosidad por haber querido compartir vuestro tiempo y simpatía con todos nosotros. Esperamos volver a veros a bordo, amigos.

Antes siquiera de que Ernest pudiese dar la réplica a Marion, se incorporaron a nuestro corro Joe y Rose –los Kennedy–, la escultural Greta, y Walter y Rowena –los Teagle–. Todos querían dejar patente su agradecimiento por tan magna invitación y por los fabulosos días compartidos en alta mar.

—Volveremos a encontrarnos. Una asociación de personas tan extraordinarias está llamada a seguir compartiendo veladas gloriosas –vaticinó Joe.

Y el avispado inversor de la industria cinematográfica, el que llegaría a convertirse en el patriarca de una de las sagas míticas de la política estadounidense, no erró en su pronóstico.

Desde la extraordinaria revelación acerca de cierto agente infiltrado, mi cabeza abandonó el *Oneida* –y todo lo demás–, para centrarse en él, en John Juárez. Bueno, mi cabeza, mi cuerpo, mi alma, mis pensamientos, mis sentimientos, mis reflexiones...

La parte positiva de la historia es que los dos jugábamos en el mismo bando: en el camino que ambos nos trazamos cuando éramos unos chavalillos ingenuos, soñadores y muertos de hambre. Supongo que cuando John regresó a mi vida en lo más profundo de mi ser se mantuvo una espinita clavada por creerle parte del entramado de Capone. El saber que estaba vivo y tenerle a mi lado eclipsaba todo lo demás, cualquier detalle que no fuese su inesperada «resurrección» se me antojaba pequeño. Pero ese aguijón molesto existía y ahora había sido arrancado de cuajo. Las consecuencias de nuestro rencuentro habían sido fulminantes para mis sentimientos.

La parte negativa y preocupante era enorme. John era un infiltrado en una organización delictiva que a cada día transcurrido aglutinaba más poder, actuando con mayor crueldad y menos escrúpulos. Y yo estaba comprometida con una de sus cabezas visibles, Belleti, que era uno de sus miembros más representativos y ganaba peso cada día que pasaba, y que constituía un hecho imposible de obviar.

Y lo crucial: yo amaba con locura a ese infiltrado encantador de identidad oculta. Desde que tenía uso de razón. Si me había comprometido con otro había sido por conveniencia y por pura resignación al intuir que jamás volvería a enamorarme en lo que me restase de vida porque seguiría queriendo hasta el fin de mis días a un hombre al que creía muerto.

Analizado con frialdad aquello suponía un melodrama de dimensiones descomunales y desenlace incierto. A veces fantaseaba con contárselo a alguno de mis amigos directores o escritores para que desarrollasen un dramático guion de cine o un novelón. Ingredientes no faltaban para elaborar una trama de órdago. Desde fuera aquel vodevil podría resultar hechicero, pero como protagonista y sufridora de semejante embrollo, el asunto me preocupaba. Los desalmados no sucumben a la fuerza del cariño y al calor de los afectos.

Aunque anécdotas aparte, las perspectivas no parecían halagüeñas y mi situación se complicaba. Cada hora que pasaba me resultaba más complejo permanecer junto a Paolo teniendo a mi John tan cerca. Mientras que a Paolo le ocurría justo lo contrario: a cada nuevo segundo transcurrido contemplaba más cercana la fecha de nuestro matrimonio y me consideraba más suya. Representar el papel de novia devota se me hacía muy cuesta arriba con el paso de las semanas.

Para completar el rocambolesco panorama, Paolo me sugería de vez en cuando que debía irme planteando abandonar la residencia de Mary —la casa que yo consideraba mi verdadero hogar— para trasladarme a su mansión.

La sola idea de tener que convivir juntos me provocaba un nudo en el estómago. La posibilidad de yacer con él ocasionaba en mí un desasosiego creciente. Hasta ahora había conseguido evitar el sexo con mi prometido, pero durmiendo en la misma casa me iba a resultar imposible. Aunque he de confesar que Paolo siempre se había mostrado respetuoso y paciente en el ámbito de la intimidad.

Cuando había intentado ir más allá de los besos y las caricias, yo siempre me justificaba razonando que me ilusionaba esperar hasta el matrimonio para consumar nuestro amor. Siendo franca debo reconocer que Paolo accedía a mi deseo sin dramas ni malas caras, pero supongo que más que por ejercer de perfecto caballero o por respeto hacia mi persona, su conducta se debía a que estaba bien servido de amantes variopintas.

Mary me lo reveló una noche mientras cenábamos en el porche del jardín, cuando le desvelé mi extrañeza por el comportamiento intachable de Paolo al respecto.

—Valentina —me confesó—, no te lo había querido contar hasta ahora porque me parecía innecesario y de mal gusto. Pero ya que sacas el tema no te voy a mentir. Paolo no te presiona para mantener relaciones sexuales porque cuenta con un harén propio. Dirige los mejores clubes de Chicago en los cuales trabajan algunas de las señoritas más sexis del país. ¿Cómo crees que algunas consiguen el puesto? Pues a golpe de revolcón. Además, para muchas de estas señoritas mantener satisfecha la bragueta de Paolo Belleti supone una esperanza para un futuro mejor. Ellas ven a Paolo como el partidazo que es, monetariamente hablando, aunque él sólo las visualiza como trozos de carne fresca con las que desahogarse. Ilusas las pobres. También es cierto que otras ceden por pura necesidad. Y él se aprovecha. Las chicas más apuradas —las que padecen penurias— prefieren un sueldo fijo y las comodidades que implica trabajar en los locales de Belleti, que vagar por las calles y pasar hambre. Aunque ese empleo suponga copular de vez en cuando con «tu prometido».

Mary pronunciaba las palabras «tu prometido», con retintín y tono jocoso. Nunca le gustó ese hombre para mí y cada vez me lo advertía con más frecuencia. La reaparición de John en mi vida le impulsaba a demostrarme su creciente rechazo por Paolo. Sus simpatías por John hacían el resto. A mí me hacía muy feliz que las dos personas a las que más quería hubiesen congeniado tan bien.

—Lo que ocurre es que el señor Belleti –continúo Mary– es muy astuto y al plantel femenino de El Edén de las Musas ni se acerca. Vamos, ni las mira. Es tu territorio y lo respeta. Por cautela y por interés. Pero en otros clubes de menos enjundia e incluso en el Red Club, te recuerdo que yo sigo trabajando allí, son bien conocidas sus andanzas lujuriosas de entrepierna. Y curiosamente siempre elige a las chicas más voluptuosas, jovencitas con mucho culo y buenas tetas. Nada que ver con tu elegante anatomía. Así que ya lo sabes, Valentina. Tu «futuro marido» –otra vez con retintín– es un avezado abusador de jovencitas voluptuosas. Si te sirve como consuelo se dice por ahí que ni las fuerza ni las somete a extravagancias sexuales. Al contrario, si el fornicio ha sido de su gusto, las deja buenas propinas o les regala algún momento de gloria sobre el escenario. Ya ves, generoso que es tu Belleti. Ahora ya conoces sus desahogos en los asuntos del fornicio y el motivo por el que nunca intentó sobrepasarse contigo. Estaba como loca por soltártelo, pero no encontraba el momento. Pero como tú has sacado el tema pues me has quitado un buen peso de encima.

Agradecí la sinceridad de Mary y aunque me asqueaba el comportamiento de Paolo –sobre todo por las pobres chicas que se veían abocadas a mantener sexo para comer caliente, allá las otras que se lo permitían por pura codicia– aquella confesión supuso un alivio para mí. Mientras su libido estuviese satisfecha a mí no me tocaría ni un pelo hasta la noche de bodas según era mi deseo, tal y como le había manifestado en unas cuantas ocasiones. Caricias, arrumacos, abrazos y besos fingidos era lo máximo que yo podía ofrecer.

Desde nuestro regreso del crucero en el *Oneida* transcurrieron unos meses tranquilos, rutinarios. Yo seguía volcada en mis actuaciones en El Edén de las Musas –a esas alturas tanto el prestigio del establecimiento como mi reputación habían dado la vuelta al mundo—, en disfrutar de efímeros momentos en compañía de John, de compartir tardes con los niños de la colonia, con doña Marcela y el padre Mario, o de disfrutar de todo lo que Chicago nos ofrecía. ¡La ciudad estaba llena de vida y ahora yo la visualizaba a colores!

También protagonicé dos nuevas campañas publicitarias que me reportaron mucho dinero fácil. Se trataba de utilizar mi rostro para promocionar nuevos productos cosméticos de lujo y cigarrillos de una marca de tabaco. Y aunque me mantenía muy ocupada con tanto trajín laboral, mi cabeza no podía dejar de dar vueltas acerca de cómo resolver la encrucijada en la que me encontraba. Sólo una solución recurrente bombardeaba una y otra vez mi cabeza: huir en algún momento con John a un destino remoto en el que nadie pudiese encontrarnos jamás. Desaparecer. Volatilizarnos. El pensamiento estaba ahí, cada noche, durante la madrugada, cada amanecer, cual runrún constante, pero lo que yo no concebía era cómo llevar a cabo un plan de semejante envergadura. Dar esquinazo a la mafia de Chicago, ni más ni menos... Ni siquiera era consciente de contar con el suficiente valor y la dosis de coraje necesaria para ponerlo en práctica en la vida real.

Una mañana cualquiera durante aquellas semanas presididas por la rutina, recibí por sorpresa y proveniente de Hollywood una grata propuesta. Yo había descartado participar en más producciones cinematográficas, estaba completamente volcada en mi faceta de estrella del espectáculo, de primera artista sobre el mejor escenario del mundo, pero mi querido Mike no se daba por vencido. Y lo cierto es que en esta ocasión había dado en el clavo. Me conocía bien y sabía qué caramelo ofrecerme para que yo aceptase ponerme de nuevo frente a una cámara.

—En realidad no tienes que actuar como actriz, Valentina —me explicaba por teléfono—. Harás de ti misma frente a las cámaras. Es decir, serás Blue Valentine en la película. Te inmortalizaremos en el cine como personaje de ficción actuando sobre un escenario como tu *alter ego* artístico, como Blue Valentine. Estamos rodando una historia en que la cual varias escenas tienen lugar en un club de lujo, con un estilo estético muy similar al de El Edén de las Musas. Los protagonistas se reúnen allí constantemente; de fondo y en algunos planos enfocamos hacia la estrella del local quien canta y baila sobre las tablas. ¿Y qué vamos a hacer, contratar a alguna actriz para interpretar un papel que tú defenderás mejor que nadie? Podrás utilizar tu propio vestuario, maquillaje, joyas... ¡De hecho queremos que lo hagas! Deseamos que todos reconozcan a la genuina, a la grandiosa Blue Valentine en nuestro nuevo título. Y como sólo tienes que grabar dos actuaciones, una que incluiremos al inicio de la película y otra previa a la escena final, no creo que te mantenga más de dos o tres semanas alejada de Chicago.

—Mike, la verdad es que suena de maravilla. Este proyecto en Hollywood sí me apetece. Tengo que consultarlo con Paolo, a ver qué le parece.

—A Paolo déjamelo a mí. Y descuida, el planteamiento le encantará. Ten en cuenta que, al fin y al cabo, semejante propuesta se trata de más promoción, y más bombo mediático para la figura principal de su niño bonito, es decir, de su «templo de las musas».

—Vale, lo dejo en tus manos. Pero te pongo dos condiciones: una, durante mi estancia quiero alojarme en la misma villa junto a la playa que la primera vez que viví en Los Ángeles. Y la segunda... ¡ya puedes ir organizando una buena fiesta en mi honor a la que acudan todos mis amigos de la Costa Oeste! Marion y Dolores no pueden faltar.

—¿¿¿Eso es todo??? Pero eso está hecho, mujer. ¿Y de tus emolumentos no hablamos?

—Tú sabrás cómo actuar al respecto. Siempre has velado con gran acierto por mis intereses económicos y profesionales.

Lo cierto es que a aquellas alturas de mi vida —y tan sólo tenía veinticuatro años— el dinero no suponía ni una preocupación ni una motivación para mí. Había ganado más parné del que nunca imaginé. Contaba con unos ahorros millonarios. Lo que realmente me ilusionaba era la idea de compartir tres semanas en Hollywood con mis amigos, disfrutar del cálido clima californiano cuando en Chicago los estragos del otoño de 1928 ya nos hacían tiritar de frío, representar a Blue Valentine en una producción de cine, y sobre todo y con un poco de suerte, estar a solas con John. Ante semejante cúmulo de circunstancias sensacionales ¿qué importancia podían tener unos cuantos dólares de más o de menos?

Tal y como predijo Mike, a Paolo le entusiasmó la propuesta casi más que a mí, aunque por motivos bien diferentes.

—¡Qué formidable idea, Mike! La diosa Blue Valentine inmortalizada para la posteridad en una película de cine. ¡Lo único que me pesa es que no se me haya ocurrido a mí antes! Incluso podremos organizar una Premier por todo lo alto en Chicago, en el mismísimo Edén de las Musas, emulando la grandiosidad de su inauguración. ¡Adelante, Mike, adelante!

En un par de semanas se cerraron contratos y preparativos. Estaba a punto de marchar a California por tres semanas... ¡¡¡con John!!! La primera vez que íbamos a estar juntos y solos desde nuestro reencuentro. Precisamente por ese motivo Mary evitó acompañarnos, aunque a mí su presencia no me molestaba en absoluto. Al contrario, su cercanía siempre me reconfortaba.

—Querida, no seré yo quien entorpezca semejante oportunidad. Paolo en Chicago volcado en sus negocios: en Capone, en los clubes y en todo trato limpio o sucio que se precie, como acostumbra; John, su hombre de confianza pisándote los talones para garantizar tu seguridad y para informarle de «todos tus movimientos» —risas incontroladas de Mary ante semejante razonamiento—. No, querida niña, aprovechad. No sabemos qué va a ocurrir con vosotros dos, qué os deparará el destino, a veces cruel, a veces juguetón, a veces dadivoso. Ni siquiera estoy segura de que tu compromiso con Belleti llegue a buen puerto. ¡Ojalá no, no y no!; pero mira, los hados os acaban de regalar tres semanas a cinco mil kilómetros de aquí, alejados de todos nosotros. La vida os lo debía. Tomároslo como vuestra luna de miel. Y disfrutad mucho, muchísimo —me aconsejaba medio emocionada mientras me abrazaba con cariño.

—Y no te creas que a Mary Kelly no le apetecen unas vacaciones y unas cuantas fiestas en Hollywood. ¡Tampoco pienses que no te voy a echar de menos, mi bribona, mi niña bonita! —remataba con los ojos cuajados de lágrimas.

El día de mi partida yo estaba radiante. La felicidad se reflejaba en mi rostro tanto, tanto, tanto que temía que descubriesen mi pequeña trastada sólo con mirarme a la cara. Normalmente Paolo reservaba vagones de primera para nosotros dos y de segunda para sus hombres, pero como en aquella ocasión él no viajaba conmigo, se empeñó en que John lo hiciese en el compartimiento contiguo para vigilarme lo más cerca posible en todo momento.

¡Yo no cabía en mí de tanta dicha! ¡Mi estómago parecía una verbena por tanto vaivén de sensaciones como estaba experimentando en las últimas semanas! ¡Qué ilusión me provocaba saber que al fin volvería a disfrutar de una intimidad plena con John! Tres largos días con sus tres largas noches completamente solos cruzando el país de punta a punta, comiendo, bebiendo, riendo y compartiendo los mejores ocasos sobre hermosos lagos, bosques y cordilleras de la geografía americana. En público John se mostraba impávido, pero el brillo de sus ojos denotaba una felicidad tan inmensa como la mía.

Paolo había acudido a despedirme a casa de Mary con un inmenso ramo de peonías. En lo que a mi persona se refería, seguía ejerciendo de perfecto *gentleman* y colmándome de caprichos innecesarios. En apenas unos minutos su chofer nos trasladaría a su «esbirro» John y a mí hasta la Union Station. Me fundí en un sentido abrazo con mi querida Mary y en otro más contenido —acompañado de dos castos besos— con Paolo antes de subir al coche.

—Serán sólo tres semanas fuera, tampoco se hace necesario dramatizar. Enseguida estaré de vuelta y os lo contaré todo. ¡Ah y os traeré unos cuantos regalos californianos! —comentaba yo mientras agitaba la mano por la ventanilla en señal de despedida.

Uno de los mozos de servicio estaba cargando mi equipaje en el maletero del coche. Había preparado dos baúles como equipaje ya que deseaba que las cámaras me grabasen con mi propio vestuario azul. Seleccioné para mis tomas dos modelos de los que dejaban sin respiración a la concurrencia. Uno color marino, ceñido hasta los pies y cuajado de pedrería que resplandecía al contacto con los focos consiguiendo un efecto lluvia de estrellas; lo iba a complementar con un ancho tocado a juego —de pedrería también— del que sobresalían varias plumas de idéntica tonalidad al vestido. El segundo, el que pensaba lucir en la escena final, estaba confeccionado en lamé, tejido en hilos de plata sobre fondo azul, con cuerpo ceñido, mangas muy anchas recogidas en la muñeca, falda plisada de inmenso vuelo —ideal para bailarla con las manos mientras dibujas increíbles efectos ópticos en movimiento—. A juego, un turbante azul también de lamé para adornar mi cabeza. Yo misma había empaquetado mis propios complementos, calzado, joyas... Hablando de joyas...

—¡Vaya, Jack, olvidé mi medallón sobre la mesilla de noche! ¡Y no puedo actuar como Blue Valentine en Hollywood sin que ese emblema familiar cuelgue de mi cuello y luzca resplandeciente sobre el pecho en alguno de los dos estilismos previstos! Forma parte de mi personalidad, de mi esencia, de mí misma... Horacio —me dirigí al chofer de Paolo que se encontraba apoyado en la puerta delantera del descapotable— aguarde cinco minutos, por favor, que tengo que subir a mi dormitorio a recoger una joya.

—Por supuesto, señorita Valentina, faltaría más. A su entera disposición.

El coche se encontraba estacionado en la calle opuesta a la entrada principal de la casa, debido a que por la puerta trasera, la de servicio, era por donde habían bajado mi equipaje. Para agilizar el tiempo de espera de mis acompañantes entré directamente por dicha puerta, la que daba acceso a la cocina. Además, las escaleras de servicio se encontraban más cercanas a mi dormitorio que la escalera principal, a la que se accedía desde el hall colindante con el salón. Cuando alcancé el primer piso escuché las voces de Mary y Paolo, quien había entrado al salón a recoger su sombrero.

Lo que escuché me dejó helada. Completamente petrificada.

—Y bien, Mary, ahora que nuestra querida Valentina se aleja de nosotros durante tres semanas y nos quedamos solos y desamparados por su ausencia, podría ser una buena ocasión para intimar. ¿Qué tal si me invitas a cenar?

—¿Y por qué habría de hacerlo, Paolo? No eres santo de mi devoción, siempre fui sincera al respecto contigo. Nuestro único nexo de unión es Valentina, y como bien te confesé en su día, mientras la trates como se merece no tendré nada que objetar ni me interpondré entre nosotros. De ahí a que cenemos juntos... Pues lo encuentro innecesario, la verdad.

—No me vengas ahora con milongas ni te hagas la santurrona que nunca fuiste, Mary Kelly. Mi compromiso con Valentina es una cosa y mis instintos masculinos otra bien diferente. Tú estás muy rica y siempre me apeteció intimar más... más a fondo. Ya sabes a lo que me refiero. Estoy convencido de que yo también te resulto un hombre muy atractivo, como a cualquier mujer con ojos en la cara. Y tú nunca has hecho ascos a los potentados de

Chicago. Más al contrario, satisfacerlos es una de tus principales habilidades.

No daba crédito a lo que escuchaban mis oídos. Menudo mamón Paolo, insinuándose a Mary, que era... ¡como una madre para mí!

—Mira, Belleti, haré como que no he escuchado semejante grosería. Coge el sombrero y lárgate de mi casa. En cuanto salgas por la puerta olvidaré lo que has dicho. Sin más.

—¡Así que tu truco es hacerte la difícil! ¡Pues a mí me excitan tus prietas carnes, tu rotundo culo y tus exuberantes pechos! Comerte esas tetas debe ser un placer glorioso...

En aquel momento Paolo debió intentar sobrepasarse con Mary porque lo siguiente que escuché desde la planta superior fue una sonora bofetada.

—He dicho que te largues ¡pero ya! si no quieres que me ponga a gritar, acuda el servicio a socorrerme y se entere Valentina a su regreso de lo sátiro de tu comportamiento.

—¿Me estás amenazando? ¿A mí? ¿Una corista de mierda?

—No se trata de una amenaza. En absoluto. Créeme. Es tan sólo una simple advertencia. Si te marchas ahora mismo esta salida de tono, completamente fuera de lugar por otra parte, quedará ignorada. De por vida. Por el bien de todos y especialmente por la paz interior de Valentina. No soy mujer de rencores ni de venganzas. Más bien soy de indiferencias hacia lo que me desagrada.

—Te arrepentirás de esto, zorra. ¿Pero tú quién te has creído que eres? Esto no quedará así. No ha nacido la hembra que humille a Paolo Belleti. Menos un putón como tú, una borracha, una drogadicta a la que le quedan, como mucho, un par de noches de gloria. Y luego el ostracismo social. Y la vejez en soledad. Ese es tu futuro de ramera venida a menos.

Me pegué a la pared del primer piso para que no se percatasen de mi indiscreta presencia. Paolo se marchó hecho una furia. Durante un instante dudé acerca de si resultaba conveniente que yo bajase a consolar a Mary. Ella permanecía bajo el umbral de la puerta del salón con una lágrima resbalando por sus mejillas y una mirada de odio.

Pero determiné que ya que ninguno de los implicados advirtió mi estampa en la planta superior, lo mejor era dejar pasar ese repulsivo incidente. Ignorarlo. Al menos por el momento. Y permitir que Mary me lo contase de su propia boca a mi regreso si ese era su deseo.

Con todo mi cariño volví a fijar la vista en aquella mujer por la dignidad demostrada ante un déspota, por su permanente defensa hacia mí, por el afecto infinito que me demostraba, y por tantas y tantas cosas. Mientras ella regresaba al salón yo me dirigí veloz hacia el dormitorio para recoger mi medallón antes de regresar al coche que nos trasladaría a la estación.

Fue la última vez que vi con vida a mi querida Mary.

XXXIII

֍

En cuanto subí a aquel tren conocí el cielo. John y yo. Suficiente. Nada más, nadie más. ¿Pero quién necesita atrezo cuando el amor lo abarca todo? Y al fin mi hombre, el verdadero, se podía quitar la careta permanente tras la que se escondía desde su reaparición. Jack Joyce se quedaba en el imaginario colectivo de Chicago mientras que un alborozado John Juárez se escapaba con su Valentina a Hollywood.

Qué curiosa es la vida. La última noche que pasamos juntos —hacía ya casi una década— discurrió en un vagón de tren, nuestro hogar de Hull House. Un choque fatídico de trenes nos había separado durante largo tiempo. Y ahora, nuestra primera noche en compañía tras el reencuentro, también tendría lugar a bordo de un vagón, aunque bastante más lujoso y cómodo que nuestro antiguo techo. Extravagancias del destino.

Dejando de lado nuestras circunstancias personales, él llevaba inoculada la prudencia —el duro entrenamiento entre las fuerzas de élite deja huella— y en las áreas comunes del tren se seguía comportando como un hombre de Belleti. Tan sólo en nuestros habitáculos privados daba rienda suelta a su verdadera personalidad.

—Nunca se sabe quién te puede estar observando. Y más tratándose de Blue Valentine. Todos te conocen, te admiran, fijan la vista en ti y recuerdan cada detalle de tu presencia cuando se cruzan en tu camino: cómo vistes, cómo te comportas, qué lees, qué comes, quién te acompaña... —me advertía continuamente. Razón no le faltaba.

A pesar de esa cautela necesaria tratándose de un tren que partía de Chicago —yo era reconocida en todo el país, pero en la Ciudad del Viento Paolo era una eminencia—, el viaje fue de ensueño. Setenta y dos horas en el paraíso. Sólo un pequeño detalle me preocupaba entre tanta felicidad.

—¿Tú crees que Paolo tomará alguna represalia contra Mary? —En cuanto subimos al tren puse a John al tanto del desagradable incidente que había presenciado casualmente y de manera clandestina.

—Valentina, no quiero preocuparte, pero tampoco mentirte. Belleti es un tipo vengativo. Tiene la autoestima por las nubes y es un megalómano crónico, como todos los que lo rodean. Se creen divinos, superiores, irresistibles, tocados por la mano de Dios. Cualquier desprecio a su hombría lo tomará como una afrenta personal. Lo más probable es que a nuestro regreso Mary ya no forme parte del Red Club. Habrá sido puesta de patitas en la calle sin contemplaciones. Él se excusará ante ti por motivos del interés del negocio, bla, bla, bla. Y te regalará a cambio no sé cuántas miles de flores y joyones enormes como melones para compensar su impopular decisión. El muy desgraciado piensa que todo se arregla a golpe de parné.

—Pues mira, si deja de contar con ella para el Red Club, en el fondo hará un favor a Mary. Se acerca a los cuarenta y aunque físicamente se conserva estupenda los años van pasando y ella nunca tuvo una vida fácil. Y la farra y la noche no le hacen bien. Ha ganado el dinero suficiente para no tener que trabajar más, pero ella insiste en seguir cantando y bailando. Por pura vocación. O por puro vicio. ¡Quién sabe! Yo la entiendo mejor que nadie en lo de reincidir sin remedio con la música y la danza, pero sinceramente creo que su tiempo como protagonista del espectáculo ya pasó.

—Cuando Belleti la defenestre, que será en cuestión de horas, pasará un par de meses contrariada, pero nosotros la mimaremos mucho, la obligaremos a estar entretenida, a viajar constantemente y a disfrutar de sus amigos «íntimos», y la incitaremos a practicar unos cuantos *hobbies* de señoras acomodadas. Pasado el tiempo razonable «de luto» por su despedida como estrella del Red Club, hasta nos lo agradecerá. Ya lo verás.

—Que así sea, John.

Cuanto más nos alejábamos de Chicago más inmensa se hacía la sensación de libertad y de plenitud. Por momentos volvía a ser la chiquilla a la que un huérfano malnutrido colocaba con torpeza flores silvestres en el pelo a orillas del Michigan.

—¿Sabes por qué me hice llamar Blue Valentine y me visto siempre de color azul en mis actuaciones en El Edén de las Musas?

—¡Porque te sienta de maravilla, estás guapísima y haces honor a tu sobrenombre de emperatriz de la noche!

—¡Por ti, bobo! –le confesé algo ruborizada–. Por la falda de lana azul y el jersey a juego que me regalaste con tu primer jornal. Como te creí muerto era una forma como otra cualquiera de homenajearte cada vez que subía al escenario.

Y sin más respuesta que un beso de amor interminable, John me agradeció mi homenaje hacia su persona «a su manera». ¡Qué distintos son los besos obligados de los besos soñados! Con cada beso de amor que John m regalaba mi corazón comenzaba a danzar a ritmo de Louis Armstrong y el resto de mi cuerpo le seguía al compás.

¡Qué contar de las dos semanas compartidas en Hollywood! Puro almíbar y algodón de azúcar. Rosa fucsia dominando el ambiente diurno. Y rojo pasión envolviendo el nocturno. Embrujo mágico de romanticismo a orillas del Pacífico. Madrugadas eternas teñidas de los rayos de plata de la luna nueva. Alboradas coloreadas de ilusión. La primera vez que fui una mujer entre los brazos de un hombre, mi hombre, el único hombre. La confirmación de que mis sentimientos habían estado adormilados, escondidos bajo un caparazón desde que creí finado a John. La prueba palpable de que mi sensualidad ¡al fin! se estaba desperezando tras el letargo.

Tantos años murmurando «te necesito» sin siquiera pronunciarlo y allí estaba él. Junto a mí. Haciendo realidad un rencuentro impensable, casi imposible... Con su boca entreabierta dibujando una expresión traviesa mientras me observaba. Con las mejillas sonrosadas cuando yo me insinuaba con picardía. ¿Cómo pude sobrevivir sin recrearme con su sonrisa y sin aspirar su aroma dulzón, tan similar al de un pastel de manzana espolvoreado con canela?

Cuando se apagaban las luces nos cogíamos de la mano y charlábamos sobre conversaciones insensatas, sobre situaciones alocadas, sobre perspectivas ilusorias, sobre pensamientos melancólicos, sobre tesituras disparatadas, sobre anhelos mutuos. Fantaseábamos sobre ese futuro en común que se asomaba tímidamente en cada nuevo ocaso multicolor que presenciábamos acurrucados.

A veces me despertaba antes del alba sólo para escuchar su respiración pausada. La prueba palpable de que el destinatario de mi amor realmente se encontraba vivo. Era tal mi dicha y ensimismamiento por nuestro rencuentro que temía permanecer atrapada entre los delirios de un sueño que se fuese a esfumar. Por eso me recreaba con el hálito de John, con el pálpito de los latidos de su corazón. Y disfrutaba observando el momento en el que él abría los ojos con las primeras luces del día buscando mis labios para regalarme el primer beso de cada nueva jornada.

De madrugada, cuando los tórridos labios de John recorrían mi piel, me estremecía con una intensidad desconocida. Su tacto cremoso era el bálsamo de mi turbación. Sus dulces abrazos se convertían en aventuras legendarias que me robaban suspiros: porque estaba estrujando con calidez y regodeo al dolor que casi me consumió años atrás. Sentir su fervor y su respiración acompasada me atrapaba en una espiral de sensaciones placenteras.

Cuando los silencios en compañía suenan como acordes celestes y eres capaz de ver a través de los ojos de otro, tomas conciencia de que el amor se ha adueñado de ti.

Encandilada con la naturalidad de su sonrisa, la ternura de su mirada y la magnitud de su entrega, una noche cualquiera le susurré melosa mientras acariciaba su hercúleo torso desnudo:

—Mi felicidad se escribe con las letras de tu nombre.

Y sobre tanta dicha planeaba el convencimiento de que había que tomar una decisión inmediata respecto a nuestra situación.

—Valentina, por supuesto que tenemos que hacer algo. ¿Acaso crees que entre mis planes inmediatos se encuentra el acudir de comparsa a tu boda con Paolo Belleti? Pero no debemos dar un paso en falso. Ni uno. Estamos atrapados entre las redes de una de las organizaciones más peligrosas que haya existido jamás. Un club de alimañas sanguinarias.

—No tengo miedo.

—La línea que separa la valentía de la osadía es muy delgada. No lo olvides. Tú no tienes ni idea de hasta dónde son capaces de llegar estos tipos porque siempre has visto la cara amable de Belleti.

Sus perfectos modales como anfitrión de las élites —que en eso es un maestro, las cosas como son—, su galantería en el cortejo, que también domina como nadie, su generosidad inmensa para engalanar a su prometida como un árbol de Navidad. Bueno, quizá la conversación que escuchaste el otro día con Mary te haya abierto los ojos sobre cómo se las gasta el personaje cuando no interpreta su papel de Don Perfecto en sociedad. Actualmente le sirves para sus propósitos de prestigio, de estatus, de relevancia entre las cúpulas, para incrementar la notoriedad de sus negocios, para alcanzar la gloria... Incluso le encumbras como el puro macho que consigue a la dama por la que todos los demás suspiran. Pero a saber qué planes tiene para ti cuando ya no le seas tan útil a sus intereses.

—John, pero no puedo fingir más a su lado. Se me hace muy cuesta arriba.

—Pues tendrás que hacerlo. Y con más ahínco que nunca si cabe. Deberás mostrarte dócil, cariñosa, despreocupada, feliz, comenzar a planificar los preparativos de la boda. Cualquier otro comportamiento le pondría sobre alerta entorpeciendo y poniendo en peligro nuestro plan, sea cual sea el que finalmente acometamos. Paolo es muy listo, Valentina. Mucho. Audaz, observador, astuto. Ojo con él. Y si queremos pasar juntos el resto de nuestra vida debemos encontrar el momento, el lugar y las circunstancias idóneas. Y no será fácil. Eso podría ocurrir dentro de un mes, de tres, de diez años... También tendremos que estudiar cada detalle a fondo y dejar los cabos bien atados. Por nuestra seguridad y nuestra supervivencia. Por último, pero no menos importante, yo tengo una misión que cumplir, un compromiso con este país y en la medida de lo posible intentaré finalizar mi cometido: desenmascarar a cuantos más criminales pueda de los que componen esa banda organizada de desalmados. Además... —repentinamente John carraspeó inseguro y agachó la cabeza.

—Te escucho, John. ¿Qué me estás queriendo decir?

—Desconozco si tú ya lo has valorado, pero se trata de un tema capital que quiero que abordemos con sinceridad.

—Adelante, sea lo que sea.

—Es muy posible que el día que tú y yo marchemos hacía algún lugar desconocido finalice por siempre jamás tu carrera como Blue Valentine. ¿Eres consciente de ello? Tú adoras los escenarios y la música sobre todas las cosas, incluso más que a mí mismo, aunque no lo sepas. Desde que eras una chiquilla adorable y desvalida. ¿Serás capaz de dejar atrás una vida de éxito, de dinero, de glamour y de lujo por un futuro incierto?

—John, qué racional eres.

—No sé si racional, pero sí sincero. Y sensato. Lo que no me gustaría por nada del mundo es que puedas llegar a arrepentirte por haber elegido una vida a mi lado renunciando a lo que eres. El sacrificio que te espera es grande, Valentina.

—Más grande es el sacrificio de convivir con un hombre al que no quiero teniendo al lado al amor de mi vida. ¿Lujo y dinero? Los tendremos. Ni te imaginas lo que he sido capaz de ahorrar en estos años.

—¿Me estás diciendo que cotiza infinitamente más en el mercado la belleza que el arriesgar la integridad física de uno mismo para proteger a los ciudadanos? ¿La frivolidad que el bienestar común? —puntualizó con sorna John, medio en broma medio en serio.

—Pagan cantidades obscenas por poner tu fotografía al lado de una marca, mi amor. Pero, vamos, quiero que sepas que habiendo vivido en dos mundos tan opuestos, la indigencia en nuestra infancia y la abundancia desde entonces, estoy en disposición de afirmar que era más feliz saboreando una chocolatina robada a tu lado bajo un árbol a la orilla del lago, que bebiendo el brebaje más caro, en el local más lujoso del mundo y al lado de una panda de selectos cretinos.

—Se te ve firme y convencida y me gusta lo que escucho. ¿Pero y Blue Valentine? Te la vas a cargar de un plumazo, *caput, finito*... Dejarás atrás, casi con seguridad, a la parte más importante de ti misma: la artista que llevas dentro.

—Es cierto que quizá estés abordando el aspecto que más añore en el futuro, no te voy a negar tal cosa, pero he tenido la suerte de triunfar en el templo del ocio, de actuar para príncipes, actores, senadores o magnates, de cantar junto al gran Louis Armstrong, de lucir modelos de alta costura diseñados por la mismísima Coco Chanel, de interpretar bajo la dirección del maestro Charles Chaplin, de navegar como invitada de honor en el yate del todopoderoso Hearst... ¿Tú crees que algo de esto era siquiera imaginable cuando pasábamos el rato tiritando de frío, harapientos y muertos de hambre en una acera frente al Red Club? Si yo sólo quería subirme a un escenario... Mis ambiciones personales y mis expectativas profesionales están ampliamente colmadas. Ahora busco la felicidad y el amor pleno. Y eso no lo consigue ni un escenario, ni cien platós ni mil portadas.

Otro besazo hipnótico de John. ¿Pero cómo pude sobrevivir hasta ahora sin los labios de este hombre pegados a los míos?

XXXIV

ᎧᏎᏬ

—¡Vamos a conocer a Jackie, el nuevo león de la MGM! —gritó Marion entusiasmada.

Era uno de mis últimos días en Hollywood. Malditas las ganas que tenía yo de regresar a Chicago y enfrentarme por tiempo indefinido a una realidad de la que quería huir de inmediato. Aunque todavía desconocía cómo. Tampoco me agradaba en absoluto el volver a hacer frente a un hombre al que comenzaba a detestar, pero al que me unía un compromiso matrimonial que se había convertido en la comidilla de la alta sociedad estadounidense y ocupaba la primera plana de los principales medios amarillistas del país.

¡Con la felicidad sublime que me embargó estas dos semanas en California! Y eso que todavía ignoraba que nada más poner el pie en la ciudad iba a tener que afrontar uno de los momentos más dramáticos y dolorosos de mi vida adulta. Pero aquella fatalidad todavía me era ajena.

Había quedado con Marion y Dolores para disfrutar de una jornada exclusivamente de chicas. Nuestra amistad, además de consolidarse con el paso de los meses, nos hacía bien a las tres. Lo pasábamos de fábula juntas y nos entendíamos a la perfección. Marion era como la amiga experimentada que te aconseja con tino y la mexicana como la hermana que nunca tuve.

Mis escenas de la nueva película ya estaban grabadas, habíamos acudido a unas cuantas recepciones, a un par de fiestas, a varias cenas multitudinarias... Lo mejor de aquella vorágine social es que John conoció de primera mano cómo fue mi etapa en Hollywood y trató personalmente a muchos de mis conocidos de Los Ángeles. Él deseaba empaparse de la parte de mi trayectoria que se había perdido, conocer al dedillo esos años que no pudimos compartir y yo estaba encantada de mostrarle todo aquello que ansiaba conocer. Me desvivía por satisfacerle.

Así que después de tanto trajín y farándula, tocaba intimidad, cotilleos y risas con las amigas antes de mi partida.

—¡Y hoy está programada una sesión de fotos con la Garbo y el león y yo no me lo perdería por nada del mundo!

—Marion, no seas perversa, que tú lo que quieres es palpar el miedo de la diva con ese bicho de media tonelada a diez centímetros de su piel. Oler su pavor.

—¡Pero si la criatura salvaje está amaestrada!

—¿Cuál de las dos?

Carcajadas de todas nosotras. Posiblemente lo que más echaba de menos de Hollywood en Chicago era a mis amigas. Excepto Mary —a la que sentía más como una segunda madre que como una confidente— o la señora Marcela —la tercera mamá—, nunca llegué a intimar con mujeres de mi edad en la ciudad. Las chicas del Red y del Edén me consideraban la gran estrella, la primera figura y me trataban como tal, nunca se permitieron confianzas y yo tampoco las busqué. Y antes de verme como la celebridad en la que me había convertido, en los inicios, me trataban como la protegida de Mary Kelly —la estrella de entonces— y más recientemente como la futura esposa de Belleti, dueño y señor de la noche chicagüense. Motivos por los cuales jamás se comportaron frente a mí como si yo fuese una más, a pesar de que siempre intentaba proceder como ellas entre bastidores.

—¡Oye, que yo también quiero hacerme unas fotografías con el leoncito para la posteridad! Apuesto a que terminará por convertirse en toda una mascota de renombre mundial —afirmé muy convencida.

Resulta que en 1924 el publicista Howard Dietz diseñó un emblema de «Leo el león» para la empresa de Samuel Goldwyn, la Goldwyn Picture Corporation. Buscó la inspiración en el equipo de atletismo de la Universidad de Columbia donde cursó sus estudios, llamado «Los leones» y cuyo lema era «Ruge, león, ruge». Cuando Goldwyn Pictures se fusionó con la Metro Pictures Corporation y Louis B. Mayer Pictures, la recién formada MGM decidió mantener la insignia.

Desde su inicio como mascota de la cada vez más influyente Metro, el león abrió cada una de las películas de MGM. El primer protagonista se llamaba Slats, que fue la apertura de los títulos mudos de MGM entre 1924 y 1928. Slats se convirtió en todo un campeón. Salió ileso de un accidente de avión, sobrevivió a dos percances ferroviarios, a un terremoto, un incendio y hasta una inundación. Incluso el barco que lo trajo a Estados Unidos estuvo a punto de naufragar. Marion bromeaba acerca de que el animal y yo teníamos en común el dominio del complejo arte de la supervivencia.

—Batidos por las olas, pero no hundidos –me repetía mi amiga a menudo.

Así que las tres juntas nos dirigimos con expectación a conocer al segundo felino que iba a poner su cara a las películas de la Metro. ¿Su nombre? Jackie. Aunque las películas seguían siendo mudas se iba a escuchar su rugido en los cines. La secuencia donde Jackie rugía se lograba reproduciendo el sonido en un fonógrafo mientras él aparecía majestuoso en la pantalla.

Pasamos un día genial entre cámaras, caricias al bicho melenudo y sesión de fotos a Greta (que fue inmortalizada con cara de susto, sentada en un amplio butacón al aire libre, junto al animal subido en un pedestal y con la vista fija en ella).

Las tres finalizamos la jornada degustando un sabroso picnic sobre la arena de la playa, intercalado con numerosas confidencias femeninas.

—Ay, amigas ¡cuánto os extraño en Chicago y qué bien lo hemos pasado hoy! –confesé mientras saboreaba unos deliciosos pastelillos de coco. Observaba sus risueños rostros con cierta melancolía ya que restaban pocas horas para que volviésemos a separarnos.

—Que una distancia de cinco mil kilómetros separe las dos costas estadounidenses es nuestra condena. Vivimos en un país con una extensión geográfica inmensa. ¿Os imagináis lo que ocurriría si las tres residiésemos en la misma ciudad?

—Yo lo tengo muy claro: estaríamos organizando planes de chicas a diario y William os retiraría el cariño que os profesa por secuestrar continuamente a su adorable amante.

Reímos con ganas la ocurrencia de Marion mientras elevábamos nuestros cócteles para brindar en honor de nuestra amistad. El horizonte estaba adquiriendo tonalidades rosas y violáceas que contrastaban con la uniformidad cromática del océano.

—¿Sigues feliz al lado de Hearst? Parece un hombre de carácter complicado y se murmuran tantas cosas sobre él por ahí... Sin embargo, derrocháis una complicidad y una armonía envidiable cuando estáis juntos. Y él te mira con el rostro ungido por el almíbar de la ternura.

—Nunca te fíes de las habladurías populares, Dolores. La gente tiende a confundir la proyección pública del personaje con su personalidad real. No negaré que William cuenta con unas características muy peculiares, ten en cuenta que forjar un imperio no está al alcance de cualquiera, pero en la intimidad es como cualquier otro: un ser vulnerable necesitado de atenciones, mimos y cariños. En la familiaridad que otorga la confianza dejas de conocerlo por su fama y comienzas a admirarlo por su grandeza.

—¿Cómo conseguiste obnubilar a un todopoderoso de semejante manera?

—Os contaré un secreto: la clave para conquistar a un hombre como William reside en olvidar que se trata de una celebridad. Sin dejar de mencionar a esa poción mágica que consigue que cualquier pretendiente caiga rendido sin contemplación alguna a ras de nuestros tacones: ¡ejercer como una geisha contemporánea en su presencia y como una *flapper* rebelde durante sus ausencias!

Dolores y yo alabamos a conciencia el derroche de ingenio con el que Marion nos estaba obsequiando. Ella aprovechó el distendido momento para dirigirse a nuestra amiga «toma buena nota, Dolores, ahora que vuelves a disfrutar de tu soltería».

Su matrimonio había llegado a su fin recientemente por las diferencias que surgieron entre la pareja tras instalarse en Hollywood. En la meca del cine el terrateniente, influyente y potentado Jaime del Río se convirtió tan sólo en el cónyuge de Dolores, en la pareja a la sombra de una estrella naciente, en el acompañante de aquella belleza exótica que a todos embriagaba.

El millonario mexicano no soportó verse relegado al papel de mero secundario, habituado como estaba al mandato, la gloria y los oropeles propios de la pomposidad de su linaje. Fue nuestra amiga la que presentó la demanda de divorcio.

Ahora ella se encontraba tranquila, en paz, concentrada en impulsar una prometedora carrera como actriz y con el anhelo confeso de protagonizar algún día una historia de amor legendaria. Una década después Dolores comenzó un romance épico con una de las mentes más perspicaces y brillantes de nuestro siglo, quien la veneró hasta el final de sus días. Aunque la pasión entre ella y Orson Welles duró un lustro, el aclamado cineasta siempre la consideró el gran amor de su vida.

—Me encantaría saborear el frenesí de una historia sentimental como la tuya, Valentina. ¡Qué amor tan puro y desinteresado el vuestro y qué amiga más corajuda atesoro!

—Todas haríais lo mismo en mi lugar, Dolores —me justifiqué, mientras un leve rubor teñía mis mejillas ante sus halagos.

—No te creas, cariño —apostilló Marion—. Desconozco si llegado el caso yo en tu lugar tendría tus agallas... Lo que pretendes llevar a cabo es muy arriesgado. ¡Qué valiente eres! Pero haces bien en luchar por tu felicidad. Y John es un hombre extraordinario, además de excesivamente apuesto. Cuenta conmigo si crees que te puedo ayudar en algo.

—Gracias, señorita Davies. Ni idea tengo de cómo vamos a salir de este embrollo. Pero me guardo tus palabras. Si considero que puedes echarme una mano, que eres útil en el plan que tracemos sin comprometerte ni ponerte en peligro, te lo haré saber. No lo dudes.

—Cuenta también conmigo, Valentina. Si puedo contribuir con cualquier cosa, por muy pequeña que sea, aquí me tienes.

Tomé sus manos fuertemente entre las mías durante unos minutos. Estaba emocionada por la sinceridad de sus palabras, por la emotividad de sus gestos. Me encontraba frente a dos mujeres que lo tenían todo: belleza, éxito y una vida fácil, atestada de caprichos y repleta de lujos. Pero lejos de rehuir de un asunto espinoso, me ofrecían su ayuda desinteresada.

—¡Gracias, amigas! No sabéis cuánto bien me hace vuestro apoyo. De momento con vuestro cariño y vuestro silencio es suficiente. Vuestros labios sellados son el mejor favor que podéis brindarme. Veremos qué nos depara el futuro…

Efectivamente, sin aún intuirlo siquiera ninguna de las tres, Marion y Dolores iban a convertirse en piezas clave de todo lo que estaba por venir.

XXXV

❦

❦ras un regreso pletórico, plagado de momentos íntimos, dulces, rebosantes de amor –inolvidables para John y para mí–, con el júbilo bailando claqué sobre cada recoveco de mi anatomía, fusionando nuestros cuerpos con una intensidad aún mayor que a la ida –en la que a pesar de las colosales ganas mutuas del uno por el otro tocó romper el hielo de la intimidad más deliciosa–, llegamos a la Union Station al mediodía de un gélido domingo de finales de noviembre de 1928.

Me encontraba desolada porque en cuanto bajásemos del lujoso vagón que nos había acogido, John Juárez volvería a ser Jack Joyce (con todo lo que eso conllevaba). Estaba apesadumbrada porque debíamos tratarnos de nuevo como vigilante y vigilada, como prometida yo y secuaz él del potentado y supremo Paolo Belleti. Dos hombres y un destino. Después de tres semanas tocando el cielo con apenas extender mi mano, la parodia que nos veíamos abocados a representar en Chicago suponía un calvario insoportable. Pero lo peor estaba por llegar.

Nada más poner el pie en la estación supe que algo no iba bien. El padre Mario y la señora Marcela (además del chofer de Paolo) nos esperaban a pie de vagón. Sus rostros desencajados y los ojos hinchados de la mexicana presagiaban tragedia. Me dirigí alarmada hacia ellos, mientras John me seguía dos pasos por detrás.

—¿Por qué estáis aquí? No esperaba que vinieseis a recibirme. ¿Por qué esas caras? ¿Ha ocurrido algo?

Silencio sepulcral. Parecía como si nadie se atreviese a dirigirme la palabra. Ni tan siquiera a mirarme de frente ya que los tres mantenían las cabezas gachas. Aquel mutismo terminó por ponerme de los nervios. La tensión se palpaba.

—Por el amor de Dios ¿qué está ocurriendo aquí?

Fue el padre Mario el que se acercó a mí y me agarró con fuerza por los brazos a la par que la señora Marcela comenzó a sollozar con desconsuelo. Lo soltó a bocajarro, sin medias tintas y yo se lo agradecí. Para las noticias que desgarran el alma nada mejor que la brevedad concisa.

—Valentina, mi niña linda, Mary ha muerto.

Ese momento en el que el suelo se tambalea, el oxígeno asfixia, el firmamento se derrumba, el ambiente oprime, la luz torna a negra. Ese momento...

—Pasó a mejor vida el viernes por la noche. Te estamos esperando para enterrarla esta tarde. Paolo ha insistido mucho en que aguardásemos a tu regreso para proceder con el santo sepelio.

Poco más puedo aportar acerca de aquel terrible acontecimiento. Recuerdo los días que siguieron a la fatídica noticia como una nebulosa de confusión, drama, desesperación, dolor y llanto. Tristeza que se transformó en ira en cuanto pude recobrar la calma y recapacitar sobre todo lo acontecido durante mi ausencia.

Mary había fallecido en una cabaña cercana a la frontera de Canadá a la que supuestamente había acudido para disfrutar de un fin de semana de juerga, póquer, alcohol y sexo. Que si se había pasado con las copas consumidas, que si las había mezclado con sus habituales tranquilizantes para dormir y algo de cocaína, que si el cóctel mortal se le fue de las manos...

Desde que me contaron aquellas falsedades supe que se trataba de una sarta de mentiras. Una mascarada orquestada por los mafiosos que nos rodeaban. Primero, porque habiendo sido testigo del incidente entre Paolo y Mary el día de mi partida, yo sospechaba la horripilante verdad. Segundo, porque ella hacía años que había abandonado los excesos y la mala vida: concretamente desde que yo llegué a su casa.

No mantenía relaciones sexuales con desconocidos, —únicamente se encamaba con sus amantes veteranos—, no volvió a probar las drogas, no pasaba de dos copas en sus jaranas —al igual que durante las largas noches de actuación en el Red Club, sólo bebía un whisky de importación al comienzo de la velada y otro al finalizar–. Lo único que podía ser cierto entre tanta infamia es que había tomado pastillas para dormir. Ingerir unas píldoras para conciliar el sueño antes de ir a la cama era algo de lo que nunca pudo desengancharse tras la muerte de su marido.

Mis conjeturas e hipótesis se hicieron realidad de boca de John. Al fin y al cabo, para el resto del mundo, especialmente en la esfera de Belleti, Jack Joyce era uno de los suyos. Apenas unos pocos días le costó averiguar la espeluznante verdad tras el entierro. Un par de preguntas tontas por aquí, agudizar el oído por allá, atar cabos...

Mary fue vilmente engañada para que acudiese a la cabaña, atraída por el señuelo de una supuesta celebración de un fin de semana campero al que acudirían varios amigos y conocidos.

Lo que allí le esperaba, en un paraje algo aislado, eran cuatro desgraciados que le atiborraron de drogas a la fuerza, de pastillas, de narcóticos, de barbitúricos –para dar positivo en una autopsia también amañada bajo previo pago–, la violaron en repetidas ocasiones, la vejaron, le pegaron y la dejaron moribunda en medio de la nada hasta que dejó de respirar.

Luego las cuatro bestias bajo las órdenes de Belleti montaron ante los ojos de la opinión pública el paripé de un accidente por ingesta de sustancias con resultado de muerte. Se trataba de la cruel venganza de una alimaña herida en su orgullo masculino por el simple rechazo de una señora. Alguien a quien ya tenía muchas ganas desde siempre porque se interponía entre él y yo. La firme negativa de Mary a ceder a la lascivia de Paolo fue el detonante de un desquite que llevaba un tiempo gestándose en la podrida mente del que seguía siendo mi prometido.

Nadie merece una muerte tan sobrecogedora, menos aún alguien querido que me robó el corazón por su generosidad inmensa, su bondad, sus cálidos sentimientos, su coraje ante las dificultades de la vida y por la cantidad de defectos que jamás intentó ocultar. Las imperfecciones de Mary la convirtieron en una mujer auténtica y entrañable.

¿Por qué ultrajar a una mujer tan íntegra en los afectos como Mary? ¿Por qué exterminar a esa dama bondadosa que encendió una luz de esperanza en mi camino cuando mi derrotado ánimo sucumbía entre las sombras? ¿Por qué masacrar a ese ser amoroso que tan sólo con paciencia y cariño desinteresado recuperó mis ganas de vivir? ¿Por qué ese malnacido me ha arrebatado a la mujer que se convirtió en mi única familia desde que perdí a los añorados parientes de mi sangre? ¿Por qué, por qué, por qué?

La muerte de Mary golpeó mi equilibrio emocional con tal intensidad que enseguida comprendí que algo dentro de mí jamás se iba a recomponer. Una parte de mi bastión vital se desquebrajó, depositando un poso doliente en lo más hondo de mi corazón de aquí a la eternidad. Enfrentarse al más genuino quebranto afectivo conmueve las entrañas.

Aun siendo consciente de que la pena por el siniestro asesinato de aquella hada madrina que me acogió como a una hija me acompañaría para siempre, de que jamás sería capaz de superar del todo una pérdida tan sentida, mi huida junto a John no podía esperar mucho más. Y me restaba el dar muestra de una entereza colosal ante la alta sociedad chicagüense: el hecho de tener que seguir fingiendo un noviazgo con un hombre al que nunca quise y al que ahora además reconocía como el brazo ejecutor de mi mamá americana era demasiado duro hasta para mí, una mujer curtida en mil y una desgracias desde la tierna infancia.

—John, mañana mismo nos ponemos a programar lo que nos queda de vida. Comprenderás que mantenerme al lado de semejante criminal me resulta insoportable.

—Está bien, mi amor. Entiendo de veras tu desazón y mi único objetivo desde ahora mismo será paliar tu angustia. Te lo prometo.

—Paolo Belleti, horas de descanso no tengas en lo que te reste de mala vida. Que las lágrimas se empecinen en acompañarte, el infortunio se encapriche de ti y la dicha te sea esquiva. Arderás en el infierno, canalla. Palabra de Valentina de Medinaceli —murmuré bañada en lágrimas y rota de dolor entre los brazos de mi amado. Un retazo de mi alma quedó rasgado por siempre.

Un final aciago, el de mi adorada Mary Kelly, propició el comienzo de un futuro memorable: el mío junto a John.

XXXVI

❧

El muy cabrón continuaba representando a la perfección el papel de novio solícito ante mi dolor. Su cercanía me asqueaba. La presencia de ese hombre a mi lado me ahogaba: el aire tornaba a irrespirable en su compañía. Cariños, abrazos, ternura, más flores que nunca, supuesta comprensión, un sinfín de regalos cada día... ¿para expiar su culpabilidad tal vez? ¿Pero acaso los demonios como Paolo sucumben a los remordimientos?

Él tampoco pasó por alto la organización de unas exequias solemnes y un funeral memorable en su honor. Cualquier detalle relacionado con Mary en el que Paolo intervenía me desquiciaba. Porque mientras que el alma y el corazón me gritaban —¡¡¡*venganza, venganza, venganza, Valentina, venganza!!!*— el sentido común me imponía prudencia y disimulo. Posiblemente en ello me fuese la vida. Yo era plenamente consciente de que John tenía razón:

—Valentina, por mucho que te cueste, ahora más que nunca debes ser capaz de interpretar con maestría dos cosas; una, tu indiferencia hacia mí, soy un vulgar secuaz de Paolo y así me debes tratar ante los ojos del mundo. Dos, mostrar sin pudor a tu prometido la necesidad de cariño en estos momentos tan críticos para ti. Aunque las entrañas se te desgarren al abrazar al verdugo de Mary, es el momento en el que debes focalizar tus energías en el futuro de los que seguimos vivos. Es decir, en nosotros dos. —Me repetía John con insistencia cada vez que intuía que yo podía flaquear, situación que se daba cada vez más a menudo.

—Mi amor, sólo puedo pensar en una cosa: el bendito día en el que huyamos de aquí. No voy a aguantar mucho más junto a este monstruo.

—Ojalá nunca hubieras tenido que pasar por esto. Siempre te advertí, incluso la propia Mary lo hacía a menudo, del verdadero trasfondo de Belleti, de la personalidad que se escondía tras la máscara de Don Perfecto. Aunque con toda sinceridad, ni yo mismo intuí que fuese capaz de ejecutar ¡a la que considerabas como tu propia madre! Pero escúchame bien, Valentina, porque es muy importante lo que voy a decirte. Con más razón que nunca, habiendo comprobado de lo que este tipo es capaz, debemos llevar la cautela hasta extremos insospechados. No nos vamos a precipitar arriesgándonos a ser descubiertos. Sólo cuando esté plenamente convencido de encontrar la oportunidad perfecta, nos pondremos en marcha. Sólo entonces. Razona, querida niña, que si a Mary la ha liquidado de una manera tan atroz, ¿qué no será capaz de hacer con dos traidores de su círculo más íntimo? Su hombre de confianza y su prometida, ni más ni menos.

—Si sé que estás en lo cierto, John, pero...

—Aguanta, Valentina. Sé fuerte. Por ti. Por mí. Por nosotros.

Por si todo aquello no fuese suficiente –mi inmenso amor prohibido por John, su identidad oculta, su verdadero cometido entre las redes de la organización, la muerte de Mary bajo las órdenes del que estaba llamado a ser mi esposo, la mafia formando parte de mi rutina diaria, el agudo dolor por la pérdida de una de las personas más importantes para mí o la búsqueda incesante del plan perfecto para desaparecer–, Paolo aún tuvo agallas para rematar semejante situación. La madre que lo parió. Menudo bastardo.

—Valentina, ahora que Mary ya no está entre nosotros, que te ves obligada por las circunstancias a residir sola en una mansión de enormes dimensiones para un solo ocupante, que El Edén de las Musas es un éxito rotundo y que se acerca el plazo que nos habíamos marcado para contraer matrimonio, quizá haya llegado el momento de ir fijando una fecha.

Si mi ánimo se encontraba enterrado bajo tierra, tras aquellas palabras se hundió en las profundidades de mi averno particular. Paolo sugiriendo que había llegado el momento de concretar el día de nuestra boda... ¡Ay, Señor!

—Pero Paolo, ahora mismo estoy de luto ¿crees que puedo plantearme siquiera una ceremonia, la organización de fiestas, preparativos y todo lo que un enlace trae consigo?

—Querida, respetaremos el luto, faltaría más, no soy tan desconsiderado ni tan insensible. Pero nos habíamos marcado como fecha ideal para el casorio el verano de 1929. Ahora mismo estamos comenzando el mes de diciembre de 1928. Es decir, podemos respetar medio año de luto, sin que tal cosa sea incompatible con fijar ya el día de nuestro matrimonio para el próximo mes de junio o julio. Créeme, aunque ahora mismo te resulte fuera de lugar, planificar los detalles del enlace te hará bien. Te entretendrá, ocupará tus pensamientos, te ilusionará.

—Paolo, pero para eso ya tengo El Edén de las Musas.

—No es lo mismo, cariño, eso es sólo trabajo: la ceremonia supondrá la culminación de nuestro amor. Se trata de nuestro futuro, de la construcción de un hogar, son los niños que están por venir... ¿Qué te parece el día 17 de junio?

Y así, unilateralmente, Paolo Belleti determinó la fecha de nuestras nupcias cuando yo aún penaba por la muerte de la mujer que me había proporcionado la fabulosa vida de la que ahora disfrutaba. Sin embargo, ella yacía bajo tierra por la maléfica voluntad del que me presionaba para convertirse en mi marido cuanto antes. Dramático, injusto, sobrecogedor, casi shakesperiano.

La Navidad pasó como un suspiro. Sólo las actuaciones que acometí en las noches de gala de Nochebuena y Nochevieja en El Edén de las Musas me salvaron de unos días patéticos. Evité la más mínima celebración en mi casa. Eso sí, cada vez que subía al escenario echaba el resto y posiblemente fueron algunas de las mejores representaciones de mi trayectoria como Blue Valentine. La gente se ponía en pie, recibía centenares de bravos, los aplausos se sucedían durante varios minutos y los ramos de rosas inundaban mis camerinos. Las mieles de la fama se hicieron habituales durante las aciagas semanas que sucedieron al asesinato de Mary.

Yo contaba con un aliciente añadido para exhibir pasión y fuerza sobre el escenario de El Edén aquellos días. Se trataba del único momento que podía mirar a los ojos y sonreír a John sin levantar la más mínima sospecha. En realidad, yo actuaba por y para él. Los demás eran invitados de pega, atrezo necesario en un universo que no les pertenecía. El instante en el que los ojos de

John se cruzaban con los míos y los manteníamos fijos el uno en el otro durante algunos breves segundos, me invadían de fuego, de energía y de esperanza. También me revitalizaban, a la par que me proporcionaban paz, calma, sosiego y la paciencia que necesitaba para seguir aguantando aquel calvario.

Los ratitos compartidos con doña Marcela, el padre Mario y nuestros jóvenes necesitados suponían otra de mis vías de escape en aquella verbena emocional. La sonrisa franca de un niño es balsámica hasta para las ánimas más atormentadas. Escapes cada vez más escasos habida cuenta de las pegas que me ponía Paolo; y como según los consejos de John yo debía evitar contrariarle a toda costa para eludir suspicacias, espaciaba mucho mis visitas a la colonia. Él mantenía su cabeza mucho más fría que la mía —yo me encontraba desorientada en medio de un terremoto sentimental—, así que seguía sus recomendaciones a rajatabla. Uno de los objetivos prioritarios que nos habíamos marcado era seguir manteniendo la plena confianza de Paolo. Cuanta más credulidad hacia mi persona profesase, mucho mejor para nuestro futurible plan que parecía no llegar nunca...

Y eso que me fastidiaba de veras la limitación temporal que me imponía Paolo con los chicos ahora que yo tenía más dinero que nunca para compartirlo con ellos: para pagar a más educadores que nos echasen una mano, para comprar más mesas, más sillas, más pizarras, más material para sus tareas, más libros para sus lecturas... Y es que a las cantidades inmorales que yo ganaba con las campañas promocionales y como primera estrella del club más prestigioso del mundo, se unían todos los bienes que Mary me había dejado como única heredera universal.

Además de su imponente mansión, sus obras de arte y sus costosísimas joyas, también me beneficiaba de una considerable suma de dinero que ella ahorró durante sus casi dos décadas como protagonista de las noches de Chicago. Yo tenía en mente ceder a mis amigos todo aquello cuando me marchase de allí para no volver. Si es que partía alguna vez porque las semanas pasaban y lo único que parecía acercarse era la fecha del 17 de junio, la de la celebración de mi matrimonio.

Lejos de presentarse alguna novedad u oportunidad que otorgase algún hálito de esperanza a mis expectativas, encima tuve que presenciar horrorizada (como medio mundo) el san

Valentín «romántico» que habían ideado Capone y los suyos. Por si se me había olvidado contra quien me la iba a jugar

Un grupo de esbirros disfrazados de policías irrumpió la mañana del 14 de febrero en la casa donde tenía establecido su cuartel general la única banda rival que les quedaba en Chicago. Los asaltantes encontraron reunidos a un grupo de adversarios. Les obligaron a pasar a otro aposento contiguo. Una vez allí les hicieron alinearse contra la pared, tras lo cual les acribillaron a balazos sin contemplación alguna. Después de la sangrienta masacre, Al Capone se impuso definitivamente como el rey de la distribución de alcohol en la etapa de la Ley Seca.

Unos minutos más tarde, al entrar la verdadera policía en aquella casa alertada por el ensordecedor ruido de las ametralladoras, encontró siete cadáveres. Todos presentaban heridas mortales: el que menos, tenía diez balazos entre pecho y espalda.

Pero Capone, el instigador y cerebro del exterminio, alegó ante las autoridades que él se encontraba en Miami, mientras que Machine Gun, el brazo ejecutor, se defendió argumentando que había pasado el día con su novia. A pesar de que el crimen copó los titulares y acaparó las portadas de los periódicos, de que Capone nunca fue declarado culpable por ello y de que a priori aquel día se coronó —más aún— como dueño y señor del contrabando de alcohol, lo cierto es que aquella carnicería fue el detonante del inicio del fin de su hegemonía y del ocaso de los suyos. Aunque en aquel momento nadie podía intuirlo.

La sangría humana me afectó de lleno porque estaba al límite de lo que una persona puede aguantar en cuanto a fatales noticias se refiere. Pero como afirmaba mi querida abuela, no hay mal que cien años dure. Cuando yo ya me encontraba al borde de la desesperación y colapsada por la desdicha y el infortunio —¡ay, qué hubiese sido de mí durante aquellos meses sin la presencia cercana de John!— un vulgar sobre blanco cambió mi vida.

Por mucho que desees algo, por mucho que planifiques, que des vueltas, que idees, que te comas la cabeza, que reflexiones, al final las cosas ocurren cuando tienen que ocurrir. Aunque hay que buscarlas y estar alerta para atraparlas y hacerlas tuyas. Si no mantienes los ojos bien abiertos, las oportunidades se escapan para no volver.

Llamaron al timbre y el jovial cartero que solía acercarme la correspondencia a casa a diario, un joven amable y solícito siempre tocado con un sombrero azul marino, depositó sobre mi mano el salvoconducto a mi libertad. Un simple sobre que contenía en su interior una invitación de tantas: me convidaban a una entrega de premios.

El 16 de mayo –justo un mes antes de la fecha de mi boda– tendría lugar la primera ceremonia de entrega de unos premios concedidos por la Academia de las Artes y las Ciencias de Hollywood: unos galardones que iban a ser bautizados como Oscar.

V
De Hollywood al cielo

Y entonces el cartero llamó a la puerta

ᘛᘚᘘᘙ

John lo vio con claridad de inmediato, mientras le relataba que me habían invitado a unos premios en Hollywood. Durante una de las pocas ocasiones en las que nos quedábamos a solas en el jardín de la mansión de Mary –ya mi casa a todos los efectos legales, la suya por siempre para mis entendederas–, simplemente le comenté el asunto como una oportunidad caída del cielo para evadirme durante unos días de aquel infierno junto a Paolo. Y sobre todo, para disfrutar de la compañía de las chicas, como siempre ocurría cuando regresaba a la Costa Oeste. Pero mientras yo parloteaba sobre aquello despreocupadamente, la expresión de su cara cambió en décimas de segundo y su mirada brilló de un modo extraordinario.

—Ha llegado, Valentina. Por fin hay luz al final del túnel. ¡Es lo que estaba buscando! He esperado durante meses algún evento o acontecimiento que me aportase ciertas garantías de que podríamos tener una oportunidad real, por mínima que fuese. Esos premios en Los Ángeles lo son.

Me quedé tan petrificada por la emoción que apenas pude balbucear palabra alguna. Eso sí, la intensidad de mi sonrisa podría haber iluminado el Michigan al completo una noche cerrada de pleno invierno.

—John, no te aventures a insinuarme semejante cosa a no ser que estés seguro.

—Valentina, nunca podremos huir desde Chicago. En realidad, jamás tendríamos éxito intentándolo desde este lado del país. No te lo quise desvelar con tanta franqueza antes para no desanimarte. El poder de Capone y por tanto el de Belleti es infinito en todo Illinois y alrededores. Si ponen en alerta a toda su maquinaria –humana y logística– nos cazarían en cuestión de horas. Tienen en nómina a cuerpos de seguridad, policía, federales, guardacostas, taxistas, funcionarios, concejales, marineros, comerciantes, periodistas, investigadores privados, empleados de hoteles, restaurantes, estaciones de tren... Y de los que no están comprados, pocos son los que se libran de deberles un favor. El respeto o el pánico a la mafia, según cada caso, hacen el resto. Si tu prometido y sus secuaces chasquean los dedos, es complicado salir indemne. Sin embargo, en California la cosa cambia. Considerablemente. Cuentan con agentes, con socios, con confidentes, pero sus tentáculos son más cortos y su influencia mucho más limitada. Además, desde allí tenemos la frontera con México a tiro de piedra. Y contamos con aliados. Para acometer una huida sin dejar rastro necesitaremos cómplices de nuestra plena y total confianza. Se me ocurren al menos un par de ellos que jamás nos traicionarían.

John me acarició la mano un fugaz instante antes de proseguir con la parte menos idílica de lo que pretendíamos llevar a cabo.

—Valentina, mi amor, nos podríamos encontrar con la muerte en los talones. Si nos descubren o algo sale mal nos van a rebanar el pescuezo, pero...

No le dejé continuar. Interrumpí a John henchida de alegría, de emoción, de esperanza. Y es que de repente, una felicidad que no había vuelto a conocer desde que él reapareció en mi vida, volvió a inundar todo mi ser.

—Prefiero morir junto a ti mañana mismo que malvivir un solo día más al lado de Paolo. Y si morimos a la vez nos espera toda la eternidad para compartirla juntos. Elijo arriesgarme por la libertad y en nombre del amor en vez de conformarme con una prisión en vida. Te elijo a ti, ayer, hoy, mañana, para siempre.

—¿Sabes que nos enfrentamos a un plan comprometido, dificultoso y complejo y que las posibilidades de fracasar serán muy similares a las de salir triunfantes?

—Sí, sí y sí. Soy consciente y lo asumo. Sea lo que sea lo que está pasando por tu cabeza, adelante.

Era la primera semana de marzo de 1929. Apenas contábamos con dos meses escasos para maquinar meticulosamente la estrategia que podía poner el punto y final feliz a una historia de amor épica, o por el contrario, condenarnos a la más cruel de las venganzas. Muy posiblemente a la mismísima muerte.

—Sentimientos como los nuestros, que han sobrevivido a un naufragio, a un asesinato, al hambre, al frío, a las calamidades, a un atroz accidente de trenes, a años de ausencia, a la desesperanza de dos pérdidas asumidas –la tuya y la mía cuando nos creímos mutuamente fallecidos–, a la fama, a Hollywood y hasta a un compromiso matrimonial con una sabandija, no puede perecer a manos de unos miserables criminales –solía repetirle a menudo a John–. Sería tan, tan injusto...

Él fue minucioso en cada detalle. Había sido entrenado para situaciones límite como aquella por los cuerpos de élite. Diseñó un plan milimétrico que no dejaba nada al azar, pero que contaba con partes atestadas de peligro. Sobre todo al final, en el que sería necesaria la intervención de un arma de fuego, algo que a mí me aterraba. Una huida que, como él bien había señalado, requería la colaboración de algunas personas queridas y cercanas. Imposible llevarlo a cabo solos. Uno de esos cómplices indispensables iba a ser Marion.

No podíamos permitirnos el lujo de avanzar nada por correo postal, telegramas, ni teléfono. Las comunicaciones estaban intervenidas por la mafia de Chicago. Paolo gustaba de conocer todos mis movimientos. Así que me limité a dejárselo caer en una conversación intrascendente sobre los modelos que íbamos a lucir para la gala post entrega. Los premios se presentarían en el hotel Roosevelt en un almuerzo privado y con posterioridad se celebraría una fiesta en el Mayfair.

Se lo desvelé a lo largo de una típica conferencia intrascendente entre señoritas frívolas y presumidas a la que nadie prestaría demasiada atención en caso de estar escuchando.

—Así que me estoy debatiendo entre el vestido verde esmeralda de seda salvaje con la espalda al descubierto, o el otro, el de tonalidades salmón cuajado de flecos y pedrería. Son tan estilosos ambos...

—Cariño, ya sabes lo que opino: es indiferente lo que te pongas. Estás siempre magnífica porque la naturaleza te regaló un cuerpo y una cara que ni las diosas del Olimpo.

—¿Y tú que llevarás?

—Voy a encargar el traje a medida, tengo algunas ideas en la cabeza, pero aún no lo tengo del todo claro. Estoy algo indecisa al respecto. En cuanto me decida te llamo para contártelo.

—Por cierto, Marion ¿qué tal está nuestra mascota particular, el león de la MGM? ¡Ha llegado el momento de volver a verlo! Me encantaría hacerle una visita durante mi estancia en Hollywood y que tú me acompañases.

Sentí como Marion titubeaba al otro lado de la línea. Ella sabía lo que aquellas palabras significaban. Posiblemente una despedida para siempre entre ambas. Tal y como convinimos en el picnic de la playa la última vez que nos vimos, sacar a colación al felino significaba que el plan de mi partida junto a John estaba en marcha, y el solicitar su compañía referenciando a la mascota implicaba su colaboración. Pero mi amiga respondió como de ella esperaba.

—Claro que sí, Valentina. Sabes que yo te acompañaría al fin del mundo. Te lo mereces. El león ronroneará mientras lo acaricias.

También íbamos a necesitar la ayuda del padre Mario, aunque tanto a él como a doña Marcela se lo contaríamos apenas unas horas antes de nuestra marcha para evitarles nervios, incertidumbre y un dolor innecesario. Yo había decidido poner a nombre de ambos la propiedad del que había sido mi hogar en Chicago, la casa de Mary, con la única condición de que la utilizasen para la educación y el cuidado de los más desfavorecidos y de mis niños, algo que sin género de dudas acatarían encantados. Mario y Marcela no conocían otra forma de vida que no fuese preocuparse por el prójimo.

En realidad, iba a legarles todo el dinero que recibí de Mary, excepto algunos objetos personales que me llevaría como recuerdo, alguna joya con valor sentimental y fotografías de ambas en momentos inolvidables.

John, además de seguir trazando cada detalle de nuestra huida, se encontraba de lo más atareado porque antes de desaparecer deseaba cumplir con el compromiso que había adquirido: luchar contra el crimen organizado. Pelear contra los malos, como siempre soñó desde que era un crío. En el fondo los dos seguíamos conservando almas cándidas, a pesar de soportar sobre nuestras espaldas vivencias y experiencias que la mayoría de los mortales no abarca en toda una vida. A pesar de nuestra engorrosa juventud habíamos sido capaces de cumplir los anhelos de nuestra infancia: él, poniendo su granito de arena para conseguir un mundo mejor combatiendo contra los delincuentes; yo, haciendo sonreír a la gente derrochando talento sobre un escenario.

Para salirse con la suya y desenmascarar criminales John estaba recopilando meticulosamente todo el material sensible y los datos que había descubierto durante el tiempo que permaneció infiltrado: nombres y apellidos de los colaboradores más cercanos de Capone, jerarquía y estructura de la organización, confidentes, sobornados en las más altas esferas, chivatos entre las fuerzas del orden, modus operandi interno, principales agentes del narcotráfico, metodología en la distribución del contrabando del alcohol, finanzas de la organización, posibles delitos contra la Hacienda pública, próximas entregas, golpes previstos en el futuro más cercano...

El dosier que estaba confeccionando constituía una formidable fuente de información que proporcionaría una ayuda inestimable a los que se quedasen al pie del cañón cuando él se esfumase.

—Sólo echaré de menos no estar aquí el día que estos tipos tengan el castigo que merecen: pasar el resto de su vida entre rejas.

—John, tú bien sabes que con o sin mí tendrías que alejarte antes o después, porque eres un infiltrado campando a tus anchas entre un grupo de perversos criminales; tu vida peligra cada día que permaneces en la guarida de esa gente y no puedes seguir interpretando semejante rol eternamente. Este momento es tan bueno como cualquier otro. No el que hubiesen deseado tus superiores, que quizá te habrían mantenido durante más tiempo entre las filas de Capone, pero es perfecto para nosotros.

Él sabía que tenía razón y no rechistaba. Mientras John compilaba datos y más datos que suponían un beneficio palpable para la humanidad, a mí me tocaba bailar con la más fea. Ponerme manos a la obra con la organización de un bodorrio que nunca iba a tener lugar: el mío con Paolo Belleti.

Mi «prometido» había tenido la «brillante» idea de hacer honor a nuestra primera cita sobre las aguas del Michigan para llevar a cabo unos esponsales de leyenda.

—¿No es deliciosamente romántico pronunciar los votos de un amor inmortal en el lugar donde comenzó nuestro noviazgo? Imagina, nosotros dos con las manos entrelazadas en un barco engalanado en el centro del lago al atardecer, iluminado por los últimos rayos de un sol anaranjado que desciende sobre el horizonte. Todos nuestros invitados alrededor, en pequeñas barquitas atestadas de guirnaldas y flores, dispuestas en círculos concéntricos alrededor de nuestra embarcación... A este decorado de cuento le podemos añadir nenúfares y pétalos de rosas sobre el agua, antorchas que se encienden cerca de la orilla en cuanto la luminosidad disminuya tras el ocaso, decenas de violinistas deleitándonos con sus melodías...

—Sí, Paolo. Es una magnífica idea. Será maravillosa una ceremonia celebrada al aire libre, en el corazón del lago. Si a eso le sumamos el efecto de las flores, el fuego, la puesta de sol, la música, nuestros amigos alrededor ... ¡Ay, mi amor, qué brillante eres! Así sea.

Seguí pues a rajatabla el consejo de John «a partir de ahora no contraríes a Belleti en ningún caso. Tú no debes suponer una preocupación para él. Más al contrario, tiene que sentirse plenamente confiado acerca de que la boda te ilusiona y los preparativos absorben tu tiempo». Y realmente la propuesta de Paolo era magnífica y hasta novelera para unas nupcias de ensueño si de una verdadera historia de amor se hubiese tratado.

Así que yo me encontraba dividida entre dos mundos. El universo clandestino en el que se programaba una fuga por largo tiempo deseada, y el ficticio, saturado de listas de invitados, merengues, tules, pruebas de menú, selección de piezas musicales, de caldos selectos, de habanos de calidad, elección de tarta y de dulces, visualización de posibles destinos de luna de miel, diseño de la decoración floral, tanteo de sobres, calidad del papel y mensaje de las invitaciones... Y por supuesto, la cúspide de todo casorio que se precie. ¿Imaginan a una novia que tiene que vestirse como tal para un hombre al que detesta, para la bestia cruenta que ordenó la inhumana muerte de la que ella consideraba una madre?

Pues en semejante tesitura me encontraba yo. Sin duda con un desorbitado as bajo la manga, pero ahí andaba, bregando a diario con un monstruo desalmado disfrazado de príncipe azul. Un Belcebú con máscara de quijote. Y encima creyéndose el papel al pie de la letra. El muy rufián.

Sólo de pensar que nuestro plan podía fallar (algo probable) y viéndome entonces abocada a pronunciar el dichoso «sí, quiero», provocaba que constantes escalofríos de terror recorriesen mi espina dorsal y sembrasen mi piel de sudores fríos. Así que descolgué el teléfono para delegar la responsabilidad del vestido en manos de la experta. De la mejor modista del planeta.

—¡Qué me dices, amiga! ¿¿¿Que te casas con Paolo??? Jamás te imaginé sucumbiendo a las normas prestablecidas por la rancia sociedad ni aborregada por las tediosas zarpas de la rutina. ¡Pero si tú eres carne de cañón del escenario, del arte, del talento, de la aventura, de la vida plena, en definitiva!

—Ya ves, Coco, acabé tropezando con las redes del matrimonio. —Apreciaba mucho a esa mujer talentosa, a mi amiga, y me fastidiaban de veras los embustes, pero en esta ocasión las cosas no podían ser de otra manera. Me jugaba la vida por una indiscreción. Esperaba reunirme con ella en Europa más adelante y explicarle la verdad, cuando el inminente peligro que se cernía sobre mi testa hubiese pasado. Si todo salía bien.

—¿Estás segura de la decisión?

—Una nunca está segura de nada tratándose de las cosas del querer. Pero me arriesgaré.

—¿Seguirás actuando?

—¡Oh, sí, desde luego! Amor y devoción no son incompatibles. Y más siendo la estrella de uno de los negocios míticos de mi futuro marido. Él está encantado de seguir haciendo caja y aumentando su fama y gloria personal como dueño y señor del mejor club del mundo, y yo feliz por seguir subiendo a un escenario. Asunto zanjado. Al menos en esa cuestión seremos un matrimonio bien avenido.

Carcajadas mutuas a ambos lados de la línea. Si viviésemos en el mismo continente estoy segura de que hubiésemos intimado tanto como Marion y yo.

—¿Y en qué tipo de modelo has pensado? Dame ciertas pinceladas del vestido que tienes en la cabeza; mientras me hablas iré dibujando las líneas maestras sobre un papel en blanco. Una mano en el teléfono y la otra marcando pliegues sobre una silueta. Ya tengo costumbre de acometer ambas tareas a la vez.

—Si te soy sincera no tengo nada en la sesera en lo que al traje de novia se refiere. Conoces mis medidas, mis gustos a la perfección, has diseñado una veintena de trajes exclusivos para mí. Acertarás, querida Coco. Dibujes lo que dibujes conmigo atinarás.

—¡Uy, uy, uy! Mi Valentina. ¿Una novia que no tiene «ninguna» idea respecto a su vestimenta en un acontecimiento único? Es la primera vez que me enfrento a semejante desinterés por parte de la futura desposada... ¿Me ocultas algo, mon chéri?

La dama de las camelias, como siempre, tan astuta y perspicaz.

—En absoluto. Pero a Paolo se le ha ocurrido celebrar la ceremonia en medio del Michigan. ¿Puedes creerlo? Todo, pues, es extraordinario en este enlace y ando de cabeza con los preparativos. Por supuesto que con cualquier otra a cargo de los patrones supervisaría cada puntada, pero, Coco, confío plenamente en ti. Todo lo que me cosiste se convirtió en una oda a la perfección. Sorpréndeme. Pongo en tus manos mi vestido de novia. Me gustaría tenerlo en Chicago a principios de mayo ¿crees que podrá estar para esa fecha?

—Si fueses otra te diría que los milagros no existen, pero tratándose de la divina Blue Valentine será un honor que luzcas un Chanel. Allí lo tendrás en los primeros días del mes de las flores.

—Te lo agradezco tanto, Coco. Ojalá podamos vernos en tu París o en mi España en alguna ocasión...

—¿Y por qué no íbamos a hacerlo? ¡Mis numerosas residencias son tus casas también! ¡Tienes las puertas abiertas! Siempre. Valentina, ¿te has planteado visitar Europa en tu luna de miel?

*

La cercanía de la boda lo absorbía todo. Mi interpretación de novia devota fue tan fabulosa que hasta Paolo no dejó de repetirme cada día:

—Te lo advertí. Sabía que estos preparativos constituirían el mejor bálsamo para superar tu congoja por la muerte de Mary.

Cada vez que escuchaba el nombre de «Mary» pronunciado por esa sucia bocaza me entraban unas ganas irrefrenables de abofetearlo, escupirlo y maldecirlo. John, nuestro plan y el futuro en común que ya casi rozábamos constituían el único escudo para no dejarme llevar por la furia.

Dejé bien atados todos los asuntos más terrenales. A partir del 1 de junio de 1929 la propiedad del que había sido mi hogar en Chicago pasaría a manos de Mario y Marcela. Para entonces yo ya estaría lejos. O torturada. O mutilada. O yaciendo bajo tierra. En el mejor de los casos casada con un hombre depravado al que aborrecía. Es decir, muerta en vida, lo cual era aún más terrible.

En esa misma fecha el dineral que yo había heredado de Mary y la mayoría de sus costosas joyas también pasarían a ser suyas. Y parte de las mías. Yo no podía trasportarlo todo al partir hacia Hollywood para no levantar sospechas. Tampoco era práctico cargar con mucho equipaje durante la escapada. Así que allí se quedaba gran parte del impresionante vestuario de Blue Valentine y sus valiosas alhajas. Me llevaría mi imprescindible talismán familiar, las de Mary que tenían valor sentimental para mí, las que luciría en la comida del Roosevelt y la fiesta del Mayfair y poco más.

De Paolo nada quería. En mi nueva vida no tenía cabida lo pagado con dinero de dudosa procedencia ni con dólares manchados de sangre. Tan sólo conservaría el impresionante zafiro que estrené el día que debuté como Blue Valentine porque para mí tenía un significado muy representativo: simbolizaba una formidable etapa de mi trayectoria vital de la que me alejaba para siempre.

Abandonar El Edén de las Musas me resultaba tremendamente doloroso. Era como un hijo para mí: se trataba de una criatura que yo había moldeado a mi gusto, la había visto nacer, crecer, triunfar y había sido muy feliz sobre su escenario. Me pesaba en el corazón aniquilar a Blue Valentine y separarme del club al que di la vida.

Yo tenía mucho dinero ahorrado. Muchísimo. Una fortuna que nos permitiría a John y a mí vivir espléndidamente hasta un final lejano en caso de tener éxito. Él me indicó cómo proceder al respecto. Se las sabía todas. Le habían instruido bien. El día 17 de mayo todos mis activos monetarios serían transferidos a una entidad neoyorquina, de ahí a otra con sede en Los Ángeles, y por último, desde allí hacia otra española fundada en el siglo XIX, llamada Banco de Santander. Así sería más complejo para Paolo rastrear el dinero, que si lo transferíamos directamente desde Chicago (donde todo y a todos controlaba) a España. Cualquier prevención era bienvenida por si a mi todavía prometido le daba por investigar a fondo mis pasos tras la humillación pública que iba a padecer. Ser abandonado ante los ojos de la alta sociedad por una archifamosa novia prácticamente en capilla no era asunto baladí.

John llevaría consigo el grueso de la información que estaba reuniendo para sus superiores. Era arriesgado dejarlo en Chicago. También se enviaría al destinatario adecuado desde el otro lado de la frontera, en cuanto estuviésemos lejos y a salvo.

Con todo el plan de fuga perfectamente organizado, tocaba padecer uno de los momentos más duros para mí. El de la despedida de las dos personas que nos trataron como miembros de su propia familia desde que éramos unos chiquillos desvalidos y desnutridos: la separación del padre Mario y doña Marcela. Para mí constituyó un momento tristísimo porque podía tratarse de un adiós definitivo: cabía la posibilidad de que jamás volviésemos a vernos. Y eso entre personas que lo han sido todo para ti es desgarrador. Una tortura emocional. Otra más.

Ambos fueron citados en casa de Mary para una última cena el día 11 de mayo, la noche antes de tomar el tren hacia Los Ángeles. Tuvimos que confesarles la cruda verdad —realidad que aceptaron con alegría porque suponía nuestra dicha, a pesar de la amargura por la separación y la incertidumbre por el desenlace—. Les revelamos que John era un agente infiltrado, que en apenas unos días emprenderíamos una compleja huida para intentar comenzar una nueva vida en España, lejos de Belleti, de la mafia y de todos aquellos que pudiesen suponer una amenaza para un proyecto de vida naciente; que a partir del día 17 de mayo aquella casa que nos acogía sería la suya, que recibirían un montante descomunal de dinero para emplearlo en la caridad y en los desamparados a los que siempre habían atendido.

Y que necesitábamos de la colaboración del padre Mario para llevar a buen puerto la última fase de nuestro plan. La cuenta atrás de desenlace incierto acababa de comenzar. Tic-tac, tic-tac.

Peregrinando en el tren de la esperanza
El turno de Valentina de Medinaceli
ᑉᑊᑊᑉ

¿Cómo empaquetar toda una vida? ¿Qué llevarte y qué dejar cuando cada pequeño cachivache contiene una infinita carga sentimental para ti? Porque esto o aquello que te rodea encarna un pedacito de cada ser querido que ya se fue o al que probablemente no volverás a ver jamás ¿Cómo soportar que cada trasto que introduces en un equipaje podría simbolizar la metáfora de las paladas que cavarán tu propia tumba si algo falla? ¿Cómo representar el papel de fervorosa prometida cuando estás a punto de convertirte en novia a la fuga? ¿Cómo tener equilibrio y templanza cuando vas a dejar atrás éxito, reconocimiento, dinero, lujo y estabilidad por la incertidumbre más absoluta? Por AMOR, sólo por AMOR. Así, en mayúsculas. Es la única explicación lógica ante el dislate que estaba a punto de acometer en apenas unas horas.

Pasaban por mi mente tantos momentos, tantos recuerdos, tantas sensaciones, tantos sentimientos, tanta melancolía el día de mi partida hacia Los Ángeles que aún sigo sin comprender cómo fui capaz de seguir a rajatabla los renglones de un guion no apto para cobardes.

El conjunto de lana que me regaló John, el papel arrugado de una chocolatina que él robó para mí de niño, una de las velas que adornaban la inmensa tarta de mi dieciocho cumpleaños, el billete de tren de mi primer viaje a Hollywood, mi contrato firmado por Chaplin, el tocado que llevaba puesto en la primera escena que grabé ante una cámara, el menú de la cena de gala del Biltmore, la exclusiva invitación que diseñé para la inauguración de El Edén de las Musas, el fastuoso Chanel azul que estrené en mi debut como Blue Valentine, una partitura de Armstrong, el dibujo de uno de los niños de Hull House, el tapón de una de las botellas birlada a Paolo junto al padre Mario, una máscara de uno de los bailes de disfraces del yate de Hearst, un ramillete de flores secas recogidas de la orilla del Michigan... Todos estos retazos de mi vida estaban siendo introducidos en mi equipaje como si de un ritual mortuorio del Antiguo Egipto se tratase. Y yo ejerciendo de gran sacerdotisa.

Y fotos, muchas fotos. Con Antonio Moreno, con mi querido Mike, con doña Marcela y el padre Mario, con los chavales de la colonia, con Coco, con Ernest, con Dolores, con Marion y por supuesto con Mary. Imágenes en blanco y negro que dejan de serlo según los ojos con que son observadas. Porque cuando la mirada traspasa el papel y tu mente rememora el segundo en que esa instantánea fue tomada, puedes recrear los colores, el brillo y la intensidad e incluso moldearlos a tu gusto. Una fotografía en blanco y negro tiene tantos matices cromáticos como los sentimientos del que la contempla.

—Te dejo marchar sola a los dichosos premios para que disfrutes de una especie de despedida de soltera con las chicas. Te echaré tanto de menos... Menos mal que eres una extraordinaria organizadora y cada preparativo de nuestra boda está ya cerrado y de modo impecable. Gracias por tu dedicación. Y por haberme elegido.

Frente a mí se mostraba zalamero el hombre que esperaba no volver a ver jamás –y al que deseaba el peor de los destinos– explayándose con toda clase de lisonjas almibaradas destinadas hacia mi persona. Y yo sonriendo... y sonriendo... y volviendo a sonreír con cara de pánfila enamorada...

—Más que nunca, cuidad de ella como si fuese vuestra santa madre. Esta mujer a la que hoy protegéis será la ilustre señora Belleti en apenas un mes. Es mi tesoro más preciado y os exijo más diligencia que nunca en lo que a su vigilancia se refiere.

—Por supuesto, señor Belleti. Con nosotros estará a salvo.

A la orden implacable de Paolo había respondido solícito Chad Miller, un matón de su máxima confianza que nos iba a acompañar a California. Un tipo enjuto, robusto, de tez cetrina, ojos vivarachos, cejas pobladas, con escasez de neuronas y exceso de fuerza bruta. John había sido muy tajante al respecto:

—Valentina, es conveniente que en este viaje tengamos compañía. Otro hombre de Belleti a nuestro lado ayudará a evitar sospechas *a posteriori* si nuestro plan sale a la perfección.

Dicho y hecho. John aconsejó a Belleti que dada la cercanía del enlace, no estaría de más incrementar mi protección. Simplemente como medida preventiva. A Paolo como no podía ser de otra manera la sugerencia le entusiasmó y John recomendó a Chad para la tarea. Poco hablador, hábil en el manejo de armas, bruto, obediente, violento y fortachón. Aunque en realidad no le había seleccionado por ninguna de estas cualidades, sino por su destreza para mamarse en cuanto tenía una botella a su vera. Y en las celebraciones de Hollywood si algo no fallaba era la presencia de cantidades monumentales de alcohol.

Paolo me acompañó hasta el interior del vagón mientras el personal de la estación introducía los tres baúles que constituían mi equipaje (y que trasportaban los retales de mi pasado) en el amplio compartimento de primera clase.

—Serán sólo diez días sin verte, pero la boda está tan cerca y tengo tantas ganas de ti que te añoro ya y todavía no te fuiste.

—¡Piensa en positivo, cariño! Efectivamente, estaremos una semana y pico a cinco mil kilómetros el uno del otro, pero en apenas un mes viajaremos juntos a Europa para disfrutar de una deseada luna de miel. Y a nuestro regreso te espera un hogar, una familia numerosa si Dios nos bendice con el don de la paternidad y toda una vida a mi lado.

Últimas milongas dedicadas a Belleti. Último abrazo, últimas carantoñas, último beso y hasta nunca. Canalla, miserable, gentuza, malnacido, sanguijuela, villano. Hijo de Satán. El tren ya partía y el definitivo paripé que tuve que interpretar fue el delicado balanceo de un pañuelo blanco a través de una ventanilla bajada y un beso endemoniado sobre el hilo bordado. Mientras ejecutaba con diligencia semejante puesta en escena, le maldije por enésima vez en los últimos tiempos, antes de lanzar esa prenda al viento para que el muy hijo de puta la recogiese al vuelo.

—Púdrete en las más tétricas tinieblas. Y entonces Mary sonreirá para la eternidad desde donde quiera que esté —balbuceé con voz apenas perceptible.

Allí quedaba Paolo Belleti, de pie, en el andén, aspirando la fragancia de mi inmaculado pañuelo blanco, envenenado por mi ira, mientras me lanzaba besos sin parar con la otra mano.

Durante los tres días que duró el trayecto, John y yo apenas cruzamos más palabras que las que imponen los dictados de la buena educación. ¡Qué diferencia con respecto a nuestro anterior viaje a la Costa Oeste! Él se limitaba a actuar como leal secuaz de Belleti y a intimar con Chad Miller para ganarse su plena confianza. Cuando un matón se encuentra cómodo entre uno de los suyos su coraza se debilita.

Llegamos a Los Ángeles el 15 de mayo, el día anterior a la entrega de los premios. Había quedado a cenar con Marion y con Dolores. Nos citamos en la mansión de mi amiga situada en las colinas de Hollywood. Al traspasar la verja de entrada no pude evitar recordar una de mis primeras veladas en la ciudad del cine: la fiesta blanca que organizó en ese mismo escenario. La nostalgia me estaba jugando muy malas pasadas. Vinieron de nuevo a mi cabeza los rostros sonrientes de Antonio Moreno, Charles Chaplin, mi querido Mike, mi amada Mary... En pocas horas tendría la oportunidad de volver a ver a los vivos durante la fiesta que tendría lugar en el Mayfair.

Las chicas me estaban esperando ansiosas y nos fundimos en un sentido abrazo. Yo estaba con los nervios y los sentimientos a flor de piel y la efusiva demostración de cariño de mis amigas casi me provoca un estallido de lágrimas. Logré controlarme recurriendo a las frivolidades, alabando su aspecto y el exquisito vestuario que lucían.

Lo que nos había reunido allí a las tres aquella noche nada tenía que ver con una cena de ocio. Asistíamos a un encuentro de cómplices y estrategas marcado por la discreción absoluta. Cualquier comentario captado por la concurrencia en alguno de los restaurantes de moda podría desembocar en catástrofe. Además, en los sitios públicos los esbirros de Belleti estaban alerta y relativamente cerca de mi posición. En un recinto privado perteneciente a una amiga del alma, se relajaban y bajaban la guardia.

Por expresa petición mía, Marion les agasajó con manjares de primera calidad. A su conocida querencia por los licores de alta graduación había que añadir que Miller también era un glotón. Por tanto, ambos miembros de mi personal de seguridad se hallaban disfrutando de un suculento menú en la zona de servicio. Mientras, nosotras parloteábamos en el cenador exterior, junto a la piscina, bastante alejadas de donde se encontraban Chad y John.

—Lo haré, claro que lo haré. Y no vuelvas a repetir que si estoy segura, que si puede ser peligroso... —Marion me interrumpía algo molesta cada vez que yo señalaba los posibles riesgos de su colaboración.

—No me perdonaría jamás que os ocurriese algo malo por mi culpa. El mundo de Paolo está gobernado por la violencia más atroz, la venganza y el terror.

—Valentina, Capone y los suyos son poderosos en Illinois, sin duda. Pero te recuerdo que soy la mujer a la que adora uno de los hombres más influyentes —además de jodidamente rico— de los Estados Unidos de América. El que controla la comunicación, la información y la prensa en todo el país, no el contrabando de alcohol en un solo estado. Capone y Belleti son criminales, pero no bobos. Jamás osarían atentar contra la mayor pasión de un adversario infinitamente superior a ellos. ¿Te tranquilizas ya?

—Está bien, tú ganas.

—Y he de confesarte que si no fuese porque lo que estamos a punto de escenificar es tu huida al viejo continente, y si la cosa se tuerce puede que no nos volvamos a ver, todo esto supondría para mí una intrépida aventura.

Marion alzó su copa de vino tinto californiano para hacer un brindis en mi honor.

—Por Valentina, una mujer bella por dentro y por fuera, talentosa, valiente, triunfadora, superviviente, pero sobre todo, mi gran amiga. Por los increíbles momentos que hemos compartido y por los que nos quedan por compartir.

—¡Por la pendeja de Valentina, para que repitamos este brindis en un futuro muy cercano! —concluyó Dolores.

Levantamos las copas y entonces sí rompí a llorar. Era inevitable liberar un desahogo largamente contenido. Me contuve en Chicago por doña Marcela, reprimí mi llantina al encontrarme con mis amigas, pero llegado este punto ya no aguanté más. Demasiada tensión, incertidumbre, emociones desbordadas, inquietud asfixiante...

—Y cuando ya haya cruzado la frontera es cuando tú me tendrás que echar una mano, mi mexicana preciosa. —Yo seguía sollozando como un bebé, pero mi férrea voluntad me obligaba a repasar junto a mis amigas hasta el último elemento del plan.

—Desde que pongas un pie en México te puedes despreocupar. En mi patria la influencia de la familia Asúnsolo y del clan Del Río dejará muy chiquito a cualquier mandamás de una banda de Chicago.

Dolores se había divorciado de su marido hacía unos meses. Se casó con quince años recién cumplidos «pasé de la disciplina del convento a los brazos de un hombre dieciocho años mayor que yo; jamás pude ser yo misma» solía confesarnos. Tanto su familia como la de su exmarido pertenecían a la élite mexicana y contaban con una agenda de contactos del más alto nivel en cualquier estamento a lo largo y ancho de su país.

Dolores recibió desde temprana edad una educación esmerada, había sido criada entre lujos, caprichos y algodones, frecuentaba los ambientes más selectos, todos sus parientes pertenecían a lo más distinguido de la sociedad mexicana y había viajado por toda Europa. Pero a pesar de tantos recursos y facilidades era ahora y sólo ahora cuando comenzaba a descubrir la felicidad.

—Cómo te admiro, Valentina. Has sabido llevar las riendas de tu vida de un modo encomiable pese a las dificultades que el destino te impuso, que no fueron pocas. Nos estás dando una lección de coraje inolvidable. Sin embargo, han tenido que transcurrir veinticuatro años de mi existencia para que por primera vez en mi vida sea yo misma. ¡Por fin hago lo que quiero hacer, comienzo a disfrutar de veras y descubro la dicha que nunca tuve de joven! Me casé tan rápido, apenas dos semanas después de salir del convento... ¡Yo quiero dejarme llevar por la demencia de amor de un romance como el tuyo con John Juárez!

Y Dolores tuvo su idilio soñado, vaya si lo tuvo. Ni más ni menos que con uno de los personajes más fascinantes y carismáticos que conoció el siglo xx.

*

La mañana del 16 de mayo amaneció soleada. Buena señal. Una meteorología espléndida provocaba sosiego en mi ánimo e impulsaba mis energías. Justo lo que necesitaba para calmar en la medida de lo posible mis nervios y temores. Remoloneé en la cama largo rato, tomé un relajante baño de agua caliente, apenas probé bocado, un poco de fruta y un café bien cargado —mi estómago encogido no toleraba más— y me dispuse sin más demora a arreglarme para el almuerzo del Roosevelt.

Al final, al tratarse de dos ceremonias —entrega de los galardones al mediodía y posterior fiesta nocturna—, me decanté por el vestido en tono salmón cuajado de flecos con toques de pedrería para el almuerzo, y por el verde esmeralda —más atrevido y espectacular— para la gala posterior del Mayfair.

El hotel era un edificio histórico de estilo español —lo que interpreté como otro guiño de los hados a mi favor— situado en el epicentro de Hollywood. Recibió ese nombre en homenaje al presidente Theodore Roosevelt y fue financiado por un grupo de personas formado, entre otros, por Douglas Fairbanks Jr., Mary Pickford y Louis B. Mayer. Se inauguró el 15 de mayo de 1927, es decir, había abierto sus puertas hacía exactamente dos años y un día.

La ceremonia carecía de intriga, puesto que ya se habían anunciado los ganadores con tres meses de antelación. *La melodía de Broadway* como una de las películas ganadoras, Frank Lloyd como mejor director, Warner Baxter como mejor actor, la propia Mary Pickford como mejor actriz, Hans Kraly fue premiado como mejor guionista...

De hecho, a mí lo que me hacía cierta ilusión en una fecha tan melodramática como aquella, en la cual la inquietud todo lo invadía, era coincidir con la mayoría de mis viejos conocidos de Hollywood. Casi con toda seguridad por última vez para interpretar una despedida velada.

—Otra separación más —reflexionaba apesadumbrada—. Al menos si todo se va al carajo habré tenido la inmensa fortuna de abrazar a conciencia a todo aquel que de una u otra manera formó parte de mi vida.

No hubo parafernalia ni preámbulos antes de cada premio. Se iba nombrando a los ganadores y ellos salían a recoger su estatuilla, agradeciendo tal honor parapetados por un sencillo atril. Las paredes del salón fueron decoradas con lámparas chinas y encima de cada mesa se colocó una réplica del Oscar. Para ir abriendo boca organizaron una sesión de baile de una hora de duración. Luego los cerca de trescientos comensales fuimos agasajados con un delicioso almuerzo que degustamos animadamente.

Hubo dos presentadores a cargo de la gala. Uno de ellos era Douglas Fairbanks, el aventurero héroe de El ladrón de Bagdad, Robin Hood y La marca del Zorro. Douglas estaba casado con la flamante homenajeada Mary Pickford desde hacía casi una década y ambos habían participado en la fundación de la Academia. El segundo presentador fue William C. de Mille, un afamado director teatral.

Todas las películas participantes tenían que haber sido estrenadas entre los meses de agosto de 1927 y 1928 y todas las nominadas recibieron una mención honorífica. Conforme se desarrollaba el evento iba valorando más la idea de los promotores. Honrar a la industria del cine y a todos los que se esforzaban por engrandecerla recogería sus frutos en sucesivas ediciones. Al menos esa era mi impresión.

Los premios se dividieron en doce categorías y dos fueron las películas que se coronaron como las mejores: a una se la reconoció por su mérito artístico, y a la otra, por el conjunto de su producción. También hubo dos mejores directores —uno en drama y otro en comedia— y un galardón para una figura imprescindible en el cine mudo: el titulador.

Intentaba mantener la atención en el suculento banquete, en los actores, directores, en las juguetonas burbujas del champán, en los rostros risueños de las personas que apreciaba, en cualquier cosa que alejase mi mente durante unos segundos de lo que me esperaba aquella noche, pero no tuve éxito. Por mucho que me esforzase todos mis pensamientos giraban en torno al balazo que le tenía que pegar a John Juárez. Más que los vericuetos de la huida en sí misma —o sus consecuencias— ese preciso instante me aterraba.

A media tarde decidí volver al hotel en el que me hospedaba, el Biltmore, para reponer fuerzas y cambiarme de ropa. John y Chad me esperaban solícitos en la puerta del salón. Les acerqué una copa de brebaje dorado a cada uno, gesto que me agradecieron con una inclinación de cabeza antes de beberse de un trago el burbujeante elixir. Mientras nos dirigíamos hacia la puerta de salida para tomar el taxi que nos acercaría hasta el hotel —yo siempre situada unos pasos por delante— escuché como John le comentaba a Chad por lo bajini:

—Aquí todo es camaradería, derroche, lujo, música, bacanales del comer y excesos del beber. ¿¿¿Qué peligro va a correr entre esta gente tan refinada la novia de Belleti??? ¡Ninguno! El patrón nos manda aquí como perritos falderos para que este bombón no caiga en la tentación de abandonarse entre los brazos de algún maromo de buen ver. Que por estos parajes anda suelto y con la braqueta siempre dispuesta mucho galán.

La risita posterior del bruto de Miller me confirmó que se iba tragando uno por uno todos los anzuelos que John lanzaba.

Qué poco faltaba y cuantos temores –combinados con una esperanza inmensa– bailaban a su ritmo y al compás por todo mi cuerpo. Y yo me dejaba llevar. Ya no me quedaban fuerzas para controlar nada. Sólo para seguir el guion y esperar.

Unas cabezadas de Miller a media tarde en la habitación contigua a la mía, la que el matón compartía con John, nos permitieron unos minutos de intimidad. ¿Los últimos en cautiverio, los primeros en libertad o los definitivos?

La angustia y el tormento que yo estaba padeciendo durante aquellas largas horas resultaban inenarrables. Entonces, vaya usted a saber por qué, me vino a la cabeza algo que hasta la fecha había evitado siquiera pensar. ¿Cómo debió ser el desconsuelo de Mary al saberse engañada y cautiva en una cabaña perdida, a merced de cuatro hienas de Paolo? ¿Qué debió sentir al intuir que sería torturada, vejada, violada e incluso asesinada por unas sabandijas carroñeras? Y decidí de inmediato que quizá toda aquella pesadumbre que estaba soportando sí la ambicionaba para alguien: para Paolo Belleti en particular y para todos los que son como él en general. Para los que se creen por encima del bien y del mal, para los que utilizan las peores artes para salirse con la suya, para los que sustentan los pilares de su vida en la codicia, el egoísmo y la maldad, para los que obvian los sentimientos ajenos y desprecian a sus semejantes.

Orquídeas blancas para mi amor
El turno de John Juárez

༺჻ჺ༻

No estaba previsto ese pequeño receso a media tarde, pero la breve siesta del necio de Miller supuso una gracia inesperada.

Ni lo dudé. Agarré dos orquídeas blancas del jarrón que adornaba una de las mesas de bronce de un rincón del Biltmore y me dirigí hacia la suite de Valentina. Golpeé suavemente su puerta con los nudillos.

—Valentina, mi amor, soy yo –susurré.

Apenas cinco segundos después ella abría la puerta sin más atuendo que una toalla azul celeste enrollada alrededor de su cuerpo. Sin mediar palabra alguna se abalanzó sobre mí y me abrazó como si fuese nuestro último día sobre la Tierra. Claro, que quizá para nosotros dos no habría un mañana.

Sobre la cama se extendía un elegante vestido verde cuidadosamente colocado, unos largos guantes blancos y un impresionante collar de esmeraldas a juego con los pendientes. El brillo de semejantes pedruscos hipnotizaba hasta a un espartano como yo.

—Sólo he venido a darte un beso, no debo quedarme. Chad podría despertar en cualquier momento. Y también me apetecía traerte esto.

Mostré mi mano derecha, oculta hasta ese momento tras mi espalda. Mis dedos agarraban con suavidad las dos orquídeas blancas.

—Recuerdo lo que te gustaba colocarte en el pelo las flores silvestres que recogía para ti en las orillas del Michigan. He pensado que en una noche tan especial para nosotros dos como la de hoy, quizá te ilusionaría lucir mis orquídeas entre tus cabellos.

—Nada me dará más fuerzas en la velada que nos espera que llevarlas conmigo. Estas flores somos tú y yo. Nuestra infancia. Chicago, Hull House, nuestro humilde vagón de tren, las luces del Red Club desde la acera, el chocolate robado, la sombra del árbol del lago, el puchero aguado de doña Marcela, la inmensa generosidad de Mary... Los invitados posarán sin disimulo sus ojos en las esmeraldas, pero mi voluntad se sostendrá serena entre estos frágiles pétalos blancos.

—Todo saldrá bien, mi amor. Te lo prometo. –La besé echando el resto. Su mirada aceleraba el motor de mi corazón. Y activaba mis agallas.

—Qué poco nos hemos besado con todo el amor que llevamos dentro –me confesaba Valentina con dos lágrimas mojando sus profundas pupilas negras–. Qué esquivo ha sido Cupido con dos almas que son una.

—También te prometo otra cosa, mi niña. Te vas a hartar de mis besos. Y de mis abrazos, mis achuchones, mis caricias, mi piel, mi cuerpo...

No hubo tiempo para más. No debía arriesgarme a fastidiar todo el tinglado por la insensatez que siempre traen consigo las debilidades humanas.

Chad se estaba desperezando cuando regresé a nuestra habitación. Uf, justo a tiempo.

—Vamos, Miller. Refréscate un poco la cara y adecenta tu vestimenta. Es hora de aguardar en el pasillo hasta que la señorita Valentina esté lista. Puede que a lo largo de la fiesta también nosotros bebamos y bailemos algo. Me han dicho que en Hollywood las camareras y las bailarinas son muy simpáticas. –Guiñé un ojo y le di un codazo en señal de camaradería masculina.

Apenas una hora tuvimos que esperar frente a la puerta de Valentina. De vez en cuando sacaba de la chaqueta una petaca con buen whisky y ofrecía un trago a Miller.

—Hermano, aquí nadie nos vigila. Así que bebamos en paz. Que no se diga que dos machos como nosotros no disfrutan como cualquier otro en la cuna del vicio.

Cuando ella salió se me encogió el corazón. La había observado infinidad de veces radiante, pero lo que veían mis ojos era pura magia. El vestido verde se ceñía a su espléndido cuerpo como una segunda piel, la falda de talle sirena terminada en cola marcaba sus caderas dibujando una silueta divina, la espalda al aire regalaba sensualidad y un generoso escote delantero otorgaba todo el protagonismo a un collar doble del que pendían veinticuatro esmeraldas hexagonales, intercaladas con diamantes. El cabello suelto, como a mí me gustaba. Se lo había vuelto a dejar largo por petición mía: sus rizos negros formaban parte de la esencia genuina de Valentina. Ese cabello azabache, adornado con las dos orquídeas blancas naturales, embellecía aún más sus rasgos perfectos. Impresionante.

Observé de reojo cómo el patán de Miller babeaba ante la aparición de una diosa.

Sin dilación alguna tomamos un taxi que nos acercó hasta el Mayfair. A estas alturas comenzaba a agradecer la agilidad en el desarrollo de los preámbulos del plan. Cuanto antes comenzásemos con aquello, antes finalizaríamos. Para bien o para mal.

Alargué mi brazo para ayudar a Valentina a salir del coche, ella apretó mi mano con todas sus fuerzas y ese breve contacto físico entre nosotros constituyó nuestro particular pistoletazo de salida hacia el verdadero mambo.

La diva se dirigió directamente al salón en el que tenía lugar la fiesta mientras Chad y yo, como era costumbre, permanecíamos fuera. Aunque en esta ocasión contaríamos con más animación de la habitual en este tipo de saraos: habíamos pagado a una de las camareras que entraban con bebidas y salían con bandejas vacías para que tontease con el esbirro de Belleti. En realidad, de aquello, como de otros tantos detalles, se encargó Marion.

La atractiva joven a cargo de las bandejas distraería a Chad bajo previo pago de una jugosa cantidad de billetes. «Me gustan los hombres con los brazos fuertes» y caída de ojos al canto. «Tienes una mandíbula muy varonil» y sonrisita de atontada. «No creo que ahí dentro se den cuenta de que falta una copa» y lingotazo para Chad. «Ni otra, ni otra, ni otra...». Cuando Miller se rindió por completo a los encantos de la atractiva camarera −dotada de una delantera considerable y unos andares provocativos−, derramé un potente narcótico en su copa. En media hora estaría grogui y acunado entre los brazos de Morfeo durante horas. Se despertaría con un endemoniado dolor de cabeza, una resaca del carajo y un remordimiento agudo por haberse despistado ante los encantos de una putita rubia, dejando por tanto de cumplir sus funciones: las estrictas órdenes de Belleti.

Efectivamente, transcurrido el tiempo previsto Chad cayó profundamente dormido. Había llegado el momento de trasladarle al hotel sin demora alguna. Tomé el taxi de vuelta entre la chanza del conductor por la melopea y los ronquidos de mi acompañante.

—Tan grande y tan vulnerable a los efectos del alcohol –comentaba entre carcajadas.

En cuanto llegamos al Biltmore solicité la ayuda de un botones para que colaborase conmigo en la tarea de arrastrar a semejante mole hasta su cama. Además, cuantos más testigos hubiese desperdigados por todo Hollywood de la «embriaguez» de Chad Miller, mejor.

En apenas media hora apareció Valentina en la habitación. Abajo, a las puertas del hotel, en un coche, esperaba Marion. Durante el festejo en el Mayfair un miembro de su personal de servicio había introducido en el maletero el equipaje de Valentina. Nuestra amiga no estaba sola: la acompañaba el doctor que tendría que atenderme de una herida causada por arma de fuego en apenas unos minutos.

Cuando Valentina vio la pistola lista para ejecutar su cometido, flaqueó. Desde que le conté el plan siempre sintió pavor al pensar en ese fatídico momento. Ahora que debía enfrentarse a él, la cosa era peor de lo que yo había previsto.

—Lo siento, John, soy incapaz de pegarte un tiro. No puedo, no puedo, no puedo…

Su llanto desconsolado no me ayudaba a calmarla. Era crucial devolverle el sosiego. El tiempo corría en nuestra contra.

—Mi amor, lo hemos hablado mil veces. Belleti te odiará de por vida por abandonarle un mes antes de pasar por el altar. Pero siempre podrá aferrarse a que perdiste la chaveta. ¿Qué mujer en su sano juicio abandonaría todo por nada? Un prometido con poder, una carrera profesional en la cúspide como Blue Valentine, dinero a espuertas, fama, lujo, un porvenir acomodado… Una loca. O una ingrata. O una demente… Desconocemos si le dará por buscarte o pasará página depositando sobre tu persona toneladas de mierda ante la opinión pública. Conociendo a los de su calaña, esta segunda opción es la más probable. Despotricará sobre tu extraño comportamiento, sobre los delirios femeninos, pasará página y en pocos meses lucirá otro trofeo en forma de señorita espléndida agarrada a su brazo. Él deberá creer sin ningún género de duda, que me disparaste cuando intervine para intentar evitar tu huida mientras que el cenutrio de Chad dormía la mona.

Valentina temblaba y yo la zarandeé para que espabilase cuanto antes mientras proseguía sereno con mi argumentación.

—Lo que Belleti jamás perdonará, escúchame bien, JAMÁS, será la afrenta que supone que su prometida se fugue con otro hombre, para más inri uno de sus hombres de confianza, a treinta días del enlace. Eso le convertirá en el hazmerreír de Chicago, algo que no se pueden permitir los miembros de la élite. Si sospechase que nos hemos largado juntos no pararía hasta saciar su sed de venganza. Que una cosa es que tu prometida pierda la cabecita y otro asunto bien diferente es que se ría de él a la cara. Además, humillado por una mujer perdería el respeto de las antiguallas que le rodean y sólo tendría una salida: nuestra aniquilación.

—Si estoy de acuerdo contigo y tienes toda la razón. Tus explicaciones son irrefutables, pero ¿y si fallo, mi amor? ¿Y si a causa de los nervios la bala no va a parar al hombro? Yo me muero aquí mismo si a ti te pasa algo, si yo te hago daño...

—Valentina, también lo hemos hablado en infinidad de ocasiones. Sin mediar distancia alguna entre nosotros dos es imposible que falles. Un disparo a bocajarro en el hombro no afecta a ningún órgano vital. Mi vida no correrá peligro en ningún caso. Lo máximo que me dejará esa bala es una cicatriz para el futuro y un dolor insoportable durante los próximos minutos. Y en el caso improbable de que algo se torciera, hay un doctor ahí abajo, junto a Marion, que tardará menos de cinco minutos en cruzar la puerta de esta habitación.

—John, lo siento, no puedo dispararte, no puedo, no puedo...

—De acuerdo, Valentina. Hagámoslo juntos como todo lo demás. Si erramos con esa bala la culpa será de ambos, no tuya. Dispararemos a la vez. Mi mano sobre tu mano.

Y de repente ella se vino arriba. Recuperó la compostura, levantó altanera la cabeza y tomó la pistola que permanecía sobre la mesa de mármol de la suite del Biltmore, junto a un centro de rosas blancas. Yo cogí una almohada de encima de la cama. Otra medida más de precaución. Amortiguaría el sonido del disparo evitando despertar a Chad que seguía roncando en la habitación de al lado.

Coloqué el almohadón a la altura de mi hombro izquierdo. Valentina acercó el cañón del arma que sostenía en su mano derecha hacia esa zona de mi cuerpo. Su dedo índice acariciando el gatillo. Sentí la presión del metal sobre mis músculos. Puse mi pulgar sobre el dedo de Valentina. Apretaríamos juntos, acertaríamos o erraríamos a la vez, aunque yo tenía la absoluta certeza de que una herida a esa altura lo más que me provocaría sería un boquete, un buen chorreón de sangre, mucho dolor y molestias mientras cicatrizaba.

Me miró a los ojos con la misma expresión que utilizaba cuando estaba subida a un escenario. Valentina había adoptado el espíritu seguro, bravo, fuerte, regio e impetuoso de Blue Valentine. Entonces me besó. Con rabia, con pasión, con ternura, con ira, con cariño, con amor, con tremendo amor...

Y mientras ese beso nos elevaba al cielo una bala atravesó mi carne. Besos dulces con regusto de hiel.

Travesías clandestinas en la oscuridad
El turno de Marion Davies
꧁ꕥ꧂

Aquel folletín era mucho más emocionante que cualquier película que yo hubiese interpretado hasta la fecha. Y ya iban unos cuantos títulos con mi nombre en los previos por obra y gracia del dedazo casi divino de William. Aunque a veces yo tenía la impresión de que su obcecación con mi carrera cinematográfica, más que beneficiarme, me perjudicaba.

¿Lo mejor del papelón que estaba a punto de representar? La historia en la que estaba interviniendo con un papel secundario era pura vida, los personajes se amaban hasta la extenuación y todos cuantos los queríamos, que éramos muchos, empujábamos en la medida de nuestras posibilidades para culminar con un ansiado final feliz. ¡Qué sería del efímero paso por este mundo sin aventura, riesgo, peligro, pasión, romances, hazañas y amistad verdadera!

Para mis queridos amigos John y Valentina, Valentina y John, lo que yo iba a hacer por ellos era poco menos que una heroicidad. Que si me comprometía de por vida, que si jamás contarían con la gratitud suficiente para devolverme tanta generosidad, bla, bla, bla... La realidad era que mi participación en el tinglado se limitaba a pagar un buen precio a tres personas de mi total confianza y a utilizar uno de los juguetitos acuáticos de mi acaudalado amante. El todopoderoso Hearst acumulaba tanto dinero que proporcionar una «paga extra» a empleados de nuestro entorno no suponía ningún mérito. Por mucho que mis amigos estuviesen convencidos de lo contrario. Empleados que, por otra parte, estaban más que acostumbrados a las fatuas excentricidades de los ricachones a los que servían. O sea, a nosotros. Mis peticiones no les iban a llamar la atención en absoluto.

Como tampoco resultaba meritorio sacar a pasear durante una noche y a toda velocidad una de las embarcaciones de William (no era la primera vez que me corría una juerga en alta mar). Él ni se iba a enterar y si lo hacía, me bastaba con apelar a una travesura entre féminas pasadas de copas durante una noche de fiesta. Sin más. ¡Ah! Y de regreso a Los Ángeles también me había comprometido a enviar por correo postal un enigmático y grueso paquete lleno de folios que me había entregado John en mano.

—Marion, estos papeles son de crucial importancia. Se trata de un asunto que nos sobrepasa a todos nosotros. Ya entenderás por qué dentro de un tiempo. De momento no te lo puedo desvelar. En cuanto Valentina y yo estemos en México, envíalos sin falta.

A eso se limitaba mi actuación; a mi entender, *peccata minuta* si lo que estaba en juego era la felicidad de dos de mis amigos más queridos.

Valentina llegó hasta el coche en el que la aguardábamos con la cara desencajada. Apenas unas gotitas de sangre imperceptibles en la parte superior del vestido daban pistas sobre lo que acababa de acontecer intramuros del hotel de lujo. La almohada utilizada por John había impedido desagradables manchones sobre la seda. Una almohada de la que nos desharíamos en cuanto navegásemos en alta mar. Por lo demás ella se mostraba tan impoluta y esplendorosa como acostumbraba. Nadie afirmaría que se encontraba en el meollo de un punto de no retorno en su vida.

—¿Y bien? Además de seguir manteniendo intacto el aspecto de princesa recién escapada de un cuento de hadas ¿todo en orden allí arriba? –pregunté intentando desdramatizar la situación.

—¡Suba, doctor, suba corriendo! ¡Pero ya! John tiene un balazo en el hombro. Corra, por Dios, no se demore un segundo más.

—Está bien, señor Pitt. Puede subir. Recuerde, taponar la herida e impedir una hemorragia, pero sin llevar a cabo ninguna otra cura llamativa hasta que con los primeros rayos de sol el paciente se presente en su consulta por su propio pie. De ahí al hospital para que todo sea muy público y oficial, pero en su parte médico definitivo deberá exagerar las secuelas del disparo. La inmovilidad de ese brazo de aquí a la eternidad resultará una preciosa conclusión.

Mi médico de confianza se despidió y salió del coche a paso ligero rumbo a la suite de Valentina. Por curar a un herido y maximizar los efectos secundarios de ese agujero se iba embolsar un buen puñado de dólares. No hacíamos ningún mal a nadie y todos salíamos ganando. Así pues, ninguno de los implicados hacía preguntas indiscretas ni cuestionaba método alguno. Chimpún.

Ella subió al coche tiritando por los nervios y la desazón. Yo tenía claro que debía poner el contrapunto a semejante odisea sacando en todo momento a colación las bondades del plan.

—John sabe bien lo que hace. Estarás en buenas manos el resto de tu vida. —Esa afirmación consiguió arrancar una leve sonrisa en el rostro de mi amiga. Buena señal—. Cuando Chad espabile de la borrachera encontrará a su compinche con un balazo en el hombro. Para entonces el juguete favorito de su jefazo mafioso, o sea, tú, ya estará a unas cuantas decenas de millas náuticas de Los Ángeles, a punto de cruzar la frontera mexicana. La dulce novia de Belleti ha resultado ser una lunática, se encontrará en paradero desconocido y uno de sus mejores hombres, Jack Joyce, quedará tullido hasta su muerte según el parte médico. Semejante sujeto, un lisiado, ya no será de ninguna utilidad en la cúpula del crimen. Avergonzado por el balazo a quemarropa de una mujer, regresará con el rabo entre las piernas a su país de origen a cuidar puercos. O a tumbarse a la bartola. O a lo que le plazca. Ningún gerifalte chicagüense volverá a interesarse por un incapacitado.

Valentina no abría la boca, pero parecía haber dejado de tiritar debido a mi irrefutable exposición. Algo que John le había explicado en más de un centenar de ocasiones. Yo proseguí con mi cháchara puesto que intuía que la conversación le hacía bien. Iba al volante rumbo al puerto de San Pedro, nada habitual entre las señoronas de la época, pero a mí me divertía y se me daba de maravilla. Y como William me concedía cualquier antojo sin rechistar, yo aprovechaba para hacer lo que me daba la real gana, entre otras cosas, manejar sus fabulosos autos sobre el asfalto californiano.

—¿Sabes lo que me gustaría ahora mismo? Disponer de una bola de cristal mágica para observar la cara de gilipollas de Chad Miller cuando recobre la conciencia y se encuentre con el pastel. Por no hablar del careto de tu ya exprometido Paolo nada más descubrir la escapada de su tesoro, como él suele llamarte. En fin, eso ya no es de nuestra incumbencia. Por si no lo advertiste aún, Valentina de Medinaceli, Paolo Belleti ya forma parte de tu pasado. Enhorabuena y bienvenida a tu nueva vida.

Al día siguiente, nada más regresar a Los Ángeles, a mí también me esperaba una sorpresa: Chad Miller se tiró desde la azotea del Biltmore aquella misma mañana. Prefirió un suicidio rápido e indoloro que la ira y el presumible desprecio de sus colegas por su descuido imperdonable. Permitir que se esfumase la futura esposa de uno de los suyos, uno de los peces más gordos de la organización, implicaba la humillación general. Sin descartar la tortura o la muerte.

Llegamos al puerto de San Pedro en poco más de una hora, lugar donde nos esperaba uno de tantos marinos al servicio de William con el que yo más intimaba. Una pequeña embarcación de la flota Hearts se encontraba lista para zarpar. Una de las más veloces. Le había comentado al apuesto marinero que aquella noche, tras la entrega de los premios del cine, a mi amiga y mí nos apetecía navegar hacia Tijuana. Y emborracharnos al otro lado de la frontera. Incluso puede que nos decidiésemos a darnos un baño en alta mar, desnudas bajo los rayos de la luna. Los asalariados no preguntaban, sólo acataban, estando más que acostumbrados a los caprichos, los excesos y a la opulencia de nuestro entorno. A cambio de tan irrelevante trabajillo, otro beneficiario que se embolsaba una nada despreciable cantidad de dólares por una mísera noche de trabajo.

William llevaba un par de días fuera de California en un viaje de negocios, motivo por el cual no me acompañó a la entrega de los Oscar. En principio no tenía intención de contarle mi breve escapada, pero en caso de que fuese necesario la enmascararía como una de mis habituales extravagancias a causa del aburrimiento. Nada nuevo bajo el sol ni nada que le fuese a extrañar o sorprender.

A punto de embarcar Valentina se quitó el llamativo vestido de gala para ponerse una ropa más cómoda y se bebió un par de vasos de whisky escocés. De golpe y sin apenas respirar. No era su estilo, pero ni rechisté. Le vendrían bien los grados del alcohol para calmar su ansiedad.

Apenas abrió la boca durante la travesía y yo tampoco forzaba conversaciones fútiles. Simplemente me limitaba a pasar mi brazo por encima de su hombro mientras ella apoyaba su cabeza sobre mi pecho. Nos mantuvimos en idéntica postura durante las escasas horas de navegación, ya que apenas cien millas náuticas separaban Los Ángeles de la frontera con México.

Atracamos en el muelle de una mansión privada –sin ningún control fronterizo– de Baja California, residencia perteneciente a unos millonarios europeos, conocidos de William. Los potentados se encontraban en su país de origen hasta el mes de junio. Todavía los primeros rayos de luz no habían hecho acto de presencia. Al otro lado de esa propiedad privada alguien esperaba a Valentina.

El fornido y atento marino nos ayudó a bajar a tierra el equipaje de mi amiga. Ese fue el preciso momento en el que un antipático nudo en el estómago me atemorizó por primera vez a lo largo de aquella larga noche. ¿Por qué? Pues porque tras acompañar a Valentina hasta el otro lado de aquella vasta propiedad y dejarla marchar al encuentro de su destino, desconocía dónde, cuándo y cómo volveríamos a encontrarnos. Si es que eso ocurría. Y a mí los adioses nunca se me dieron bien. Yo siempre fui de «hasta luegos»...

Tras varias horas en las que había permanecido callada, ausente y aturdida, Valentina al fin tomó la palabra. Se encontraba acongojada porque ahora debía aguardar durante al menos dos semanas la llegada de John, tiempo durante el cual carecería de noticias provenientes del exterior. Por no tener, ni siquiera dispondría de un teléfono. Iba a ser acogida por unos religiosos conocidos del padre Mario en un campamento en medio del campo. En un paraje semidesértico.

El cura realizó desde Chicago las gestiones oportunas en cuanto Valentina les explicó la situación a doña Marcela y a él en su última noche en la Ciudad del Viento. Concretamente, mi amiga sería protegida (y ocultada) durante unos días en la misma congregación a la que ella facilitó unos cuantos galones de alcohol robados a Belleti en el *Oneida*. Con el dinero que los frailes obtuvieron tras esa venta, alimentaron como reyes y durante meses a los huérfanos que tenían bajo su tutela. Estaban encantados de devolver el favor a tan espléndida dama. En todo caso, con o sin donativo de por medio, hubiesen ayudado igual a una señorita en apuros. La solidaridad desinteresada con el prójimo era su forma de concebir su paso por este mundo.

—Dos semanas sin saber nada de toda esta locura... ¡Jesús! Desconociéndolo todo acerca de la salud de John, de la evolución de su herida, sobre la reacción de Belleti, de su entorno, de si os buscan, de las preguntas impertinentes... Permanecer en la más absoluta de las ignorancias en este crucial momento se me antoja descabellado. Lo voy a pasar casi tan mal como en el momento del disparo, pero en vez de durante unos segundos... ¡¡¡durante quince días!!! ¡Qué suplicio, Señor!

—Valentina, quince días de sufrimiento y una eternidad de felicidad. Grábate eso a fuego. Cada vez que te vengas abajo, cada vez que la angustia te domine, recuérdalo. Un breve espacio de tiempo de incertidumbre y el resto de tu vida para disfrutar como recompensa.

—¡Cuánto te voy a extrañar, Marion! Aunque hemos residido en costas opuestas de Estados Unidos contaba con la plena seguridad de que estabas ahí. Siempre podía contar contigo. Y tú me visitabas en Chicago, yo me escapaba a Los Ángeles, esas interminables conferencias semanales... Y ahora nos separamos. Por una larga temporada. Si esto sale bien volveremos a encontrarnos. Si sale mal es la última vez que nos vemos. Quiero darte las gracias en nombre de John y en el mío propio por lo que estás haciendo. Nunca lo olvidaremos y donde quiera que vayamos te llevaremos en el corazón. Pero, sobre todo, quiero darte las gracias por ser mi amiga, mi hermana. Que te vaya bonito si no te vuelvo a ver...

La verja que daba acceso al camino que había al otro lado de la propiedad privada ya se vislumbraba y las palabras de Valentina sonaban a una despedida en toda regla. El opresor nudo en el estómago se había subido a mi garganta y la congoja más amarga se apoderó de mí. Aguanté como pude las lágrimas: bastante tenía encima mi amiga como para propiciar que se derrumbase debido a mi desolación. Un abrazo sentido y un simple hasta luego.

A escasos cinco metros de la verja me quedé plantificada mientras ella se acercaba hacia la salida. Un hombrecillo de corta estatura, de anchas hechuras, vestido con una túnica oscura y un capuchón similar al de los franciscanos le ofreció un cálido abrazo y se hizo cargo de su equipaje. Juntos marcharon hacia un campamento de religiosos en mitad de las áridas tierras de Baja California.

Valentina no volvió la vista atrás.

Comenzaba a clarear. Con los primeros rayos de sol adueñándose del horizonte no pude contener una llantina que se alargó durante horas. Prácticamente toda la travesía de regreso a Los Ángeles me la pasé berreando a moco tendido.

¿Volveríamos a encontrarnos? En esta ocasión mi sexto sentido y mi infalible intuición femenina se mantuvieron completamente mudos al respecto.

De mieles y ágaves
El turno de Dolores del Río
◯◯◯◯

$\mathcal{M}$i aparición en esta legendaria historia de amor es tardía. Tanto como mi amistad con Valentina. Ella y Marion ya contaban con años de complicidad mutua cuando las tres coincidimos a bordo del *Oneida*. Pero hay seres humanos por los que sientes una afinidad inmediata. Por el contrario, existen más personas de las recomendables con las que te ves obligada a convivir por circunstancias de la vida, pero con las que no tienes nada en común. Ni química, ni simpatía, ni conexión, ni empatía, ni ganas...

Con Valentina me ocurrió esa extraña y poco habitual coincidencia de dar con otra mujer con la que todo resulta chévere. Habíamos nacido el mismo año y ambas procedíamos de familias acomodadas que nos proporcionaron una exquisita educación en la infancia. Compartíamos lengua materna, pasión por el cine, por el arte escénico, por la vida y también muchas amistades comunes. Hasta nuestro aspecto físico se asemejaba demasiado: rasgos raciales, facciones angulosas, pelo negro, ojos enormes y oscuros, silueta esbelta, porte señorial...

Además, yo la admiraba profundamente desde que conocí su verdadera historia. A decir verdad, sus múltiples historias, porque la trayectoria de esa mujer constituía un compendio de crónicas sensacionales. Valentina era una superviviente, una pionera en el cine, una leyenda del mundo del espectáculo y una gran señora.

Pero por encima de todo ella era la guardiana (y protagonista) de un amor épico.

En cuanto me revelaron que una de las etapas más largas de su huida hacia la libertad pasaba por México, no lo dudé. Si de mi tierra dependía un pedacito de su felicidad, ahí estaba yo para contribuir a lograrlo. Tanto mi familia paterna, los Asúnsolo, como la materna, los López Negrete, como la de mi exmarido, los del Río —miembro de una de las estirpes más ricas del país y de quien tomé mi apellido artístico—, contaban con sólidas amistades y un sinfín de conocidos en todos los estados mexicanos.

Cuando escuché de boca de Valentina que la idea de John durante las primeras semanas de su fuga era evitar las grandes ciudades, hoteles, hostales o cualquier establecimiento público que pudiese ser rastreado por la gente de Belleti, una lucecita se encendió en mi cabeza. ¡Se me ocurrían tantas personas cercanas a cualquiera de las ramas de mi familia con haciendas y ranchos a lo largo y ancho de las tierras mexicanas! Así que fui yo la encargada de señalarles sobre un mapa la ruta que debían seguir desde Baja California hasta la costa del golfo de México. Desde allí embarcarían hacia Cuba; y en el último tramo de su viaje navegarían hasta Cádiz haciendo escala en las Antillas.

Era evidente que con los hombres de Belleti aún en Chicago y Valentina ya al otro lado de la frontera, ella les llevaba muchos días de ventaja. Pero John, buen conocedor de la psicología y de la metodología de esta banda organizada, trazó un plan milimétrico. Y preventivo: su intención pasaba por borrar cualquier rastro de los ya fugitivos ahora y en el futuro. Si a Belleti le daba por buscar a Valentina, jamás encontraría una sola pista en ningún alojamiento del país vecino. John pretendía que Paolo creyese que ella se había volatilizado. O que en un ataque de locura se había dejado vencer por las aguas del océano.

Pero además de diseñarles un recorrido a medida cruzando México y cobijados bajo techos amigos, yo quise ir un poco más lejos. Dado que una de las etapas del itinerario marcado pasaba por Durango, mi ciudad natal y lugar donde mi familia poseía una de las plantaciones más grandes del estado, me aventuré a acompañarles hasta allá. Ejercí de solícita anfitriona en la sagrada tierra de mis amores.

Si Marion fue la que trasladó al otro lado de la frontera a Valentina por vía marítima, yo introduje a John en México vía terrestre. Aunque con él nada fue clandestino. Ya habían transcurrido dos semanas desde la desaparición de Valentina, había paseado su aparatoso vendaje en el hombro por medio Hollywood sin mayor contratiempo y no ocultó que regresaba a su país de origen a quien quiso escucharle. A pastorear o a lo que se terciase. Al fin y al cabo, se trataba de un supuesto tullido que tenía que replantearse la forma de ganarse la vida al que nadie prestó demasiada atención.

Hicimos en automóvil el trayecto de doscientos kilómetros que separa Los Ángeles de la frontera mexicana. En los pasaportes sellados quedó constancia oficial de nuestro ingreso en mi país.

Pero John nació y creció en mi patria, tenía la doble nacionalidad, algo que desconocían en Chicago. El hombre que llegó a México el 2 de junio de 1929 fue John Juárez. Si a Belleti o a algún otro miembro de la mafia les daba por seguir la pista de Jack Joyce, la iban a perder para siempre en Hollywood. Para la burocracia americana el ciudadano Jack Joyce jamás salió de los Estados Unidos. Para el funcionariado mexicano quien entró en el país azteca fue John Juárez, un perfecto desconocido en el ambiente criminal chicagüense. Jugada maestra de un gran estratega.

Una vez en Tijuana, la puerta de México, sólo nos separaban tres horas de conducción por caminos polvorientos y carreteras rudimentarias para que tuviese lugar el anhelado reencuentro con Valentina. Yo estaba tan ilusionada como él por la cercanía de ese momento insólito. Mi matrimonio a los quince años con un esposo mucho mayor que yo nada tenía que ver con la devoción mutua entre Valentina y John. Siempre había estado rodeada de escritores, guionistas, directores de cine y de mentes que idean tramas idílicas, pero resultó que la mejor historia de amor jamás relatada la estaba presenciando en la realidad. ¡Bendita sea la vida!

Tras dejar atrás Ensenada, la carretera general, adentrarnos por caminos de arena, bordear algunas aldeas y respirar mucho polvo —Baja California es una región casi desértica— dimos con el campamento de los religiosos. Se situaba algunos kilómetros al norte de la mítica fortaleza de El Álamo. Lo que vino después es complicado de expresar de viva voz o de describir en un papel. Las emociones extremas no se pueden reflejar con palabras ni plasmar a tinta con toda su intensidad.

Era media tarde. Valentina jugueteaba con un grupo de chavales a cargo de los curas; ella estaba situada en medio de un corro, rodeada por los niños, que cantaban y bailaban a su alrededor. Al escuchar el ruido de un motor levantó primero la cabeza, luego se puso de pie, posteriormente fijó la vista hacia el carro, colocó su mano derecha sobre los ojos para mitigar el efecto de los rayos del sol y observar mejor a los forasteros. Instante en el cual John saltó de su asiento con el auto aún en marcha y comenzó a correr hacia ella como un lunático. Al advertir que era él quien se aproximaba, ella también echó a correr para encontrarse en un punto indeterminado del camino. John levantó a Valentina en volandas, se abrazaron, cayeron al suelo, rodaron, se besaron, lloraron, rieron, se volvieron a besar... Creo que transcurrió más de una hora de carantoñas, achuchones y muestras de amor desbordadas, pero la ocasión merecía eso y más.

Al fin eran libres. Tras sobrevivir a un naufragio, al hambre y a la miseria, a un fatal choque de trenes, tras creerse mutuamente muertos durante años, tras haber estado prometida a un pérfido, tras burlar la vigilancia de una de las bandas más peligrosas que el mundo haya conocido, ahí estaban, sentados sobre el suelo, salpicados de polvo y hojarasca hasta las orejas, comportándose como los dos chiquillos que seguramente nunca dejaron de ser en lo más profundo de su alma. A pesar de tanto. Pese a todos...

Cuando Valentina reparó en mi presencia, también me cubrió de besos. ¡Qué felicidad, por Dios! Recuerdo aquella escena como una de las más hermosas y emotivas que un ser humano pueda presenciar. Simbolizaba todo lo que en este mundo merece la pena: lucha incesante por lo que te importa, garra, valentía, fortaleza, lealtad, superación de las dificultades, amistad sincera, generosidad desinteresada, amor eterno.

Los frailes prepararon un asado en las brasas «no somos testigos de un suceso tan excepcional todos los días» nos dijeron; nosotros encendimos una hoguera, corrió el mezcal, los brindis se multiplicaron, las risas eran continuas. A pesar de la euforia reinante Valentina no evitó las preguntas espinosas, aunque las respuestas seguramente no eran las que ella esperaba.

—Y bien, ¡contádmelo todo! Llevo dos semanas completamente aislada, al borde de la locura por la falta de noticias. Ni os imagináis la de cosas terribles que han pasado por mi cabeza. Me despertaba de madrugada angustiada, con pesadillas recurrentes, empapada en sudor. ¿Cómo ha reaccionado Belleti? ¿Todos los nuestros están bien? ¿Los malos han viajado a Hollywood? ¿Van a venir a buscarme para cortarme el pescuezo?

—Querida Valentina, John escudriñó a la perfección la psicología y la forma de actuar de una organización delictiva. Urdió un plan impecable basándose en el modo de proceder de un criminal. Pero lo que no tuvo en cuenta fueron los vericuetos de la mente masculina de un tipo frívolo y superficial como Paolo Belleti, cuyo máximo objetivo en la vida, además del poder, el dinero y la gloria, es el reconocimiento social, la pertenencia a las élites, el qué dirán, el estatus, lo que opinan los demás...

—¿Qué quiere decir todo esto? Me estás despistando.

—Verás, Paolo sí envió a un par de hombres a Hollywood enseguida al conocer la noticia. También realizó muchas preguntas, sobre todo en Chicago. Obviamente los empleados de El Edén de las Musas y los miembros de vuestro entorno social estaban tan sorprendidos como él. Nadie sabía nada. Mario y Marcela se comportaron como unos campeones, disimularon de miedo, como actores profesionales, vaya. Todo aquel que tenía cierta relación contigo en Hollywood también recibió la llamada de rigor ¡pero es que realmente nadie sabe nada! A Marion le hicieron una visita en persona los dos matones, pero Hearst estaba a su lado. Y ya sabes cómo son estos tipos: muy gallitos con los más débiles y serviles con los poderosos. En cuanto Marion confesó que estaba tan preocupada como Paolo por desconocer el paradero de Valentina y Hearst sugirió que qué hacían molestando en su casa cuando lo que debían estar haciendo era rastrear cada centímetro de Hollywood en tu busca, aquellos dos petimetres hicieron mutis por el foro.

—¡Cuánto me alivia saber que nuestros amigos están a salvo y no están sufriendo acoso ni amenazas!

—Pero es que ahora viene lo mejor, algo en lo que nadie reparó puesto que vuestra obsesión era una huida perfecta, no dejar huella alguna y que jamás llegasen a vincular tu desaparición con Jack Joyce. ¡¡¡Lo que ha primado no ha sido tu escapada sino el papelón del gran Paolo Belleti, mano derecha de don Alphonse Capone!!! Su prometida, a un mes exacto de la fecha de su boda, decide (nadie sabe por qué) esfumarse tras la entrega de unos premios de la Academia del Cine. Es decir, el fondo de la cuestión para él consiste en que una mujer abandona a un apuesto y poderoso ricachón a menos de cuatro semanas para la celebración de las nupcias; enlace, por cierto, que él se había encargado de cacarear a los cuatro vientos. Durante la inexplicable fuga, su novia incapacita de por vida a uno de sus mejores hombres y burla la vigilancia del otro, quien desolado por el bochorno y la deshonra se tira desde el tejado reventándose los sesos contra el suelo. ¿Una señorita despreciando su ofrecimiento de matrimonio y ultrajando la valía de sus sicarios? Eso supondría un descrédito insoportable para sus intereses y su prestigio.

—¿Chad se ha suicidado?

—Ya debe estar bajo tierra, querida.

—Así que adivina la reacción del pájaro herido, de Belleti –añadió John que escuchaba entre divertido y atento mi detallado relato.

—¡Contádmelo ya! –suplicó una Valentina estupefacta.

—Ha anulado el compromiso matrimonial unilateralmente ¡cómo si la decisión fuese suya! Y ha desembolsado una buena plata para difundir la primicia a cuatro columnas en los diarios más representativos de los Estados Unidos. También te ha destituido como primera figura de El Edén de las Musas. No creo que le queden ganas de perseguirte ni de vengarse, más bien de difamarte, pasar página y olvidar este suceso. Su orgullo, reputación y amor propio como macho y como hampón de máxima categoría están en juego.

—Mira que analicé hasta el agotamiento cómo estos tipos actuarían en condiciones normales, siguiendo sus pautas de conducta habituales en un trato, un pacto, un negocio, una traición –nos confesó John–. ¡Pero jamás reparé en que lo que realmente iba a estar en juego era el orgullo de un machito humillado!

Tras la risotada general, muchas confidencias más y continuas referencias a nuestros amigos, todavía restaba el colofón mágico para una noche tan especial. Bajo un cielo claro y estrellado, alrededor del fuego y ya de madrugada, aún permanecíamos despiertos junto a un par de responsables del campamento, que estaban disfrutando a lo grande con tanta aventura mundana. Ante la satisfacción de los presentes y antes de retirarnos a descansar, nos esperaba la última sorpresa de unos días inolvidables. John tomó la palabra:

—Ya que el 17 de junio estaba prevista una boda –en ese momento hincó su rodilla en la tierra– he pensado que sería perfecto no desbaratar una celebración tan entrañable. Aunque mucho me temo que los protagonistas van a diferir de los inicialmente previstos, al menos en lo que al varón se refiere. Valentina de Medinaceli ¿me concedes el honor de ser tu esposo? ¿Quieres casarte conmigo?

El 17 de junio de 1929, al atardecer, en el preciso instante en el que el sol besa el horizonte, John y Valentina se convirtieron en marido y mujer. El enlace fue oficiado por uno de los religiosos de la orden. El flamante matrimonio estuvo acompañado por la veintena de huérfanos acogidos en el campamento. Yo ejercí como dama de honor.

Una ceremonia bucólica, al aire libre, con centenares de agaves verdes, morados y azules como testigos (las hermosas plantas autóctonas de mi tierra). La luz anaranjada primero, violeta después y plateada al anochecer en contraste con el dorado del suelo, dibujaban un lienzo multicolor. El ambiente, bañado por los últimos rayos del día y amenizado por los cánticos infantiles de todos los niños presentes, simplemente hechizaba.

Y ante nosotros la novia más guapa y pletórica que yo recuerde. Vestida de Chanel en pleno corazón de un paisaje semidesértico salpicado por las rosetas gruesas de los agaves. Una estampa repleta de contrastes, pero de un esplendor inigualable. ¿Será que el conjuro de una pasión inmortal embellece todo lo que toca?

Valentina acarreó el traje de novia que encargó a Coco. Blanco roto, de talle ceñido, escote palabra de honor, falda con caída princesa, rematada con una pequeña cola y con toda la parte inferior del vestido cuajada de camelias bordadas. El borde de las camelias estaba ribeteado de un sutil azul celeste en honor a Blue Valentine. Como no podía ser de otra manera, su medallón familiar al cuello, una fina pulsera de Mary en la muñeca y melena al viento, decorada con una corona de flores silvestres que John había cortado especialmente para ella a primera hora de la tarde. Como él hacía siempre desde que eran chicos.

El ramo de novia se había conformado con las florecillas del campo y del saguaro que los niños recogieron para Valentina de buena mañana.

Celebrado el enlace, lo que inicialmente habíamos previsto que podría llegar a ser una huida arriesgada, se convirtió en una luna de miel en toda regla, no exenta de los ingredientes que se esperan en un viaje de recién casados.

Partimos del puerto de Loreto hasta Sinaloa navegando durante un par de días por el Golfo de California. Atravesamos el estado de Sinaloa y parte de Durango alojándonos en residencias coloniales y haciendas privadas de mis conocidos, los cuales nos trataron como reyes —especialmente a ellos dos— por expresa petición mía.

Yo los telefoneaba un par de días antes de nuestra llegada avisando de que viajaba acompañada de unos flamantes desposados muy queridos por mí. Les persuadía para que hiciesen los honores y demostrasen que los anfitriones mexicanos son los más cálidos y espléndidos del mundo. ¡Y vaya si lo consiguieron! Además, John seguía obcecado en evitar las grandes ciudades y los hoteles y establecimientos de los circuitos principales, así que estaba encantado con ese itinerario alternativo.

—Por si acaso… —insistía.

Un mes después de la boda llegamos a la plantación de mi familia. Sería mi última etapa del viaje junto a ellos. Permanecieron en Durango un par de semanas hasta que llegó el momento de la despedida. Yo retornaba a Los Ángeles y ellos continuarían su viaje a través de las regiones de Zacatecas, Nuevo León y Tamaulipas. En coche, en tren, en carros, en diligencias... Cualquier destino y medio de transporte resulta ideal cuando la compañía es perfecta.

Se lo tomaron con mucha calma, permanecieron más de cinco meses en tierras mexicanas, exprimiendo cada segundo de un tiempo dedicado a ellos solos. La vida se lo debía. Salvo en instantes robados, no habían vuelto a disfrutar el uno del otro en total plenitud desde hacía más de diez años. Caminatas entre la naturaleza, noches estrelladas, sierras porteñas, imponentes quebradas, tequila en los cafetines, gastronomía de los pueblos del interior, regusto de cajetas, patoles, carnitas de chivo, pan de pulque, jaibas, chichimbré, rincones vírgenes, pueblos mágicos, tradiciones ancestrales, intensas madrugadas de pasión bien merecida...

Tomaron un barco con destino a La Habana desde el puerto de La Carbonera en Tamaulipas a mediados de diciembre. La capital cubana también los embaucó. Decidieron disfrutar de aquella ciudad colonial y de otras zonas de la isla caribeña por espacio de tres meses más.

A finales de marzo embarcaron rumbo a Cádiz en un navío de la Compañía Transatlántica. Transcurridas tres semanas de tranquila travesía por el océano Atlántico con una breve escala en las Antillas, Valentina, en compañía de su amado John, regresó ¡por fin! a España. Era la primavera de 1930.

Epílogo
La felicidad era esto

⊙≫⊙

No volvimos a poner un pie en Chicago. Jamás. Y no precisamente para preservar nuestra seguridad, puesto que los que podían desearnos lo peor cayeron en desgracia muy pronto. El crepúsculo de los dioses. Al Capone fue declarado culpable y sentenciado a once años de cárcel en 1931 cuando nosotros todavía nos estábamos estableciendo en España. Parece que los papeles de John tuvieron mucho que ver en la condena y fueron de gran ayuda al agente Ness en su cruzada particular contra el crimen organizado. Tras la defenestración del gran capo el colosal imperio que había forjado se derrumbó como un castillo de naipes.

El Edén de las Musas nunca volvió a ser el mismo sin Blue Valentine: hay simbiosis que sólo funcionan en perfecta armonía. Y la mía con El Edén era una de ellas. Nada volví a saber de Paolo Belleti aunque años más tarde llegó a mis oídos que pasó una temporada entre rejas y falleció en un accidente de automóvil a finales de la década de los treinta.

En 1933 se abolió la Ley Seca, la que había sido promulgada para preservar la moral estadounidense y acabó convirtiéndose en el mayor impulso para el contrabando ilegal, la hegemonía de la mafia y la concentración de los maleantes más canallas que se recuerdan. El crac de 1929 y la posterior crisis económica que trajo consigo aniquilaron la *belle époque*, su *glamour*, su opulencia, su elegancia, su pomposidad…

Así que el Chicago que nosotros conocimos ya no existía. ¿Para qué regresar? Sin embargo, sí retornamos en multitud de ocasiones a Estados Unidos. Me esforcé por mantener el contacto hasta el final de mis días con todos aquellos que habían formado parte de mi agitada vida.

Fui testigo de cómo Coco Chanel —a la que visité con frecuencia en París— era aclamada por entendidos y profanos como la diseñadora más aplaudida de todos los tiempos. Se convirtió en un símbolo para las mujeres libres, modernas, atrevidas y con talento. Comprobé divertida cómo su fragancia, Chanel Nº5, aquella con la que me empeñé en vaporizar El Edén de las Musas el día de su inauguración, pasó a ser idolatrada por las señoras con estilo —y sin él— del siglo xx.

En el año 1954 presencié con orgullo la entrega del Premio Nobel de Literatura a mi admirado Hemingway. El galardón más prestigioso de las Letras. Ni más ni menos. Al conocer la noticia rememoré aquella escena de un apuesto joven confesándome en el Red Club que su sueño «era escribir una novela». Ernest y yo volvimos a vernos en infinidad de ocasiones —sobre todo en España— y aunque sus escritos y su personalidad me fascinaban, jamás logró contagiarme su pasión por la fiesta.

Imaginen mi perplejidad al enterarme de que John F. Kennedy, el hijo de Joe y Rose, nuestros compañeros de crucero en el Oneida, era proclamado presidente de los Estados Unidos. Cuando echo la vista atrás me sigue impresionando la concentración de celebridades que reunimos alrededor de El Edén de las Musas, y sobre todo, la relevancia que con el transcurso de los años alcanzaron los viajeros con quienes compartimos travesía y confidencias a bordo del yate de Hearst.

Hablando del palacio flotante... ¿Sabían que una de las obras maestras del cine, Ciudadano Kane, de Orson Welles, está inspirada en la figura del todopoderoso y controvertido William? Sí, nuestro anfitrión de antaño, el gran amor de mi amiga Marion, su amante vintage... Y lo más curioso, ¿saben quién estuvo al lado de Welles colaborando en la creación de esta mítica obra universal? ¡Pues mi queridísima Dolores del Río! Ella tuvo el romance de ensueño que siempre buscó al lado de Orson.

¡Qué cúmulo de agradables coincidencias! La mexicana y yo nos conocimos a bordo del yate del magnate, el «consorte» de nuestra amiga Marion. Dolores formó parte de un proyecto legendario en la historia del séptimo arte que estaba inspirado precisamente en Hearst, el hombre que indirectamente nos unió y un vínculo clave entre nosotras. Las tres mantuvimos intacta nuestra férrea amistad hasta la muerte; volvimos a vernos en muchísimas ocasiones a lo largo de los años.

Otro de los hitos de los que fui testigo con gran satisfacción con el paso de las décadas fue comprobar que mi primer salvoconducto hacia la libertad, los Oscar de Hollywood, se encumbraron como un acontecimiento mundial, el icono planetario por excelencia de la fama, el *glamour* y el éxito del cine.

En 1954 John y yo nos quitamos una espinita que teníamos clavada: ¡un casorio oficiado por el padre Mario! Aprovechando el simbolismo de nuestro 25 aniversario de boda, renovamos los votos matrimoniales en la catedral de San Patricio de Nueva York. Ofició la ceremonia nuestro leal mentor, algo que siempre habíamos deseado, pero que resultó imposible de acometer en 1929 dadas las extravagantes circunstancias en las que se desarrolló el enlace original. Trasladamos a la Gran Manzana al cura, a doña Marcela, a sus cuatro hijos y ocho nietos para la celebración. Las fotografías de ese día son el retrato de una gran familia. Para entonces ambos sobrepasaban los setenta años, pero se mantenían en buena forma.

Siguieron trabajando con niños necesitados y jóvenes en apuros hasta su jubilación. La casa que una vez fue mi hogar, la residencia de Mary, continuaba destinada a labores de ayuda para la infancia más desfavorecida.

¿Adivinarían el presente que nos entregaron los invitados por nuestro aniversario? Diez baúles que conservaban en su interior el magnífico vestuario, calzado, joyas, complementos y cachivaches de Blue Valentine. ¡¡¡Doña Marcela los había guardado para mí durante veinticinco años!!! Fue uno de los regalos más especiales y el más inesperado que recuerdo. ¡Siempre había dado aquellas prendas por perdidas!

La emoción que sentí al acariciar de nuevo los retales de esa época chispeante, al volver a palpar aquella etapa en la que ejercí de emperatriz de las noches de Chicago, es indescriptible. Las mujeres del siglo xx nunca volvieron a vestir como en los felices años veinte: esos tocados, turbantes, guantes, plumas, flecos, zapatos de salón, satenes, estolas, sombreros, encajes, bordados, perlas, boas, redecillas, plisados, guipures, lamés, lentejuelas, alhajas, broches, clochés, pedrería, bomboneras... Los diseños de entonces son el auténtico tesoro de la moda femenina de todos los tiempos.

También aprovechamos la ocasión para presentar entre sí a nuestras dos familias: la americana y los hijos que habíamos engendrado. La primogénita, Rosemary, fue concebida en tierras mexicanas. Nació al poco de llegar a España, trascurrido un año desde la boda. Tuve muy claro cuál sería su nombre en cuanto supe que había parido una niña: mi hija llevaba con orgullo el nombre de mis dos madres: «Rose» por Rosario, la mujer que me trajo al mundo; «Mary» por la heroína que cuidó de mí como si fuese sangre de su sangre. La persona que me devolvió al mundo de los vivos cuando había perdido toda ilusión. Juan (en español) Juárez Jr. nació un año y medio después que su hermana.

Pero recuperar las pertenencias de Blue Valentine no era la única sorpresa que me aguardaba durante la conmemoración de mis bodas de plata. Lo que supuestamente iba a ser una cena familiar frente al Central Park, en el hotel Plaza, se convirtió en todo un *revival* de las legendarias fiestas de El Edén de las Musas. Todos mis seres queridos —incluyendo el padre Mario y doña Marcela e hijos— se habían confabulado para reunir a cuantos hicieron posible aquellos alocados e inigualables años veinte. Al principio me extrañó que John perseverase en elegir Nueva York como escenario para la celebración del aniversario —yo insistía en Los Ángeles, ciudad vinculada a nuestro pasado—, pero enseguida lo comprendí. La Gran Manzana constituía el punto intermedio para invitados provenientes de Chicago, de la Costa Oeste y de Europa.

Al traspasar la puerta del Rose Club del hotel Plaza —seleccionaron esa localización como homenaje al Red Club: mis grandes amores no desatendieron ni el más mínimo detalle— reservado a nuestro nombre para la ocasión, se encendieron las luces y... casi me desmayo de la impresión. ¡Y de la explosión de alegría, qué carajo! Marion Davies me daba la bienvenida entregándome un inmenso ramo de rosas rojas, un anciano Mike Smith vitoreaba mi nombre, Ernest Hemingway alzaba una copa en mi honor con expresión pícara desde el fondo de la sala, agarrado del brazo de su cuarta esposa, Mary Welsh. Viajaron desde Cuba para estar a nuestro lado. Charles Chaplin —quien para entonces también había pasado por la vicaría otras cuatro veces— inclinaba la cabeza en señal de respeto;

idéntico gesto repitió su esposa, Oona O´Neill. Coco Chanel sorbía seductora champán helado mientras me guiñaba un ojo. ¡Y pensar que los primeros modelos que realizó en exclusiva para una artista habían sido para mí! Después de los inolvidables trajes ideados para El Edén de las Musas, la MGM la contrató por una millonada para que diseñase en Hollywood el vestuario de sus estrellas dos veces al año. Una espléndida Greta Garbo sonreía sentada sobre un regio butacón; en pocos meses recibiría el Oscar Honorífico de la Academia. Gloria Swanson también tuvo la deferencia de acudir a este asombroso rencuentro. Estaba viviendo una segunda edad de oro tras protagonizar en 1950 un clásico intemporal que abordaba, precisamente, los entresijos de la industria cinematográfica: *Sunset Boulevard*, orquestado bajo la batuta de un genio universal, Billy Wilder. Mi querido Louis Armstrong, trompeta en mano, comenzó a tocar un solo desde un improvisado escenario acompañado por las palmas acompasadas de todos los presentes.

Todavía me hallaba embargada por la emoción, descubriendo más rostros amigos desperdigados por el Rose Club y bajo los acordes del maestro del *jazz*, cuando una mujer de bandera se abalanzó sobre mis huesos. ¡No podía creerlo! ¡¡¡Pero si Dolores del Río se encontraba en España rodando *Señora ama*!!! Apenas dos meses antes yo había visitado su set de rodaje. La mexicana cruzó el Atlántico para hacerme los honores, acompañada por su último romance: Lewis Riley, quien estaba llamado a convertirse en su tercer y definitivo esposo. Echamos de menos a William Hearst, fallecido tres años antes.

Por si fuese poca cosa semejante cúmulo de conmociones, casi muero de ternura cuando los camareros descorrieron las pesadas cortinas de terciopelo del fondo de la sala dejando al descubierto un enorme castillo de chocolate con mi nombre grabado en su base.

—Te lo debía desde la infancia, Valentina. Y un hombre siempre debe cumplir sus promesas de amor —me susurró John mientras me comía a besos.

Detrás de la descomunal construcción elaborada con cacao, un retrato enmarcado presidía la sala. Una mujer rubia junto a un piano, de pie, observaba los avances con las teclas del piano de una concentrada joven. Mary Kelly sonreía al objetivo mientras yo me afanaba con las notas. *Touché*. Directo al corazón.

Bailamos, lloramos, saltamos, reímos, gritamos, cantamos y disfrutamos como posesos hasta el amanecer, rememorando las mágicas veladas nocturnas de unas décadas atrás en la Ciudad del Viento. Fue la última vez que todos los componentes de aquel extraordinario grupo coincidimos.

John y yo hemos sido inmensamente felices. Nos instalamos en España con veinticinco años recién cumplidos, toda una vida por delante (a pesar de la extraordinaria trayectoria previa) y una fortuna considerable que nos habría permitido vivir de las rentas hasta el fin de nuestros días.

Pero en vez de acomodarnos a una vida burguesa, aburrida y previsible, ambos convinimos que nos quedaban muchas cosas por hacer: recuperar las dos casas en las que yo recordaba haber pasado mi infancia —la de la capital y la de la playa—, investigar los orígenes de mis antepasados, explorar África, recorrer Oriente, empaparnos a fondo de la vieja Europa y sus metrópolis... ¡Y vaya si lo llevamos a cabo!

Además, nuestro dominio del idioma inglés nos abrió muchas puertas, nos regaló muchas sorpresas y nos facilitó experimentar nuevas aventuras.

Pero todo esto es otra historia.